MROCZNE WYBRZEŻA

Galeria Książki

Danielle L. Jensen

MROCZNE WYBRZEŻA

Przełożyła Anna Studniarek

WYDAWNICTWO GALERIA KSIĄŻKI · KRAKÓW 2019

Tytuł oryginału: *Dark Shores*

Jacket art by Billelis
Jacket design by Peter Lutjen

Opracowanie graficzne okładki na podstawie oryginału D2D.PL
Redakcja techniczna ROBERT OLEŚ / D2D.PL
Redakcja językowa, korekta i skład / D2D.PL

Wydanie I
ISBN: 978-83-66173-19-4
Wydawca: WYDAWNICTWO GALERIA KSIĄŻKI
www.galeriaksiazki.pl
biuro@galeriaksiazki.pl

Tato, ta jest dla Ciebie

Rozdział I

Teriana

Quincense wzniósł się na grzbiecie fali, jakby marzył o zerwaniu się do lotu. Jego niebieskie żagle wypełniał południowy wiatr popychający ich wzdłuż wybrzeża z niecierpliwością dorównującą tej, którą czuła Teriana. Minęło wiele miesięcy, od kiedy ostatnio odwiedzili Celendrial – a ona sama widziała się z Lidią. Aż mrowiły ją stopy z ekscytacji na myśl o ponownym spotkaniu z przyjaciółką, najbliższą, a jednocześnie najbardziej niezwykłą.

Statek nie spełnił swojego marzenia o wzniesieniu się w powietrze, uderzył o powierzchnię turkusowego morza, a Terianę zalała słona piana. Dziewczyna musiała na ślepo dokończyć zaciąganie węzła, zanim przetarła twarz wilgotnym rękawem. Podniosła się i instynktownie przeniosła ciężar ciała, by zachować równowagę, gdy Quincense wzniósł się na kolejnej fali. Przez cały czas wpatrywała się w horyzont, aż statek opłynął skalisty półwysep i w polu widzenia pojawił się Celendrial, klejnot w koronie Imperium Celendoru.

– Witaj, piękny Celendrialu! – krzyknęła w stronę błyszczącej bielą zabudowy rozciągającej się za olbrzymim portem, między wzgórzem pełnym willi a potężną rzeźbą legionisty trzymającego znak z połyskującym złotym smokiem.

Tuzin ogromnych kamiennych kei wyciągał się jak palce, a z niezliczonych statków z każdej prowincji Imperium rozładowywano towary na sprzedaż. Środkiem płynęła rzeka

Sawio, wylewająca swoją ohydną zawartość do portu, przez co lazurowe wody stawały się zielonkawobrązowe i mętne.

Teriana uśmiechnęła się szeroko, pozdrowiła miasto jednym palcem i przecisnęła się z powrotem między przemoczoną załogą do matki, która stała za sterem. Mimo całego niecierpliwego wyczekiwania, gdyby nie udało jej się wynegocjować u kapitan trochę wolnego, czekałoby ją jedynie wielogodzinne targowanie się z handlarzami w porcie.

Kapitan Tesya stała z jedną ręką opartą o reling, w drugiej trzymała fajkę, która zdążyła już zgasnąć. Hebanowa skóra kobiety błyszczała na słońcu. Włosy upięła ciasno pod niebieską jedwabną chustą, ale kilka czarnych loków wyślizgnęło się i otaczało starszą, bardziej zaciętą wersję twarzy Teriany. Obie miały pełne wargi, łukowate brwi i okrągłe policzki. Skórę na szyi matki przebijały trzy małe niebieskie szafiry, co oznaczało, że jest triumwirem Konsorcjum Handlowego Maarinów. U jej boku stała Yedda, ciotka Teriany, i ze skupieniem przyglądała się wybrzeżu przez lunetkę. Teriana dosłyszała jej ostatnie słowa.

– ...westchnienie ulgi Chersome oznacza, że inny naród wstrzymuje oddech.

– W tej połowie świata Reath nie pozostał żaden naród, który mógłby wstrzymywać oddech – mruknęła matka Teriany. – Mimo wszystko *ich* obecność tutaj nie przyniesie nic dobrego. Nie w sytuacji, kiedy zbliżają się wybory. Może nadszedł czas, żebyśmy się stąd zabrali. Czas, by zabrały się stąd *wszystkie* statki Maarinów.

– O czym rozmawiacie?

Teriana wpatrzyła się w wybrzeże za gniewną rzeźbą i samym miastem. Widziała szeregi białych namiotów wznoszące się na piaszczystych plażach, co oznaczało, że jeden z legionów Imperium rozbił obóz. W całym Celendorze i większości jego prowincji rodziny miały obowiązek wysyłać drugich synów na szkolenie w Campus Lescendor. Żołnierze legionów, od dzieciństwa wychowywani do walki, byli śmiertelnie niebezpieczni i pod żadnym pozorem nie należało im wchodzić w drogę. Jednak biorąc pod uwagę ich ciągłą obecność na Wschodzie, nie rozumiała, dlaczego wzbudzają zainteresowanie.

To słowa matki – nie żołnierze – sprawiły, że Teriana poczuła ściskanie w piersi. „Zabranie się" nie oznaczało jedynie udania się na Zachód – oznaczało pozostanie tam. A to znaczyłoby, że już nigdy nie zobaczy Lidii.

– Nie przypominam sobie, żebym zapraszała cię do udziału w rozmowie. – Matka Teriany odwróciła się plecami do wiatru, by znów zapalić fajkę.

Dziewczyna założyła ręce na piersi.

– To, dokąd płyniemy, jest moją sprawą.

Formalnie rzecz biorąc, była to prawda. W dniu siedemnastych urodzin została awansowana na drugiego oficera, a sam statek był jej dziedzictwem. Jeśli jej matka zamierzała popłynąć Quincense z powrotem, to…

– A ja myślę, że sprowadziły cię tutaj własne sprawy, a nie sprawy statku. – Ciotka Yedda wyrwała Terianę z zamyślenia. – Mylę się?

Prawdziwość jej uwagi walczyła z pragnieniem Teriany, by dowiedzieć się więcej o rozmowie dwóch starszych kobiet, ale ostatecznie wygrało to pierwsze.

– Czy mogę zejść na ląd, kiedy przybijemy do portu?

– Jesteś pasażerką? – Tesya zapaliła fajkę i posłała kłąb dymu w twarz córki, co było sporym osiągnięciem przy tak silnym wietrze.

– Nie bierzemy pasażerów – odpowiedziała Teriana, ponieważ żaden ze statków Maarinów ich nie brał, ale natychmiast pożałowała, że dała się złapać w tę pułapkę, bo jej matka uniosła brwi.

– A to dlatego, że pasażerowie są bezużyteczni. Podobnie jak ty w tej chwili. A teraz do roboty.

Kłótnia nie miałaby sensu. Matce nie podobała się przyjaźń Teriany z Lidią, którą nazywała dzieckiem bezbożnego celendorskiego szczura lądowego. Sprzeciw w tej chwili sprawiłby jedynie, że Tesya znalazłaby powody, by zatrzymać córkę w porcie tak długo, że wyprawa na Wzgórze przestałaby mieć sens.

– Tak jest, pani kapitan – powiedziała więc Teriana i ruszyła na poszukiwanie czegoś do roboty.

– Nie miałaś szczęścia?

Głos Przynęty przyciągnął uwagę Teriany, kiedy wlokła się z pokładu rufowego. Przyjaciel siedział na stercie lin i ostrzył jeden z noży, z którymi nurkował, zwolniony z pracy ze względu na to, że był naznaczony przez bogów. Na pewno pomagało, że miał też szeroki uśmiech, którym mógł oczarować każdego obdarzonego oczami.

Teriana kopnęła liny i spojrzała ponuro na zbliżające się miasto.

– One chcą wrócić na zachód.

Ciemne dłonie Przynęty znieruchomiały, ale po chwili powiedział:

– Dobrze.

Teriana wymierzyła kolejnego kopniaka w jego golenie, jednak nie włożyła w to serca. Za każdym razem, kiedy trafiali do portu kontrolowanego przez Celendor, czyli każdego portu we wschodniej połowie świata, Przynęta musiał pozostawać na pokładzie. Naprawdę nie chcieli, by ktokolwiek zauważył znak bogów na jego ciele albo ciałach innych nurków Maarinów. Celendorczycy byli bezbożni i pragnęli wymazać z powierzchni świata to, co nazywali pogaństwem, a to z kolei znaczyło, że nie zrozumieliby jego odmienności. A jej nie podobała się perspektywa, że przez resztę życia miałaby odwiedzać przyjaciela na wystawie ciekawych okazów.

Twarz Przynęty złagodniała i wepchnął nóż z powrotem do pochwy na łydce.

– Jeśli cię nie puści, wieczorem przemycimy cię na brzeg razem z Magniusem.

Głowę Teriany wypełniło echo potwierdzenia ze strony strażnika Quincense. Stuknęła obcasem buta o pokład, wiedząc, że usłyszy ją ze swojego miejsca pod statkiem.

– Zwinąć żagle! – Głos matki zagłuszył hałas i załoga rzuciła się w wir kontrolowanego chaosu.

Potężne kamienne keje zbliżały się coraz bardziej, a jedna z łodzi magistra handlu już płynęła w ich stronę, podczas gdy nad głowami wioślarzy łopotała szkarłatno-złota bandera.

– Teriano!

Teriana odwróciła się i zobaczyła, jak jej matka klaszcze w dłonie, a jej złote bransolety błyszczą w słońcu. Posłała Tesyi zrezygnowane skinienie głowy. „Do roboty".

Słońce wisiało nisko na niebie, kiedy w końcu zacumowali, rozładowali towary, zapłacili podatki i przekonali surowego magistra, że nawet jeśli cokolwiek przemycają, nie zamierzają wyładowywać tego w jego cennym porcie.

– Przeklęte bezbożne celendorskie świnie i ich zasady! – Tesya z każdym przekleństwem uderzała pięścią w reling, a później splunęła na idealnie czyste nabrzeże.

Magister odwrócił się i lekko skłonił głowę.

– Interesy z Maarinami zawsze są przyjemnością – powiedział w znośnym mudamorskim, który Celendorczycy nazywali językiem handlu, na co Tesya uśmiechnęła się niechętnie.

– Ten nie jest taki zły – mruknęła i odwróciła się do Teriany. – I co? Zamierzasz tu tak stać i przestępować z nogi na nogę jak dziecko, które zaraz zsika się w majtki, czy idziesz?

– Już mnie nie ma.

Teriana postawiła stopę na trapie, ale wtedy matka szarpnięciem pociągnęła ją z powrotem na pokład i wcisnęła jej w dłoń zakurzoną butelkę.

– Nie przychodzi się do senatora z pustymi rękami, dziewczyno. – Odetchnęła cicho. – Przekaż moje wyrazy szacunku senatorowi Waleriuszowi. I Lidii też. Wróć przed świtem. Szykują się kłopoty, a ja nie zamierzam być ich częścią.

Teriana zbiegła po trapie, żeby matka nie zdążyła przypadkiem zmienić zdania.

Rozdział 2

Teriana

Celendorczycy wierzyli, że Celendrial jest sercem świata. Choć popełniali błąd w tym założeniu, mieli wszelkie prawo uważać miasto za serce Imperium, a ponieważ Imperium panowało nad wszystkimi lądami we wschodniej części Reath – również za serce swojej *połowy* świata. Rozrośnięty Celendrial był domem dla ponad miliona ludzi pochodzących z odległego północnego Sibernu, żyznych równin Atlii, wysokich gór Sibalinów i wszystkich krain pomiędzy, w tym samego Celendoru.

Stan ulic poprawiał się błyskawicznie, w miarę jak Teriana wspinała się na Wzgórze, z dala od portu i wiecznie smrodliwej rzeki Sawio. Ciasne insule i wąskie uliczki najgorszych dzielnic miasta ustępowały szerokim bulwarom, których środkiem biegły rozbudowane kamienne akwedukty. Wzdłuż ulic stały potężne budynki użyteczności publicznej, składające się z samych kolumn i łuków, a na każdym rogu wznosił się pomnik jakiegoś słynnego legionisty lub polityka – te ostatnie zwykle były dekorowane wulgarnymi i często zabawnymi napisami. Jeszcze dalej Terianę otoczyły domostwa bogatszych obywateli, cofnięte od ulicy i nierzadko ogrodzone. Zdobiły je kolumny, a droga do wejścia prowadziła przez ogród.

Jednak dopiero kiedy ulice się skończyły, zastąpione wąskimi, krętymi ścieżkami i zadbanymi kamiennymi schodkami, Teriana znalazła się twarzą w twarz z prawdziwym bogactwem i potęgą Imperium. Na Wzgórzu wznosiły się okazałe rezydencje senatorów, ledwie widoczne w cieniu starożytnych drzew i starannie utrzymanych ogrodów, wypełnionych wonią kwiatów i drzewek cytrusowych. Wszystko otaczały wysokie mury z bramami z misternie kutego żelaza. Teriana zdążyła się zasapać i spocić, zanim dotarła na szczyt, gdzie najwspanialsze z willi wznosiły się nie nad miastem, lecz nad oceanem. Tam pozwoliła, by bryza osuszyła jej skórę, a potem podeszła do bramy. Nie było dzwonka, a ona odczekała zaledwie pół uderzenia serca, po czym wspięła się na ogrodzenie i przeszła na drugą stronę. Zawartość butelki, którą dostała od matki, zachlupotała, kiedy dziewczyna z łoskotem wylądowała na ziemi. Wzdłuż ścieżki wyłożonej kwadratowymi płytami z marmuru wznosiły się kolumny połączone kunsztownie rzeźbionymi łukami, a jej środek wypełniała długa, wąska sadzawka z liliami wodnymi i złotymi rybkami. Na drugim końcu z rzeźby nagiej kobiety wyciągającej przed siebie szczupłą dłoń, do sadzawki spływała woda. Teriana zatrzymała się na chwilę, żeby opłukać ręce, po czym weszła po marmurowych schodach i stanęła przed ciężkimi drzwiami zdobionymi płytkami przedstawiającymi podboje Celendoru. Nawet nie zapukała – od razu je otworzyła i weszła do środka.

Atrium nie miało dachu, a na niebie było widać pierwsze gwiazdy. Na środku znajdowała się ogromna brązowa cysterna, w której zbierała się woda z rzadkich deszczów. Wokół stały niewielkie ławki, a za nimi nisze z popiersiami poważnych mężów. Po lewej i po prawej kręcone schody prowadziły na pierwsze piętro, ale Teriana wyszła przez drzwi na tyłach atrium. Powietrze było lekko wilgotne, przepojone aromatem kwiatów pochodzącym z mokrego lnianego płótna rozciągniętego na oknach zwróconych w stronę oceanu. W ciągu dnia korytarze domu wypełniały się cichymi odgłosami służby wywiązującej się ze swoich obowiązków, ale słońce już zaszło i jedynym dźwiękiem był drażniący męski śmiech dochodzący z tyłu willi.

Ruszyła korytarzem w tamtym kierunku, aż znalazła się w jasno oświetlonym pomieszczeniu przesyconym wonią jedzenia, trunków i aromatycznych olejków, które w najmniejszym stopniu nie tłumiły smrodu potu.

– Oczywiście, że ufunduję całą imprezę – powiedział jeden z mężczyzn, wyciągnięty na kanapie i odwrócony plecami do Teriany. – To uczciwe, jeśli wziąć pod uwagę, że to ja wyjdę lepiej na naszej transakcji.

– To niezwykła uprzejmość z waszej strony. – Młody mężczyzna spoczywający po drugiej stronie miał togę rozchyloną tak bardzo, że poważne miny jego towarzyszy zasługiwały na najwyższą pochwałę. – Ale tak naprawdę to wy wyświadczacie nam ogromną przysługę. Już zawsze będziemy waszymi dłużnikami za tę łaskę.

Teriana właśnie zastanawiała się, jak młodzieniec mógł jeszcze oddychać z głową wciśniętą tak głęboko w zadek starszego mężczyzny, kiedy ten służalczy błazen ją zauważył.

– Co to ma być? Co to ma być? – Był tak pijany, że podnosząc się, prawie się przewrócił. Wskazał palcem na Terianę. – Co to ma być?

– I wam również dobry wieczór – powiedziała powoli, po czym skinęła ojcu Lidii, który także się podniósł. – Dobry wieczór, senatorze.

Mężczyzna, wcześniej zwrócony do niej plecami, odwrócił się teraz twarzą do niej, a na jego lekko opalonym obliczu malowały się jednocześnie rozbawienie i… chłód.

– Piękna noc, czyż nie? – zagadnęła go.

– Owszem.

Uśmiechnął się, a Teriana stłumiła pragnienie, by cofnąć się o krok, ponieważ w tym uśmiechu wyczuła coś niewłaściwego. Coś niebezpiecznego.

– Jak się tu dostałaś? – spytał ostro młody patrycjusz, znów przyciągając jej uwagę.

– Przez frontowe drzwi.

– Jak to możliwe?

– Otworzyłam je.

– Otworzyłaś je?

Mężczyzna aż się gotował – z oburzenia i od nadmiaru trunku, a Teriana odchyliła się do tyłu i próbowała zapanować nad uśmiechem. W Imperium obowiązywała sztywna hierarchia: na samym szczycie znajdowali się patrycjusze, wyłącznie Celendorczycy, a poniżej plebejusze, czyli zwyczajni obywatele Celendoru. Następni byli peregrini, pochodzący z podbitych narodów – obecnie prowincji, które stanowiły większość Imperium. Plebejusze i peregrini nie wchodzili bez zaproszenia do domów patrycjuszy, ale ponieważ Maarinowie nie zaliczali się do żadnej z tych grup – jako jedyna nacja na Wschodzie, która nie znalazła się pod panowaniem Imperium – Teriana nie czuła się w obowiązku przestrzegać tego protokołu. Była równa tym mężczyznom, nawet jeśli oni tego nie wiedzieli.

– Obawiam się, że niewiele mam do dodania do swojej relacji z otwarcia drzwi. Choć mogłabym zademonstrować, jeśli pomoże wam to w zrozumieniu tak wspaniałej opowieści.

Złocista skóra młodzieńca zaczynała nabierać charakterystycznego purpurowego odcienia, ale mężczyzna o chłodnym spojrzeniu tylko się roześmiał i uniósł w jej stronę kielich w toaście.

– Spokojnie – odezwał się w końcu senator Waleriusz i pospiesznie stanął między nią a młodzieńcem, który obciągał togę, jakby przygotowywał się do wielkiej obrony niestrzeżonych drzwi willi. – Znam tę młodą kobietę. – Wpatrzył się w butelkę w dłoni Teriany. – Nie musiałaś przynosić jej osobiście, moja droga. Wysłałbym kogoś po nią, gdybym wiedział, że statek twojej matki zawinął do portu.

Posłał jej ostrzegawcze spojrzenie, które rozjaśniło Terianie w głowie. Wzruszyła ramionami.

– Najlepsi klienci wymagają najlepszego traktowania, senatorze. A teraz, gdybyście byli łaskawi uiścić…

– Oczywiście, oczywiście. – Położył dłoń na jej ramieniu i wyprowadził ją z komnaty. – Jaką cenę ustaliliśmy?

Podała nieprzyzwoicie wysoką kwotę, ale dopiero kiedy znaleźli się w głębi korytarza, senator Waleriusz opuścił rękę i potrząsnął głową.

– Doceniam twój tupet, Teriano, ale czasami aż prosisz się o kłopoty. Może następnym razem przyślesz wiadomość ostrzegającą nas o swoim przybyciu?

– Nie chciałam marnować czasu i papieru. – Podała mu butelkę.

– Dlaczego nie dziwi mnie, że tak właśnie myślisz. – Westchnął, a jego zaciśnięta na butelce dłoń zadrżała. – Jest w bibliotece. Postarajcie się zachowywać cicho do czasu wyjścia moich gości.

– Pewnie.

Teriana posłała mu jeszcze jedno spojrzenie i zauważyła, że złocista skóra przybranego ojca Lidii miała bardziej ziemisty odcień niż ostatnim razem, kiedy go widziała. Później pobiegła korytarzem i po schodach do biblioteki.

Z dużego pomieszczenia emanował łagodny blask lamp. Teriana zatrzymała się w drzwiach i z aprobatą patrzyła na regały sięgające od podłogi do sufitu, wypełnione rzadkimi i cennymi tomami we wszystkich językach Wschodu. Choć za nic nie oddałaby swojego życia na Quincense, na statku miała nieco ograniczoną przestrzeń.

Lidia siedziała przy biurku po drugiej stronie biblioteki, pochylona nad swoją pracą. Pomijając już to, że została adoptowana, przyjaciółka Teriany była anomalią na Wzgórzu. O głowę (a czasami i ramiona) wyższa od większości Celendorczyków, w przeciwieństwie do nich miała ciemne włosy, a jej blada cera wyraźnie n i e pasowała do rozpalonego Celendoru.

Najbardziej przypominała mieszkańców północnej Mudamory na Zachodzie, szczególnie z powodu skośnych zielonych oczu, błyszczących jak kwarc. Wyglądała jak kopia arcydamy Dareeny Falorn, co było całkiem zabawne, bo Dareena była wojowniczką naznaczoną przez bogów, a Lidia nigdy nie miała w ręku niczego ostrzejszego od pióra. Mimo uderzającego podobieństwa było jednak niemożliwe, by Lidia urodziła się na Zachodzie. Jedynie statki Maarinów przepływały Bezkresne Morza, a jej rodacy nie brali pasażerów. Nigdy.

Teriana i Lidia poznały się przed pięcioma laty, kiedy Maarinowie negocjowali nowy traktat handlowy z Senatem. Jako triumwir jej matka była jednym z kapitanów prowadzących negocjacje i została zaproszona do domu senatora Waleriusza na kolację. Tesya zaciągnęła ze sobą Terianę, żeby ta „czegoś się nauczyła". Lidia także była obecna, wyglądała jak kruk w stadku żółtych kaczątek, niemal równie nie na miejscu jak Teriana. Co wiele znaczyło, ponieważ Teriana miała skórę czarną jak noc, niezliczone długie do pasa warkoczyki ozdobione złotem i klejnotami, a ramiona umięśnione od pracy na Quincense. Mimo wszystko Teriana zakładała, że Lidia była kolejną Celendorką, która nie odzywała się niepytana. Śliczna jak starannie ułożony bukiet i równie mało interesująca.

Jakże się myliła.

Jeden z towarzyszy Waleriusza – senator wyróżniający się tylko tym, że zachowywał się jeszcze bardziej protekcjonalnie niż typowi patrycjusze – upierał się, że będzie mówił w języku handlu, co byłoby godne uznania, gdyby nie powiedział otwarcie, że robi to, „by nie słuchać, jak Maarinowie masakrują celendorski". Teriana z wielkim trudem powstrzymywała śmiech, kiedy kaleczył ten język, a Tesya musiała wręcz wbić obcas w stopę córki, gdy mężczyzna popełnił wyjątkowo rażący błąd dotyczący rozmiarów swoich posiadłości. I wtedy Lidia wstała.

– Senatorze, z całym szacunkiem, właśnie powiedzieliście pani kapitan, że znajdujecie się w posiadaniu bardzo dużego – zakaszlała cicho – członka. – Później uśmiechnęła się do niego niewinnie. – Poprawiam was jedynie dlatego, że wielokrotnie powtarzano mi, iż w tego rodzaju negocjacjach najważniejsza jest precyzja.

Właśnie wtedy, mimo że nie miały ze sobą nic wspólnego, Teriana zrozumiała, że dziewczyna jest jej siostrą duchową, a ich przyjaźń została nakazana przez samych bogów. I tak było aż do tej pory.

Teriana stanęła za Lidią i pochyliła się nad ramieniem przyjaciółki. Bawiło ją, że dziewczyna tak bardzo zatopiła się w tłumaczeniu, iż nie dostrzegła jej obecności.

– Źle napisałaś „kurczak" – powiedziała głośno Teriana. – A twoja znajomość gramatyki bardeeńskiego jest beznadziejna.

– To nie… – Lidia usiadła prosto i przekręciła się na krześle. Na jej twarzy pojawił się uśmiech, a okulary zsunęły się z nosa. – Teriana!

Padły razem na ziemię, obejmowały się i wykrzykiwały, zupełnie ignorując prośbę senatora Waleriusza.

– Nie spodziewałam się ciebie. – Lidia oparła szczupłą rękę na podłodze i poprawiła jedwabną suknię.

– Nie ty jedna. – Teriana ściągnęła buty i odrzuciła je na bok, po czym usiadła ze skrzyżowanymi nogami. – Twój ojciec ma dziś nieciekawe towarzystwo.

– Ach tak?

Teriana opisała dwóch mężczyzn, a Lidia się skrzywiła.

– Młodszy to bratanek mojego ojca Wibiusz.

„Bratanek ojca – nie jej brat cioteczny". Kolejne przypomnienie, że choć Lidia została adoptowana przez senatora, kiedy była niemowlęciem, nie czuła się prawdziwym Waleriuszem i nigdy nie mogła nim zostać. Teriana zdjęła jeden z pierścieni

Lidii, by przyjrzeć się bliżej klejnotowi, i znów zastanawiała się, czy kolejny raz spytać przyjaciółkę o wspomnienia z czasów, zanim została przygarnięta przez senatora. Tyle że znała odpowiedź: matkę Lidii znaleziono zasztyletowaną przed rezydencją Waleriusza, a w zimnych ramionach trzymała zapłakane dziecko. Tak małe, że jedynie gaworzyło. Tak małe, że nie pamiętało, skąd pochodzi.

– A ten drugi mężczyzna?

Lidia odebrała pierścień, kilka razy obróciła go na palcu i w końcu powiedziała:

– Lucjusz Kasjusz.

Teriana uniosła brwi. Wszyscy wiedzieli, że Lucjusz Kasjusz urodził się w bocznej gałęzi rodu patrycjuszy, ale seria wypadków i chorób pozwoliła mu odziedziczyć bogactwo rodziny i miejsce w Senacie, kiedy jego kuzyn, czy kimkolwiek był, umarł. Teraz uważano go za potężnego senatora, lecz jego poglądy polityczne stały w sprzeczności z podejściem przybranego ojca Lidii, co sprawiało, że jego obecność w rezydencji była dziwna. I to w niezbyt pozytywny sposób. Był człowiekiem, co do którego wszyscy zgadzali się, że ma złą reputację, choć nikt nie umiałby wyjaśnić dlaczego. Ciągnęło się to za nim jak paskudny smród z nieznanego źródła.

– Wybory – odparła Lidia w ramach wyjaśnienia, po czym pomogła Terianie wstać z podłogi. – Chodźmy do ogrodu. Tu jest zimno.

Nie było, ale Teriana się nie sprzeciwiała i ruszyła za przyjaciółką z powrotem na dół.

Tam znalazły się twarzą w twarz z panem domu. I jego bratankiem.

Młody mężczyzna popatrzył na Terianę, kołysząc się lekko, po czym posłał Lidii lekceważące spojrzenie, które sprawiło, że dziewczyna aż się skuliła.

Jej reakcja skłoniła Terianę do sięgnięcia po nóż. Jedynym, co powstrzymało ją przed zrobieniem kilku dziur w łajdaku i jego bezzasadnym poczuciu wyższości, była dłoń Lidii zaciskająca się na jej nadgarstku.

– Nie dość, że przynosisz nam wstyd, to jeszcze bratasz się z żeglarką – powiedział Wibiusz do Lidii, po czym zwrócił się do senatora: – Pobłażasz jej.

Twarz senatora, zwykle przyjazna, stężała.

– I wciąż będę jej pobłażał, póki to w mojej mocy. – Skinął krótko Lidii, która zaciągnęła Terianę za róg i wyprowadziła do ogrodu.

– Co za napuszony fiutek – warknęła Teriana. – Lepiej niech na siebie uważa, bo mam ochotę odciąć mu…

Lidia uniosła dłoń, uciszając atak przyjaciółki.

– Choć to urocza wizja, naprawdę musisz pohamować język w jego obecności.

Teriana patrzyła na nią zaskoczona.

– Nigdy nie byłaś bardzo delikatna.

– No tak. – Lidia przetarła dłonią zmęczoną twarz. – On jest dziedzicem mojego ojca.

Teriana przypomniała sobie drżącą rękę i ziemistą skórę senatora Waleriusza i nagle wszystko zrozumiała. „Wciąż będę jej pobłażał, póki to w mojej mocy". Był chory. Może nawet umierał. A prawa Celendoru w najlepszym wypadku nie sprzyjały kobietom. W najgorszym były paskudne. Najbardziej bezwzględne, jakie napotkała na całej Reath.

– Będziesz jego własnością, kiedy odziedziczy spadek.

Przyjaciółka zrobiła grymas, który oznaczał, że próbuje powstrzymać płacz.

Teriana poczuła ściskanie w gardle, z trudem wypowiedziała słowa:

– Da się to jakoś obejść?

– Gdybym wyszła za mąż.

Co wcale nie było rozwiązaniem – znaczyło jedynie, że stałaby się własnością innego mężczyzny. Pewnie jednak dałoby się znaleźć kogoś lepszego od Wibiusza.

– Niewątpliwie wielu mężczyzn potykałoby się o własne nogi, byleby tylko związać się z twoją rodziną.

– Możliwe, gdyby nie było powszechnie wiadome, że mój ojciec choruje. To byłby krótkotrwały związek.

– A ktoś, kto nie jest patrycjuszem?

Patrycjuszowskich rodów było zaledwie kilkaset, za to bogatych plebejuszów marzących o powiązaniu z wpływowym rodem – całe rzesze.

– Zachęta finansowa mogłaby…

– Dość, Teriano. Ta rozmowa sprawia, że czuję się jak klacz rozpłodowa. Porozmawiajmy o czymś innym. – Lidia zrobiła krótki gest i znikąd wyłoniła się służąca z tacą z winem i ze świeżymi owocami. – Opowiedz mi o swoich podróżach. Gdzie byliście? Co widzieliście? Jak się miewa twoja rodzina? Jak Przynęta?

Łatwiej jej było zmienić temat. Zasypywać Lidię opowieściami o wzburzonym morzu, wybrykach załogi w różnych portach i dowcipach, które w wolnej chwili robiła z Przynętą. Radosne opowieści. Zabawne opowieści. Cokolwiek, byle nie myśleć o beznadziejnej sytuacji jej najlepszej przyjaciółki. I bezradności, bo nic nie mogła na to poradzić.

W komnatach Lidii napiły się jeszcze wina, a Teriana przymierzyła połowę jedwabnych sukni przyjaciółki. Wszystkie były dobre sześć cali za długie i nie pasowały na umięśnioną Terianę. Obie dziewczyny śmiały się histerycznie, kiedy Teriana próbowała zmniejszyć różnicę wzrostu za pomocą pary butów na obcasach. Przeszły na balkon i usiadły na kanapie. Lidia zaplotła zdobione klejnotami warkoczyki Teriany w koronę na jej głowie, a w rozmowie przechodziły z języka na język, bo

Lidia lubiła ćwiczyć. W końcu zwinęły się zwrócone do siebie na ogromnym łóżku. W otoczeniu zbyt wielu poduszek i odpowiedniej ciemności Teriana w końcu spytała:

– Boisz się?

Jedynymi odgłosami były bzyczenie owadów za oknem i cichy szum fal oceanu poniżej. Wreszcie Lidia szepnęła:

– Tak. Sądzę, że dzień po śmierci mojego ojca Wibiusz sprzeda mnie temu, kto da najwięcej. A jeśli nikt nie zapłaci, każe mnie zabić.

Serce Teriany wybijało szybki rytm w piersi, strach o przyjaciółkę sprawił, że wino w jej żołądku skwaśniało. Senator Waleriusz mógł przeżyć jeszcze rok, ale jeśli nie uda mu się znaleźć męża dla córki, jej los był przypieczętowany. Musiało istnieć inne wyjście. Miejsce, do którego Lidia mogłaby uciec poza zasięg Imperium. Miejsce, do którego mógł ją zabrać jedynie statek Maarinów.

„Wschód nie może się spotkać z Zachodem".

Jedynym, co powstrzymywało rozprzestrzenianie się Imperium, były Bezkresne Morza i nieświadomość Senatu, że po drugiej stronie warto cokolwiek podbijać. Madoria była najbardziej łaskawym z Sześciorga, ale utrzymywanie obu półkul w niewiedzy o sobie nawzajem stanowiło jedno z najważniejszych przykazań. Gdyby Teriana je złamała, jej dusza mogłaby trafić do podziemi.

A jednak…

Wyobrażała sobie przyjaciółkę, której wszystkie cechy wyraźnie świadczyły, że urodziła się na Zachodzie i pochodziła z ludu wiernego bogom tak samo jak Maarinowie. Że Lidia należała do Sześciorga na równi z Terianą.

Co znaczyło…

Nim zdążyła to przemyśleć i stracić odwagę, spytała:

– A gdybyś odeszła? A gdybyś uciekła?

Zduszony śmiech.

– Dokąd? Nie ma miejsca, nad którym Senat nie panuje. Żadnego, w którym nie odnalazłyby mnie jego legiony.

– Jest.

Cisza.

– Gdzie?

Serce Teriany biło szybko, pod piersiami zbierał się pot. Ponieważ to było zakazane. „Zakazane, zakazane, zakazane".

– Po drugiej stronie Bezkresnych Mórz.

– Co masz na myśli? Tam jest tylko woda.

– Jest cały inny świat.

Teriana usłyszała westchnienie Lidii. Dla Imperium wszystko, co znajdowało się za Bezkresnymi Morzami, było jedynie przypuszczeniami i mitem, morze zdawało się zbyt potężne i zdradzieckie, by ich okręty mogły potwierdzić teorię, że może tam być coś więcej. Choć próbowały.

Lidia szepnęła:

– Masz na myśli Mroczne Wybrzeża? Istnieją?

Teriana nie potrafiła się zmusić, by wypowiedzieć potwierdzenie, więc jedynie pokiwała głową. A później, modląc się, by nie miała powodu tego pożałować, oznajmiła:

– Jeśli uznasz, że chcesz odejść, albo jeśli kiedyś będziesz rozpaczliwie potrzebowała się ze mną skontaktować, tak to się robi.

Rozdział 3

Marek

Marek wyciągnął przed siebie nogę i spojrzał z ukosa na karty w dłoni. Zdążył już zapomnieć, że w Celendrialu jest tak gorąco. Trzydziesty Siódmy Legion powrócił przed niewiele ponad tygodniem po siedmiu latach w obcych krajach, a Marek już był gotów znów wyruszyć. Miny przyjaciół świadczyły, że nie był w tym odosobniony. Ledwie wzeszło słońce, a Serwiusz i Feliks zdążyli się rozebrać do pasa i pocili się obficie.

Feliks rzucił karty na stół.

– Pasuję.

– Ja też. – Serwiusz odchylił się do tyłu i spojrzał na słońce. – Nigdy się nie spodziewałem, że zatęsknię za śniegiem, ale niech będę przeklęty, tak właśnie jest.

– Idź popływać. – Marek zgarnął monety ze stołu i wrzucił je do dość pękatej sakiewki.

– Nie ma mowy. – Serwiusz zrobił krzywą minę. – W wodach otaczających Celendrial jest pełno potworów.

– Po prostu zabierz ze sobą kogoś, kto pływa wolniej od ciebie. – Marek znów przekręcił się na zydlu. Bezczynność doprowadzała go do szaleństwa.

– Nie ma mowy. Wolę się pocić.

– Szkoda. – Feliks pomachał ręką przed nosem. – Śmierdzisz. Jestem zaskoczony, że smród twojego potu i pierdzenia nie wypalił mi włosów w nosie.

– Lepiej byś wyglądał, gdyby tak się stało, złocistoskóry dupku – odparł Serwiusz.

Marek już ich nie słuchał. Jego umysł skupiał się na innych kwestiach: dlaczego Senat wezwał ich z powrotem? Owszem, Chersome zostało podbite, jednak ich powrót wydawał się przedwczesny. Na wyspie było więcej przemocy i niepokojów niż we wszystkich pozostałych prowincjach razem wziętych. Nie istniało lepsze miejsce dla Trzydziestego Siódmego. A biorąc pod uwagę to, że nie dało się bardziej oddalić od Celendrialu, nie istniało lepsze miejsce dla niego.

Jego zamyślenie przerwał cichy głosik dochodzący zza pleców.

– Szukam Trzydziestego Siódmego Legionu.

Marek odwrócił się i zobaczył stojącego kilka kroków za nim młodziutkiego służącego. Chłopiec trzymał zapieczętowany zwój pergaminu i nerwowo przestępował z nogi na nogę.

– Trzydziestego Siódmego? – spytał Serwiusz. – A dlaczego spodziewasz się go tu znaleźć?

Chłopiec popatrywał na nich nerwowo, nie dosłyszał sarkazmu w głosie Serwiusza. Ta liczba była wszędzie. Wykuta w złocie na smoczym znaku legionu wbitym w ziemię w odległości paru metrów. Haftowana na niezliczonych chorągwiach łopoczących na wietrze. Wytatuowana wielkimi czarnymi cyframi na piersiach wszystkich czterech tysięcy stu osiemnastu młodych mężczyzn odpoczywających w obozie. Chłopiec otworzył usta, ale zaraz znów je zamknął. Pergamin drżał w jego dłoniach.

Serwiusz się roześmiał, a ten dźwięk sprawił, że dzieciak aż się skulił.

– Zamknij się, Serwiuszu – powiedział Marek.

Posłaniec nie był głupi, tylko przerażony. I nie bez powodu. Zaokrąglone niebieskie tatuaże na jego czole świadczyły o tym, że pochodził z Chersome. Trzydziesty Siódmy spustoszył jego ojczyznę i zmusił jego rodaków do przymusowej służby.

Ktokolwiek wybrał go, by dostarczył tę wiadomość, był albo skrajnym ignorantem, albo miał złośliwe poczucie humoru. Marek wstał.

– Jesteśmy Trzydziestym Siódmym.

Chłopiec cofnął się o krok.

– Do kogo jest ta wiadomość?

Pergamin zmiął się w uścisku służącego.

– Do legata Marka. Numer legionowy jeden pięć jeden dziewięć.

– Znalazłeś go. – Marek wyciągnął rękę po wiadomość, ale chłopiec przycisnął ją do piersi.

– Powiedziano mi, że mam poprosić o dowód. – Broda dzieciaka drżała.

Serwiusz błyskawicznie podniósł się na równe nogi i wyciągnął ręce do chłopca.

– Ty pozbawiony szacunku mały…

Marek machnął ręką, trafił przyjaciela w twarz i odepchnął go do tyłu.

– Siadaj.

Serwiusz usiadł.

Marek złapał za dekolt tuniki i ją zdjął. Odwrócił się, by pokazać numer wytatuowany na plecach, po czym spytał:

– Czy to wystarczający dowód?

Jedyną odpowiedzią było stłumione łkanie. Marek westchnął i znów włożył tunikę. Podszedł powoli do klęczącego chłopca i wydobył mokry od potu pergamin z jego uścisku.

– Idź i powiedz swojemu panu, że wykonałeś polecenie.

Dzieciak podniósł się niezgrabnie i pobiegł przez obóz.

– Arogancki gówniarz – wymamrotał Serwiusz przez szmatkę, którą przyciskał do twarzy. – Marku, chyba złamałeś mi nos.

Marek go zignorował. Oddalił się o kilka kroków od przyjaciół, rozwinął pergamin i przeczytał parę starannie spisanych linijek tekstu.

– Wpuszczą nas do miasta? – spytał Feliks.

– Nie. – Marek jeszcze raz przeczytał wiadomość i schował pergamin. – Nie pozwolą legionowi na swobodne wejście do Celendrialu.

– To niesprawiedliwe – burknął Serwiusz przez szmatkę. – Czterdziesty Pierwszy wpuścili.

– Czterdziesty Pierwszy to co innego – skwitował Feliks. – To tak, jakby wypuścili na ulicę legion małych kotków.

– Umiem mruczeć.

Marek uchylił się przed rozbryzgiem krwi i śliny, kiedy Serwiusz zademonstrował tę umiejętność, i ruszył w stronę swojego namiotu. W środku zdjął przepocone ubranie i gestem kazał służącemu przynieść czystą tunikę. Założył ją przez głowę i znów przeklął celendrialski upał, bo wełna przylepiła mu się do pleców. Amarin, sibalski służący Marka, właśnie zapinał sprzączki jego pancerza, gdy przyjaciele postanowili wejść za nim do środka.

– Spotkanie towarzyskie? – Feliks uniósł brew.

– Zostałem wezwany – mruknął Marek do swojego zastępcy.

– Przez Senat?

– Nie. – Podniósł gladius i przypasał go, a służący zapiął na jego ramionach czerwony płaszcz ze smokiem wyhaftowanym błyszczącą złotą nicią. – Ale przez senatora.

Na twarzy Feliksa po chwili pojawił się uśmiech.

– W takim razie odpowiedzi? Misja.

– Może.

– Coś cię zaswędziało?

– Mnie zawsze coś swędzi. – Serwiusz ze śmiechem podrapał się po tyłku.

Obaj go zignorowali.

Marka rzeczywiście coś zaswędziało, jak to nazywał Serwiusz. To uczucie, które wypełniało go przed bitwą albo zanim dostał zadanie. Tyle że coś wydawało się niewłaściwe. Dlaczego zostali wezwani z powrotem? Dlaczego biorąc pod uwagę ich reputację, Senat kazał im marnieć pod bezcenną stolicą? Dlaczego został wezwany nie po to, by stanąć przed obliczem Senatu, ale by spotkać się z jednym mężczyzną? I jak to świadczyło o tym mężczyźnie, że wysłał z wiadomością Chersomczyka? To było więcej niż swędzenie – bardziej przypominało próbę spania we włosiennicy.

– Powiesz nam kto?

– Człowiek, którego imię jest dziś rano na ustach wszystkich. – Marek podniósł swój czerwono-złoty hełm z pióropuszem i wcisnął go na głowę. – Lucjusz Kasjusz.

Rozdział 4

Teriana

Świt już dawno minął, zanim Teriana wróciła do portu.

Pot przemoczył tył jej bluzki, kiedy przeciskała się między celendorskimi marynarzami pracującymi na nabrzeżu, a później wbiegła po trapie. Rozglądała się po pokładzie za matką, której – Sześciorgu niech będą dzięki – nigdzie nie zauważyła.

– Nie mogłaś się wydobyć z puchowego łoża?

Ciotka Yedda siedziała i popijała parujący płyn z kubka. Jej jasnobrązowa skóra, którą zawdzięczała mudamorskiemu ojcu, ostro kontrastowała z żółtą bluzką. Poza śladami siwizny w warkoczach nie było po niej widać upływu czasu. Błękit pogodnych oczu Yeddy falował łagodnie, odzwierciedlając jej nastrój w odcieniach morza – podobnie jak się to działo u wszystkich, którzy mieli w żyłach choć kroplę krwi Maarinów. Celendorscy uczeni w tych swoich eleganckich kolegiach wierzyli, że oczy Maarinów przypominają skórę kameleona, ale jej lud wiedział, że to znak, iż Madoria uważa ich za swoich.

– Przepraszam. Rozmawiałyśmy do późna.

– Jak się czuje Lidia?

Na twarzy Teriany pojawił się grymas. Gdyby miała powiedzieć prawdę, wolałaby, by nikt nie podsłuchał tej rozmowy, a większość załogi kręciła się po pokładzie. Spojrzenia mieli zaspane, ale ich dłonie poruszały się zręcznie, wykonując wszystkie czynności niezbędne do wyjścia w morze. Terianę bolała głowa od wina wypitego poprzedniej nocy i nie umiała do końca stwierdzić, czy to trunek skłonił ją do opowiedzenia Lidii o Zachodzie, czy też sprawiła to prawdziwa rozpaczliwa potrzeba przyjaciółki. Kiedy bowiem zaczęła już mówić, zupełnie jakby otworzyły się wrota i kolejne tajemnice opuszczały jej usta, by wpaść w uszy Lidii, aż nad ranem obie zasnęły.

I trudno jej było nie czuć przerażenia na myśl o tym, co zrobiła. „Wschód nie może się spotkać z Zachodem" było mantrą, którą powtarzano jej od dzieciństwa, i nigdy nie słyszała, by ktoś z jej ludu złamał przykazanie Madorii dotyczące zachowania obu półkul Reath w niewiedzy o sobie nawzajem. Teriana nie była nawet pewna, jakie byłyby konsekwencje, gdyby ktokolwiek dowiedział się, co zrobiła…

Dochodzące od strony miasta donośne okrzyki i dudnienie w bębny wyrwały ją z zamyślenia. Wszyscy odwrócili się, by rzucić okiem na targowisko w poszukiwaniu źródła zamieszania. Wkrótce w ich polu widzenia pojawiła się grupa mężczyzn machająca rękami i wykrzykująca coś niezrozumiałego. Naraz dostrzegli drugą grupę, zachowującą się w bardzo podobny sposób, obie zatrzymały się zwrócone do siebie, w odległości kilkunastu kroków. Dołączali do nich kolejni ludzie i robił się coraz większy hałas.

I tak działo się w całym Celendrialu.

W mieście zaczęły się protesty, plebejusze wychodzili na balkony i ulice, dołączając swoje głosy. A istniała tylko jedna rzecz, która potrafiła tak bardzo poruszyć Celendorczyków – polityka.

Dwójka członków załogi Quincense, która spędziła noc poza statkiem, szła pospiesznie w jego stronę.

– Co się dzieje? – spytała ciotka Yedda.

– Lucjusz Kasjusz ogłosił, że będzie się ubiegać o urząd konsula – odparł jeden z nich.

Pot na plecach Teriany zrobił się zimny i poczuła, że znalazła się zbyt blisko paskudnej sytuacji.

– Kasjusz był wczoraj wieczorem w domu Lidii. – Nie zwracała się do nikogo szczególnego. – Spotkał się z jej ojcem.

Yedda zmarszczyła czoło, a jej liczne warkoczyki zakołysały się, kiedy znów spojrzała w stronę miasta. Ale to Tesya, która podeszła do nich bezszelestnie, odezwała się jako pierwsza:

– Musimy wypłynąć. Czy wszyscy są na pokładzie?

Yedda potrząsnęła głową.

– To może potrwać jeszcze kilka godzin.

– A niech to. – Tesya uderzyła pięścią w reling. – Nie zdążymy na odpływ. – Mięśnie jej szczęki napięły się, naciągając ciemną skórę. W końcu powiedziała: – Nikt nie opuszcza statku. Dziś z pewnością będą zamieszki, a ja nie chcę, by ktoś z mojej załogi wpakował się w tarapaty. – Odwróciła się i ruszyła w stronę swojej kajuty.

Teriana poszła za nią.

Tesya obmyła się w misce, a Teriana czekała, aż matka skończy i zawiąże szal powstrzymujący grube czarne włosy przed wpadaniem do oczu. Nie ukryło to jej zapuchniętych powiek, a na widok sterty ksiąg rachunkowych na biurku Teriana stwierdziła, że matka pracowała przez całą noc.

– Dobrze się wczoraj bawiłaś?

Pytanie sprawiło, że Teriana aż podskoczyła.

– Tak. Miło było się z nią spotkać. Ale…

– Ale? – Matka odwróciła się od lustra.

– Martwię się o nią.

Z nadzieją, że ciemniejszy odcień oczu matki wynikał z troski o Lidię, Teriana wyjaśniła sytuację.

– A czego się spodziewałaś? – spytała matka, gdy Teriana skończyła opowieść. – Celendorczycy to tępaki, a Waleriusz, choć jest lepszy od większości, to jedynie przez porównanie. Myśl o wydaniu Lidii za plebejusza nawet nie przyszła mu do głowy… Patrycjusze pilnują swojego pochodzenia tak samo pilnie, jak Gamdeshowie rodowodu swoich psów myśliwskich, chociaż to ostatnie przynajmniej ma jakiś cel. I dlatego senatora Waleriusza będzie kosztowało fortunę, by ktokolwiek przestał zwracać uwagę na białą jak płatki lilii skórę dziewczyny. Ona nie ma w żyłach kropli celendorskiej krwi.

Ani kropli wschodniej krwi zdaniem Teriany, ale nie wypowiedziała tych słów na głos. Zamiast tego, choć znała odpowiedź, spytała:

– Czy możemy zabrać ją ze sobą?

– Nie.

– Ale…

– Powiedziałam, że nie. Sądzisz, że jej ojciec nie podejrzewałby, że to my ją zabraliśmy? A jak myślisz, jakie miałoby to konsekwencje dla tego statku i jego załogi? Dla wszystkich Maarinów, gdyby wyszło na jaw, że wykradliśmy córkę senatora? Mielibyśmy na karku marynarkę i legionistów czekających na nas w każdym porcie.

– Popłynęlibyśmy na zachód – sprzeciwiła się Teriana. – Tam byłaby bezpieczna.

Matka coś mruknęła.

– To zaszkodziłoby relacjom Imperium i Maarinów. A wielu z nich czerpie dochody z portów po tej stronie Reath. Zniszczyłabyś życie niezliczonych ludzi dla jednej dziewczyny?

– Jesteś…

– Odpowiedź brzmi „nie", Teriano. Żal mi Lidii, ale nic nie możemy dla niej zrobić.

I w ten sposób rozmowa się skończyła.

Teriana otworzyła drzwi tak gwałtownie, że uderzyły o ścianę, wypadła z powrotem na pokład i pospieszyła do relingu, by popatrzeć na statki zakotwiczone dalej wzdłuż nabrzeża, bo dzięki temu nikt nie widział jej łez.

Słońce już wzeszło. Było gorąco, miała kaca i dała swojej najlepszej przyjaciółce fałszywą nadzieję. Ocierając łzy z policzków, dostrzegła poruszenie pod powierzchnią morza i przez jedno uderzenie serca zastanawiała się, dlaczego Magnius odważył się zmierzyć z brudną wodą w porcie, kiedy jego głos odbił się echem w jej głowie: „Lidia potrzebuje pomocy".

Minęła chwila, nim zarejestrowała jego słowa, a później kolejna, nim dotarło do niej, że Lidia zaryzykowała przeprowadzenie rytuału przywołującego Magniusa, a następnie jeszcze jedna, nim w jej głowie pojawiło się pytanie, *co* mogło ją do tego skłonić.

– Lepiej, żeby to nie był eksperyment, Lidio – mruknęła Teriana pod nosem i odwróciła się.

Cała załoga się na nią gapiła. Teriana poczuła ściskanie w żołądku, kiedy uświadomiła sobie, że Magnius odezwał się nie tylko w *jej* umyśle. Przemówił do *wszystkich*.

Drzwi kajuty kapitana otworzyły się z taką siłą, że szkło aż popękało, i na zewnątrz wypadła matka Teriany.

– Ty idiotko! – wrzasnęła. – Coś ty narobiła?! Co ty sobie myślałaś?!

Teriana otworzyła usta, ale zaraz je zamknęła – zużyła argumenty, które matki i tak nie obchodziły. Tesya ruszyła w jej stronę, rozpinając pas, a jej gniewna tyrada była jedynie szumem w uszach Teriany. Ciotka Yedda próbowała stanąć Tesyi na drodze, ale kobieta odepchnęła ją na bok.

– Odwróć się – poleciła.

To nie złość w głosie matki sprawiła, że Teriana wypełniła polecenie, ale strach w jej oczach. Ignorując śmiechy i gwizdy z sąsiednich statków, Teriana oparła czoło o reling i przygotowała się na uderzenie pasa, kiedy w całe zamieszanie wbił się głos Magniusa: „Pozwól jej pójść do dziewczyny".

Szyderstwa na pobliskich statkach trwały dalej, ale na Quincense wszyscy zamilkli w oczekiwaniu na reakcję swojej kapitan.

– Idź. Idź. – Głos matki drżał, a Teriana unikała spojrzenia jej w oczy, kiedy się prostowała.

– Nie przedostanie się sama przez miasto.

Spokojny ton Yeddy nie uspokoił gorączkowego bicia serca Teriany.

– Tam jest niebezpiecznie.

Tesya przeniosła wzrok na Celendrial.

– Przynęto, weź jedną z łodzi i zabierz ją do Wzgórza.

– Obserwują nas – zauważyła Yedda. – Magister pomyśli, że przewozimy przemycane towary.

– W takim razie odwróćcie jego uwagę! – krzyknęła Tesya. Stanęła tyłem do załogi i rozmasowała skronie, ale Teriana zobaczyła ślad łez w jej oczach. – Zajmij się tym, Magniusie.

Strażnik Quincense nie odpowiedział, a w każdym razie Teriana tego nie usłyszała. Ale Przynęta zaczął opuszczać jedną z długich łodzi, z twarzą nietypowo pozbawioną uczuć. Zamiast mu pomóc, powiedziała:

– Mamo, ja…

– Idź, Teriano.

Niepewność zatrzymała ją w miejscu. W życiu niezliczone razy doprowadziła matkę do szału i musiała znosić różnorakie kary. Ale nie w taki sposób. Nigdy w taki sposób.

– Porozmawiam z nią – mruknęła ciotka Yedda. – Ty zajmij się Lidią.

Odejście nie wydawało się właściwe, ale pozostanie było jeszcze gorszym rozwiązaniem. Jej wnętrzności podgryzała niepewność, jak przerośnięte okrętowe szczury. Co się stało z Lidią? Czy ktoś zrobił jej krzywdę? Ale jeszcze gorsze było pytanie, co Teriana mogłaby zrobić, by jej pomóc.

„Zabierz książkę". Głos Magniusa wypełnił jej myśli razem z wizją tomu, który doskonale znała – który w takiej lub innej formie doskonale znał każdy pochodzący z Zachodu.

„Oszalałeś? – odpowiedziała w myślach. – Jeśli dam jej tę książkę, czy może wyjść z tego coś dobrego?"

„Istnieje tyle ścieżek, ilu wędrowców".

Typowa tajemnicza odpowiedź, ale Teriana wiedziała z doświadczenia, że innej nie dostanie.

– W porządku – bąknęła i pospieszyła do kajuty po wspomniany tom. – Równie dobrze mogę wpaść z deszczu pod rynnę.

Przynęta już opuścił łódkę, a Teriana ześlizgnęła się po drabince, żeby do niego dołączyć.

– Wiosłujesz? – spytała.

Pokiwał głową, ale jego spojrzenie było nieobecne, patrzył, ale nie widział – wiedziała, że jest pogrążony w rozmowie z Magniusem.

– Musimy tylko zaczekać…

Cokolwiek powiedział dalej, zagłuszyły to okrzyki przerażenia, gdy w całym porcie zapanował chaos.

Rozdział 5

Marek

Via Metelli była sucha jak stara kość i nim Marek w końcu przeszedł przez potężne wrota Celendrialu, jego skórę pokrywała cienka warstwa pyłu. Od strony portu dobiegały dźwięki bębnów i okrzyki protestujących, więc postarał się nawet nie zbliżać do Forum, gdzie na każdym rogu oratorzy wykrzykiwali obietnice kandydatów na konsula. Choć i tak zagłuszali ich krzykacze.

Marek, krocząc ulicami, po drodze dostrzegał zmiany w mieście. Wydawało się mniejsze niż przed siedmioma laty, ale może tylko dlatego, że sam urósł. A może dlatego, że kiedy zobaczył więcej świata, przestał postrzegać Celendrial jako jego środek.

Oddychając płytko, przeszedł nad rzeką Sawio, a jego nozdrza wypełnił smród ścieków – wszystkie nieczystości miliona mieszkańców trafiały do mętnej wody. Kolejna rzecz, o której zdążył zapomnieć – jak bardzo śmierdziało odchodami i moczem. Wiedział, że we wszystkich innych miastach jest tak samo, ale Celendrial zawsze wydawał mu się gorszy, bo z daleka robił wrażenie czystego. Błyszczące białe budowle wznoszące się z błękitnego morza skrywały jądro pokryte fizycznym i moralnym brudem. Nienawidził tego miasta, a powrót tu sprawił, że z jego twarzy nie znikał grymas, na którego widok ludzie uskakiwali mu z drogi, kiedy przecinał jedno z licznych targowisk.

Wszystko, co można było znaleźć w całym Imperium, trafiało na sprzedaż do Celendrialu, od przypraw, przez narkotyki i tkaniny, po rzeczy, których nawet nie umiał nazwać. To targowisko specjalizowało się w klejnotach i metalach, kolejne kramy były wypełnione towarami błyszczącymi w blasku słońca. Minął dwóch maarińskich marynarzy przyglądających się srebrom. Mieli skórę przypominającą wypolerowany heban, jaskrawe jedwabne koszule wciśnięte w skórzane spodnie i negocjowali melodyjnymi głosami. Marek nie wątpił, że wyjdą na swoje na tej transakcji.

Ominął grupkę Siberneńczyków, którzy mimo upału nosili szaty lamowane futrem farbowanym na jaskrawe kolory. Zarówno mężczyźni, jak i kobiety mieli włosy sięgające brody, a kiedy się poruszali, kosmyki tańczyły wokół ich policzków. Mówili po celendorsku, ale w ich głosach było słychać szeleszczący akcent ich ojczyzny. Większość trzymała jedwabne parasole, by ochronić skórę tak jasną, że wydawała się wręcz przezroczysta.

Wzrok Marka przyciągnęły trzy Bardeenki – ich ciemne palce przesuwały się po strunach wydłużonych instrumentów, tworząc falującą muzykę, a smukłe sylwetki kołysały się w rytm śpiewu. Najmłodsza miała jaśniejszą karnację od towarzyszek, złocistobrązowa skóra sugerowała, że jedno z jej rodziców pochodziło z Celendoru, co zdarzało się dość często. Zdarzało się dość często w całym Imperium, które zostało skolonizowane przez emerytowanych legionistów.

Marek opuścił targowisko i zaczął się wspinać. Jego sandały głośno stukały o bruk, kiedy kroczył bocznymi ścieżkami, na wpół zapamiętanymi z dzieciństwa, na szczyt Wzgórza wznoszącego się nad oceanem. Wszyscy możni i potężni Celendoru mieszkali w willach na tych zboczach, a każda działka była starannie odgrodzona od pozostałych, jakby ci mężczyźni nie spędzali połowy życia na wspólnym planowaniu przyszłości Imperium. Choć nie znosił miasta, jego nienawiść do tych odzianych w togi mężczyzn przyćmiewała wszystko inne.

Najpotężniejsze rody miały domy z widokiem na morze, ale willa Kasjusza była zwrócona w stronę miasta. Marek odnalazł ją bez trudu dzięki opisowi, który otrzymał. Przystanął przed bramą do willi tak potężnej, że przytłaczała te po bokach, i przyjrzał się jej uważnie. Zazwyczaj domy senatorów były starożytnymi budowlami o wieloletniej historii, otoczonymi bujną roślinnością ogrodów pielęgnowanych przez stulecia. Ta willa tak nie wyglądała. Cokolwiek znajdowało się tu wcześniej, zostało zrównane z ziemią, a na jego miejscu wzniesiono monolityczne okropieństwo. Otaczały je kamienie i rzeźby, w zasięgu wzroku nie rosło ani jedno źdźbło trawy.

Za zamkniętą bramą pojawił się służący o ściągniętej twarzy. Był wysoki i niemal wychudzony, jakby mógł zniknąć, gdyby ustawił się bokiem. Mężczyzna czekał, aż gość coś powie, ale Marek milczał. Jego strój był wystarczającą wizytówką.

– Senator spodziewał się was już jakiś czas temu, legacie. – Wpatrywał się w Marka.

Marek odpowiedział podobnym spojrzeniem.

– Nie jest przyzwyczajony do czekania.

Twarz mężczyzny ściągnęła się jeszcze bardziej – większość ludzi rezerwowała taką minę dla stanowczo zbyt kwaśnej lemoniady.

Znów zapanowała cisza, gdy mężczyzna czekał na przeprosiny. Marek wyciągnął szyję i zmrużonymi oczyma spojrzał na słońce, by ocenić godzinę. Zgrzał się i nie odmówiłby szklanki wody, ale był przyzwyczajony do niewygody. Mężczyzna o ściągniętej twarzy najwyraźniej nie. Westchnął jak ktoś, kto doznał ogromnej niesprawiedliwości, otworzył bramę i gestem wezwał Marka, by podążył za nim. Zaprowadził go do komnaty pełnej kanap przykrytych poduszkami.

– Legacie Marku ze słynnego Trzydziestego Siódmego Legionu, to dla mnie zaszczyt.

Lucjusz Kasjusz wstał, kiedy Marek wszedł, a później gestem kazał odejść służącemu. Poza nimi nie było nikogo. Senator był mężczyzną średniego wzrostu i w średnim wieku, a jego złocista skóra błyszczała, jakby właśnie skończył masaż. Jasnobrązowe włosy nosił krótko obcięte i zaczesane do przodu, a niebieskie oczy wydawały się zbyt małe na wąskiej twarzy.

– Niepokonany Trzydziesty Siódmy! – Kasjusz uniósł pięść. – Nie cofamy się! Nie cofamy się! – powtórzył okrzyk legionu. – Czy to prawda, że nigdy się nie wycofaliście? Zadziwiające – mówił dalej, nie czekając na odpowiedź.

Złapał dłoń Marka i mocno ją uścisnął. Marek cofnął rękę najszybciej, jak się dało. Żałował, że nie mógł wytrzeć wilgoci. Senatora otaczała dusząca kwiatowa woń, a jego małe oczka wypełniała przebiegłość sprzeczna z jego zachowaniem.

– Kto by pomyślał, że legion dwunastolatków, których wysłaliśmy, żeby zdobyli szlify w Sibalinach, zajdzie tak daleko?! – Kasjusz potrząsnął głową i szeroko otworzył oczy w udawanym podziwie.

Wszystkie legiony ruszały do działania, kiedy najmłodszy z żołnierzy ukończył dwanaście lat, i wtedy opuszczały Campus Lescendor, by wyruszyć na pierwszą kampanię. Biorąc pod uwagę, że każda rodzina żyjąca pod władzą Imperium miała obowiązek oddać drugiego syna do służby w armii, wszyscy o tym wiedzieli.

– Od Sibalinów przez Pherę po Bardeen, aż w końcu trafiliście na Chersome. – Senator pokręcił głową. – Żaden naród nigdy nie został podbity tak doszczętnie i tak gwałtownie jak Chersomczycy. Po tamtym zalewie na rynku ceny służby wciąż się nie podniosły. – Przerwał i obrzucił Marka uważnym spojrzeniem. – Twoja reputacja wyprzedza cię, legacie. Muszę przyznać, że poczułem lekki dreszcz, kiedy wszedłeś, bo wiem o wszystkich potwornościach, jakich kazałeś się dopuszczać swoim ludziom. Och! – Kasjusz zadrżał, aż zakołysały mu się policzki. – I znowu. Jakby ktoś przeszedł po moim grobie, jeśli wybaczysz to pogańskie powiedzenie.

Marek zacisnął zęby, ale nic nie powiedział. Niektóre z opowieści z Chersome były jedynie opowieściami, niczym więcej. Jednak spora część była prawdziwa, a on nie lubił, gdy ktoś mu o tym przypominał. I tak już miał koszmary.

Gdy Kasjusz gestem zaprosił go do środka, Marek wszedł niechętnie. W tej sytuacji było coś niewłaściwego. Dlaczego nie stanął przed całym Senatem?

– Spodziewałem się, że przybędziesz nieco wcześniej. – Kasjusz ostrożnie usiadł na krytej jedwabiem kanapie.

– Przyszedłem pieszo.

– On mówi! – Senator uniósł brew z rozbawieniem. – Konno byłoby szybciej.

Prawda była taka, że konie wywoływały u Marka kichanie. W połączeniu z zapylonym powietrzem Celendrialu wystarczyłoby to, by wywołać jeden z jego ataków, a Marek wolałby raczej przejść tysiąc mil po rozżarzonych węglach, niż pozwolić, by człowiek w rodzaju Kasjusza zobaczył go w takim stanie. Wzruszył jednym ramieniem.

– To prawda.

Kasjusz lekko zmarszczył czoło.

– A ja sądziłem, że legioniści potrafią dobrze wykonywać rozkazy. – Jego głos brzmiał twardo, zniknęły pozory uprzejmości.

– Owszem. – Kącik ust Marka uniósł się nieco. – A ja potrafię dobrze je wydawać.

– Nie jesteś tym, kogo się spodziewałem. Może i dobrze.

– Dlaczego?

– Bo potrzebuję wizjonera, nie wykonawcy. – Kasjusz pochylił się do przodu i napełnił dwa kielichy z karafki, która stała na stole. Jeden podał Markowi. – Pewnie słyszałeś, że ubiegam się o urząd konsula w następnych wyborach.

– Tak.

– Pragnę, legacie, byś wsparł mnie w osiągnięciu sukcesu.

Marek nie spodziewał się takich słów. Mógł głosować w wyborach – wszyscy legioniści otrzymywali obywatelstwo – ich pozycja społeczna i pierwotne pochodzenie znikały, gdy opuszczali rodziny, by rozpocząć szkolenie. Ale czym był jeden głos?

– O jakie wsparcie chodzi?

– Wszyscy twoi ludzie ukończyli dziewiętnaście lat albo skończą je w najbliższych miesiącach. Mogą już głosować. Chciałbym, żebyś upewnił się, że zagłosują na mnie.

„Co zupełnie podważa podstawowy cel głosowania", pomyślał Marek. Konsul kierował Senatem – panował nad całym Imperium, a wybierali go obywatele Celendoru. Zmuszanie pojedynczych osób, by głosowały tak lub inaczej, się zdarzało, ale było nielegalne. Zmuszenie całego legionu? Za to czekałby go stryczek.

– Nie.

Kasjusz skrzywił się, ale tylko na chwilę.

– Nie działaj tak pochopnie, legacie. Niektórzy ubiegający się o urząd konsula nie troszczą się o interesy legionów. Nie dostrzegają konieczności waszego istnienia i chcieliby obniżyć wasz żołd, rozwiązać wasze oddziały i wysłać was na prowincję, byście płodzili dzieci, które niczego nie osiągną. Zmieniliby ostrza Imperium w rolników i rzemieślników, zmuszając was do trudzenia się i mozolenia jak zwykli ludzie.

Ponad połowa legionistów Marka urodziła się w prowincjach Imperium, a wielu – niezależnie od tego, gdzie się urodzili – z radością skorzystałaby z szansy na z w y c z a j n e życie, ale Marek niekoniecznie chciał, by senator o tym wiedział.

– Nawet gdyby każdy z nich na was zagłosował, to by nie wystarczyło. Potrzebujecie optymatów.

Kasjusz nie był popularny wśród umiarkowanych polityków, którzy sprawowali władzę przez ostatnie dziesięciolecie – jak na ich gust, za bardzo pragnął władzy. Nazywali go podżegaczem. Jego szanse na zdobycie urzędu konsula nie były wielkie.

Jeśli jednak słowa Marka rozzłościły Kasjusza, nie pokazał tego po sobie.

– Znasz senatora Waleriusza.

– Oczywiście.

Waleriusz sprawował urząd konsula, gdy Marek był dzieckiem. Należał do optymatów, był uczonym i znanym zwolennikiem pokoju. Mieszkał też na samym szczycie Wzgórza.

– Ma przybraną córkę wątpliwego pochodzenia, którą darzy wielką sympatią, i chciałby, by trafiła w dobre miejsce. Zgodziłem się ją poślubić… nie za darmo.

Marek odstawił kielich.

– W takim razie nas nie potrzebujecie. – Odwrócił się do drzwi. – Życzę miłego dnia, senatorze. Oczekujemy na rozkazy Senatu dotyczące naszej następnej misji.

– Wykonasz moje polecenie!

Marek odwrócił się w jego stronę.

– Nie wydam im rozkazu, by głosowali na was… i tak nie mają wielkiej swobody. Tego im nie odbiorę.

– To zadziwiające moralizowanie jak na kogoś takiego jak ty.

– Nie zakładajcie, że mnie znacie.

– Znam cię dość dobrze. I jeśli nie okażesz solidarności, upewnię się, że ty i twoi ludzie zostaniecie wysłani do najgorszej dziury w Imperium i pozostaniecie tam przez następne dwadzieścia lat, aż zgnijecie.

– Grozicie niewłaściwemu człowiekowi.

Marek odruchowo opuścił dłoń na rękojeść gladiusa, a spojrzenie senatora podążyło za nią. Mężczyzna zrobił krok do tyłu i spojrzał na ściany. Oczywiście, że byli obserwowani. Ludzie tacy jak Kasjusz nie ryzykowali. Marek obrócił się na pięcie i sięgnął do drzwi, ale kolejne słowa senatora sprawiły, że się zatrzymał.

– Sądzę, że grożę właściwemu człowiekowi, Domicjuszu.

Nikt nie zwracał się do niego nazwiskiem rodowym od czasu, kiedy miał osiem lat. I mieszkał na szczycie właśnie tego wzgórza. Nazwiska wymazywano, kiedy chłopców wysyłano do Campus Lescendor. Imperium było ich ojcem i matką. A inni legioniści braćmi.

– Dobrze znam twoją rodzinę. – Kasjusz podszedł do niego od tyłu. – Oczywiście wiesz o tym.

– Trzydziesty Siódmy jest moją rodziną – odparł Marek, ale z trudem wykrztusił te słowa. – Innej nie mam.

– Naprawdę, legacie? Gdybyś pochodził z jakiejś podłej plebejskiej rodziny, mógłbym w to uwierzyć.

Marek czuł obecność mężczyzny za plecami, czuł słodkawy odór kwiatów i olejku.

– Możecie wierzyć, w co tylko zechcecie. Taka jest prawda.

Kasjusz zachichotał.

– Jak sobie życzysz. Choć może uznasz za interesującą wiadomość, że twój starszy brat przestał mieć ataki, kiedy trafiłeś do legionów. O ile wiem, od tamtej pory nie miał ani jednego. Czyż to nie fascynujące?

Marek poczuł, że w żyłach ma lód. Przymus, by wydobyć miecz i uciszyć tego mężczyznę, był wręcz przytłaczający. Niemal nieznośna potrzeba, by zatrzymać słowa wypływające z ust Kasjusza, które zagrażały wszystkiemu, co było dla niego ważne.

– Często widuję twojego brata i to dla mnie fascynujące, że ty, młodszy, wydajesz się o wiele dojrzalszy. Może to przez twoją reputację. Może przez powagę funkcji i towarzyszące jej insygnia. A może – mówił dalej – wcale nie.

– Legion jest moją rodziną. – Marek zacisnął zęby, otworzył drzwi i zmusił nogi, by poprowadziły go korytarzem.

– Przekonaj swoich ludzi, żeby zagłosowali na mnie, legacie, a ja dopilnuję, byś został wynagrodzony! – Głos Kasjusza odbijał się echem w pustej przestrzeni. – Jeśli zawiedziesz, twoja… r o d z i n a zapłaci najwyższą cenę.

Słowa wydawały się puste i odległe, zagłuszone przez wrzask w głowie Marka: „On wie!".

„On wie!"

Rozdział 6

Teriana

W powietrzu rozległ się ostrzegawczy dźwięk dzwonów, od którego Terianę zabolały uszy. Wszędzie wokół nich statki zaczęły się gwałtownie kołysać, jeden po drugim, jakby poruszyło je coś ukrytego w mętnych wodach portu. Zresztą tak właśnie było.

„Ruszajcie".

Przynęta wiosłował ze wszystkich sił. Teriana siedziała z głową na dłoniach i łokciami wspartymi na kolanach, spoglądając w wodę zbierającą się wokół jej butów. Gdyby spojrzała gdziekolwiek indziej, wywołałaby pytania, na które nie chciała odpowiadać.

Ale i to jej nie pomogło.

– Na Sześcioro! – odezwał się Przynęta, kiedy opłynęli skalisty cypel i znaleźli się poza zasięgiem magistra handlu. – Co ty sobie myślałaś, Teriano?

– Ona jest w niebezpieczeństwie.

– Nie obchodzi mnie, czy wylądowała na otwartym morzu pośrodku stada rekinów – warknął. – Wschód nie może się spotkać z Zachodem. To, co jej powiedziałaś, jest zakazane nie bez powodu. Gdyby Celendorczycy dowiedzieli się o Zachodzie… wiesz, co by zrobili. Mają podbój we krwi!

– Najpierw musieliby znaleźć drogę przez Bezkresne Morza. A to wydaje się mało prawdopodobne.

Teriana odwróciła się i opuściła rondo kapelusza, żeby osłonić oczy. Wysoko na szczycie Wzgórza znajdowały się wille senatorów, ale wzdłuż całego stromego zbocza biegły zakosami ścieżki prowadzące do niewielkich zatoczek u jego podnóża. Były jeszcze odległe, ale już widziała samotną dziewczynę siedzącą na plaży w jednej z zatoczek, ze wzrokiem wbitym w piasek.

– Lidio! Lidio! – zawołała.

Kiedy stało się jasne, że przyjaciółka nie była śmiertelnie ranna, strach Teriany ustąpił złości. Złości, która zniknęła w chwili, gdy dziewczyna podniosła głowę, ukazując minę bardziej posępną, niż Teriana kiedykolwiek widziała na jej twarzy. Zwróciła się do Przynęty:

– Muszę porozmawiać z nią w cztery oczy.

Wyskoczyła z łodzi, kiedy tylko dotarli na płycizny, z zawiniętą księgą wysoko nad głową, aż dotarła na suchy brzeg, a później pobiegła wzdłuż plaży do miejsca, gdzie siedziała jej przyjaciółka.

– Wydaje mi się, że wymagasz ratunku jedynie przed słońcem. Wyglądasz jak gotowany homar. – Teriana zdjęła podniszczony kapelusz i wcisnęła go na głowę Lidii. – Proszę.

Jedyną odpowiedzią Lidii było lekkie drżenie brody. W końcu powiedziała:

– Mogłaś wspomnieć, że Magnius jest morskim potworem.

– Wcale nie jest. – Teriana uśmiechnęła się szeroko, zdecydowana rozładować napiętą atmosferę wesołością. – Jedynie tak wygląda. A kogo się spodziewałaś? Jakiegoś przystojnego trytona, który podpłynie do plaży i da ci buziaka?

Kąciki ust Lidii wygięły się lekko w górę.

– Myślałam, że mnie pożre.

– A dlaczego miałby to zrobić? – Teriana delikatnie trąciła przyjaciółkę w ramię. – Masz na sobie mniej ciała niż na wpół zjedzone skrzydełko chudego kurczaka. Poza tym... – Zawahała się, ponieważ to był niebezpieczny temat.

Moc bogów zależała od wiary. W poprzedniej epoce panowali również na Wschodzie, ale władcy wówczas młodego Imperium sprzeciwiali się wizji mocy potężniejszej niż ich własna uprzywilejowana pozycja. Potępiali tych, którzy pokładali wiarę w Sześciorgu, powoli wykorzeniając praktyki religijne za pomocą kar i wymazywania wiedzy, aż bogowie utracili panowanie. A w miarę jak władza Imperium rozprzestrzeniała się na północ i południe, wiara w Sześcioro znikała, aż bogowie nie mogli już dotknąć tych ziem. Nie mogli ich nawet zobaczyć.

Gdyby Terianę przyłapano na wyznawaniu wiary, mogłaby zostać aresztowana za pogaństwo, co oznaczało niebezpieczeństwo prześladowań dla wszystkich jej rodaków. Ale Lidia była inna. Można było jej zaufać.

– Magnius jest półbogiem. Potomkiem Madorii, Bogini Mórz. Głód nie ma dla niego znaczenia.

– Nie ma czegoś takiego jak bogowie – mruknęła Lidia. – Wszystko da się wyjaśnić dzięki logice i rozumowaniu.

„A może nie jest aż tak inna". Teriana zrobiła krzywą minę.

– Ależ z ciebie grzeczna papużka. Choć jeśli wolno mi tak powiedzieć, byłabyś o wiele bardziej przekonująca, gdybyś przed chwilą nie przyznała się, że rozmawiałaś z przerośniętym wężem morskim.

– To prawda. – Lidia wpatrywała się w fale.

– Co się stało? – Teriana potrząsnęła ją za ramię. – Powiedz mi, co sprawiło, że sama nie przyszłaś do portu.

Przyjaciółka wbiła proste białe zęby w dolną wargę.

– Ojciec zabronił mi tam iść.

– Ach tak? – Teriana zmarszczyła czoło, czując przyspieszone pulsowanie krwi pod skórą, gdy wypełniało ją przerażenie. – Nie podoba mi się, że muszę się zgodzić z senatorem, ale dobrze, że dziś trzymałaś się z dala. Od czasu, kiedy Lucjusz

Kasjusz ogłosił, że ubiega się o urząd konsula, w całym mieście panuje zamęt. – Zmarszczyła czoło. – Jeśli wygra, wszystkie statki Maarinów zaczną szerokim łukiem omijać porty pod panowaniem Imperium.

– A słyszałaś może, że Lucjusz Kasjusz postanowił mieć nową żonę?

– Nie. – Teriana zastanawiała się, kiedy Lidia w końcu wyjaśni sytuację. – Choć żal mi dziewczyny, którą wybrał.

Wtedy dostrzegła, jak Lidia wbija palce w piasek, i przeszyła ją trwoga.

– Nie…

Lidia powoli pokiwała głową.

– Ojciec podpisał kontrakt. Tydzień po wyborach stanę się własnością Lucjusza Kasjusza. – Uniosła twarz, w oczach miała desperację. – Musisz zabrać mnie ze sobą.

Właśnie to Teriana jej obiecała.

I dokładnie tego nie mogła zrobić.

Oparła brodę na kolanach i powiedziała:

– Gdyby to był mój statek, zrobiłabym to, ale moja matka nie chce nawet rozważyć tego pomysłu. Nie wolno nam zabierać pasażerów, a ona jest… surowa.

– Wiem o tym. – Lidia przycisnęła palce do czoła, ale oderwała je w chwili, gdy dotknęły poparzonej skóry. – I wiem, że to nie twoja decyzja.

– Przykro mi… – zaczęła Teriana, ale Lidia uniosła dłoń, by jej przerwać, i potrząsnęła głową ze zmęczeniem.

Trąciła dłonią paczuszkę na piasku.

– Przyniosłaś mi prezent, żeby złagodzić cios?

Nie było na to żadnej odpowiedzi, więc Teriana zdjęła woskowany papier osłaniający gruby tom, podała go przyjaciółce, a później przekręciła dwie złote bransolety wokół nadgarstka i sięgnęła umysłem do Magniusa. „Jesteś pewien, że to dobry pomysł, staruszku?”

Jedyną odpowiedzią, jaką dostała, był umysłowy odpowiednik wzruszenia ramionami, co zbytnio jej nie pocieszyło.

– *Traktat Siedmiorga*. – Lidia przeciągnęła palcami po tłoczonej okładce. – Siedmiorga kogo?

– Siedmiorga służących w haremie. – Zdenerwowanie sprawiło, że żart zabrzmiał fałszywie i nie był nawet odrobinę śmieszny. Głośno przełknęła ślinę. – Siedmiorga Bogów Zachodu… Mrocznych Wybrzeży.

Tom opowiadał o nielicznych okazjach, kiedy bogowie zeszli do świata śmiertelników, jak również o wyczynach jednostek, które naznaczyli swoimi darami.

Przyjaciółka zamrugała.

– Wpakuję się w nieliche kłopoty, jeśli mnie z tym złapią, Teriano.

– Nie chcesz jej?

Teriana sięgnęła po książkę, ale Lidia przycisnęła ją do piersi. Jej okulary odbijały promienie słońca.

– Tego nie powiedziałam. I tak mało kto umie czytać w języku handlu. Mogłabym im powiedzieć, że to książka kucharska, a oni by się nie zorientowali.

Teriana opadła z powrotem na piasek, osłoniła oczy i zastanawiała się, czy powinna poinformować przyjaciółkę, że to, co Celendorczycy nazywali językiem handlu, w rzeczywistości było ojczystym językiem mieszkańców Mudamory, największego królestwa na Zachodzie, ale uznała to za zły pomysł.

– Niech Sześcioro mnie broni przed szalonymi Celendorkami i uczonymi. Czy ty w ogóle umiesz gotować?

– Oczywiście, że nie. – Lidia przerzuciła kartki. – A co z siódmym bogiem?

– Zepsucie. – Teriana oblizała wargi, próbując bezskutecznie je zwilżyć. – Jedynie nieliczni wzywają jego imienia, a nie są to ludzie, którym chciałabyś wejść w drogę.

– A dlaczego mi to dajesz?

Teriana przełknęła ślinę, czuła drapanie wysuszonego gardła.

– Powiedziałaś, że potrzebujesz pomocy.

– A ty sugerujesz, że powinnam poprosić o nią bogów? – Lidia zacisnęła wargi tak mocno, że straciły barwę.

– Istnieje tyle ścieżek, ilu wędrowców – powtórzyła słowa Magniusa. – Musisz odnaleźć właściwą.

– A co to w ogóle znaczy?

Zanim Teriana zdążyła odpowiedzieć, podszedł do nich Przynęta.

– Kapitan chce wyruszyć z odpływem.

Czyli dopiero za kilka godzin, ale czy to by coś zmieniło, gdyby się ociągała?

– Muszę iść.

Lidia pokiwała głową, a wtedy Przynęta podszedł bliżej. W ręku trzymał błyszczący przedmiot.

– Wydaje mi się, że to należy do ciebie, Lidio.

Cała trójka wpatrywała się w bransoletkę. Wyryto na niej celendorskie małżeńskie przysięgi posłuszeństwa, a jej założenie wydawało się Terianie równie kuszące, co otoczenie nadgarstka przez jadowitego węża. Grymas Lidii wskazywał, że myślała podobnie, gdy wsuwała bransoletę na nadgarstek.

Teriana wstała, pomogła przyjaciółce się podnieść i mocno ją objęła. Poczuła ściskanie w piersi, kiedy Lidia cofnęła się jako pierwsza.

– Przykro mi. Chciałabym…

– Nic się nie stało. Wibiusz robi wrażenie zachwyconego tym małżeństwem, więc nawet po śmierci ojca będę miała wartość dla Kasjusza. Z pewnością będzie mnie traktował dość dobrze.

– Pewnie.

Teriana stała nieruchomo, wiedząc, że powinna coś powiedzieć, ale zabrakło jej słów. A kiedy Przynęta wziął ją za rękę i z naciskiem odciągnął od Lidii, nie opierała się.

– Nic jej nie będzie – skwitował, kiedy dotarli do łódki, i ścisnął jej palce. – Lidia jest bystra.

Teriana nie odpowiedziała, jedynie złapała łódkę i wypchnęła ją na fale przyboju. Kiedy woda uderzyła ją w twarz, poczuła obecność Magniusa. „Tylko zmarnowałam czas – pomyślała. – Równie dobrze mogłam dać jej miednicę i łyżkę do zupy i kazać zacząć wiosłować".

Czekała na odpowiedź strażnika, a kiedy jej nie usłyszała, zabrała Przynęcie wiosła i wzięła się do pracy. Miała nadzieję, że łzy na jej policzkach zostaną wzięte za krople potu. Dopiero kiedy plaża znalazła się daleko poza zasięgiem wzroku, w jej umyśle rozległ się głos Magniusa:

„Znalazła swoją drogę do tego miejsca, Teriano. Z wiarą odnajdzie drogę powrotną".

Rozdział 7

Teriana

Trzy miesiące później…

Teriana siedziała na relingu Quincense i bezmyślnie obserwowała ciało wynurzające się z głębin, bawiąc się paciorkiem ze złota i diamentów, który zdobił jeden z jej ciemnych warkoczyków. Gdy trup wypłynął na powierzchnię, twarz miał tak napuchniętą, że nie dawało się jej rozpoznać. Dołączył do niego kolejny, oba unosiły się na falach jak dwaj przyjaciele zatopieni w rozmowie. Teriana odruchowo szukała błysku klejnotów lub złota na ich palcach, ale go nie dostrzegła.

Tylko przypadkiem natrafili na wrak innego statku Maarinów – Magnius dostrzegł go, kiedy płynęli wzdłuż wybrzeży Celendoru, sprzedając jedwabie z Bardeen w mniejszych portach. W Celendrialu mogliby dostać za nie więcej, ale choć minęły trzy miesiące od czasu, kiedy Teriana pozostawiła Lidię na plaży, jej matka nadal nie zamierzała powrócić do stolicy Imperium.

Teriana zmarszczyła czoło i spojrzała na klepsydrę umieszczoną na relingu. Przynęta spędził tam dużo czasu – lepiej, żeby znalazł coś bardziej interesującego od martwych marynarzy.

Odprowadziła wzrokiem odpływające ciała i uniosła brodę, by spojrzeć na wyspę Atlię. Z tego miejsca na relingu wydawała się szara i niegościnna, ale było to jedynie złudzenie wywołane przez światło i mgiełkę. Silna woń roślinności i żyznej gleby zdradzała prawdziwą barwę wyspy. Wyobraziła sobie aromat ciemnego napitku, który warzyli wyspiarze. Zapach stał się silniejszy i Teriana odwróciła się na odgłos kroków za plecami.

– Nie denerwuj się – powiedziała jej matka. – Przynęta wie, co robi. A w każdym razie lepiej, żeby tak było, jeśli wziąć pod uwagę, ile mu płacę.

– Nie denerwuję się. – Teriana wzięła porcelanowy kubek, który trzymała matka, podmuchała na parujący płyn, pociągnęła łyk i go oddała. Mimo tych słów znów spojrzała na odwróconą klepsydrę: ostatnie ziarenka piasku spływały w dół, tworząc idealną górę. – Cieszę się chwilą wolnego czasu.

– Twoja kara nie uwzględnia wolnego czasu.

Teriana nie uzyskała jeszcze całkowitego wybaczenia za to, co powiedziała Lidii. Stłumiła pragnienie zwrócenia uwagi matce, żeby dała sobie spokój. Że co się stało, to się nie odstanie. Ale gdyby tak postąpiła, pewnie zarobiłaby kolejny miesiąc szorowania pokładów.

– To nie były twoje tajemnice – mruknęła Tesya pod nosem, jakby czytała córce w myślach. – To tajemnice naszego ludu. Tajemnice, których Madoria nie pozwala wyjawiać nikomu pod żadnym pozorem. Wschód i Zachód muszą pozostać rozdzielone. Należy je chronić przed sobą nawzajem. – Mocno zacisnęła wargi. – Twoja nieśmiertelna dusza może trafić za to do podziemi.

Teriana uważała, że matka przesadza. W końcu Magnius nie był zły, że powiedziała o nim Lidii – a to on był potomkiem bogini, czyli jego zdanie bardziej się liczyło. Nie zamierzała jednak wypowiadać tych słów na głos. Zdanie Magniusa mogło mieć większą wagę, ale to nie znaczyło, że za wykłócanie się matka nie sprawiłaby jej kolejnego lania.

– I w dodatku powiedziałaś to Celendorce – mruknęła kobieta, odstawiając kubek na reling.

– Ona nie jest Celendorką, a ty dobrze o tym wiesz. Postawiłabym ostatniego miedziaka na to, że urodziła się na

Zachodzie. – Wypowiedziała te słowa, zanim zdążyła się nad nimi zastanowić.

– Może to i prawda. Ale została wychowana jak celendorska dama. A za kilka dni zostanie wydana za najgorszego z nich.

– Nie z własnego wyboru. – Teriana wbiła paznokcie w drewniany reling. Bez trudu przypomniała sobie udrękę na twarzy Lidii, kiedy ta mówiła jej o małżeństwie. – Nie wiem, co sobie myślał jej ojciec.

– Phi! – Tesya splunęła do oceanu. – Głupi Celendorczycy! Myślą, że kobiety potrzebują mężczyzn, by przeżyć. – Pokręciła głową. – Ojcem Lidii mogły kierować uczucia, ale Kasjuszem kieruje polityka. Wykorzystuje dziewczynę, żeby dotrzeć do jej ojca. – Dźgnęła Terianę w ramię. – A dzięki twojemu kłapaniu paszczą może ją wykorzystać, żeby dotrzeć również do nas.

Z głębin wyłonił się wężowy cień, kończąc ich rozmowę.

– Oto są – powiedziała matka. – Zobaczmy, co Przynęta dla nas znalazł.

Kiedy ujrzały ich na powierzchni, krzyknęła:

– Nie spieszyłeś się, chłopcze!

Przynęta uśmiechał się szeroko ze swojego miejsca na grzbiecie strażnika, zaciskając rękę w rękawiczce na tylnym kolcu grzbietowym Magniusa.

– Przepraszam, pani kapitan, był głębiej, niż się spodziewałem.

– Zniszczony?

– Nie za bardzo, choć wygląda, jakby szybko zatonął. Ładownia cała.

– I?

Przynęta wzruszył ramionami.

– Mnóstwo jedwabi i innych tkanin. Możemy je wydobyć, ale wątpię, by dało się je uratować.

Tesya zaklęła i uderzyła pięścią w reling.

– I skrzynia pełna tego. – Przynęta stanął na szerokim grzbiecie strażnika, a kiedy mijali statek, pokazał trzymane w dłoni migoczące szmaragdy.

Tesya krzyknęła z radości, podobnie jak załoga. Teriana dodała swój głos do zgiełku, jednak ulga na widok Przynęty z powrotem na powierzchni przyćmiła entuzjazm wywołany przez klejnoty. Kiedy Magnius leniwie okrążał statek, Przynęta napotkał jej spojrzenie i posłał jej uśmiech. Zanim odpowiedziała mu tym samym, ktoś uderzył ją w plecy, wyrzucając za burtę. Teriana zdążyła jeszcze roześmiać się z zaskoczeniem, nim zanurzyła się pod powierzchnią.

Kiedy wzniosła się na fali, usłyszała krzyk matki:

– Przygotować sprzęt, przyjaciele! Mamy ładunek do wydobycia!

Przynęta wyciągnął rękę do Teriany i uniósł ją na grzbiet Magniusa. Skóra strażnika była zimna i szorstka, ale dziewczyna czuła ciepło dłoni chłopaka.

– Co ci tyle zajęło? – spytała, kiedy już się usadowiła. – Zaczynałam się martwić.

Przynęta zmarszczył czoło.

– Umiem się o siebie zatroszczyć, Teriano.

– Ano. Tylko… byłeś tam strasznie długo.

– Nie wydawało mi się, że aż tak długo. – Podrapał się po głowie. – Coś w tym statku wydawało się niewłaściwe.

– Jak to?

– Coś w sposobie, w jaki zatonął… – Urwał i wzruszył ramionami. – Nieważne.

– Przynęto!

Oboje podnieśli wzrok i zobaczyli Tesyę wychyloną przez reling.

– Widziałeś może kapitana? Potężny mężczyzna, czarna broda?

– Ano, pani kapitan. Widziałem go.

– W takim razie bądź grzecznym chłopcem i zdejmij mu z palców pierścienie. Pewnie będziesz musiał je odciąć.

Nurek Quincense się skrzywił.

– Jeśli go wyłowisz, ja to zrobię – szepnęła Teriana z opuszczoną głową, żeby matka jej nie usłyszała.

– Sam mogę to zrobić.

– On jest martwy! – krzyknęła Tesya. – Nie obchodzi go, czy jego palce są na miejscu!

Przynęta nie patrzył na Terianę, kiedy się odezwał:

– Nie o to chodzi, pani kapitan. Zamierzałem je zabrać, kiedy tam byłem, ale zanim się do tego zabrałem, Magnius go zjadł.

Tesya zaklęła.

– Bylibyśmy bogaci jak królowie, gdybyśmy znaleźli sposób, by przywiązać worek do tylnego końca staruszka. – Wychyliła się jeszcze bardziej i wycelowała palec w strażnika. – Aż dziwne, że nadążasz za statkiem, skoro przez cały czas rozglądasz się za posiłkiem, ty żarłoczny, przerośnięty wężu morski.

Przynęta i Teriana wyli ze śmiechu do chwili, kiedy Magnius się przetoczył, zrzucając ich do wody. Czarne oczy Magniusa rzadko pokazywały emocje, ale Teriana mogłaby przysiąc, że strażnik posłał jej oburzone spojrzenie, zanim zanurkował w głębinę.

Przynęta wyglądał tak, jakby był gotów za nim podążyć, kiedy z bocianiego gniazda rozległo się ostrzegawcze dzwonienie.

– Białe żagle dwa rumby na prawo od dziobu! – Po uderzeniu serca kobieta dodała: – Ich bandera to celendorski smok.

Rozdział 8

Marek

Marek strzepnął niewidoczny pyłek z pancerza, nasłuchując odgłosów tysięcy mężczyzn przygotowujących się w całym obozie. Po trzech miesiącach nudzenia się pod Celendrialem dziś mieli głosować w wyborach. A gdyby wszystko poszło zgodnie z planem, Lucjusz Kasjusz zostałby konsulem.

– Gotowy? – Serwiusz wszedł do namiotu z hełmem pod pachą.

Marek rozluźnił mięśnie na karku i przytaknął.

– Miejmy to z głowy.

– Twój koń czeka na zewnątrz. Upewniłem się, że dobrze go wyszczotkują, a później zabrałem go nad ocean i porządnie wyszorowałem. Bydlak jest czysty jak łza. Wciąż trochę wilgotny, ale będzie suchy, nim dotrzemy do bram.

– Wydawało mi się, że unikasz oceanu. – Marek próbował powstrzymać się od uśmiechu.

Strach Serwiusza przed morskimi stworami jeszcze wzrósł, kiedy w obozie rozeszła się pogłoska o potworze żyjącym w celendrialskim porcie.

– No tak. – Serwiusz pokręcił masywnymi ramionami, by wygodniej ułożyć na nich pancerz. – Pomyślałem, że każdy morski potwór godzien tego miana będzie wolał raczej twojego konia. Poza tym jesteś pierwszym z nas, którego zobaczą ludzie… więc nie możesz jeździć na zaniedbanym wierzchowcu. Źle byśmy wyglądali.

– Dziękuję, że zatroszczyłeś się o mój wizerunek.

Marek poklepał przyjaciela po ramieniu i wyszedł z namiotu. Wątpił, by ktokolwiek zwracał uwagę na to, jak czysty jest jego koń, ale z pewnością dostrzeżono by legata kichającego co drugi krok. Chwilę myślał o tym, ile razy przez te wszystkie lata Serwiusz i Feliks pomagali mu ukryć chorobę. Bez nich nie przeszedłby pierwszego roku podstawowego szkolenia.

Chwycił wodze, wskoczył na siodło i ruszył przez obóz. W pewnej odległości widział Feliksa, który też siedział na końskim grzbiecie i wykrzykiwał polecenia do swoich ludzi. Już byli w szyku marszowym, ale na widok Marka wyprostowali się i ustawili w równych szeregach. Przyjrzał im się uważnie i stwierdził z dumą, że podczas miesięcy lenistwa nie zmiękli. Wyglądali na tak samo zwartych i gotowych jak zawsze. Gdy pokłusował przed pierwszy szereg, wszyscy centurioni zasalutowali mu jednocześnie, a odgłos pięści uderzających w napierśniki odbijał się echem wśród wzgórz.

Szereg mężczyzn rozciągał się wzdłuż Via Metelli, ale Marek już wkrótce dostrzegł błyszczącego złotego smoka, znak Trzydziestego Siódmego Legionu, który oznaczał początek.

– Wszystko w porządku? – spytał Serwiusza, który choć siedział na koniu z gracją worka kartofli, jakimś sposobem dotarł tam przed nim.

– Tak jest. Jesteśmy gotowi pokazać temu żałosnemu urynałowi, jak wygląda prawdziwy legion.

Marek uniósł dłoń, by zwrócić uwagę legionistów.

– Zagrajcie coś! – krzyknął. – Coś triumfalnego!

Zawrócił konia i ruszył stępa drogą. Za jego plecami zadudniły bębny i zagrzmiały rogi, ale wydawały się głośne jedynie do chwili, gdy zagłuszył je rytmiczny tupot maszerujących legionów.

Mimo że Marek nigdy nie powiedziałby tego na głos, Celendrial zasługiwał, by choć przez moment maszerowała przezeń armia. Miasto musiało poczuć siłę tego, co stworzyło.

Wydawało się, że dotarcie na Forum trwało całą wieczność, nawet kiedy już wkroczyli do miasta. Marek nie rozglądał się na boki, skupiał spojrzenie na niekończących się ulicach zamiast na niekończących się parach nieprzyjaznych oczu. Czuł na sobie ich osąd i miał ochotę krzyknąć: „To są wasi synowie! Synowie, których oddaliście Senatowi!". Tyle że to nie miało sensu. Wszyscy wyparli się dzieci, które utracili – po Chersome syn w Trzydziestym Siódmym Legionie nie był powodem do dumy.

Kiedy Marek dotarł na wielki plac, Forum, wraz z oficerami podjechał stępa na drugą stronę i zatrzymał się przy rostrum. Łukowate schody po obu stronach prowadziły do marmurowej urny do głosowania. Z niewielkiej budowli wychodziły złociste rury, przymocowane do potężnych zbiorników oznaczonych imionami kandydatów. Całość zaprojektowano tak, by nie dało się ocenić, kto na kogo głosuje, ale było widać, kto prowadzi. Marek ukradkiem spojrzał na zbiorniki – wydawało się, że Kasjusz zajmuje drugie miejsce za optymatą Bazyliuszem, choć różnica nie była wielka. Gdyby cały Trzydziesty Siódmy zagłosował na Kasjusza, ten by wygrał. Marek nie był pewien, czy to dobrze.

Legion powoli wkraczał na Forum i ustawiał się w szeregach, aż plac wypełnili młodzi mężczyźni. Widząc, że wszystko jest już gotowe, Marek uniósł dłoń, by uciszyć muzykę. Później zsunął się z konia i ruszył w stronę schodów, a jego kroki odbijały się echem w ciszy Forum. Urzędnik stojący u podnóża podał mu żeton, a Marek wszedł szybko po schodach do niedużego, pozbawionego dachu budynku. Promienie słońca rozświetlały listę sześciu imion wykutych w kamieniu na wysokim stole. Obok każdego imienia znajdował się otwór, do którego głosujący miał wrzucić swój żeton.

Marek wpatrywał się w imiona. Czy pozostali mężczyźni byli lepsi, czy gorsi od Kasjusza? Może lepsi dla Imperium, ale nie dla niego. Nie dla jego legionu. Poczuł ściskanie w żołądku, a żeton ślizgał się w spoconej dłoni. Próbował wyobrazić sobie okoliczności, w których o jego wyborze nie decydowałby szantaż. Czy wtedy zagłosowałby na Kasjusza? Albo okoliczności, w których nie byłby żołnierzem, a jedynie zwyczajnym obywatelem. Na kogo oddałby swój głos?

Postukał żetonem w blat i odetchnął głęboko. „Co by było, gdyby…" nie miało znaczenia – liczyło się to, co rzeczywiście jest. Uniósł mokry od potu żeton i wrzucił go do otworu. Żeton zagrzechotał w rurze i wpadł do zbiornika poniżej.

Kiedy wyszedł na zewnątrz, jego spojrzenie natychmiast podążyło na schody Kurii, której wysokie kolumny ciągnęły się wzdłuż całego Forum. Wcześniej były puste, ale teraz znajdowało się na nich kilkunastu patrycjuszy odzianych w togi, w tym Kasjusz.

– To wcale nie było tak ekscytujące, jak mi się wydawało. – Serwiusz podszedł do niego od tyłu. Zdążył już zagłosować, wyraźnie podjęcie decyzji nie zajęło mu tyle czasu, co Markowi. – To będzie trwało całą wieczność.

– Dopilnuj porządku – odparł w roztargnieniu Marek i ruszył przez Forum w stronę senatorów.

Senatorowie podzielili się na dwie grupy: jedna otaczała Kasjusza, a druga Bazyliusza. Obecna była tylko jedna kobieta, smukła dziewczyna o porcelanowej cerze i czarnych włosach zaplecionych w koronę wokół głowy. Towarzyszył jej senator Waleriusz, co sugerowało, że była to jego przybrana córka, którą Kasjusz miał poślubić, by zdobyć poparcie jej ojca.

– Legacie – powiedział Kasjusz na jego widok.

Marek skinął mu głową na powitanie. Bazyliusz wzdrygnął się, kiedy uświadomił sobie, że Marek i Kasjusz się znają, i zaczął się zastanawiać nad następstwami tego faktu.

– Lidio, moja droga – powiedział Kasjusz. – To legat Marek z Trzydziestego Siódmego Legionu. Legacie, Lidia to moja narzeczona, a ty z pewnością znasz jej ojca senatora Waleriusza.

– Senatorze. – Marek pochylił głowę. – Domino.

Nie próbował gratulować jej nadchodzących zaślubin. Wyraźnie widział, jak cofała się przed śliskim uściskiem Kasjusza na szczupłym ramieniu. Jej ojciec wyglądał na poważnie chorego, skórę miał ziemistą i ociekał potem, mimo że służący gorliwie wachlowali całą grupę.

Dziewczyna, której skośne oczy emanowały niezwykłym blaskiem – jak odłamki kwarcu – zwróciła głowę w jego stronę.

– Wydaje się, że twój legion darzy sympatią Kasjusza, legacie. Choć to pewnie nie jest zaskakujące, ponieważ on darzy sympatią legiony.

Marek dostrzegł kątem oka, że twarz Kasjusza spochmurniała, ale i tak odpowiedział:

– Doświadczenie podpowiada mi, że mężczyźni głosują na osobę, która ich zdaniem będzie działać na ich korzyść. Jedynie nieliczni głosują dla dobra społeczeństwa: altruizm jest rzadkim przymiotem.

– A jakim mężczyzną ty jesteś, legacie? – spytała. – Takim, który pragnie ocalić świat? Czy ocalić siebie?

– Dosyć, Lidio. – Senator Waleriusz złapał przybraną córkę za rękę. – Może wejdziemy do środka, by się ochłodzić. Wybaczcie nam.

– Przepraszam. – Kasjusz wziął od służącego kielich pokryty skroploną wodą. – Ona jeszcze nie rozumie, że jej towarzystwo byłoby bardziej pożądane, gdyby zachowała milczenie.

Jego spojrzenie ani na chwilę nie opuszczało zbiornika i legionistów sprawnie kroczących po schodach.

Marek nic nie powiedział – dziewczyna była jego najmniejszym zmartwieniem. Nawet z tego miejsca widział, że zbiornik Kasjusza powoli się napełnia, a urny pozostałych kandydatów pozostają bez zmian. W ciągu półgodziny Kasjusz wyszedł na prowadzenie, a zagłosowała dopiero połowa legionu. Wybory kończyły się o zachodzie słońca i wtedy Kasjusz miał nieoficjalnie zostać konsulem.

Bazyliusz i jego przyjaciele też o tym wiedzieli. Marek patrzył, jak szepcą ze złością do siebie, a później Bazyliusz ruszył w jego stronę.

– Głupi chłopak – warknął senator. – Czy masz pojęcie, co właśnie zrobiłeś?

Marek patrzył na niego w milczeniu.

– Właściwie jesteś jeszcze dzieckiem i wracasz do domu, myśląc, że możesz zrobić to… to… – Bazyliusz machnął ręką w stronę cystern. – Nie znasz się na niczym poza zabijaniem, ty tępy… – Urwał i przycisnął dłoń do piersi, gwałtownie potrząsając głową. – Jeszcze zostaniesz za to ukarany, zapamiętaj moje słowa.

Bazyliusz i jego przyjaciele gniewnie weszli do budynku.

– Niektórzy ludzie źle znoszą porażkę – zauważył Kasjusz, a na jego twarzy pojawił się lekki uśmieszek. – Ale ty nie znasz się na porażkach, prawda?

– Ani najwyraźniej na niczym innym. – Marek starał się mówić lekkim tonem, ale słowa senatora go niepokoiły: zupełnie jakby mężczyzna słyszał każdą wątpliwość, która pojawiła się w jego głowie, kiedy trzymał ten przeklęty żeton.

– Zignoruj go – warknął Kasjusz. – To zdziecinniały głupiec.

Marek przyglądał się procesji, aż ostatni z jego ludzi wrzucili żetony, a dźwięk rogów ogłosił koniec głosowania. Chciał przerwać tę rozmowę, opuścić to miejsce.

– Już po wszystkim – powiedział odrobinę za szybko. – Opuszczamy miasto i wracamy do obozu. Konsulu – dodał, pochylając lekko głowę.

Władzę sprawował teraz Kasjusz, na dobre i na złe.

Kasjusz oblizał wargi.

– W rzeczy samej. Odeślij ich, ale chcę, żebyś ty został. Mamy sprawy do omówienia.

Marek zachował beznamiętny wyraz twarzy, jednak poczuł ściskanie w żołądku.

– Z Senatem?

– Nie. Ty i ja. W ciągu godziny staw się w mojej willi.

Nie czekając na odpowiedź, wszedł do Senatu, pozostawiwszy Marka samego na schodach.

Marek wszedł do domu Kasjusza i znów zastał mężczyznę rozciągniętego na sofie.

– Widzę, że poprawiła ci się punktualność, legacie. – Przyszły konsul zaśmiał się lekko. – Jeszcze cię wyszkolę.

Słowa te sugerowały, że Kasjusz miał wobec niego dalsze plany. Marek zacisnął zęby.

– Dlaczego tu jestem? Dałem wam, co chcieliście.

– Niestety nad manierami musisz jeszcze popracować. – Kasjusz pokręcił głową. – Cóż, pewnie pochodzenie nie jest wszystkim.

– Albo w ogóle jest niczym.

– Tego nie byłbym taki pewien. – Podniósłszy się, konsul wskazał na drzwi. – Zechcesz ze mną pójść? Sądzę, że to właściwa chwila, byśmy omówili, jak mógłbym wynagrodzić ciebie i twoich ludzi za waszą solidarność.

– Zachowajcie pieniądze. Po prostu dopilnujcie, by Senat znów wysłał nas w teren. Najlepiej gdzieś daleko stąd.

– Domyślałem się, że powiesz właśnie coś takiego, legacie. A jako nagrodę dam ci dokładnie to, czego pragniesz.

Marek wbrew sobie poczuł, że budzi się w nim ciekawość. Podążył za Kasjuszem do sąsiedniej komnaty. Na jej środku stał duży stół przykryty mapami i pergaminami. Senator nalał żółtego wina do dwóch kielichów i jeden podał Markowi.

– Co byś powiedział, gdybym dał ci okazję poprowadzić armię na najbardziej ambitną wyprawę w historii Imperium Celendoru?

Palce Marka zadrżały, a choć rzadko pił, pociągnął długi łyk wina.

– Słucham.

Kasjusz wskazał na dużą mapę zajmującą większość stołu. Marek lekkomyślnie odstawił kielich na stertę pergaminów i przyjrzał się Imperium przedstawionemu z najdrobniejszymi szczegółami. Opisano je w języku handlu, którym posługiwali się Maarinowie – mimo licznych podróży ledwie go liznął.

– Skąd to macie? Każdy kapitan Maarinów wolałby raczej stracić rękę, niż oddać mapę.

– Powiedzmy, że wspomniany kapitan stracił więcej niż rękę.

Marek poczuł, że jego wzrok przesuwa się znad mapy na twarz Kasjusza. Senator uśmiechnął się okrutnie.

– Legacie, najwyższa pora, by Maarinowie zostali podporządkowani.

„Wojna z Maarinami?" Lud morskich wędrowców był jedynym narodem, którego Imperium sobie nie podporządkowało, i Senat nigdy nie wykazywał chęci, by to zmienić. Po pierwsze nie miał żadnych ziem, które Imperium mogłoby podbić, a po drugie Senat czerpał niezłe zyski z podatków, jakie Maarinowie płacili w zamian za swoją niekwestionowaną swobodę. Senatem bowiem rządził przede wszystkich pieniądz, a Maarinowie byli wytrawnymi przedsiębiorcami. Wojna z nimi wiele by kosztowała wszystkie strony, a zmuszenie ich do pływania pod banderą Imperium zdaniem Marka nie było warte wysiłku. Jeśli dodać do tego ogólną sympatię, jaką plebs darzył Maarinów, robienie im trudności bez pobudki ważniejszej niż podporządkowanie ich Imperium wydawało się politycznym samobójstwem.

– Z jakiego powodu Senat miałby rozważyć takie posunięcie?

– Z powodu świata. – Kasjusz wyciągnął rękę i rozwinął mapę, wygładzając ją na stole. – Oto Mroczne Wybrzeża Reath.

Marek aż sapnął.

Świat nagle stał się o wiele większy.

Rozwiniętą połowę mapy zajmowały dwa kontynenty, jeden na północy i jeden na południu, do tego kilka dużych wysp. Spojrzał na nieznane nazwy, w głowie miał mętlik.

– Są zamieszkane?

– W rzeczy samej. Załoga, którą pojmaliśmy, nie chciała podać szczegółów, ale mapy i księgi wydobyte ze skrytek na statku dostarczyły mnóstwa informacji. Podbój nie będzie łatwy, jednak w ostatecznym rozrachunku się opłaci.

Serce Marka zadrżało. Szansa udania się do miejsca, którego nigdy nie widział – nigdy o nim nawet nie *słyszał* – kusiła go bardziej niż wszelkie bogactwa i dziewczęta Imperium. Pomijając dwa bardzo duże i mokre problemy, których jego umysł nie umiał ominąć.

– Czy one są w tej samej skali?

– Owszem.

Marek potrząsnął głową.

– W takim razie to, co sugerujecie, jest niemożliwe. Nawet gdyby Maarinowie pokazali nam drogę przez Bezkresne Morza, rejs trwałby całymi miesiącami. Połowa mojej armii zmarłaby z głodu i choroby, zanim dotarlibyśmy do celu. Reszta nie byłaby zdolna do walki.

– Nie sugeruję, byście popłynęli prosto na drugą stronę.

Marek uniósł brwi.

– Xenthiery?

Xenthiery w ciągu kilku chwil przenosiły ludzi i zwierzęta z miejsca na miejsce i od początków Imperium były głównym narzędziem podbojów Celendoru. Marek mógł w parę godzin przetransportować cały swój legion na odległość tysięcy mil, żołnierzy i zapasy przesuwano między prowincjami równie łatwo co piony na planszy. Istniały całe dziesiątki oznaczonych kryształowych żył xenthierów, które przecinały Imperium, wszystkie starannie ufortyfikowane. Senat wykorzystywał je do własnych celów, a handlarze i podróżni płacili wysokie myta za przywilej ich użycia. Ale ścieżki prowadziły tylko w jednym kierunku, jak tętnice, więc konsulowie regularnie wysyłali ludzi nieoznaczonymi rdzeniami z obietnicą bogactwa, jeśli powrócą z odpowiedzią, dokąd wysłał ich xenthier. Było całkiem możliwe, że jeden z nich dotarł na Mroczne Wybrzeża. Ale żadnemu nie udało się znaleźć drogi powrotnej.

Kasjusz zawahał się, po czym pokręcił głową.

– Nie jestem pewien jak, ale Maarinowie znają sposób.

– Macie dowody?

– Swego rodzaju. – Kasjusz przyciągnął do siebie kilka ksiąg rachunkowych. – Pochodzą ze statków Maarinów, które zatrzymaliśmy.

– Jaki mieliście powód, by je zatrzymać?

Nienaruszalny traktat zawarty między Celendorem a Maarinami zawierał zapisy, zgodnie z którymi nie wolno było zatrzymywać ich statków, o ile nie złamali praw Imperium.

Na wargach konsula powoli pojawił się uśmiech.

– Niespodziewanie trafiły do mnie informacje, które pozwoliły mi oskarżyć ich o pogaństwo.

To było nieoczekiwane, a jednak… wcale nie. Maarinowie zawsze trzymali się na dystans. Nie zaskakiwało, że ich praktyki i wierzenia różniły się od tych z Imperium. Naprawdę zdziwiło go to, że Kasjusz – i Senat – był gotowy zaryzykować wynikające z tego zakłócenie handlu. O wiele lepiej kupić informacje od Maarinów, niż zmuszać do ich wyjawienia.

– Jeden zestaw ksiąg – mówił dalej Kasjusz – dokumentuje działalność statku i jego załogi w Imperium. Ale ten zestaw, który znaleźliśmy w skrytkach razem z mapami, ukazuje działania w miejscach o nazwach pasujących do zachodniej połowy mapy.

To było niewiarygodne objawienie. Istnienie całego nowego świata. Wieści te rozejdą się i wywołają poruszenie w całym Imperium, szczególnie wiadomość, że Maarinowie poruszali się między nimi. Wciąż jednak pozostał problem Bezkresnych Mórz i kryjących się na nich licznych niebezpieczeństw.

– Nawet jeśli udałoby się zmusić Maarinów do podzielenia się informacją o sposobie przebycia pasów ciszy, istnieje duża różnica między jednym statkiem handlowym i jego załogą żeglującą przez wiele miesięcy a flotyllą niosącą legion albo dwa.

– Nie miesięcy. Dni. – Na twarzy Kasjusza pojawił się uśmiech. – Popatrz.

Marek porównał księgi i spojrzał na otoczone kółkiem daty.

– To może być błąd.

– Błąd popełniony dziesiątki razy?

Kasjusz zabrał księgi i przerzucał kartki, pokazując kolejne przykłady, które sugerowały, że Maarinowie jakby przeskoczyli z jednej strony świata na drugą. A istniał tylko jeden sposób, by tego dokonać.

– Musi być jakieś miejsce na morzu, przez które przeprowadzają swoje okręty – mruknął Marek.

Próbował sobie wyobrazić, ile odwagi wymagałoby przepłynięcie po jednej z kryształowych ścieżek. Wykorzystywał znane lądowe ścieżki z doskonale strzeżonymi terminusami, ale za każdym razem z trudem zmuszał się do wyciągnięcia ręki i chwycenia kryształu, ponieważ nigdy nie mógł mieć pewności, co czeka go po drugiej stronie. Pożar. Powódź. Wróg czyhający, by wybić jego ludzi, jednego po drugim.

– Jestem skłonny się zgodzić. Ale na mapach niczego nie zaznaczono. A nie udało nam się wydobyć tych informacji od załogi. Mimo użycia siły.

Co najpewniej znaczyło, że wspomniana załoga była już martwa. Albo bardzo o tym marzyła.

– Zaprzeczali ich istnieniu?

– Nie do końca. – Kasjusz z niesmakiem wygiął wargi. – Choć to bez znaczenia. W chwili, kiedy rozmawiamy, nasza marynarka przygotowuje się do zatrzymania kilku ważnych statków Maarinów. Mają informacje, których potrzebujemy, pozostaje tylko je wydobyć.

– A gdy tak się stanie?

– Wówczas wyślemy wyprawę… *badawczą* na drugą stronę Bezkresnego Morza. – Kasjusz uśmiechał się drapieżnie. – Wyprawę, którą możesz poprowadzić *ty*, legacie. Przedsięwzięcie, które jeśli odniesiesz sukces, uczyni cię najsłynniejszym dowódcą w historii Celendoru.

Marka w najmniejszym stopniu nie interesowała sława, podobnie jak Senatu *badania*. Ale znalezienie się na drugim końcu Reath, zobaczenie krain, które aż do tej pory były jedynie mitem – to się dla niego liczyło. Podobnie jak okazja, by zerwać się ze smyczy Senatu. Robić rzeczy po *swojemu*.

Ale pozostało jeszcze jedno pytanie.

– Dlaczego ja?

– Powiadają, że jesteś najbystrzejszym legionistą, jaki opuścił Campus Lescendor, legacie. Niepokonanym. Byłbym głupcem, gdybym wybrał kogoś innego.

A Marek byłby głupcem, gdyby uwierzył w te pochlebstwa. Założył ręce na piersi i czekał, aż mężczyzna, który wkrótce miał zostać panem Imperium, poda cenę.

Kasjusz milczał przez długą chwilę, zanim znów się odezwał.

– Pewnie nie ma co krążyć wokół sedna sprawy. W zamian za powierzenie dowództwa chcę, żebyś kogoś dla mnie zabił. Zabij ją i upewnij się, że jej ciało nie zostanie odnalezione.

Marek poderwał głowę.

– Nie jestem mordercą.

– Wręcz przeciwnie, legacie, dokładnie tym jesteś. Zawodowym zabójcą. A ja dokładnie tego potrzebuję. Nie chcę, żeby jakiś partacz zepsuł robotę albo by w ostatniej chwili zabrakło mu odwagi. Albo by zawahał się, bo chodzi o dziewczynę. Nie wyobrażam sobie, żebyś się zawahał. Mężczyzna, kobieta, niemowlę… dla ciebie to bez znaczenia, prawda?

Marek roześmiał się szorstko. Zawsze wszystko wracało do Chersome. Zastanawiał się, co pomyśleliby ludzie, gdyby wiedzieli, co naprawdę wydarzyło się na tej przeklętej wyspie.

– Chyba śnicie. Gdyby mnie złapali, zostałbym powieszony.

Przyszły konsul spojrzał na niego chłodno.

– Jeśli tego nie zrobisz, na pewno zawiśniesz. I nie będziesz wisiał sam.

Marek usłyszał szum krwi w uszach. Szantaż. Dlatego Kasjusz wybrał jego – bo mógł go kontrolować. Nawet po drugiej stronie świata wciąż mógł nad nim panować.

Konsul gestem zaprosił go, żeby usiadł, ale Marek to zignorował.

– Miałem nadzieję, że do tego nie dojdzie. – Kasjusz westchnął głęboko.

Zaprzeczanie nie miało sensu, ale Marek wciąż pytał:

– Do czego miałoby dojść?

Kasjusz prychnął i potrząsnął głową.

– Wiem, że jesteś najstarszym synem rodu Domicjuszów. Wiem, że rodzice wysłali cię do Campus Lescendor zamiast twojego brata. A wszyscy wiedzą, że to zbrodnia. Nikt, nawet senator, nie ma prawa wybierać, które z dzieci wysłać do legionów, bo inaczej ostrze Imperium składałoby się z… Cóż, składałoby się z młodych mężczyzn takich jak *ty*.

Nie mógł udawać, że to nieprawda.

– Jeśli zrobicie im krzywdę – powiedział cicho – wypatroszę was od krocza po mostek i wystawię na słońcu jako pokarm dla kruków.

– Spokojnie, legacie. Nie ma powodu do gróźb. Ostatnim, czego bym chciał, byłaby krzywda twojej rodziny. W końcu znam ich od wielu lat. – Usadowił się wygodnie na sofie. – Pamiętam cię jako dziecko tak wyraźnie, jakby to było wczoraj. Byłeś takim zasmarkanym chuchrem… ciągle biegałeś za innymi dziećmi, ale zaraz mdlałeś, a wznoszony przez nie kurz opadał na twoją bladą buźkę.

Marek spiorunował go wzrokiem i chciał mu przerwać, ale wiedział, że rozsądnie będzie wysłuchać go do końca.

– Nawet teraz łatwo zrozumieć, dlaczego twój ojciec podjął taką decyzję. – Kasjusz się uśmiechnął. – Wysłali was dwóch do leczniczych źródeł. Ostatnia chłopięca przygoda tuż przed tym, jak młody Marek miał wstąpić do legionów, a Gajusz powrócić, by objąć swoje stanowisko dziedzica fortuny Domicjuszów. – Uniósł ręce. – I patrzcie tylko: sześć miesięcy później młody Gajusz powrócił w pełni zdrowia, a jego brat Marek zniknął w wielkiej machinie naszych legionów i nikt już nigdy o nim nie słyszał.

– Przejdźcie do rzeczy, Kasjuszu.

– Oczywiście, oczywiście. Tak się zdarzyło, że kilka lat później sam udałem się do leczniczych wód. – Zajrzał do kielicha i skrzywił się, gdy zauważył, że jest pusty. – Chwileczkę. Jestem spragniony. – Dolał sobie wina, przedstawienie wyraźnie sprawiało mu przyjemność. Wrócił na sofę i pociągnął długi łyk. – Przypadkiem poznałem medyka, który leczył młodego Gajusza, a choć niechętnie zdradzał informacje na temat swoich pacjentów, w końcu wyznał, że leczenie wcale nie poprawiło stanu chłopca.

I oto był dowód. Cała reszta to spekulacje, ale słowo wykształconego na uniwersytecie medyka obciążyłoby ich w sądzie, ponieważ każdy medyk godny tego miana byłby w stanie zbadać Marka i jego brata, by ocenić, który z nich cierpiał na przypadłość.

– Mogę sobie jedynie wyobrazić, jak się z tym czułeś – powiedział Kasjusz. – Nie tylko utraciłeś jedną z największych fortun Imperium, ale zostałeś porzucony przez rodzinę. Ponieważ twój brat liczył się dla niej bardziej.

Marek zmusił się do zachowania pozorów spokoju. To, że ten mężczyzna wyciągnął na światło dzienne najgorszą chwilę z jego życia i podstawił mu ją pod nos, było wystarczająco paskudne. Ale nie zamierzał pokazać Kasjuszowi, jak bardzo go to zabolało.

– Macie skłonność do melodramatyzmu. I najwyraźniej poświęciliście więcej czasu na rozważania nad moją przeszłością niż ja sam.

– Możliwe. Choć jeden aspekt tej historii zawsze mnie niepokoił.

– Mianowicie?

– Dlaczego się na to zgodziłeś. – Kasjusz pochylił się do przodu. – Łatwo zrozumieć, dlaczego zrobił to twój brat. Za jednym zamachem oszczędził sobie ciężkiego życia legionisty i stał się dziedzicem majątku Domicjuszów. Ale ty? Jaki powód mógłby mieć młody chłopak, by chronić rodzinę, która go porzuciła?

– Żaden.

Kasjusz się uśmiechnął.

– Jeden. I sądzę, że zrobisz wszystko, co konieczne, by zapewnić jej bezpieczeństwo. Włączając w to zamordowanie mojej przyszłej żony.

Rozdział 9

Teriana

– Wszyscy wychodzić z wody! – rozkazała Tesya.

Nim Teriana i Przynęta wspięli się po linach na pokład, białe żagle były widoczne gołym okiem.

– Płynie pod banderą złotego smoka, kapitanie! – krzyknęła czujka z bocianiego gniazda. – To nie wygląda na statek handlowy!

„Okręt marynarki Celendoru", pomyślała Teriana. Bez trudu by im uciekli, ale takie postępowanie wzbudziłoby podejrzenia. Załoga obcego statku nie miała powodu, by robić kłopoty Quincense, jednak matka nie zamierzała im zdradzić, że odzyskiwali ładunek z zatopionego wraku. Morza Maarinów, tajemnice Maarinów.

– Co zamierzasz zrobić?

– Zobaczymy, czego chcą.

Tesya wyjęła fajkę z kieszeni spodni, napełniła ją doskonałymi gamdeshiańskimi liśćmi i zapaliła od płomienia, który podał jej jeden z marynarzy. Dym ciągnął się za nimi, kiedy statek dryfował i czekał, aż dopłynie do niego ciężka fregata. Celendorczycy rzucili haki i przyciągnęli statki do siebie, pozostawiając głębokie wyżłobienia w drewnianym relingu.

Matka Teriany wychyliła się za burtę.

– Admirale.

Niski, łysiejący mężczyzna spojrzał na nią z dołu.

– Pani kapitan…?

– Tesya. – Kobieta zaciągnęła się dymem z fajki i wypuściła kilka kółek.

– A wasz statek?

– Przeklęta farba już się powycierała? – Wychyliła się jeszcze bardziej, by spojrzeć na dziób. – Nie, wciąż tam jest. – Wskazała na zamaszysty złoty napis i wypuściła kolejne kółko dymu. – Quincense.

– Hm. – Admirał trącił skrybę, który zrobił notatkę w księdze. – A co was sprowadza na wody Atlii?

– Nic szczególnego, jedynie przez nie przepływamy.

– Dokąd? I jaki wieziecie towar?

– Ładunek jedwabiu do Celendrialu. – Tesya przyciągnęła Terianę bliżej i wymamrotała: – Upewnij się, że wszystko, czego nie powinniśmy mieć, jest dobrze ukryte, i przynieś wino.

Teriana posłała admirałowi szeroki uśmiech i pobiegła do kajuty matki. Przynęta już tam był – chował mapy do skrytek.

– Czego chcą? – spytał, nie przerywając pracy.

– Nie wiem.

Teriana wyciągnęła ze skrzyni butelkę wina i dwa kubki ze stopu cyny z ołowiem. Maarinowie podpisali traktat z Senatem, na którego mocy nikt nie wchodził na pokład ich statków ani ich nie przeszukiwał bez uzasadnionego powodu – a „uzasadnionym powodem" mogło być złamanie jednego z niezliczonych praw Imperium. Ale Quincense nie przyłapano na robieniu niczego, czego robić nie powinni, więc byłoby to nieuzasadnione. W jej głowie odbijały się echem słowa matki: „Może ją wykorzystać, żeby dotrzeć również do nas".

„Błagam, obyś tylko nic nie powiedziała, Lidio", pomyślała Teriana i zwróciła się do Przynęty:

– Dopilnuj, żeby wszystko zostało schowane.

Wróciwszy na pokład, usłyszała jeszcze, jak admirał mówi:

– Macie coś do ukrycia, pani kapitan?

Tesya zaciągnęła się dymem z fajki i potrząsnęła głową.

– Pomyślałam jedynie, że chętnie napijecie się wina. Mamy na pokładzie dobry atliański rocznik.

– Może wypijemy szklaneczkę albo dwie, kiedy już sprawdzimy wasz ładunek.

Jeden z marynarzy na takielunku zagwizdał krótką melodię. *Bunt i mord* była mroczną piosenką o zdradzie, ale – co ważniejsze – informowała, że kolejny statek zbliżał się do nich od zawietrznej. Marynarz zagwizdał drugą zwrotkę, a później trzecią – zbliżały się trzy statki. Coś się działo.

– Nalej wina, dziewczyno – poleciła jej matka.

Teriana z trudem powstrzymywała drżenie rąk, kiedy odkorkowywała butelkę, napełniała kielich i podawała go mężczyźnie. Inne statki były teraz widoczne, zbliżały się szybko.

– Jakie są wasze zamiary, admirale?

– Senat wierzy, że Maarinowie mają pewne informacje, które mogą się okazać cenne dla Imperium. Jesteśmy tu, żeby odeskortować was do Celendrialu, byście mogli podzielić się swoją wiedzą.

Teriana poczuła ściskanie w żołądku, a krew odpłynęła jej z twarzy. „Nie, proszę, nie", modliła się bezgłośnie.

– Maarinowie przed laty zawarli traktat z Celendorem – powiedziała jej matka. – Mam nadzieję, że Senat nie zamierza go pogwałcić.

Admirał się uśmiechnął, ale na jego łysej głowie perlił się pot.

– Nawet by o tym nie śnił.

Kłamał – Teriana była tego pewna. Ale dlaczego? Senat nie zaryzykowałby naruszenia traktatu z Maarinami pod wpływem kaprysu... chyba że wierzyli, iż zdobyte informacje są warte tej ceny.

„Coś jest nie w porządku". W jej głowie odbijał się echem głos Magniusa. Zrobiło jej się ciemno przed oczami, twarz admirała zniknęła i zastąpiła ją wizja mrocznych głębin oceanu. Oczyma strażnika widziała wrak statku Castricka na dnie morza, podarte żagle unoszące się na prądach. Magnius okrążył wrak, a jego zniekształcony obraz sprawił, że Terianie zakręciło się w głowie. Gdy podpłynął bliżej, pośród zniszczeń uczynionych przez morze dziewczyna zobaczyła coś, co zmroziło jej krew w żyłach – żelazną kulę opieczętowaną celendorskim smokiem.

Odzyskała wzrok i zamrugała, nagle oślepiona blaskiem słońca. Jej matka też mrugała. Również to zobaczyła.

– Pani kapitan? – W głosie admirała rozbrzmiewało zniecierpliwienie. – Czy możemy liczyć na waszą współpracę?

Tesya po raz ostatni zaciągnęła się fajką, postukała nią w reling i dymiący tytoń spadł na pokład drugiego statku.

– Powiedzcie mi, admirale: czy zatopiliście statek Castricka przed tym czy po tym, jak z wami współpracował?

Mężczyzna pobladł i cofnął się o krok.

– Pływasz nad kośćmi swoich ofiar, ty celendorski kłamco – syknęła. – Rozwścieczone duchy ucieszą się, kiedy dołączycie do nich w głębinach Madorii! – Ledwie te słowa opuściły jej wargi, celendorski okręt szarpnął się, a drewno popękało, gdy Magnius uderzył całym swoim ciężarem w jego kadłub. Tesya wyjęła z kieszeni monetę i wyrzuciła ją w powietrze, a złoto zabłysło w słońcu. – Aby opłacić ci drogę do podziemi, ty bezbożny psie!

Admirał sięgnął po broń, ale Tesya uderzyła go w twarz, aż zatoczył się do tyłu.

– Pełne żagle! – krzyknęła Teriana.

Wyciągnęła kord, podbiegła do relingu i uderzyła mocno, przecinając sznur łączący oba statki, a reszta załogi robiła to z pozostałymi. Admirał w końcu wydobył miecz, ale tuzin uzbrojonych Maarinów zmusił go do wspięcia się na reling.

Statki zderzyły się ze sobą i znów rozdzieliły, gdy Magnius wyłonił się z wody. Zabłysły zęby i admirał zdążył jeszcze raz krzyknąć, nim zniknął pod wodą.

Żagle złapały wiatr, wydęły się i naprężyły. Quincense obrócił się i uderzył rufą w mniejszy okręt, przewracając przerażonych marynarzy. Teriana mocno trzymała się relingu, gdy statek wyskoczył do przodu i przebijał się przez fale, nabierając prędkości.

„Szybciej", pomyślała Teriana, obserwując zbliżające się statki. Jeden zrzucił żagle, by podjąć ocalałych z tonącego okrętu, ale pozostałe się nie wahały. Przyglądała się w ponurym milczeniu, jak przygotowują katapulty. Niech będą przeklęte po tysiąckroć celendorskie planowanie i przemyślność.

– Wciąż jesteśmy w zasięgu! – warknęła Tesya.

Ramiona katapult raz za razem uderzały o drewno, a żelazne kule wpadały do morza po obu stronach statku. Później rozległ się trzask drewna i krzyki tych poniżej.

Matka wciąż zaciskała dłonie na sterze, a jej wargi poruszały się w bezgłośnej modlitwie do Madorii.

Usłyszeli kolejny trzask i brzęk pękającego szkła, kiedy kula przeleciała przez kajutę kapitana, wypadła przez drzwi i potoczyła się po pokładzie, a marynarze uskakiwali jej z drogi.

Jeszcze tylko kilka chwil i Quincense znajdzie się poza zasięgiem.

Wychyliwszy się przez burtę, Teriana patrzyła, jak celendorskie statki oddalają się coraz bardziej. A później katapulta na tym z przodu wystrzeliła i w ich stronę poleciała czarna plamka.

– Nadchodzi!

Było za późno. Drewno popękało, a żagle się podarły, kiedy kula przebiła się przez takielunek i wbiła w maszt. Statek stracił prędkość i przechylił się na zawietrzną, maszt i olinowanie wpadły do wody. Teriana bezradnie patrzyła, jak jej matka przewraca się i uderza głową o pokład.

– Mamo!

Podczołgała się do niej i sprawdziła puls. Był silny, ale nie przyniosło jej to wielkiej ulgi. Skoro jej matka straciła przytomność, to ona dowodziła.

– Odetnijcie je! – Ledwie wychrypiała te słowa, więc musiała je powtórzyć.

Załoga wzięła się do pracy, odcinała takielunek i zajmowała się rannymi, ale twarze miała ponure.

Przynęta pokuśtykał po schodach. Na widok Teriany trzymającej matkę w ramionach otworzył szerzej oczy.

– Jak poważnie jest ranna?

– Nie wiem. – Po twarzy Teriany płynęły łzy. – Jeśli się nie poddam, poślą nas na dno oceanu. Musisz przekazać naszym braciom wieści, że żaden port Imperium nie jest bezpieczny.

Chłopak pokręcił głową.

– Nie zostawię cię. Nie w takiej sytuacji.

Obok bakburty wylądowała żelazna kula, zalewając ich wodą.

Teriana położyła matkę na pokładzie i się podniosła.

– Nikt inny nie dopłynie tak daleko. To musisz być ty. Ruszaj! Odnajdź Magniusa i ostrzeż inne statki.

Zawahał się, więc popchnęła go w stronę rufy.

– To rozkaz!

Przynęta posłał Terianie ostatnie spojrzenie, po czym wyskoczył przez reling i zniknął we wzburzonej wodzie.

– Zrzucić żagle i wywiesić białą flagę! – poleciła załodze.

Nadszedł czas, by poznała zasięg zdrady Lidii. I to, jak wysoką cenę miała za nią zapłacić.

Rozdział 10

Teriana

Teriana spędziła trzy dni zamknięta pod pokładem. Sama. Nie wiedziała, czy reszta załogi żyje. Czy jej matka żyje. Nigdy w życiu nie była tak przerażona.

Ani nie czuła się tak winna.

– To wszystko twoja wina – powtarzała sobie za każdym razem, gdy nadchodziła fala użalania się nad sobą. – Sama to na siebie sprowadziłaś. I zasługujesz na wszystko, co cię czeka.

Jej biczowanie się słowami mogłoby w pewnym stopniu ją pocieszyć, gdyby nie to, że matka i załoga były niewinne. Nikt z nich nie kłapał paszczą i nie zdradził wszystkich tajemnic ich narodu przeklętej celendorskiej słabeuszce.

Ponieważ właśnie to sobie powtarzała – Lidia nie zdradziła jej ze złej woli, po prostu była zbyt słaba, by stawić czoło przesłuchaniu przez przyszłego męża. To Teriana schowała swoje tajemnice w wiklinowym koszyku zamiast w stalowej skrzynce. Matka miała rację. Dusza Teriany musiała trafić prosto do podziemi za to, co zrobiła. Nie mogło być inaczej.

Choć próbowała. W dzień i w nocy klęczała z głową przyciśniętą do podłogi, modląc się do Madorii o wybaczenie. Modliła się nawet wtedy, kiedy celendorscy prześladowcy dawali jej paskudne wodę i jedzenie, od których pochorowała się tak bardzo, że cieszyła się z samotnego uwięzienia. Zwinięta w kłębek na mokrych deskach modliła się, obiecując, że zrobi wszystko, czego zażąda jej bogini, by zasłużyć na łaskę. By zadośćuczynić za to, co zrobiła.

Ale Madoria milczała. Podobnie jak Magnius. Teriana miała ogromną nadzieję, że był daleko, bardzo daleko z Przynętą i ostrzegł rodaków przed niebezpieczeństwem. Ale w głębi duszy bała się, że strażnik Quincense również odwrócił się do niej plecami.

Kiedy opanowała ją choroba i wpadła w malignę, strach uciekł przed obliczem wściekłości.

– Ty też jej zaufałeś! – krzyczała do wężowego kształtu, który się przed nią unosił. – Powinieneś mnie przed nią ostrzec! Miałeś mnie chronić!

Uderzała pięściami o deski, aż dłonie zaczęły krwawić, a łzy spływały strumieniami, mieszając się z mętną morską wodą, która powoli napełniała przeciekający statek.

Ale odpowiedzią była jedynie cisza.

– Wstawaj, idiotko!

Teriana zakrztusiła się i zakaszlała, kiedy na jej twarz polała się woda z wiadra. Z drżeniem podniosła się na łokieć i zamrugała w blasku słońca, od którego zdążyła się odzwyczaić. Leżała na pokładzie celendorskiego okrętu, choć nie pamiętała, jak się tu znalazła. Musiał ją przynieść jeden z żołnierzy. Skuliła się na myśl o jego palcach na jej nieprzytomnym ciele.

– Gdzie? – wychrypiała.

Przybili do brzegu, ale z powodu załzawionych oczu i zawrotów głowy nie umiała rozpoznać portu.

– Celendrial. – Marynarz kopnął ją w żebra. – A teraz wstawaj.

Trzymając się za bok, Teriana podniosła się z trudem i złapała za reling. Nagła ciemność przed oczami groziła, że znów pośle ją na deski, i dopiero kilka powolnych oddechów pozwoliło dziewczynie zwalczyć to uczucie. Kiedy minęło, na drugim końcu pokładu zauważyła około tuzina członków załogi – wszyscy mieli związane nadgarstki. Niektórzy byli ranni. Ale wszyscy się bali.

– Gdzie reszta moich ludzi?

Marynarz wzruszył ramionami.

– Niektórzy są na innych okrętach. – Uśmiechnął się szeroko. – A inni martwi.

Z trudem stłumiła łkanie, które próbowało wyrwać jej się z gardła. Członkowie załogi byli jej przyjaciółmi, jej rodziną. Większość znała przez całe życie, a teraz nawet nie wiedziała, jak wielu z nich zginęło z jej powodu.

– A moja mama? Kapitan?

Marynarz nie odpowiedział. Wypełniła ją groza.

– Proszę, nie – szepnęła. – Nie mogła odejść.

– Mów po celendorsku. – Spoliczkował ją.

– Dosyć! – krzyknął ktoś.

Terianie mignęły przed oczami czerwień i błysk metalu. Legioniści. Ścisnęła reling i próbowała się nie skulić.

– Nie przyjmuję rozkazów od trepów – warknął marynarz.

Legionista prowadzący grupę wzruszył ramionami.

– Jak sobie chcesz. – Skinął głową na dwóch żołnierzy, którzy podbiegli do marynarza i wyrzucili go za burtę. Popatrzył po reszcie załogi. – Ktoś jeszcze ma jakąś uwagę, którą chciałby się podzielić?

Marynarze potrząsnęli głowami.

– Dobrze. Zajmijcie się pozostałymi. Dajcie im jedzenie i czystą wodę. Muszą być żywi i na chodzie, nie na wpół martwi z powodu odwodnienia i biegunki. Zabieramy dziewczynę.

Gdy ruszył w stronę Teriany, cofnęła się. Nie dlatego, że był szeroki jak beczułka ani że u jego boku błyszczał gladius. Chodziło o liczbę wytłoczoną na jego napierśniku: „37". Legionista wyciągnął do niej rękę. Krzyknęła i próbowała uciec, ale złapał ją za ramię.

– Spokojnie, dziewczyno. Nie chcemy ci zrobić krzywdy.

– Nie wierzę ci. – Po jej twarzy płynęły łzy i smarki, ale była zbyt słaba, by się wyrwać.

– Nie mam do ciebie pretensji. – Mężczyzna przycisnął bukłak do jej warg. – Napij się.

Zimna czysta woda wypełniła jej usta i spływała po brodzie. W całym życiu Teriany nic nie smakowało jej tak bardzo.

– Wystarczy. – Zabrał bukłak. – Jeszcze trochę, a się pochorujesz.

– Gdzie moja matka? – Złapała go za ramię. – Jest kapitanem. Żyje?

– Tak było, kiedy widziałem ją po raz ostatni. Rozmawia teraz z konsulem i wszystkimi pozostałymi.

– Konsulem?

– Kasjuszem. – Legionista pomógł jej się wyprostować. – Zaraz cię tam zabierzemy. Możesz iść?

– Tak. – Na wpół podtrzymywana przez mężczyznę, zatoczyła się do trapu. – Czego on chce? Dlaczego to robi?

Wzruszenie ramion legionisty prawie uniosło ją na pokład.

– Informacje. Powiesz im, co chcą wiedzieć, a może przeżyjesz kolejny dzień. Jeśli tego nie zrobisz, pewnie cię zabiją.

Teriana zachwiała się na nogach.

– Przestraszyłeś ją, Serwiuszu – stwierdził inny z legionistów.

– Wcale nie. To piratka, nie jakaś głupiutka córka patrycjusza. Założę się, że niczego się nie boi.

Teriana była przerażona, ale słowa mężczyzny jej pochlebiały.

– Potrzebuje tylko paru łyków. Masz. – Wyjął z sakiewki u pasa małą butelkę i przycisnął do jej warg.

Dziewczyna pociągnęła długi łyk. Od rumu zapiekło ją w gardle, aż się rozkaszlała.

– To nie woda.

Serwiusz uśmiechnął się szeroko, jego białe zęby wyróżniały się na tle brązowej skóry. Nie-Celendorczyk. Pewnie z Atlii, jednej z licznych prowincji, które oddawały dzieci do legionów Imperium.

– Czasem człowiek potrzebuje czegoś mocniejszego, nie sądzisz?

– Ano. – Teriana wzięła butelkę i wypiła kolejny łyk. – Tak właśnie sądzę.

Myślała, że zaprowadzą ją na Wzgórze, które dominowało nad Celendrialem – na jego zboczach wznosiły się wille senatorów, a wśród nich z całą pewnością ta należąca do Kasjusza. Dom taki jak Lidii, chłodny i pachnący aromatycznymi olejkami, pełen melodyjnego szmeru fontann. Tymczasem legioniści odeskortowali ją do slumsów. W insulach, wysokich na trzy, czasem cztery piętra, w malutkich mieszkankach tłoczyły się całe rodziny. W przeciwieństwie do reszty Celendrialu te budynki nie miały kanalizacji i mieszkający w nich ludzie wyrzucali nieczystości przez okna pozbawione szyb. Rynsztoki były pełne sików i gówna. Zabrali ją do jednego z tych budynków. Wewnątrz było przytłaczająco gorąco, a pył w powietrzu groził, że ją zadusi, jeśli odetchnie głębiej. Ale nie to sprawiło, że na jej czole pojawił się pot. Mimo smrodu ulic wyczuwała żelazistą woń krwi. Z jej warg wydobył się cichy jęk. Serwiusz nic nie powiedział.

– Tutaj.

Drzwi do piwnicy się otworzyły, a ze środka wypłynął smród krwi i wnętrzności. Zakrztusiła się, a Serwiusz zaklął:

– Przeklęte bezużyteczne sukinsyny. Kazałem, żeby załatwili to przed moim powrotem.

Teriana nie słuchała. Jej uszy wypełnił szum, a wzrok skupił się na stercie ciał leżących u podstawy schodów. Z wrzaskiem wyrwała się z uścisku legionisty i zatoczyła się po schodach.

– Mamo! – Gorączkowo rozrzucała nieruchome ciała, szukając w ich twarzach tej najważniejszej.

– Żadne z nich nie jest twoją matką.

Miał rację. Ale ich znała. Wszystkich. Kapitanów i pierwszych oficerów statków pozbawionych strażników, co wyjaśniało, dlaczego nie pojawiły się żadne ostrzeżenia, kiedy zostali pojmani. Ciała wszystkich nosiły ślady tortur. Wzięła w ramiona jedno z nich, Illrię – siwe warkocze kobiety były pokryte brązowymi plamami podeschłej krwi.

– Przepraszam, przepraszam – szepnęła do ucha kobiety. – Niech Madoria przyjmie cię w krainie Bezkresnych Mórz.

Jej uszu dobiegły słowa Serwiusza:

– Kazałem wam pozbyć się ciał.

– Człowiek konsula kazał nam zostawić je tutaj.

– On jeszcze nie jest konsulem. Przyjmujecie rozkazy od legata albo ode mnie, od nikogo innego. Jasne?

Ktoś potrząsnął ją za ramię. Podniosła załzawione oczy.

– Co robicie ze swoimi zmarłymi?

Przez chwilę wpatrywała się tępo w Serwiusza, zanim wymamrotała:

– Zwracamy ich ciała morzu.

– Nie ma szans. Inne możliwości?

Teriana przełknęła gulę w gardle.

– W takim razie ich spalcie. Albo zostawcie trupy do zjedzenia przez padlinożerców. Tylko nie zakopujcie ich pod ziemią.

– W porządku. – Puścił jej ramię. – Zabierzcie ich na tyły i spalcie. Znajdźcie oliwę i zróbcie to właściwie.

Nic z tego nie było właściwe. Zupełnie nic.

– Chodź. – Serwiusz podniósł ją szarpnięciem.

Kiedy znaleźli się w środku, puścił jej rękę i uderzył pięścią w swoją pierś w geście pozdrowienia, ale Teriana nie zauważyła, do kogo było skierowane. Wpatrywała się w kobietę zakutą w kajdany i klęczącą na ziemi.

– Mamo!

Przebiegła przez pomieszczenie i zarzuciła ręce na mocne ramiona matki. Po boku opuchniętej twarzy Tesyi spływała krew, a palce jej prawej ręki były połamane.

– Niech Sześcioro mają nas w swojej opiece, co oni ci zrobili?

– Nic im nie mów – odparła matka. – Dla dobra swej nieśmiertelnej duszy, dla dobra całego Reath, nic im nie mów.

– A co chcą wiedzieć?

Matka nie odpowiedziała. Teriana cofnęła się niechętnie i oceniła sytuację. Mężczyzna o naoliwionej złocistej skórze, ubrany w białą togę celendorskiego patrycjusza, siedział i na nią patrzył – ten sam mężczyzna, którego widziała ostatniej nocy spędzonej w domu Lidii. Lucjusz Kasjusz. Posłała mu grymas, odwróciła się i popatrzyła na legionistę opartego o ścianę. Nosił insygnia oficera, ale półmrok sprawiał, że nie widziała wiele więcej.

Teriana mogłaby przysiąc, że kiedy weszła do środka, była tam jeszcze jedna postać. Obróciła głowę w drugą stronę i zamarła, kiedy jej wzrok spoczął na parze nóg stojących na wyciągnięcie ręki od miejsca, w którym kucała. Jej spojrzenie podążyło wyżej i padło na czarne spodnie i tunikę. Jeszcze wyżej – i ujrzała twarz okrytą czarną maską. Przerażenie wypełniło jej żyły, mocno objęła matkę.

Miała stawić czoło katowi.

Rozdział 11

Teriana

Nim Teriana mogła pomyśleć, by się poruszyć, kat zatrzasnął żelazne kajdany na jej nadgarstkach i przyciągnął ją do pierścienia osadzonego w podłodze. Przymocował do niego łańcuch, po czym podszedł do stołu z narzędziami znajdującego się po drugiej stronie pomieszczenia.

– Dlaczego to robisz? – spytała Kasjusza, wiedząc, że to on był inicjatorem. – Co chcesz wiedzieć?

Mężczyzna poruszył się na tapicerowanym fotelu, zupełnie niepasującym do zatęchłej piwnicy.

– Jakże miło znów cię widzieć, Teriano. Jestem tutaj, bo dotarły do mnie słuchy, że macie cenne informacje na temat ziem po drugiej stronie Bezkresnych Mórz.

Jego słowa były ciosem w brzuch potwierdzającym obawę, która kryła się w głębi jej serca od chwili, kiedy doszło do abordażu na Quincense.

– Nie wiem, o czym mówisz.

– Obawiam się, że nastał moment, w którym zaprzeczanie nic ci nie da. – Westchnął melodramatycznie. – Powinnaś była bardziej się troszczyć o swoje tajemnice, jeśli chciałaś, by nimi pozostały. – Jedną ręką uniósł ciężką książkę, ukazując tytuł, który Teriana dobrze znała. *Traktat Siedmiorga*.

„Lidio, jak mogłaś?"

Teriana przeniosła spojrzenie na matkę, spodziewając się dostrzec rozczarowanie w jej wzroku, ale Tesya miała opuszczone powieki, a jej wargi się poruszały. Modliła się. Była pobożna, jednak dziewczyna nigdy nie widziała jej w takim stanie. Nigdy nie widziała *nikogo* ze swoich rodaków w takim stanie. Prawie jakby jej tam nie było – jakby jej umysł znalazł się w zupełnie innym miejscu.

Ale Teriana nie potrzebowała rozczarowania matki, by sama je poczuć. Lidia była *jedyną* osobą, której wyjawiła sekrety Maarinów. Jedyną, której zdradziła jakiekolwiek tajemnice, a jej przyjaciółka postępowała tak samo. Marzenia. Nadzieje. Pragnienia. Wszystkie wyszeptane do ucha, kiedy wylegiwały się na jedwabnych poduszkach w domu Lidii, wędrowały po olbrzymich celendorskich targach albo siedziały na szczycie takielunku Quincense, gdy Terianie raz udało się przekonać przyjaciółkę do wspięcia się na taką wysokość. Cenne chwile, które teraz zmieniły się w żal. Ale nie pozwoli sobie na potwierdzenie tajemnic, które wyjawiła Lidia, ani na potwierdzenie, że w ogóle powiedziała Lidii cokolwiek.

Teriana splunęła w stronę Kasjusza, a on skrzywił się, po czym mówił dalej:

– Wiemy, że ty i twoi rodacy regularnie udajecie się do miejsca, które my nazywamy Mrocznymi Wybrzeżami. Wiemy z waszych map i ksiąg, że te lądy są różnorodne i zamieszkane i że z nimi handlujecie. Mówicie ich językami.

– Niech zgadnę – przerwała mu dziewczyna – chcesz, bym powiedziała wam, jak tam dotrzeć, żebyście mogli ich podbić i zniewolić tak samo jak tę połowę Reath.

Kasjusz zaklaskał w dłonie jak małe dziecko.

– Cudownie! Wreszcie ktoś, kto rozumie. I mówi! Gdybyśmy tylko zaczęli od ciebie.

– Nie marnuj tchu, ty stary leniwcu. Nic ci nie powiem.

Zamknęła oczy i zaczęła się modlić z nadzieją, że naśladowanie matki ich zniechęci, sprawi, że uznają, iż nie zdradzi tajemnic swojego ludu tak samo jak wszyscy, którzy byli tu przed nią.

„Tyle że ty jesteś inna – szepnął głos w jej głowie. – Właśnie dlatego to wszystko się dzieje”.

Kat wziął Terianę za lewy nadgarstek. Zimny metal dotknął czubka jej palca. Gwałtownie otworzyła oczy, kiedy mężczyzna zerwał jej paznokieć. Ból przeszył jej rękę i ramię. Krzyknęła.

Zerwał wszystkie paznokcie na tej ręce, jeden po drugim.

– Mamo, mamo, pomóż mi! – wrzeszczała.

Tesya jednak nawet nie drgnęła, nie mówiąc już o pokazaniu po sobie, że zauważyła jej błagania. Kiedy kat w końcu opuścił narzędzie, zwinęła się na boku i przycisnęła rękę do brzucha.

„Nie możesz powiedzieć, nie możesz powiedzieć – mówiła sobie wśród udręki. – Lepiej umrzeć, niż powiedzieć”.

– Zdradź drogę Maarinów do Mrocznych Wybrzeży, Teriano – ponaglił Kasjusz. – Zdradź ją teraz, a będzie po wszystkim.

Teriana podniosła się powoli i zakrwawioną lewą ręką zrobiła powszechnie obraźliwy gest.

– Połam jej palce.

Teriana cofnęła się, ale to głos legionisty ją ocalił.

– Dosyć! To do niczego nas nie zaprowadzi. – Odepchnął się od ściany i ruszył w ich stronę.

– Nie przeszkadzaj – wysyczał kat.

– A niby w czym przeszkadzam? – spytał ostro legionista. – Przez całe popołudnie patrzyłem, jak robisz swoje, przewinęło się tu pół tuzina ludzi i co z tego mamy? Nic. Dowiedzieliśmy się jedynie, że dla Maarinów ważniejsze jest utrzymanie tajemnicy niż własne życie.

Teriana próbowała stłumić łkanie, ale jej ramiona wciąż drżały. Matka wydawała się nieświadoma tego, co się dzieje. Oczy wciąż miała zamknięte, a jej wargi poruszały się w bezgłośnej modlitwie.

– Kapitan nie złamiesz – mówił dalej legionista.

Podszedł do matki Teriany i pochylił się, by spojrzeć na jej twarz, jakby była jakimś dziwnym stworzeniem, którego nie widział nigdy wcześniej.

– Nie możesz tego wiedzieć.

– Ależ wiem. – Legionista uniósł jedną z powiek kobiety, ale jej oczy były czarne i niewidzące. – Jest coś, czego ona boi się bardziej od bólu, bardziej od śmierci. Bardziej od torturowania własnej córki.

– Zobaczymy.

Kat wyciągnął szczypce w stronę Tesyi.

– Zostaw ją!

Teriana próbowała złapać stalowe narzędzie, ale kajdany na nadgarstkach przykuwały ją do podłogi. I tak nie byłaby dość szybka. Legionista z oszałamiającą prędkością uderzył pięścią, trafiając kata w brzuch. Kiedy mężczyzna się zatoczył, legionista zerwał jego maskę i rzucił ją na podłogę. Za nią podążyła plwocina.

– Wywołujecie we mnie mdłości, wypaczone sukinsyny. – Pchnął kata na ścianę. – Zasłaniacie twarze, by świat nie widział, jaką przyjemność czerpiecie ze swojej pracy.

– Nic nie wiesz – syknął kat.

– Wiem, że prawdziwy mężczyzna bierze odpowiedzialność za swoje czyny. Nie ukrywa się za maską. – Legionista zerwał klucze z pasa kata. – Twoje metody są nieskuteczne. Wynoś się.

– Legacie... – W głosie Lucjusza Kasjusza brzmiała nuta irytacji.

– Zamknij się, Kasjuszu.

Teriana usiadła na piętach, przyciskała bolącą rękę do brzucha i patrzyła. Kim był ten człowiek, który ważył się w taki sposób odzywać do konsula?

– Nie lubię się powtarzać – powiedział lodowatym tonem.

Twarz kata spochmurniała, ale pokiwał głową i podniósłszy maskę z podłogi, pospiesznie opuścił piwnicę. Legionista odwrócił się, a Teriana uciekła wzrokiem. Wcześniej jednak dobrze mu się przyjrzała.

Był znacznie młodszy, niż sugerowały jego działania, ale poza tym mógłby stanowić wzór dla jednej z licznych rzeźb słynnych legionistów wypełniających Celendrial. Nawet w półmroku widziała, że miał jasne włosy i oczy, a skórę opaloną na złoto. Jego regularne rysy były mocne i wcale nie psuła ich stara blizna na policzku. Na szyi widniały cztery głębokie zadrapania, które – w przeciwieństwie do blizny – były świeże. Miała nadzieję, że to pamiątka po jednym z jej zabitych rodaków.

– Choć ten napad złości był imponujący, legacie, nie jestem pewien, czy okaże się w pełni skuteczny. – Kasjusz nie podniósł się z fotela, na którym wydawał się ulokowany na stałe.

Legionista go zignorował, a serce Teriany zabiło szybciej. Łzy płynęły po jej twarzy, kiedy przed nią ukląkł.

– Czego ona się tak bardzo boi? – Gestem wskazał na jej matkę.

Mimo tego, co Kasjusz nazwał napadem złości, w twarzy młodego mężczyzny nie było gniewu. Nie było niczego – żadnego współczucia, żadnej ciekawości, żadnego obrzydzenia. Nic.

– A dlaczego sądzisz, że ona się czegoś boi?

– Ponieważ odwaga i siła woli mają swoje granice. Strach nie. A istnieją rzeczy gorsze od bólu.

– Bezbożny pies taki jak ty nie zrozumie – wykrztusiła wśród łkania i niemal od razu uświadomiła sobie, że popełniła błąd.

Mężczyzna uniósł brew.

– Pewnie teraz powinienem cię spoliczkować i nazwać pogańskim głupcem?

Teriana skuliła się, czekając na cios.

Tymczasem pokryta odciskami dłoń złapała ją za nadgarstek. Dziewczyna usłyszała trzask zamka i poczuła, jak kajdany spadają z jej rąk.

– Dopiero niedawno wyszło na jaw, że Maarinowie oddają cześć bogom – powiedział. – Człowiek zaczyna się zastanawiać, ile jeszcze tajemnic kryjecie.

Podniósł Terianę i popchnął ją na jedno z krzeseł. Odwrócił się, nalał wody do szklanki i przysunął sobie inne krzesło. Usiadł naprzeciwko niej i podał jej wodę.

– Jeśli myślisz, że życzliwość skłoni mnie do mówienia, bardzo się mylisz. – Opróżniła szklankę z nadzieją, że gest ten wyglądał odpowiednio wyzywająco.

– Wiesz, kim jestem?

Wskazała brodą na „37" na jego pancerzu.

– Wszyscy cię znają – odparła po chersomsku.

– I naprawdę oczekujesz ode mnie życzliwości?

– Oczekuję, że spłonę żywcem. – Spodziewała się, że te słowa wywołają jakąś reakcję, ale się myliła.

– Trudno uzyskać odpowiedzi od popiołów. – Spojrzał na jej matkę. – Boi się kary waszego boga, jeśli zdradzi tajemnice Maarinów?

Po tym, jak przez całe życie pilnowała, by Celendorczycy nie dowiedzieli się o bogach, niełatwo było jej o nich mówić. Ale biorąc pod uwagę to, co wiedziała Lidia, Teriana uznała, że już za późno.

– Bogini. – Po jej policzku spłynęła gorąca łza. – I nie: boi się, że kiedy umrze, bogini nie upomni się o jej nieśmiertelną duszę i zostanie zabrana przez Siódmego boga do podziemi, gdzie będzie płonąć przez całą wieczność.

– Rozumiem. Kat raczej sobie nie uświadamiał, że współzawodniczy z wiecznością.

Teriana skrzywiła się i odwróciła wzrok.

– I to wszystko za zdradzenie tajemnicy. – Podrapał się po brodzie. – Powiedz mi, czy ty boisz się tego samego?

– Oczywiście, że tak. Nie spotkasz Maarina, który by się nie bał.

– Ponieważ tak dobrze rozumiesz, jakie byłyby konsekwencje, gdybyś nam pomogła, uświadomię ci, co ci grozi, jeśli nam przeszkodzisz. Jeśli nie powiesz nam, w jaki sposób Maarinowie tak szybko przenoszą się stąd na Mroczne Wybrzeża, twoja matka i załoga zostaną straceni i pogrzebani w najgłębszej jamie, jaką uda się wykopać moim ludziom.

Patrzyła na niego, a przerażenie sprawiło, że język stanął jej kołkiem w ustach.

– Jednak – mężczyzna wyprostował się na krześle – jeśli zdradzisz nam drogę na Mroczne Wybrzeża, osobiście gwarantuję, że zachowasz życie, podobnie twoja matka i cała wasza załoga. Zapewniam również, że żadne z was nigdy więcej nie znajdzie się w jednym pomieszczeniu z katem. – Zmarszczył czoło, jakby w namyśle. – Dopilnuję nawet, by ratyfikował to Senat.

– A niech cię, Marku! – Kasjusz podniósł się z fotela. – Co ty sobie myślisz?

– Usiądź, konsulu. Lepiej, żebyś się nie wysilał.

Gdyby mu powiedziała, zostałaby potępiona, tego była pewna. Ale czy jej wieczne potępienie było dobrą ceną za życie jej matki i załogi? Nie tylko za życie, ale i za dusze? Gdyby zakopał ich w ziemi, dusze tkwiłyby w limbo do chwili, kiedy piaski czasu przeobraziłyby ziemię i odsłoniły ich kości.

– Dlaczego miałabym ci uwierzyć?

– Bo zawsze dotrzymuję słowa.

Teriana spojrzała na matkę z nadzieją, że kobieta wybudzi się z transu i w jakiś sposób nią pokieruje, ale jej oczy wciąż były zamknięte, a wargi powtarzały tę samą modlitwę. Sięgnęła umysłem, licząc, że poczuje dotyk Magniusa, ale znajdowali się zbyt daleko od wody. Jeśli w ogóle słuchał. Była sama.

– Wybierz dobrze, Teriano – powiedział Kasjusz. – Wiesz, kim jest mężczyzna, który przed tobą siedzi. Obiecuję, że jeśli nie zgodzisz się na te warunki, to w jego ręce oddam twoich rodaków, by ich stracił. Widziałaś kiedyś człowieka płonącego żywcem?

Legat miał rację. Istniały rzeczy gorsze od bólu.

Wola Teriany roztrzaskała się jak szkło. Dziewczyna wykrztusiła jedno słowo:

– Xenthiery.

Legat Marek pochylił się w jej stronę. Podobnie Kasjusz. Senat kontrolował niezliczone krótsze ścieżki xenthierowe. To kryształ pozwolił im podbić Wschód, bo błyskawicznie przenosił wszystko – i wszystkich – co go dotknęło od genesis do terminusa. Jednak oceaniczne żyły przecinały świat, a to czyniło je o wiele cenniejszym łupem. Łupem, który jej lud przysięgał chronić...

– Gdzie znajduje się rdzeń? – spytał Marek.

– Masz mapę?

– Tak. – Szybko wstał z krzesła. Podniósł lampę i odsłonił jedną z należących do jej matki map Reath.

– Genesis jednej z wielkich oceanicznych żył leży tutaj. – Wskazała punkt na mapie, gdzie krył się rdzeń, pozostawiając krwawy odcisk palca. – A prowadzi tam. – Wskazała terminus na wysokości połowy południowego kontynentu.

– To na samym środku Morza Martwych – warknął Kasjusz.

– Właśnie. A właściwie pod nim.

– Ona kłamie. – Twarz Kasjusza poczerwieniała ze złości. – Strefy ciszy Morza Martwych sprawiają, że jest nieprzebyte dla żaglowców.

– To prawda. Ale ja nie kłamię. – Z trudem powstrzymywała uśmiech. Mieli wiedzę, ale nic im nie dawała. – Teraz odejdę ze swoimi ludźmi. – Wzięła klucze leżące na stole i ruszyła w stronę matki. – To znaczy o ile rzeczywiście dotrzymujesz słowa, legacie.

– Owszem, ale nie przypominam sobie, bym zgodził się na wasze odejście.

Teriana zamarła.

– Powiedziałem, że będziecie żyli i kat nie będzie was dręczył. Nie przypominam sobie, by wasza wolność była częścią umowy.

– Nazwałam cię bezbożnym, ale musiałam się mylić – wysyczała. Zamiast strachu wypełniała ją wściekłość. – Z całą pewnością jesteś sługą Siódmego.

– Jestem człowiekiem, jak inni.

– Nie. Jesteś gorszy niż inni.

Jednak nic, co powiedziała, nie mogło wpłynąć na stojącą przed nią bezduszną istotę.

– Zaproponuję ci nową umowę. Zgodzisz się przeprowadzić legiony Trzydziesty Siódmy i Czterdziesty Pierwszy bezpiecznie przez Morze Martwych do tego xenthierowego rdzenia i Mrocznych Wybrzeży. Twoja matka i załogi innych statków Maarinów, które pojmaliśmy, pozostaną tutaj jako zakładnicy, zapewnimy im wszelkie wygody. Będziesz podróżować ze mną jako mój doradca do czasu, aż odkryjemy lądowe ścieżki xenthierów do Imperium i z powrotem. Kiedy to zrobimy, pozwolę ci powrócić i zabrać matkę. Później obie będziecie mogły odejść wolno, podobnie jak załogi innych statków.

– A jeśli nigdy nie znajdziemy ścieżek? Co wtedy?

– Wtedy twoja matka resztę życia spędzi jako więzień ze wszystkimi wygodami, a po śmierci zostanie oddana morzu.

Teriana spojrzała z góry na matkę. Przeklęty sukinsyn dobrze wiedział, co powiedzieć. Jedynym życiem, któremu coś groziło, było jej własne. Jedyną duszą w niebezpieczeństwie była jej własna.

– Wiemy, że Mroczne Wybrzeża istnieją. To jedynie kwestia czasu, aż znajdziemy do nich drogę. I mogę z całą pewnością stwierdzić, że Kasjusz nie zawaha się przed zniszczeniem całego twojego ludu, żeby osiągnąć swój cel. Możesz ich ocalić, zgadzając się, by nam teraz pomóc.

„A po drodze skazać na zagładę drugą połowę świata", pomyślała. Imperium Celendoru podbiło całą wschodnią półkulę – czy odważyłaby się otworzyć przed nimi Zachód? Jak wielu zginie, kiedy ten człowiek i jego armie zostaną uwolnione po drugiej stronie morza?

Ale jak wielu z jej ludu zostanie ocalonych?

– Przysięgniesz, że jeśli was tam zaprowadzę i pomogę wam, dacie spokój Maarinom?

– Tak.

Spojrzała na Kasjusza.

– A ty?

Na tłustym czole mężczyzny pojawił się pot. Wahał się przez dłuższą chwilę, popatrywał to na nią, to na Marka.

– W porządku.

– Chcę, żeby Senat też się na to zgodził. Na naszych warunkach i na piśmie. I chcę otrzymać podpisaną kopię.

Kasjusz spochmurniał, ale pokiwał głową.

– I zrobię to tylko raz. – Nie była nawet pewna, czy to możliwe. Potrzebowała Magniusa, by otworzył ścieżkę, na co równie dobrze mógł się nie zgodzić. – To bardzo trudne, zwłaszcza biorąc pod uwagę liczbę okrętów, które będziecie musieli przenieść. Wątpię więc, byście mogli stworzyć stałe linie zaopatrzenia.

Marek zmarszczył czoło.

– Kiedy dotrzemy na miejsce i jeśli wciąż będziecie mieli okręty, otworzę drugą ścieżkę oceaniczną, by przenieść was z powrotem – poprawiła się. – Pewnie to uczciwe, by dać wam szansę ucieczki.

Marek przechylił głowę.

– Trochę niepokoi mnie, że tak łatwo się na to zgadzasz.

– Powinieneś bać się tego, w co się pakujesz. Będziecie walczyć nie z bezradnymi ludźmi, lecz z królestwami z wyszkolonymi wojownikami i armiami. – „I mocami, o których nawet nie śniliście". – A ja wciąż się nie zgodziłam.

– Czego jeszcze chcesz? – spytał szybko.

Zbyt szybko, jej zdaniem. Spodziewała się, że jej słowa wzbudzą w nim pewien strach, ale widziała jedynie podekscytowanie. Chciał, by Mroczne Wybrzeża były wyzwaniem, i wiedziała, że zgodzi się na wszystko, byleby tam dotrzeć.

– Jestem prawie pewna, że zostaniecie pokonani. I nie chcę płacić za waszą przesadną ambicję. Chcę twojej gwarancji, że nie zatrzymacie nas w niewoli z czystej złośliwości. Że jeśli doprowadzę pozostałości waszej armii z powrotem do Celendoru, uznasz naszą umowę za wypełnioną.

– Nie mam zamiaru wracać.

Nawet w półmroku Teriana widziała rumieniec na jego policzkach.

– W takim razie nie powinno ci przeszkadzać wyrażenie zgody na ten warunek.

– W porządku: o ile nie stwierdzę, że mój odwrót to wynik sabotażu z twojej strony, uznam naszą umowę za wypełnioną.

Oto nadeszła chwila sądu. Chwila, w której musiała podjąć decyzję. Mówiła szczerze – celendorskie legiony nie płynęły, by walczyć z bezradnymi narodami. Miały walczyć na ziemiach pod władzą Sześciorga, a pokonanie ich nie byłoby łatwym zadaniem. Ryzykowała wszystko, ale to był jedyny sposób, by ocalić ludzi, którzy najbardziej się dla niej liczyli. A gdyby wszystko poszło zgodnie z planem, który rodził się w jej umyśle, nadmierna pewność siebie legata Marka doprowadziłaby za jednym zamachem do jego klęski i uwolnienia matki.

Teriana splunęła na zakrwawioną dłoń i wyciągnęła ją.

– Sądzę, że doszliśmy do porozumienia, legacie.

Uśmiechnął się szeroko, powtórzył jej gest i złapał ją za rękę.

– Doszliśmy do porozumienia.

Rozdział 12

Marek

– Jak myślisz, kiedy wypłyniemy? – Serwiusz kopnął kamień, który potoczył się drogą przed nimi.

– Kiedy będziemy gotowi – odparł Marek. – Ta kampania będzie inna. Gdy przebędziemy morze, zostaniemy sami. Musimy się dobrze przygotować. A Maarinowie muszą dokończyć naprawianie statku.

– Czyli… – Serwiusz podniósł kamyk i rzucił nim między drzewa.

– Tydzień. Może krócej. – Marek miał nadzieję, że krócej: im szybciej oddalą się od Celendrialu, tym szybciej będzie mógł zapomnieć o wszystkim, co wydarzyło się tego dnia. Odruchowo dotknął opuchniętych zadrapań na szyi.

– Jak widzę, któreś z Maarinów cię dopadło. – Serwiusz podniósł kolejny kamień. – Dziewczyna? Teriana?

– Nie.

– Ach. Po niej bym się tego spodziewał. Dzika jest… Wygląda na taką, co to raczej wsadzi człowiekowi nóż pod żebra, niż go pocałuje.

– Ona rzeczywiście wsadzi ci nóż pod żebra, jeśli spróbujesz ją pocałować. – Marek posłał przyjacielowi ostrzegawcze spojrzenie. – Nawet o tym nie myśl.

– Ani mi się śni. – Uniósł ręce w udawanym obronnym geście, a jego śmiech odbijał się echem wśród wzgórz. – Choć to byłoby miłe. Przyjemnie na nią spojrzeć, ale te maarińskie oczy... Dostaję choroby morskiej, kiedy dłużej na nie patrzę.

– Idiota – mruknął Marek.

Nie mógł się jednak do końca nie zgodzić. Na dziewczynę rzeczywiście przyjemnie się patrzyło. Więcej niż przyjemnie. I to mimo że była brudna, zmaltretowana i zakrwawiona. Odwiedził prawie wszystkie zakątki Imperium, poznał ludzi wszelkich narodów i ras, ale Maarinowie byli wyjątkowi, z tymi oczami falującymi jak morze, na którym żyli, zmieniającymi kolor zgodnie z ich nastrojem. Dziewczyna była piękna z tymi zaokrąglonymi kośćmi policzkowymi, pełnymi wargami i nieskazitelną ciemną skórą, jednak Markowi najbardziej podobały się właśnie jej oczy. Były szczere. Po tym, jak została potraktowana, spodziewał się, że nie zobaczy w nich żadnego koloru poza atramentową sadzawką nienawiści i strachu. Ale miał już dość całej tej polityki, kłamstw i oszustw, w których ostatnio brodził, i podobała mu się myśl o przebywaniu z kimś, kto nie ukrywa uczuć, nawet jeśli są negatywne.

– Dziwnie będzie zabrać dziewczynę, nie? – Serwiusz rzucił kamieniem w drzewo. – Wielu będzie się na nią gapić.

Zbyt wielu. Spora część jego żołnierzy wolała własne grono, a pozostali musieli się zadowalać płatną miłością. Związki poza legionem były zakazane z mnóstwa powodów, a on nie wątpił, że jego ludzie będą się potykać o własne nogi, żeby nawiązać znajomość z Maarinką.

– Biorę ją jako doradcę i tłumacza, nie po to, by zabawiała żołnierzy.

– Usłyszałem cię już za pierwszym razem, Marku, ale jak mówiłeś, zostaniemy tam sami.

Marek zatrzymał się gwałtownie, wokół jego kolan zatańczył kurz.

– W takim razie wysłuchaj mnie po raz pierwszy w tej sprawie, Serwiuszu: jeśli ktokolwiek położy na niej rękę, osobiście obedrę go ze skóry.

Serwiusz nie odpowiedział od razu, co było wyraźnym znakiem, że Marek go obraził.

– Naprawdę uważasz, że zrobiłbym jej coś takiego?

Nie. Kiedy Serwiusza wysłano do legionów, pozostawił w Atlii sześć sióstr, więc miał słabość do dziewcząt – osobiście karał wszelkie wykroczenia wobec tych, które napotkał legion. Nawet gdyby chodziło o jego życie, Marek wątpił, by przyjaciel był zdolny zrobić krzywdę kobiecie – gdyby natrafili na całą ich armię, Trzydziesty Siódmy mógłby zostać zmuszony do pierwszego odwrotu w historii wyłącznie z powodu zasad Serwiusza.

Ale Marek nie był w nastroju, by kogokolwiek uspokajać.

Serwiusz podniósł kolejny kamień i rzucił nim z imponującą siłą, aż zniknął im z pola widzenia.

– Osobiście dopilnuję, by wszyscy o tym wiedzieli, panie.

– Zrób to.

Znaleźli się na skraju obozu, a choć Marek czuł zapach gotowanego posiłku, na myśl o jedzeniu zrobiło mu się niedobrze.

– Jutro rano Kasjusz zostanie zaprzysiężony jako konsul. Później Senat zajmie się Maarinami i nami. Bądź gotów opuścić miasto o świcie. – Znów ruszył. – Idę popływać.

Zostawił pancerz w namiocie i podążył na plażę w samej tunice i w sandałach. Słońce już dawno zaszło, ale wzeszedł księżyc, zapewniając mu dość światła. Marek porzucił ubranie na skale, przyciśnięte pasem z nożem, i wszedł w przybój, pozwalając, by zimna woda zmyła z jego ciała brud tego dnia.

Gdyby tylko mogła zmyć niewidzialne plugastwo oblepiające jego duszę.

Stał w milczeniu, kiedy na jego oczach torturowano i zabijano maarińskich marynarzy, ale choć ich oczy dołączyły do szeregów tych, które go dręczyły, to nie ich krzyki odbijały się echem w jego głowie. To nie zadrapania ich paznokciami piekły go na szyi. To nie pasma ich długich czarnych włosów czuł wciąż zaplątane wokół palców. Uczucie pozostawało niezależnie od tego, ile razy upewniał się, że jego ręce są czyste.

„Morderca".

Zanurzył głowę pod wodą, próbując zagłuszyć głos błagającej go o litość Lidii Waleriusz, ale z każdą falą stawał się głośniejszy.

„Morderca".

Mógł ją uratować. Mógł przeszmuglować ją z miasta i dopilnować, by zabrano ją gdzieś, gdzie nikt by jej nie odnalazł. Ta myśl ciążyła mu w umyśle, kiedy Kasjusz poddawał ją tej koszmarnej przemowie. Gdyby Markowi tak niedawno nie przypomniano, że tajemnice zawsze w końcu wychodzą na jaw, pewnie by to zrobił. Tyle że Kasjusz nie byłby miły, gdyby odkrył, że został zdradzony. Marek nie miał wyboru. Jedynym sposobem na ochronienie rodziny przed katami Imperium było zabicie dziewczyny.

„Morderca".

– A co innego mogłem zrobić? – zwrócił się do oceanu, ale fale jedynie uderzyły go w twarz i powtórzyły oskarżenie.

Coś innego. Cokolwiek innego. I dlatego w ostatniej chwili się zawahał. Ale gwałtowny prąd, w którym stali, dokończył za niego zadanie, wyrwał dziewczynę z jego uścisku i pociągnął ją pod powierzchnię, topiąc i zmniejszając szansę, że jej ciało kiedykolwiek zostanie odnalezione.

Mdłości Marka narastały i opadały z każdą falą. Zatoczył się z powrotem na plażę i siedział nagi w wilgotnym piasku z zaciśniętymi powiekami, ale przed oczyma maszerowali mu wszyscy Maarinowie, którzy zginęli podczas przesłuchania. Zadawano im ból na wszelkie możliwe sposoby, ale nikt nie krzyknął.

Poza dziewczyną.

Jej krzyki przeważyły szalę. Pięć paznokci było wszystkim, co mógł znieść.

„Zagroziłeś, że zabijesz wszystkich, których zna. Wszystkich, których kocha".

– Ale ona żyje! – krzyknął do fal. – I wszyscy inni, których tak rozpaczliwie chciała ochronić!

– Yyy, legacie? Panie?

Marek się obrócił. Jeden z jego ludzi stał w miejscu, w którym piasek przechodził w szorstką trawę, i wpatrywał się w ziemię z większym zainteresowaniem, niż na to zasługiwała. Marek skulił się w duchu na myśl, jak musiał wyglądać, siedząc nago na piasku i przeklinając morze.

– O co chodzi?

– W obozie czeka na was patrycjusz, panie. Powiedzieliśmy, że jesteście zajęci, ale nie chciał odejść.

– Kasjusz? – Marek podniósł tunikę i przełożył ją przez głowę.

– Nie, panie. Niejaki Gajusz Domicjusz.

Marek niezręcznie zapinał klamrę sandałów. Jego dzień nie robił się lepszy.

– Powiedz mu, że zaraz przyjdę.

Minęło całe życie od czasu, kiedy Marek po raz ostatni widział braciszka – choć w wieku dziewiętnastu lat młodzieniec nie zasługiwał już na takie miano. Zwłaszcza że Marek miał zaledwie dwadzieścia lat – tak niewielka różnica wieku umożliwiła im zamianę tożsamości. I już na pierwszy rzut oka wyglądali na rodzeństwo. Kiedy Marek wszedł do namiotu, Serwiusz właśnie podawał Gajuszowi kielich. Było oczywiste, że zauważył podobieństwo między nimi.

– Upewnię się, że nikt nie będzie wam przeszkadzał, panie. – Serwiusz zasalutował i wyszedł z namiotu.

– Co tu robisz, Gajuszu? – Marek podszedł do stołu i położył nóż na stercie map.

– Powinienem zadać ci to samo pytanie. – Brat Marka miał zaczerwienioną twarz i śmierdział winem.

– Jestem tu na rozkaz Senatu. – Marek wskazał na białą togę Gajusza. – O czym powinieneś wiedzieć.

– Senatu czy Kasjusza? – Brat założył ręce na piersi. Były chude i miękkie. Ramiona polityka. – Jak wiele musiał wam zapłacić, żebyś skłonił cały swój legion do zagłosowania na niego? A może wystarczyło ci, że zostałeś dowódcą tej szaleńczej misji? Jeszcze jeden ląd, który mógłbyś spalić i splądrować?

Marek przez dłuższą chwilę wpatrywał się w brata, rozważając odpowiedź, po czym zdecydował się powiedzieć:

– Kasjusz wie, że zamieniliśmy się tożsamością.

Gajusz pobladł.

– Skąd?

– Medyk z leczniczych źródeł. Kasjusz jest mistrzem w wydobywaniu paskudnych tajemnic, ale pewnie już o tym wiesz.

Gajusz pociągnął łyk wina. Kielich zadrżał w jego dłoni, kiedy dotarły do niego konsekwencje tego, co powiedział Marek.

– To wszystko dzieje się z twojego powodu – orzekł w końcu.

– I twojego.

Włosy brata były długie, zgodnie z najnowszą modą, i miały piaskowy odcień. Marek zastanawiał się, czy jego wyglądałyby podobnie, gdyby pozwolił im urosnąć. Ich oczy miały ten sam kolor.

– Nie. – Gajusz gwałtownie potrząsnął głową. – Nie doszłoby do tego, gdybyś nie wrócił.

Marek przycisnął dłoń do czoła – wnętrze namiotu lekko falowało wokół niego.

– Nie. Sądzę raczej, że wróciłem, bo Kasjusz uznał, że nadszedł czas, by puścić sprawy w ruch.

– Kłamca! – Gajusz rzucił kielichem przez namiot, zalewając jasne płótno czerwonym winem. – Przez ciebie on mnie zrujnuje!

Marek potrząsnął głową i wpatrzył się w czerwoną plamę. Wyglądała jak krew.

– Nie, jeśli go zadowolimy. – Zakaszlał, co sprawiło, że rozbolały go mięśnie.

„Niech będzie przeklęty ten zapylony kraj".

– Chciałeś powiedzieć: jeśli ty go zadowolisz. – Słowa Gajusza wydawały się dochodzić z daleka. – To ty dałeś mu władzę.

– I powinieneś się z tego cieszyć. – Marek nalał sobie wody i wypił ją. – Inaczej zemściłby się na was.

– Nie udawaj, że zrobiłeś to dla mnie. Zrobiłeś to, by chronić siebie i upewnić się, że wyśle cię na tę szaloną misję podbicia Mrocznych Wybrzeży. Któż wie, jakie inne wstrętne zadania ci wyznaczył.

– Ubrudzę sobie ręce, żebyś ty nie musiał.

Ziemia się poruszała, a Marek poczuł znajome ściskanie w piersi. „Nie teraz, nie teraz!", krzyczał jego umysł.

– Zrobię wszystko, co konieczne, by zapewnić bezpieczeństwo naszej rodzinie.

– Oni nie są twoją rodziną.

Powietrze w namiocie nabrało czerwonego odcienia. Po tym wszystkim, co zrobił, wszystkim, z czego zrezygnował, Gajusz śmiał przychodzić tutaj i próbować go wydziedziczać?

– Miałeś umrzeć. Powiedzieli, że tak się stanie… że nie masz szans na przeżycie. – Gajusz pokręcił głową. – Żałuję, że tak się nie stało.

Te słowa sprawiły, że Marek poczuł ściskanie w żołądku. Czym innym była świadomość, że jego rodzice dokonali racjonalnego wyboru między nim a bratem. Czymś zupełnie innym wiedza, że brat pragnął jego śmierci.

– Przykro mi, że moje ciągłe istnienie jest dla ciebie niedogodnością. – Usłyszał ciche świszczenie w swoim głosie.

Gajusz też. Zaczął się śmiać. I nie mógł przestać.

– Po tym wszystkim – wykrztusił w końcu – wciąż jesteś chorowity. Zaszedłeś tak daleko, a jednak całkiem blisko. – Potrząsnął głową. – Nie wierzę, że twoi ludzie słuchają twoich rozkazów. Ale. Czy. Oni. Wiedzą? – spytał, parodiując jeden z ataków Marka, podobnie jak to robił w dzieciństwie. – Może twoja choroba wyświadczy mi wielką przysługę i tej nocy w końcu cię zabierze.

Marek stracił panowanie nad sobą. Rzucił się na brata i obaj wypadli przez ścianę namiotu. Marek z trudem oddychał, z trudem myślał, ale to nie powstrzymywało jego pięści. Liczyło się jedynie to, by Gajusz cierpiał tak bardzo, jak cierpiał on sam. By zabolało go tak bardzo, jak bolało jego. Mimo oszołomienia wywołanego nadchodzącym atakiem widział brata unoszącego ręce w żałosnej próbie obrony, słyszał jego piski. Później ktoś złapał go w pasie i odciągnął. Niewyraźnie słyszał głos Serwiusza, a potem Feliksa wykrzykującego rozkazy. Później znów znalazł się w namiocie, a Serwiusz położył go na sienniku.

– Nie. Mogę. Oddychać.

– Ja o tym wiem – odparł Serwiusz. – Ale nikt inny nie musi. Wytrzymaj to, przyjacielu, a my zajmiemy się resztą aż do rana.

Marek wbił palce w koc, rozpaczliwie próbując nabrać dość powietrza w płuca. Może Gajusz miał rację. Może choroba zabierze go tej nocy.

A gdyby tak się stało, może na to zasługiwał.

Rozdział 13

Teriana

– Wstawaj, piratko, szkoda dnia!

Teriana wzdrygnęła się i próbowała skupić wzrok na legioniście stojącym po drugiej stronie pomieszczenia. Rozpoznała Serwiusza.

– A, to ty.

– Do usług. – Uśmiechnął się szeroko. – Chyba że miałaś nadzieję na kogoś innego?

– Miałam nadzieję na święty spokój – warknęła i usiadła na posłaniu. Ten ruch sprawił, że rozbolała ją uszkodzona ręka.

– E tam. To byłoby nudne. Tu nie ma nic do roboty poza patrzeniem, jak różanolice panienki z Czterdziestego Pierwszego maszerują dookoła i robią hałas. – Przeszedł przez komnatę i wyjrzał przez okno. – I nawet nie ma zbyt dobrego widoku.

Teraz, kiedy powoli rozjaśniło jej się w głowie, usłyszała odgłos marszu, któremu towarzyszyły rogi i bębny. Nie mogła uwierzyć, że to przespała. Przycisnąwszy zdrową dłoń do twarzy, złożyła razem kawałki tego, co pamiętała z poprzedniego wieczoru. Po tym, jak ten demon legat wreszcie skończył zadawać pytania, jego ludzie zabrali ją do budynku w pobliżu Forum. Celendorski medyk, któremu towarzyszyły dwie starsze służące, zajął się jej ręką, ale wcześniej dał jej coś na złagodzenie bólu. To coś musiało ją też otumanić, bo nie pamiętała niczego więcej.

Teriana zamrugała, pozbywając się łez z oczu. Zamierzała znaleźć sposób, by uciec w środku nocy. Uratować matkę i resztę załogi, wykraść Quincense i schrzanić wszystkie plany legata Marka. Skrzywiła się na myśl o nim i jego zadowolonej minie.

Zamiast to zrobić, spała dręczona wizjami Lidii zdradzającej ze śmiechem wszystkie tajemnice, które kiedykolwiek jej powierzyła. Teraz nadszedł ranek, za kilka godzin Kasjusz oficjalnie zostanie konsulem, a ona będzie musiała stanąć przed obliczem całego Senatu i obiecać, że zabierze legata Marka i jego świński legion na drugą stronę Bezkresnego Morza.

– Co z nim?

– Co? – Odwróciła się do Serwiusza.

– Właśnie dwa razy wypowiedziałaś imię legata. Legat Marek. – Naśladował sarkastyczny ton, którego użyła, nieświadomie wypowiadając je na głos.

– Przeklinam jego imię – warknęła, ale poczuła, że krew dopływa jej do policzków.

– Jasne. – Uśmiechnął się szeroko. – Nie byłabyś pierwsza. – Przeszedł przez komnatę i wytrząsnął zawartość worka, który miał ze sobą. – Przyniosłem ci coś do ubrania. Rzeczy, które masz na sobie, nie nadają się do noszenia.

– Przejrzałeś moje rzeczy? – spytała ostro, rozpoznając ubrania.

– Nie! – Zmarszczył czoło. – Niczego takiego nie zrobiłem. Poprosiłem jedną z pań z twojej załogi, żeby je przyniosła. Chciała, żebym zabrał dla ciebie same czarne koszule, ciągle powtarzała jakieś bzdury, że to stosowne, ale ta podobała mi się bardziej. – Trącił butem jaskrawoniebieską jedwabną bluzkę.

Teriana ledwie go słyszała. Czerń była oznaką żałoby, ale do jej noszenia zmuszano również zdrajców i bluźnierców. Ludzie z załogi wiedzieli, na co dziewczyna się zgodziła. I znienawidzili ją za to. Mogła jedynie mieć nadzieję, że jej wybaczą, kiedy będzie miała szansę wyjaśnić, że ratowała im życie.

Zakaszlała, by oczyścić gardło.

– Jak się czuje moja mama?

– Wraca do siebie. Jest w sąsiedniej komnacie.

Była tak blisko! Gdyby tylko nie dała się otumanić, może udałoby jej się wydostać je obie. Teriana przycisnęła czubki palców do koca, karząc się bólem, który powinna znosić ostatniej nocy.

– Czy mogę się z nią zobaczyć?

Serwiusz potrząsnął głową.

– Teraz nie mamy na to czasu. Zapytam legata, czy będziesz mogła z nią porozmawiać, zanim zabiorą ją do bezpiecznego domu.

– Co takiego? – Teriana zdjęła bluzkę, którą nosiła od wielu dni, razem z dopasowaną koszulką pod spodem.

Obie śmierdziały potem i o wiele gorszymi rzeczami. W porównaniu z nimi niebieski jedwab wybrany przez Serwiusza wydawał się wspaniały, tkanina emanowała słabą wonią, którą Teriana kojarzyła z Quincense. Pasta do drewna i słona woda oraz delikatna nuta cedru i kwiatów pomarańczy z saszetek, które ciotka Yedda zawsze wciskała do jej skrzyni na ubrania.

– Co to znaczy, że ją zabierają?

Mężczyzna jęknął cicho i zasłonił oczy do czasu, aż skończyła ubieranie.

– To dla jej bezpieczeństwa. Nie wszyscy cieszą się, że Imperium zamierza przeprowadzić kolejną kosztowną kampanię. Woleliby wydać złoto na inne rzeczy, na przykład… no… na szkoły… i takie tam. A bez ciebie nasza misja w najlepszym wypadku by się opóźniła.

– I myślą, że gdyby moja mama umarła, zniknąłby powód, by wam pomagać.

Teriana miała mętlik w głowie. Jak szybko zamierzali zabrać jej matkę? Ile czasu jej zostało?

– To prawda. Ale nawet gdyby umarła, Kasjusz z pewnością ma inne sposoby, by zmusić cię do wypełnienia jego woli, a opozycja to wie. – Skrzywił się. – Dlatego obie będziecie strzeżone przez moich ludzi dniem i nocą, aż wyruszymy. A im szybciej do tego dojdzie, tym lepiej.

„To wszystko kwestia perspektywy", pomyślała Teriana. Zasznurowała kamizelkę i założyła jeden but.

– Słyszałam, że niektóre ze szkół mieli wybudować w Atlii. Wydawało mi się, że wolałbyś raczej doczekać się czegoś takiego, niż udać na drugi koniec świata w poszukiwaniu wojny.

– A co mnie obchodzą szkoły w Atlii?

– Biorąc pod uwagę, że jesteś brązowy jak orzech i wielki jak wół, zakładałam, że tam się urodziłeś. I tam mieszka twoja rodzina. Mylę się?

Mężczyzna odwrócił wzrok.

– Urodziłem się w dniu, w którym przeszedłem przez bramy Campus Lescendor. Imperium jest mi ojcem i matką. Mężczyźni z Trzydziestego Siódmego są moimi braćmi. Jestem legionistą.

Słowa spłynęły z jego warg z taką łatwością, jakby musiał je wcześniej wiele razy powtarzać. I pewnie tak było.

– Niezła przemowa – powiedziała. – Sam ją wymyśliłeś czy ktoś ci pomagał?

Serwiusz sapnął z rozbawieniem i pokręcił głową.

– Każą nam zapomnieć o wszystkim, co było przed Lescendor, Teriano. A nieposłuszeństwo wobec rozkazów Matki Imperium ma swoje konsekwencje.

– Jasne. – Teriana sięgnęła po drugi but, naciągnęła miękką skórę do kolana, a później przyjęła jabłko, które podał jej Serwiusz.

– Możesz jeść, kiedy będziemy szli. Kasjusz chce, byś była obecna na ceremonii.

Na ulicy czekający na nich legioniści na widok Serwiusza zasalutowali. Jeden podał mu hełm, który mężczyzna wcisnął na głowę.

– Na Forum – rozkazał. – Jeśli wszyscy nie padniemy po drodze z powodu upału.

Choć nienawidziła Celendorczyków, ich stolica była dziełem sztuki – same kolumny i łuki, rzeźby i fontanny. Tak blisko Forum drogi były szerokie i czyste, doskonała biel budowli nietknięta błotem i rozbryźniętymi nieczystościami, które kalały dzielnicę najbliżej portu, gdzie wąskie i ciasne uliczki wręcz do tego zachęcały. Złote smoki łopotały na lekkim wietrze, a z balkonów zwieszały się pasma bardeeńskiego jedwabiu, zmieniając ich drogę w barwną tęczę. Mężczyźni otoczyli ją i Serwiusza, szli szybko i cicho, a ich spojrzenia bez ustanku omiatały cienie między budynkami i twarze cywilów kłębiących się na ulicach. Serwiusz trzymał się niepokojąco blisko niej, co chwila przechodził z jej lewej na prawą i odwrotnie. Odniosła nieprzyjemne wrażenie, że jest zapędzana. Słońce odbijało się od ich pancerzy, tarcz i grotów włóczni, przez co miała poczucie, że gotuje się żywcem w wielkim metalowym piecu. Woń potu spływającego po ich szyjach mieszała się z nieuniknionym odorem dużego miasta i wypełniała jej nozdrza.

Okrzyki i wiwaty dochodzące z Forum stawały się coraz głośniejsze, zlewały się w jeden ogłuszający ryk. Kiedy wyszli zza zakrętu, ujrzeli wejście, a nad nim łopoczące szkarłatne i złote flagi. Maszerowali przez nie legioniści, po ośmiu w każdym szeregu. Kiedy ostatni zniknęli im z oczu, rozległ się tętent kopyt. Serwiusz polecił swoim ludziom się zatrzymać, a wtedy wszyscy jednocześnie uderzyli drzewcami włóczni o ziemię i stanęli całkowicie bez ruchu – tylko ich oczy poruszały się nieustannie.

Pojawiły się trzy konie z czerwonymi pióropuszami, które z odrzuconymi do tyłu łbami ciągnęły ulicą rydwan. Teriana rozpoznała w jednym z pasażerów Lucjusza Kasjusza. Przez chwilę myślała, że drugi to legat Marek, ale kiedy mężczyzna odwrócił okrytą hełmem głowę, dojrzała cofniętą brodę.

– Kto to?

– Legat Tytus z Czterdziestego Pierwszego.

– Dlaczego jedzie z Kasjuszem? Sądziłam, że on i legat Marek – napełniła te słowa sarkazmem – są najlepszymi przyjaciółmi.

– Ty mi to powiedz – zabrzmiała odpowiedź.

Teriana zmrużyła oczy i jeszcze raz przyjrzała się nadjeżdżającemu rydwanowi. W młodym oficerze było coś znajomego. Kasjusz dostrzegł ją, zanim skręcił na Forum, uniósł rękę i pomachał samymi palcami. Tytus odwrócił się, żeby spojrzeć, komu macha konsul, i patrzył na nią małymi oczkami.

– Są spokrewnieni – mruknęła. – Jego syn?

– Jeśli wierzyć plotkom.

– Nie miałam pojęcia, że legioniści plotkują. – Zaciekawienie legatem Tytusem wygrało ze strachem, że ktoś z przechodniów wbije jej nóż w plecy.

– Och, jesteśmy gorsi od gromadki matron zajmujących się szyciem – powiedział żołnierz stojący obok niej.

Po raz pierwszy jeden z nich się do niej odezwał, więc zaskoczona Teriana odwróciła się w jego stronę. Pod hełmem dojrzała szare oczy i chłopięcy uśmiech. Legionista miał zadraśnięcie na brodzie, pewnie skutek porannego golenia.

– Szczególnie ten tu gaduła. – Serwiusz popchnął włócznię drugiego legionisty, aż uderzyła o hełm tego pierwszego. – Skup się na pracy, Kwintusie.

– Tak jest. – Legionista odwrócił głowę, ale na jego twarzy pozostał lekki uśmiech.

– Podobno mieliście zapominać, skąd pochodzicie i kim jesteście – zauważyła.

– Niektórzy mają mniej powodów, by zapominać.

Stali w milczeniu, gdy Kasjusz wspinał się na rostrum, a tłumy krzyczały z radości. Wtedy Serwiusz lekko trącił jej ramię.

– Wyglądać porządnie, chłopcy! – polecił. – Naprzód!

W otoczeniu maszerującej straży Teriana wkroczyła na Forum.

Była to prostokątna otwarta przestrzeń, otoczona ze wszystkich stron budynkami, którą w tej chwili całkowicie wypełniali cywile – droga do rostrum pozostała pusta jedynie dzięki szeregom żołnierzy. Tłum nieco przycichł, gdy zauważył Terianę, słyszała też szepty zastanawiających się nad obecnością młodej Maarinki na ceremonii konsula. Zrozumiała przyczynę swojej obecności mniej więcej w tej samej chwili co tłum. Podobnie jak starożytne legiony, które maszerowały triumfalnie po wielkim zwycięstwie nad obcym narodem, Kasjusz dodał ją do swojego marszu, by pokazać, że zatriumfował nad Maarinami. Mogła nie być zakuta w łańcuchy, ale symbol pozostał, więc kiedy tłum się zorientował, hałas zaczął się zwiększać. Tyle że teraz gwizdali, a ich twarze były złośliwe i szydercze.

Przerażało ją to. Ale przede wszystkim reakcja tłumu bolała. Maarinowie byli szanowani na całej Reath, przez ludzi ze wszystkich nacji, a Celendorczycy nie stanowili tu wyjątku. A w każdym razie tak sądziła. Tymczasem ci mężczyźni i kobiety żądali jej krwi. O wiele gorszych rzeczy niż jej krwi, a Teriana nie rozumiała dlaczego. Nie rozumiała, jak w jednej chwili mogli tak gwałtownie zmienić podejście. Nie rozumiała, jak mogli czuć do niej tak wielką nienawiść, skoro ani ona, ani jej ludzie nie zrobili niczego, by na to zasłużyć. Maarinowie sprowadzili wiedzę i handel, a mimo to Celendorczycy traktowali ją, jakby była ich wrogiem.

– Głowa do góry – powiedział Serwiusz. – Kasjusz robi pokaz dla swoich zwolenników… To nie ma nic wspólnego z tobą.

Ale bełt z kuszy, który wbił się w ziemię pod jej nogami, świadczył o czymś zupełnie innym.

Rozdział 14

Marek

Gdy w wejściu na Forum pojawiła się trójka koni, Marek zmrużył oczy w słonecznym blasku, patrząc, jak ciągną Kasjusza i Tytusa drogą utworzoną przez szeregi Czterdziestego Pierwszego. Głośno sprzeciwiał się wybraniu młodszego legionu. Nie był sprawdzony, a on miał lepszy kontakt z dowódcami innych jednostek, u których boku walczył. Szczerze mówiąc, wziąłby raczej nowo utworzony Czterdziesty Piąty niż tę bandę. Pięć tysięcy dwunastolatków byłoby lepszych od syna Kasjusza. Jednak właśnie z tego powodu wybrano Czterdziesty Pierwszy. Choć Kasjusz nie mógł oficjalnie stwierdzić, że Tytus jest jego synem, wszyscy to wiedzieli, a wszelkie zwycięstwa odniesione przez Tytusa umocniłyby reputację Kasjusza. Syn uzyskujący stopień oficerski w legionach mógł być źródłem dumy – dzięki starannie przemyślanym wzmiankom podczas obiadów i uroczystych kolacji. W innych okolicznościach ojciec Marka także czerpałby korzyści z jego sukcesów, ale legat wątpił, by patriarcha rodu Domicjuszów ryzykował zwrócenie uwagi na swoją zbrodnię. Lepiej zachowywać się tak, jakby ten syn nigdy nie istniał.

Tytus ściągnął wodze rydwanu przed rostrum, a Kasjusz wszedł po schodach na środek podwyższenia i uniósł dłoń w geście powitania, na co odpowiedzią był zadowolony ryk tłumu.

Kiedy ceremonia miała się na dobre zacząć, patrycjusze wylali się z chłodnego wnętrza Kurii, czerwone szarfy senatorów były jak rozbryzgi krwi na tle błyszczącej bieli ich tóg. Żaden nie zwracał na niego uwagi poza jednym – Gajusz, z podbitymi oczyma i nosem tak opuchniętym, że musiał być złamany, patrzył na niego złowrogo. Później niemal niedostrzegalnym ruchem trącił łokciem ojca.

Marek wstrzymał oddech. Nie mógł się poruszyć i ledwie zbierał myśli, czekając, aż mężczyzna odwróci głowę. Zobaczy go. Pozna. Ale senator nawet nie drgnął. Marek wrócił pamięcią do chłodnego zimowego poranka, kiedy po raz ostatni widział twarz ojca. „To zaszczyt, synu – powiedział, wbijając wzrok w ziemię między nimi. – Nie zapomnę ofiary, jaką poniosłeś dla swojej rodziny".

Marek mu nie uwierzył, nawet jako dziecko.

Znów skupił uwagę, kiedy jego ludzie zaczęli maszerować drogą w stronę rostrum, a wśród nich Serwiusz i Teriana. Oto kolejne ustępstwo, do którego go zmuszono. Chciał, by młoda Maarinka była bezpiecznie zamknięta i chroniona przez jego ludzi do czasu wyruszenia w drogę, ale Kasjusz upierał się, by ją pokazywać i przez ten cały czas ryzykować jej życie. Naginał okoliczności, aby całe miasto uwierzyło, że dokonał niemożliwego i podbił Maarinów. Że był konsulem, dzięki któremu Imperium zapanowało nad ostatnią opierającą się cywilizacją na Wschodzie.

Teraz tłum gwizdał, napierał na legionistów i wykrzykiwał wulgaryzmy. Składał się ze zwolenników Kasjusza, którzy znacznie różnili się od ogromnych tłumów protestujących wcześniej tego ranka przeciwko uwięzieniu i planowanemu straceniu załóg Maarinów. Przekonanie tych mężczyzn i kobiet o własnej słuszności ciążyło Markowi, ponieważ podobnie jak oni głosował na Kasjusza. Jednak w przeciwieństwie do nich pozerstwo konsula go nie zachwycało. I tak naprawdę większość miasta miała podobne zdanie. Szczególnie oburzeni byli peregrini, żądali wypuszczenia Maarinów i grozili przemocą, jeśli tak się nie stanie, a biorąc pod uwagę, że ludzie z prowincji stanowili połowę mieszkańców Celendrialu, było wiadomo, że nie jest to błaha groźba. Swoim atakiem na Maarinów konsul podzielił miasto i nie było pewne, czy kampania na Mrocznych Wybrzeżach polepszy sytuację, czy też ją pogorszy.

Teriana szła z wysoko uniesioną głową, jej długie do pasa warkoczyki kołysały się z każdym krokiem, a na jej twarzy nie było żadnych oznak, że obelgi tłumu się liczą ani nawet że w ogóle je słyszy. Jeśli nie wyglądała na pokonaną, to dlatego że nie była. Teriana wciąż miała w zanadrzu jakieś sztuczki, a Marek bardzo chciał się dowiedzieć jakie.

Jego spojrzenie przyciągnął błysk metalu tuż przed tym, jak dziewczyna odskoczyła do tyłu.

– Cholera! – zaklął, zeskoczył z rostrum i krzyknął do Tytusa: – Zapanuj nad tłumem.

Przebiegł obok drugiego legata. Serwiusz popchnął Terianę na ziemię, a jego ludzie złożyli razem tarcze, tworząc ochronną kopułę. Reakcję tłumu wywołał dopiero bełt odbijający się od tej kopuły, a później kolejny przebijający pancerz chłopca z Czterdziestego Pierwszego. W powietrzu rozległy się krzyki, tłum zmienił się w tłuszczę napierającą i przeciskającą się, gdy wszyscy próbowali się wydostać z ciasnego Forum. Marek zignorował ich, rozglądając się po sąsiednich budynkach w poszukiwaniu kusznika.

„Tam!" Dostrzegł mężczyznę przykucniętego za gzymsem Wielkiej Biblioteki. Niedoszły skrytobójca pobiegł po dachu w stronę budynków użyteczności publicznej. Marek nie miał szans przebić się przez tłum, by go dopaść, a gdyby skrytobójca wmieszał się w tłum, nigdy by go nie wyśledzili.

Wyrwał włócznię z dłoni legionisty z Czterdziestego Pierwszego i uniósł ją do rzutu, ale zmienił zdanie. Nie miał dość silnej ręki, by rzucić na taką odległość.

– Serwiuszu!

Gdy jego potężny przyjaciel wygramolił się spod połączonych tarcz, Marek rzucił mu włócznię.

– Tam! – Wskazał palcem.

Serwiusz potrzebował jedynie uderzenia serca, by ocenić drogę swojego celu. Podbiegł kilka kroków i z sapnięciem rzucił włócznią. Marek śledził wzrokiem, jak włócznia przecina powietrze i uderza skrytobójcę w plecy, rzucając go na twarz. Ciało przez chwilę leżało nieruchomo, po czym zaczęło się zsuwać po dachu, nabierając prędkości, aż w końcu spadło bezwładnie na schody biblioteki.

Ignorując napór tłumu, Marek podszedł bliżej do kopuły tarcz chroniącej Terianę.

– Spocznij.

Mężczyźni rozdzielili się ze swobodą wynikającą z dużej praktyki, odsłaniając Maarinkę siedzącą na ziemi ze skrzyżowanymi nogami. Jedynie ciemne jak noc fale w jej oczach zdradzały, że wcale nie jest tak opanowana.

– Mam nadzieję, że mojej matce zapewniasz lepszą ochronę, legacie.

– Dużo narzekasz jak na kogoś, kto wciąż żyje. I w sytuacji, gdy twój niedoszły zabójca jest martwy. – Wskazał trupa krwawiącego na schodach.

Spojrzała na ciało i tylko lekkie napięcie szczęki mogło świadczyć, że w ogóle ją to wzruszyło.

– Ty go zabiłeś?

Zamrugał.

– Nie. Ale…

– W takim razie nie przypisuj sobie zasług – przerwała mu i bez słowa ruszyła w stronę rostrum.

– Szalona kobieta – mruknął pod nosem. Uświadomił sobie, że jego ludzie się na niego gapią. – No co? Idźcie za nią!

Marek czuł się dziwnie wytrącony z równowagi, kiedy rozglądał się po Forum. Opróżniło się, ale nie bez problemów. Dziesiątki plebejuszów leżały na ziemi, niektórzy jęczeli i płakali, inni byli nieruchomi. A legion Tytusa nie robił nic, by im pomóc.

– Ty! – krzyknął. – I ty!

Podbiegli do niego dwaj centurioni.

– Niech wasi medycy zajmą się rannymi, wyślijcie też kogoś do kolegium medyków po pomoc. Złóżcie zabitych w rogu w cieniu, zanim zaczną śmierdzieć.

Zaczekał, by upewnić się, że centurioni go posłuchali, po czym ruszył w stronę trupa skrytobójcy.

Kucnął i spojrzał na jego twarz, jednak go nie rozpoznawał. Z przyzwyczajenia podciągnął tunikę mężczyzny, by sprawdzić numer legionu, ale oczywiście go nie znalazł. Gdyby tam był, Teriana by nie żyła, a ten człowiek zniknąłby w mieście.

Marek zauważył leżącą kuszę i ją podniósł. Od razu wydała mu się znajoma. Nawet nie musiał się jej przyglądać, by wiedzieć, że opieczętowano ją celendorskim smokiem. Tę kuszę zrobiono dla legionów, a nie była tak stara, by należeć do zwolnionego ze służby. Wyprostował się i popatrzył na ludzi stojących na rostrum i wokół niego. Większość senatorów spieszyła w stronę Kurii, a ich spojrzenia uciekały w kierunku dachów. Marek przeniósł wzrok na Kasjusza.

Konsul krzyczał i machał rękami, żądając, by ktoś odpowiedział za przerwanie jego ceremonii i atak na jego własność. Ale Marek wiedział, że Kasjusz był tchórzem. I gdyby wierzył, że jest jakiekolwiek ryzyko, by bełt poleciał w jego stronę, byłby pierwszym z tej bandy spoconych senatorów uciekających w bezpieczne miejsce. Bez wątpienia uznają skrytobójcę za wysłannika optymatów próbującego przeszkodzić wojskowej kampanii, ale Marka nie dało się tak łatwo oszukać.

Jednak pozostawało pytanie, dlaczego konsul pragnął śmierci Teriany. Złamali ją jako jedyną z jej ludu, jako jedyna była gotowa otworzyć drzwi do Zachodu. Zabicie jej wydawało się sprzeczne z tym, czego pragnął Kasjusz.

Czy to był podstęp? Ukryty atak na opozycję?

A może chodziło o umowę między Imperium a Terianą, która właśnie miała zostać podpisana?

Marek osobiście podał warunki prawnikom tworzącym dokument, nie chciał bowiem pozostawiać niczego przypadkowi. Już go przeczytał, żeby upewnić się, że mu odpowiada, i zamierzał przejrzeć go ponownie, na wszelki wypadek. Jego sedno było proste: Teriana prowadziła flotę legionistów przez xenthierowy rdzeń do Mrocznych Wybrzeży, a później pozostawała jako jego doradczyni do chwili odnalezienia i zabezpieczenia lądowych xenthierów między Mrocznymi Wybrzeżami a Imperium. Wtedy ona, jej matka i pojmane załogi miały odzyskać wolność. Dziewczyna nalegała również na klauzulę oczyszczającą wszystkie statki i załogi Maarinów z zarzutów pogaństwa, które było karane śmiercią. Po podpisaniu umowy i wypełnieniu jej warunków przez Terianę Maarinowie mogliby bez przeszkód zajmować się swoimi sprawami, jak to robili wcześniej.

A biorąc pod uwagę, że Kasjusz właśnie zaprezentował się przed swoimi towarzyszami i zwolennikami jako konsul, dzięki któremu cały Wschód znalazł się pod władzą Imperium, Marek domyślał się, że mógł on uznać ten punkt umowy za problem. Umowę podpisywano z Terianą, nie z całym jej ludem, co oznaczało, że gdyby umarła i wobec tego nie spełniła warunków, umowa stałaby się nieważna. Kasjusz mógłby poświęcić swoje rządy na podbijanie Maarinów, zapewniając sobie miejsce w podręcznikach historii, nawet gdyby jego czyny przyniosły Imperium jedynie krew.

Zabicie Teriany było gambitem, zagrażało możliwości dotarcia do Mrocznych Wybrzeży, ale liczba statków, które przejęli w całym Imperium, pozwalała Kasjuszowi dysponować prawie sześcioma setkami maarińskich marynarzy i poszukać wśród nich kogoś, kto nie stawiałby takich warunków.

– A niech to! – mruknął Marek pod nosem i przeniósł wzrok na rostrum, na którym Teriana rozmawiała z Kasjuszem, a Serwiusz kręcił się obok.

Kasjusz trzymał rękę na ramieniu dziewczyny, nie dostrzegając, a może nie przejmując się tym, że wzdragała się przed jego dotykiem. Marek oddał kuszę jednemu z ludzi Tytusa i wydał rozkaz narysowania zabitego mężczyzny, by spróbować go zidentyfikować, po czym ruszył w ich stronę.

Wcisnął się między Kasjusza a Terianę i popchnął dziewczynę w stronę Kurii.

– Może jednak wejdziemy do środka, gdzie nasze plecy będą nieco mniej narażone na zbłąkane bełty z kuszy.

– Martwisz się o swoje plecy, legacie? – rzucił Kasjusz, idąc za nimi powolnym krokiem.

Marek postukał knykciami w grubą stal osłaniającą jego pierś.

– Nie o swoje, konsulu. Nie o swoje. Ale wygląda na to, że nie wszyscy są zadowoleni z waszych planów, więc to raczej wy powinniście się martwić.

Lepiej, by Kasjusz myślał, że legat dał się nabrać na jego podstęp.

Weszli do Kurii. Ogromny budynek był o wiele chłodniejszy od Forum. Kiedy Serwiusz podszedł bliżej, Marek powiedział:

– Potrój straże wokół niej, Tesyi i załogi Quincense. Jeśli będziemy ją gdzieś prowadzić, chcę, żeby droga była oczyszczona z cywilów, a nasi ludzie stali na dachach.

Teriana popatrzyła na niego, jej oczy wypełniała wzburzona szarość.

– Martwisz się?

„Tak".

– Zajmijmy się podpisaniem twoich papierów. Chciałbym wyruszyć jutro.

Otworzyła szerzej oczy.

– Jutro?

Gdyby mogli wyjść w morze tego dnia, zrobiłby to. Gdyby mógł wyjść w morze w ciągu godziny, byłoby jeszcze lepiej. Bo z każdym krokiem Marek był coraz bardziej przekonany, że na plecach Teriany wymalowano tarczę strzelniczą, a celował Kasjusz. I to nie tylko do niej, lecz do całego jej ludu. Ale Marek nie zamierzał pozwolić Kasjuszowi na wymordowanie setek Maarinów wyłącznie dla chwały i sławy, podobnie jak nie zamierzał pozwolić mu na zagrożenie jedynej szansie, jaką miał na wydostanie swojego legionu spod władzy Senatu. A siebie samego poza zasięg jego szantażu.

Konsul mógł atakować Terianę, ile tylko chciał, ale żeby ją dopaść, musiałby się przebić przez Marka i Trzydziesty Siódmy.

Rozdział 15

Teriana

Zaczynał jej się kończyć czas.

Teriana pozwoliła, by minęło kilka godzin od zmroku i by strażnicy uznali, że mocno śpi, zanim wzięła się do roboty. Nasmarowała zawiasy okna masłem z kolacji, ostrożnie otworzyła je i zamknęła parę razy, aby upewnić się, że żadne skrzypienie jej nie zdradzi.

Choć mało prawdopodobne, by ktokolwiek usłyszał skrzypienie zawiasów pośród całego hałasu świętowania w mieście. Kasjusz wykorzystał swój znaczący majątek i wydawało się, że wszyscy mieszkańcy Celendrialu wylegli na ulicę. Nad portem wybuchały fajerwerki. Modliła się, by jej załoga rzeczywiście zakończyła naprawę Quincense. Wszystko to na nic by się zdało, gdyby nie dało się wypłynąć na jej statku. I nieważne, że musieliby się przebić przez legionistów, którzy ich pilnowali. Przez ich potrojoną liczbę w stosunku do tej na okręcie jeszcze tego ranka, a wszystko ze względu na ostrożność legata Marka.

Związała razem sznurówki butów, przerzuciła je przez szyję i wspięła się na parapet, rozglądając w poszukiwaniu strażników. Podejrzewała, że gdzieś tam są, ale noc była bezksiężycowa, a jej ciemna skóra i czarne ubranie czyniły ją niemal niedostrzegalną w cieniu, jeśli tylko zachowa ciszę. Ulica poniżej kryła się w mroku, ale Teriana wcześniej oceniła, że jest płaska i nie ma na niej żadnych rzeczy, na których wolałaby nie wylądować. Dziewczyna nie miała lęku wysokości, ponieważ już w dzieciństwie wspinała się na olinowanie statku, ale i tak poczuła zawroty głowy, kiedy przekręciła się, ściskając palcami stóp wąską półkę, a ręce wyciągając w stronę jeszcze węższego gzymsu nad głową. Jej uszkodzone palce wypełnił ból, gdy pocierała nimi o kamień, lecz cierpienie było niczym w porównaniu ze strachem, że straci tę okazję.

Gorący wiatr szarpał jej włosy i ubranie, wciskał pył w oczy. Zacisnęła powieki i piekące łzy spłynęły jej po twarzy, gdy ostrożnie przesuwała się w bok. Bez problemu dotarła do pierwszego okna i mocno ścisnęła futrynę, łapiąc oddech. Jednak zwlekając, marnotrawiła chwile, które mogłyby poświęcić na ucieczkę, więc zanim zdążyła się uspokoić, znów opadła na półkę.

Wiatr stawał się coraz silniejszy, krążył wokół i szarpał ją z różnych stron. Teriana przycisnęła się mocno do ściany, serce waliło jej w piersiach. Nawet gdyby upadek jej nie zabił, pewnie połamałaby tyle kości, że przeżycie wcale by jej nie ucieszyło. Jej ramiona drżały od wysiłku wkładanego w utrzymywanie równowagi, a w palcach stóp miała skurcze. Poczuła sporą ulgę, gdy dotarła do kolejnego okna.

Nie trwała jednak długo. Ze środka emanował słaby blask i Teriana ku swemu przerażeniu usłyszała głosy.

– Co ty tu robisz? Rozum ci odjęło?

Rozpoznała głos legata Marka.

– Jutro wypływacie – odparła młoda kobieta. – To jedyna okazja, by się z tobą spotkać, a z przyczyn oczywistych nie mogłam tego zrobić bardziej legalnymi kanałami.

Gdyby Teriana nie znajdowała się w tak niepewnej pozycji, przewróciłaby oczami. Lidia opowiadała jej o patrycjuszkach zapraszających legionistów do łożnicy, więc nie zaskoczyło jej, że młodzieniec o urodzie Marka mógłby zwrócić ich uwagę. Odcięła się od rozmowy i rozważała, co teraz zrobić. Oczywiście nie mogła minąć okna – legat mógłby ją zobaczyć. Pozostawała jej wspinaczka albo zejście.

Obawa przed wejściem jeszcze wyżej sprawiła, że mogła podjąć tylko jedną decyzję. Złapawszy krawędź okna, ugięła kolana, opuściła jedną rękę i umieściła ją na półce. Odetchnęła głęboko i pozwoliła, by jej ciało opadło.

Ramiona drżały od wysiłku utrzymania całego ciężaru ciała, czubki palców lewej dłoni robiły się śliskie od krwi. Najszybciej, jak się odważyła, przesunęła jedną dłoń w bok. Później drugą. Modliła się, by żadne z tej dwójki nie zobaczyło w ciemności ruchów jej palców.

Kiedy znalazła się za oknem, gzyms znowu zrobił się węższy – ledwie mieściły się na nim dwa pierwsze stawy jej palców. Po ramionach Teriany spływał lodowaty pot, a wiatr szarpał jej nogami na boki. Próbowała wbić palce stóp w drobne pęknięcia zaprawy, ale jej się nie udało. Musiała poruszać się szybko, by w ogóle mieć szansę na dotarcie do drugiego okna.

Dysząc ciężko, z trudem przebyła przerwę między oknami. Była już prawie na miejscu. Prawie u mamy.

Ale jej palce się ześlizgiwały.

Z jej ust wydobył się cichy jęk, gdy próbowała się utrzymać. Uszkodzone palce ześlizgnęły się i już wisiała na jednej ręce, a paznokcie drapały o kamień, gdy rozpaczliwie wyciągnęła zakrwawioną dłoń, by złapać za gzyms.

Nie trafiła.

Rozdział 16

Marek

Stół pośrodku pokoju zaścielały raporty dotyczące zaopatrzenia, statków i warunków na morzu, mężczyźni ciągle przychodzili i wychodzili z nowymi informacjami na temat postępów przygotowań do załadowania dwóch legionów na flotę okrętów, które dopiero zawijały do portu. Marek wolałby dowodzić z obozu Trzydziestego Siódmego, gdzie wszystko zostało urządzone zgodnie z jego preferencjami, ale w tym budynku trzymali Terianę, więc tu zamierzał pozostać.

– Wspaniale znów wyruszyć na kampanię. – Serwiusz wręcz emanował energią, gdy podliczał koszt zaopatrzenia. To on miał za zadanie upewnienie się, że legionowi nie braknie sprzętu ani żywności. Potężny mężczyzna wydawał się niemal intuicyjnie wyczuwać, czego potrzebuje Trzydziesty Siódmy, szczególnie jeśli chodziło o libacje.

– Uspokój się – mruknął Feliks. – Próbuję coś zapisać, a ty trzęsiesz tym przeklętym stołem. – Teraz zwrócił się do Marka: – Rzeczywiście potrzebujemy tak wielu ludzi…?

– Tak – przerwał mu Marek. – I wszyscy mają być czujni do chwili, aż ona znajdzie się na statku i wypłyniemy z portu.

– Naprawdę sądzisz, że Kasjusz zamierza ją teraz wyeliminować? W przededniu kampanii, której powodzenie zależy od wsparcia Maarinów?

– Tak, Feliksie. Powtarzam po raz setny: wierzę w to. – Marek był zmęczony i zaczynało mu już brakować cierpliwości do pytań Feliksa na temat ważnej roli Teriany.

– Ale my jej potrzebujemy – zauważył Serwiusz. – On jej potrzebuje! Jak według tego miłośnika owiec mielibyśmy dotrzeć bez niej do Mrocznych Wybrzeży?

– Uważa, że da się ją zastąpić kimś sprawiającym mniej problemów. Nie podoba mu się umowa, którą z nią zawarłem. A już szczególnie nie podoba mu się, że to senator Waleriusz zatroszczy się o naszą najważniejszą zakładniczkę, ale Waleriusz się zaparł.

– A czy ją *da* się zastąpić? – W głosie Serwiusza brzmiała troska. Polubił dziewczynę.

Wydawało się, że ze wszystkich mężczyzn, z którymi Teriana miała kontakt, wyłącznie Marek wzbudzał jej gniew.

– Nie jestem pewien. Teriana była jedyną osobą, którą udało się nam skłonić do mówienia. Wszyscy pozostali zapadli w swego rodzaju trans, gdy tylko tu trafili. Nigdy nie widziałem niczego podobnego.

– Przeklęte pogaństwo. – Feliks wydał z siebie odgłos, jakby zamierzał splunąć, po czym spojrzał na elegancką kwaterę i najwyraźniej zmienił zdanie. – Może to dobrze, że Kasjusz zamierza pociągnąć ich do odpowiedzialności za złamanie praw Imperium. Nie ma powodu, by byli spod nich wyłączeni, skoro wszyscy peregrini muszą ich przestrzegać.

– Oni nie należą do peregrinów – przypomniał mu Marek. – Nie są częścią Imperium, ale wolnym narodem, który podlega prawom Imperium jedynie wtedy, gdy zawija do jego portów.

– A dlaczego? – warknął Feliks. – Dlaczego mają być wolni, skoro nikt inny nie jest? Co czyni ich tak wyjątkowymi, że nie muszą płacić podatków, przestrzegać zasad ani oddawać drugich synów?

Marek zmarszczył czoło i spojrzał z ukosa na swojego zastępcę. Nie podobało mu się, kiedy z ust Feliksa wydobywała się taka propaganda.

– Kiedy tak mówisz, brzmisz jak jeden z pochlebców Kasjusza.

Feliks zamrugał zaskoczony, ale zanim zdążył powiedzieć coś więcej, rozległo się pukanie do drzwi i do środka wszedł Kwintus.

– Jest tu… no, młoda kobieta, która chce się z wami zobaczyć, panie. Elegancka. Patrycjuszka.

Marek sapnął z irytacją i skinął głową, a po chwili do środka weszła smukła kobieta odziana w jedwabie. Całą jej twarz poza szarozielonymi oczami osłaniał zwiewny welon.

– Legacie. – Pochyliła głowę, a jej znajomy głos sprawił, że Marek poczuł się tak, jakby ktoś uderzył go w brzuch. Odwróciła się do jego przyjaciół. – Wybaczcie mi, panowie, ale muszę przez chwilę porozmawiać z waszym dowódcą w cztery oczy.

Dwie twarze zwróciły się w jego stronę, a Marek znów pokiwał głową. Serwiusz roześmiał się i poklepał go po ramieniu tak mocno, że Marek aż się potknął. Feliks wyszedł bez słowa, ale minę miał wściekłą z powodu przerwy.

Drzwi się zamknęły i Kordelia, starsza siostra Marka, zsunęła welon z twarzy.

– Co ty tu robisz? – spytał ostro. Miał nadzieję, że siostra nie zauważy lekkiego drżenia jego głosu. – Rozum ci odjęło?

– Jutro wypływacie. To jedyna okazja, by się z tobą spotkać, a z przyczyn oczywistych nie mogłam tego zrobić bardziej legalnymi kanałami.

– Oni myślą, że przyszłaś tutaj, by… – Przerwał, bo nie mógł się zmusić, aby wypowiedzieć te słowa. Poczuł, że się rumieni.

– Jestem w pełni świadoma, co myślą o celu mojego przybycia. To część mojego planu, by tak pomyśleli. – Pokręciła głową i dodała: – Nie byłeś jedynym w rodzinie, który urodził się obdarzony mózgiem, ale wydaje się, że dostałeś również dodatkową porcję pruderii.

– Dosyć!

Stawał przed tysiącami mężczyzn i wydawał rozkazy, ale w tej chwili w jego głosie pobrzmiewało dokładnie tyle autorytetu, ile u dwunastolatka, którym był, kiedy po raz ostatni rozmawiał z siostrą.

– Zawsze tak łatwo było cię podpuścić. – Nagle kobieta zmieniła się na twarzy, podbiegła do Marka i objęła go za szyję. – Nie spodziewałam się, że jeszcze cię zobaczę.

– Ja też nie – przyznał i też ją objął.

Wydawała się taka drobna, taka krucha, tak niepodobna do nieustraszonej dziewczyny, która wyślizgnęła się z miasta w stroju służącej, by odwiedzić go w Campus Lescendor. Wreszcie się odsunęła, a między jej brwiami pojawiła się zmarszczka, kiedy złapała go za brodę i obróciła jego twarz w obie strony.

– Cieszę się, że postanowiłeś nie pozostać chudziną.

– Nie jestem pewien, czy to był mój wybór.

Kiedy ostatnio się widzieli, była od niego wyższa, ale teraz czubek jej głowy znajdował się poniżej jego brody. Wciąż rozmyślał, jak bardzo się zmieniła – miała dwadzieścia jeden lat i z tego, co słyszał, poślubiła jedną ze wschodzących gwiazd Senatu i urodziła dwoje dzieci – gdy przeciągnęła kciukiem po bliźnie na jego prawym policzku.

– Twoja twarz…

– To nic takiego. Stara rana… z czasów, kiedy byliśmy w Bardeen.

Zmarszczka między jej brwiami się pogłębiła.

– Dowodzisz. Nie powinieneś walczyć.

Roześmiał się, jednocześnie przypominając sobie, że jego siostra żyła pod kloszem. Nigdy nie musiała krwawić na błotnistej ziemi i nigdy do tego nie dojdzie, jeśli Markowi uda się zadowolić Kasjusza.

– Poinformuję o tym wroga, kiedy następnym razem mnie zaatakuje.

– Czyli pewnie wcześniej niż później. – Cofnęła się, oparła dłoń na stole i obrzuciła spojrzeniem sterty dokumentów.

– Czy to dlatego zaryzykowałaś przybycie tutaj, Kordelio? Żeby się pożegnać, zanim udam się na drugi koniec świata?

– Nie, Ga... – Zagryzła wargę i skrzywiła się na myśl, że prawie pomyliła imię. Zawsze miała problem z tym jednym kłamstwem. – Nie, Marku. Jestem tu, by spróbować cię przekonać, żebyś nie udawał się na drugi koniec świata.

Zmarszczył czoło.

– Na to odrobinę za późno. A nawet gdyby nie było, z całą pewnością wiesz, że nie mam większego wyboru.

Przeniosła wzrok na drzwi.

– Oni nie podsłuchują, prawda?

– Nie.

– Jesteś pewien?

– Tak.

Wypuściła oddech, podeszła do okna i wyjrzała na zewnątrz, choć poza ciemnością niczego tam nie było.

– Gajusz rzecz jasna przekazał nam, co powiedziałeś mu o Kasjuszu. – Obejrzała się przez ramię i uśmiechnęła złośliwie. – Podbite oczy i złamany nos... Nawet matka ani odrobinę mu nie współczuła, kiedy usłyszała, co się stało. Dała mu butelkę wina i kazała wyjść do ogrodu poskarżyć się kwiatom.

– Nie powinienem był tego robić.

– Zasłużył na to. Gajusz odebrał ci imię, ty zająłeś jego miejsce w Campus Lescendor, a on ani razu nie wyraził wdzięczności za to poświęcenie. Jest przekonanym o własnej wartości, pozbawionym kręgosłupa gówniarzem, który nie przeżyłby szkolenia legionisty. Zawdzięcza ci nie tylko swoje przywileje, ale i życie.

Marek odetchnął głęboko. To stara śpiewka – gniew Kordelii z powodu decyzji rodziców był o wiele większy niż jego własny. Jej słowa wskazywały, że nigdy nie wybaczyła ani im, ani Gajuszowi.

– Istnieją pilniejsze kwestie niż egocentryzm naszego brata.

– To prawda. – Przekręciła złotą bransoletę na nadgarstku. – Wiedziałam, co się dzieje z Kasjuszem w chwili, gdy wraz ze swoimi ludźmi wmaszerowałeś do Celendrialu i podałeś tej gliście urząd konsula na tacy.

Otworzył usta, ale Kordelia mu przerwała:

– Wiem, że cię szantażował. Że groził wyjawieniem, iż nasi rodzice złamali prawo. Że ty, ojciec i Gajusz zostalibyście straceni. Że matka i nasze siostrzyczki zostałyby pozbawione fortuny Domicjuszów i wygnane.

– A po pogrążeniu rodu Domicjuszów ty przestałabyś przynosić korzyści swojemu mężowi – przypomniał jej. – Nie myśl sobie, że wyszłabyś z tego bez szwanku, Kordelio.

Kobieta spochmurniała.

– To mój umysł przynosi korzyść mojemu mężowi, Marku, nie nazwisko.

Uśmiechnął się lekko.

– W takim razie ojciec znalazł ci dobrego męża.

– To ja podjęłam decyzję, kogo poślubię, nie ojciec.

Uśmiechnął się jeszcze szerzej – zajadłość siostry była przyjemną odmianą po jękach Gajusza.

– Jeszcze lepiej.

Odwróciła się od okna i znów ruszyła w stronę brata, jej spódnice szeleściły na mozaikowej podłodze, a zdobione klejnotami sandały błyszczały w blasku lampy. Pasowała do tej bogatej komnaty z malowanymi złotą farbą ścianami, freskami na sklepieniu, ciężkimi drewnianymi meblami tapicerowanymi aksamitem i poduszkami z mnóstwem frędzli. Wygody sprawiały, że czuł się niewygodnie. Zaczynał tęsknić za znajomym namiotem dowodzenia z byle jakimi stołem i krzesłami, i podłogą z gołej ziemi.

– Kasjusz to najgorszy możliwy konsul, Marku. Celendorowi już wcześniej ciążyły niekończące się podboje. Konieczność utrzymania armii liczącej ponad dwieście tysięcy żołnierzy. Myśleliśmy, że po Chersome wreszcie się to skończy, że będziemy mogli skupić się na polityce wewnętrznej, zamiast spoglądać na nowe lądy jak śliniące się psy. Ale teraz? – Machnęła rękami. – Ukazała się cała druga połowa świata, a u władzy znalazł się podżegacz, który bez skrupułów zamęczy ludzi podatkami, żeby sfinansować to potworne przedsięwzięcie. Zabieranie drugich synów jest już dość paskudne, ale wiesz, o czym on mówi? Kasjusz planuje zabierać czwartych synów rodzin, których nie będzie stać na podatki.

Palce Marka zadrżały, więc zacisnął je w pięść.

– Czego ode mnie oczekujesz, Kordelio? Jedynie Senat ma możliwość utemperowania Kasjusza, a ja w nim nie zasiadam. Może więc powinnaś raczej przedstawić swoje obawy naszemu ojcu. Albo swojemu mężowi.

Spoważniała.

– Nie stój tak i nie udawaj bezsilnego. Dowodzisz legionem, a to znaczy, że możesz wmaszerować do Senatu i powiedzieć, że ta kampania to pomyłka. Jesteś najsłynniejszym żyjącym legatem, Cudownym Dzieckiem Lescendor. Posłuchają cię.

– To by niczego nie zmieniło. – Poczuł, że przepełnia go złość. – Myślisz, że mam władzę, ale zapewniam cię, że istnieje ona jedynie w ramach stworzonych przez Imperium. Mam władzę nad swoimi ludźmi. Nad tym, jak prowadzę kampanię. I. To. Tyle. – Sięgnął po kielich wody, opróżnił go i z trzaskiem odstawił na stół. Zaklął bezgłośnie, kiedy kryształ popękał. – Senat mówi mi, dokąd mam się udać. Co mam osiągnąć. A jeśli nie wypełnię tych poleceń, pozbawią mnie życia, a poza tym zupełnie nic się nie zmieni, bo dla Matki Imperium jestem jedynie numerem i można mnie zastąpić.

Kordelia zacisnęła zęby.

– To nieprawda.

– Ależ tak. – Marek oparł dłonie na stole i wpatrywał się w mapę, na której Teriana pokazała drogę do rdzenia xenthierów. Jego lokalizację oznaczał krwawy odcisk palca. – Nie mam władzy, by zmienić nasz świat, Kordelio. Mogę jedynie, na tyle, na ile jest mi to dane, chronić tych, na których mi zależy.

– Bez względu na cenę? – Obeszła stół i spiorunowała go wzrokiem tak jak nikt od bardzo dawna. – Czy życie naszej rodziny było warte tego, co stało się w Chersome? Co stało się z Lidią Waleriusz?

Wzdrygnął się, a ona pokręciła głową ze zmęczeniem.

– Mówią, że zaginęła, że odpłynęła na statku, uciekając przed małżeństwem z Kasjuszem. Ale to wszystko kłamstwa, czyż nie?

Jego uszy wypełnił szum krwi. Nie odpowiedział, wpatrywał się tylko w wiszący na przeciwległej ścianie obraz przedstawiający kobietę z niemowlęciem przy piersi.

– Zabiłeś ją?

Między nimi zawisła cisza, aż w końcu Marek odparł:

– A czy to ma jakiekolwiek znaczenie?

– Może lepiej, żebyś sam odpowiedział sobie na to pytanie, legacie. – Cofnęła się. – To t w o j e sumienie musi dźwigać ciężar twoich wyborów.

Poczuł, że ból i złość wznoszą się w nim jak przypływ. Przez dwanaście lat odpowiadał na dźwięk imienia, które nie było jego imieniem, a teraz ona odebrała mu nawet to. Był jedynie tytułem. Jedynie numerem wytatuowanym na czarno na plecach.

– Dla własnego dobra ciesz się, że moje sumienie dobrze znosi ten ciężar.

Poczuł koszmarną mieszaninę smutku i zadowolenia, kiedy Kordelia się cofnęła.

Nagle wśród kamiennych murów rozległ się głośny krzyk, a po chwili ktoś uderzył pięścią w drzwi.

– Legacie? Panie? Mamy problem.

Przeszedł komnatę trzema krokami, a kiedy otworzył, ujrzał stojącego za nimi Kwintusa.

– O co chodzi?

– O dziewczynę, panie. Uciekła.

Rozdział 17

Teriana

Jej palce się zsuwały i gdy Teriana zaczęła spadać, stłumiła krzyk.

I wtedy na jej nadgarstku zacisnęła się dłoń.

Westchnęła z zaskoczenia i ulgi, szczególnie kiedy zobaczyła, że uratowała ją jej własna matka. Tesya sapnęła, pociągnęła i uniosła Terianę na tyle, by ta mogła złapać parapet drugą ręką.

– Rozum ci odjęło? – syknęła Tesya, gdy już pomogła córce wgramolić się do komnaty.

Terianie ulżyło, że matka znów brzmi jak ktoś zdrów na umyśle, choć ciało wciąż nosiło ślady tortur.

– Ratuję cię – powiedziała, kiedy już złapała oddech.

– W takim razie jak to nazwiesz? – Tesya złapała córkę za zakrwawioną dłoń i uniosła ją do lampy. – Coś ty sobie zrobiła?

– Jak to co sobie zrobiłam? – Teriana aż otworzyła usta. – Byłaś tam! Widziałaś, co się działo.

Tesya uniosła zdrową dłoń do oczu, a Teriana poczuła ściskanie w piersi, kiedy zobaczyła sączące się spod niej łzy.

– Niczego nie pamiętam... jedynie żołnierzy, którzy zaciągnęli mnie do budynku, a później obudziłam się tutaj z... – Urwała. – Celendorczycy ci to zrobili? Dlaczego? Czego chcą?

– Kasjusz – szepnęła Teriana. – Wiedzą o Zachodzie. Myślę... Myślę, że Lidia im powiedziała. – Przełknęła ślinę. Tchórzliwa część jej umysłu wierzyła, że matka już znała prawdę i miała czas się z tym pogodzić. – Byli pewni, że wiemy, jak szybko tam dotrzeć, i chcieli wyciągnąć od nas tę informację.

– Nie powiedziałaś im, prawda?

Teriana odwróciła wzrok, nie mogła znieść przenikliwego spojrzenia matki.

– Zagrozili, że cię zabiją... że zabiją całą naszą załogę, a później zabiorą się za inne statki. Nie miałam wyboru.

Matka westchnęła z niedowierzaniem.

– Powinnaś pozwolić nam umrzeć!

Teriana poderwała głowę. Matka była jednym z triumwirów – najbliższym odpowiednikiem królewskiego rodu, jaki mieli Maarinowie. Do jej obowiązków należały ochrona ich ludu i troska o ich interesy. Zadanie Teriany, jako jej spadkobierczyni, było takie samo.

– Jak możesz tak mówić? Jak jedna tajemnica może być warta życia wszystkich, których kochamy?

– Ponieważ to jedyne, co chroni Zachód przed tymi psami!

Teriana zadrżała, skórę miała lodowatą. Powinna wiedzieć, że tak właśnie będzie. Powinna wiedzieć, że matka nie poprze jej decyzji.

– Łatwo ci mówić – wykrztusiła. – Twoje ciało tam było, ale umysł nie. Nie musiałaś dokonywać wyboru.

– Madoria mnie ochroniła.

– I wszystkich innych. – Teriana z trudem zmusiła się do wypowiedzenia tych słów. – Ale nie mnie. Mnie nikt nie pomógł. Ani Madoria, ani Magnius, ani nawet ty. Zostawiłaś mnie z nimi samą – po jej policzkach płynęły łzy – a ja musiałam podjąć decyzję. I wybrałam ocalenie tych, których kocham.

– I zostałaś przez to opuszczona. Ona cię nie ochroniła, bo odwróciła się plecami do twojej duszy.

– Nie wiesz tego. Odejdźmy stąd... Nie użyją ścieżek bez nas. Ukradniemy Quincense i uciekniemy.

– Nie ma ucieczki. I nie da się cofnąć tego, co zrobiłaś. Już wiedzą, że Zachód istnieje, i nic ich nie powstrzyma przed tym, by go podbić. Twoja dusza jest opuszczona.

– Mamo, musimy choć spróbować!

– Jesteś opuszczona – skwitowała matka i zrobiła najgorszą rzecz, jaką mogła zrobić: odwróciła się do Teriany plecami.

– Mamo – błagała, ciągnąc Tesyę za koszulę. – Mamo, proszę, nie rób tego.

Tesya wciąż stała odwrócona i nic nie mówiła.

– Proszę – powtórzyła. – Proszę!

Ostatnie słowo zabrzmiało jak krzyk i po kilku chwilach drzwi do komnaty otworzyły się tak gwałtownie, że uderzyły o ścianę.

Patrzył na nią zaskoczony legionista.

– Jak się tu dostałaś? – Jego spojrzenie przeniosło się na otwarte okno. – A niech to! Sprowadźcie legata – powiedział do mężczyzn patrzących mu ponad ramieniem.

W korytarzu zrobiło się zamieszanie i do środka wkroczył Marek. Popatrzył na nią, na Tesyę, po czym podszedł do okna i wychylił się przez nie.

– Imponujące – mruknął. – Nie sądziłbym, że to możliwe.

Teriana nie stawiała oporu, kiedy wziął ją za ramię.

– Jeden z was zostanie tu z Tesyą – rozkazał swoim ludziom. – I nie zostawi jej samej nawet na czas potrzebny, żeby się odlać.

Teriana ledwie go słyszała. Była opuszczona, nie tylko przez boginię, ale i przez mamę. Własną matkę, która nigdy nie zostawiła jej samej na dłużej niż dzień.

Marek zaprowadził dziewczynę do jej komnaty, po chwili wrócił i zamknął za sobą drzwi.

– Usiądź.

Usiadła na sienniku i bezmyślnie patrzyła, jak nalewa wodę z dzbanka do misy i niesie naczynie w jej stronę. Odstawiwszy miednicę na ziemię, legat niesławnego Trzydziestego Siódmego

Legionu usiadł naprzeciwko niej ze skrzyżowanymi nogami, wziął ją za nadgarstek i zanurzył ranną dłoń w wodzie.

Teriana stłumiła syknięcie bólu.

– Co robisz?

– Opatruję rany. – Podkręcił światło lampy.

– Widzę. Dlaczego t y to robisz?

– Bo umiem. – Wyjął dłoń dziewczyny z misy i uniósł do światła, żeby się jej przyjrzeć. – Wszyscy otrzymujemy podstawowe przeszkolenie medyczne, a w tej chwili w okolicy nie ma nikogo, kto miałby większe umiejętności ode mnie.

Nie odpowiedział na jej pytanie. On o tym wiedział i ona też.

Na widok jej palców zmarszczył czoło, wyjął pęsetę i zaczął wyciągać drobne odłamki kamienia wbite w skórę. Bolało jak ognie podziemi, ale przyjęła ból. Odwrócił jej uwagę od tego, co się wydarzyło. Najpierw opuściła ją Lidia. Teraz mama.

– Zakładam, że nie podjęłaś tak wielkiego wysiłku tylko po to, żeby odwiedzić matkę. – Nie podnosił wzroku znad tego, co robił. – Zwłaszcza że wiedziałaś, iż zobaczysz ją rankiem przed jej wyjazdem.

Teriana też na niego nie patrzyła, zatopiła spojrzenie w swoich zakrwawionych palcach.

– Ale naprawdę zastanawiam się, jaki miałaś plan. Ona ma złamaną rękę. Nie zeszłaby na dół.

– Koce – mruknęła. – Zamierzałam ją opuścić.

– Sposób stary, ale skuteczny. A ty zamierzałaś zejść?

Niechętnie pokiwała głową. To już nie miało znaczenia.

– Mogłoby ci się udać. – Odwrócił twarz do okna. – Nie sądziłem, że to możliwe, zwłaszcza w przypadku dwójki więźniów z rannymi rękami, ale udowodniłaś, że się myliłem.

– To, że t o b i e by się nie udało, nie oznacza, że to niemożliwe.

– A nie mogłabyś dla odmiany podziękować za komplement? – Znów zanurzył jej dłoń w wodzie, żeby zmyć krew.

– To i tak nieważne. Ona nie chciała pójść ze mną.

– Dlaczego? – Ostrożnie osuszył jej dłoń i posmarował palce balsamem łagodzącym ból.

– Bo jestem opuszczona.

– Przez waszego boga? Za to, że nam pomogłaś?

– Boginię.

– Przepraszam. – Z zaskakującą delikatnością obwiązywał bandażem jej palce jeden po drugim, przycinał go i mocował tak, żeby mogła posługiwać się ręką, zamiast owinąć ją w całości, tworząc niezgrabny kłąb. – Nie miałaś wielkiego wyboru w tej kwestii.

– Ona wierzy, że podjęłam złą decyzję.

Jego dłonie się zawahały.

– Ile masz lat, Teriano?

– Siedemnaście – odpowiedziała szczerze, zaskoczona pytaniem.

– Miałem szesnaście, kiedy podjąłem pierwszą decyzję, za którą moi ludzie zapłacili życiem.

– A co robiłeś przez pierwsze cztery lata dowodzenia legionem? Delegowałeś trudne decyzje?

Uśmiechnął się szeroko, jego zęby błyszczały bielą w słabym świetle. Pomyślała, że pierwszy raz zobaczyła na jego twarzy szczery uśmiech. Dzięki niemu wyglądał jak prawdziwy człowiek, nie bezduszny sukinsyn.

– Nie. Przez te wszystkie lata kierowały nami starsze, bardziej doświadczone legiony, które odpowiadały za zakończenie naszego szkolenia. Ich dowódcy podejmowali decyzje taktyczne, trudne decyzje. Dopiero kiedy wysłano nas do Bardeen, w oczach Senatu urosłem na tyle, że powierzono mi dowodzenie. – Przeszedł do jej palca serdecznego. – Była to łatwiejsza kampania niż te, które nadeszły później… Z punktu widzenia taktyki było całkiem oczywiste, co należało zrobić, ale oznaczało również ofiary w ludziach, czego miałem świadomość.

Wszystko poszło zgodnie z planem, straciliśmy jednak trzynastu legionistów. Mężczyzn, których znałem od czasu, gdy wszyscy byliśmy dziećmi. To było… trudne.

– Dlaczego mi to mówisz?

– Bo jeśli ktoś zasługuje, by jego dusza płonęła przez wieczność, to właśnie ktoś taki jak ja. Nie dziewczyna próbująca ocalić życie ludzi, którzy są dla niej ważni.

Mówiąc te słowa, skończył opatrywać jej mały palec, ale zauważyła to, dopiero kiedy wypuścił jej dłoń.

– Jest coś jeszcze, co powinnaś wiedzieć. Quincense i inne statki, które pewnie widziałaś w porcie, nie są jedynymi statkami Maarinów w naszych rękach. Marynarka zdobyła kilkanaście, stoją w różnych portach w całym Imperium.

Poczuła ściskanie żołądka.

– Ilu?

– Ponad sześć setek maarińskich marynarzy jest w niewoli.

„Sześć setek?" Piekły ją oczy i z trudem panowała nad łzami.

– Chroni ich umowa, którą dziś podpisałaś. Jeśli ją wypełnisz, zostaną uwolnieni. Nawet jeżeli Kasjuszowi się to nie podoba, Senat zmusi go do dotrzymania słowa. Ja też. Ale ty również musisz dotrzymać słowa, by tak się stało. To jedyny sposób.

Mimo wszelkich wysiłków Teriany po jej twarzy spłynęła łza.

– Nie posunę się tak daleko, by powiedzieć, że mamy takie same cele, Teriano, ale jeśli chodzi o zapewnienie bezpieczeństwa twojemu ludowi, nasze interesy są zbieżne. – Sięgnął do apteczki, wyjął coś i znieruchomiał. – Maarinowie nie zrobili niczego, by zasłużyć na prześladowanie przez Imperium, a Imperium nic nie zyska, zabijając twoich rodaków, poza daniem Kasjuszowi bardzo krwawego powodu do dumy. Wykorzystam wszelkie środki, jakie mam do dyspozycji, by nie dostał takiej możliwości, ale wszystko, co zrobię, pójdzie na nic, jeśli nie będziesz współpracować.

– Piękne słowa, legacie. – Wciąż kręciło się jej w głowie na myśl, jak wielu z jej ludu pojmano. – Ale nie jesteś moim sojusznikiem. Jesteś moim wrogiem.

Powoli pokiwał głową.

– Owszem. Lecz Kasjusz też, a zapewniam cię, że on jest o wiele większym zagrożeniem dla ciebie i twoich bliskich, niż ja mógłbym się kiedykolwiek stać.

Nie było właściwej drogi. Właściwego wyboru. Rozwiązania, które ochroniłoby wszystkich.

– Jeśli Imperium nic nie zyska, zabijając mój lud, to dlaczego wspiera w tym Kasjusza? – Teriana mówiła zduszonym głosem, głęboki smutek sprawiał, że z trudem wypowiadała każde słowo. – Dlaczego twoi rodacy nienawidzą moich?

– Ci, których widziałaś dzisiaj, to zwolennicy Kasjusza. Nie są całym Imperium. – Zawahał się, jakby nie był pewien, czy powinien kontynuować, ale dodał: – Wielu sprzeciwia się temu, co Kasjusz zrobił Maarinom, ale on wezwał jeszcze dwa legiony, by pomagały utrzymywać porządek w mieście, więc niewiele mogą zrobić, nie ryzykując konsekwencji.

– Wielu? – Zaśmiała się, ale zabrzmiało to jak łkanie. – Na tym Forum były tysiące wykrzykujących hasła wsparcia dla Kasjusza. A skoro on zwyciężył, znaczy to, że kolejne tysiące myślą tak samo. Dlaczego? Dlaczego czerpią przyjemność z naszego upadku?

– Niektórzy czują niechęć z powodu waszej... wolności od praw, podatków i zobowiązań wiążących się z byciem częścią Imperium.

– Nie wrzeszczeli, że mamy płacić wyższe podatki – wykrztusiła. – Wrzeszczeli, że mam zostać pobita, zarżnięta i... – Urwała, niezdolna powtórzyć słów, którymi obrzucał ją tłum. – Zachowywali się tak, jakbym była ich wrogiem.

Przestrzeń między nimi wypełniało napięcie, spowijając komnatę ciszą mimo hałasu panującego na ulicach miasta.

– Gdy kończyłem szkolenie, spytałem raz, dlaczego Imperium gloryfikuje podbój – odezwał się w końcu Marek. – Jeden z nauczycieli przypomniał mi historię Celendoru. Przypomniał mi, że kiedyś byliśmy narodem potężnych wojowników, krwawiących i walczących w świecie, w którym podbój... i pokonanie wrogów... były konieczne do przetrwania. Przypomniał mi, że krew tych mężczyzn i kobiet wciąż płynie w żyłach ludzi, którzy rodzą się dzisiaj. – Zmarszczył czoło. – Tyle że teraz moi rodacy mozolą się na różne sposoby, by przetrwać, a tacy jak ci, których widziałaś dzisiaj, nie znajdują zadowolenia w swoim wysiłku. Cierpią z powodu poczucia... bezradności. Kasjusz to wie. Wie, że kiedy Imperium jest zwycięskie, ci ludzie postrzegają siebie jako zwycięskich. To sprawia, że w chwili triumfu znów czują się potężni. A dla pewnej części to uczucie jest nałogiem, którego nigdy nie da się zaspokoić. Jednak by istniał podbój, musi istnieć coś, co można podbić... Albo ktoś...

– Czy twoje zwycięstwa sprawiają, że czujesz się potężny? – Wypluła to słowo, wściekła, bo jego odpowiedź nie przyniosła jej ulgi w bólu. – Czy raduje cię, gdy poniżasz wrogów?

– Nie. – Odetchnął głęboko. – Kiedy zwyciężam, czuję ulgę, że przeżyłem. Smutek z powodu zabitych. Ale głównie czuję strach, bo dla mnie i dla mojego legionu walka nigdy się nie kończy.

Teriana zamknęła oczy, przeszedł ją dreszcz. Nie było drogi wyjścia, dla nikogo.

– Wypij to. – Marek wcisnął jej w dłoń flaszeczkę. – Dzięki temu zaśniesz.

Próbowała ją oddać, przypominając sobie, jak mocno spała ostatnim razem, kiedy to wypiła, ale potrząsnął głową.

– Twój statek został naprawiony, a reszta floty dotrze w ciągu nocy. Wypływamy jutro razem z odpływem, a ty musisz być w pełni sił, by pożeglować na Quincense.

Niechętnie połknęła zawartość buteleczki. Może miał to być jej ostatni spokojny sen. Narkotyk szybko na nią zadziałał – opuściła głowę na poduszkę.

– Jeśli Kasjusz myśli, że torturami wyciągnie z moich rodaków więcej informacji, to się myli. Madoria ochroni ich umysły. Nie poczują tego.

– Dlaczego nie zrobiła tego samego dla ciebie?

Mimo umysłu zamglonego przez narkotyk uświadomiła sobie, że nie zaprzeczał istnieniu bogów jak wszyscy inni Celendorczycy, których znała. Dlatego mu odpowiedziała:

– Ponieważ zostałam opuszczona. Już złamałam zakaz i opowiedziałam o Zachodzie komuś ze Wschodu, a Madoria za karę odwróciła się do mnie plecami.

Marek przerwał pakowanie reszty bandaży.

– Pytanie, które powinnaś sobie zadać, brzmi: jeśli bogini tak rozpaczliwie pragnie utrzymać w tajemnicy oceaniczne ścieżki, dlaczego uciszyła swoich lojalnych wyznawców, a pozostawiła w spokoju dziewczynę, w którą miała powód najbardziej wątpić?

„Dobre pytanie", pomyślała Teriana. Jej powieki opadały. Marek przeszedł przez komnatę, oparł się o okno i wyjrzał na zewnątrz.

– Co robisz?

– Ktoś musi cię strzec. – Nie odwrócił się w jej stronę. – A nikt nie zrobi tego lepiej ode mnie.

Rozdział 18

Teriana

Kiedy Teriana się obudziła, Marka już nie było, a zastąpił go inny, nieznany jej legionista. Nosił insygnia oficera, a jego celendorskie pochodzenie było równie widoczne, co u jego dowódcy. Nie był o wiele wyższy od niej, zaś krótko obcięte włosy sprawiały, że jego nieszczęsne uszy jeszcze bardziej rzucały się w oczy. Jadł jabłko, które – jak przypuszczała – wziął z tacy postawionej obok siennika.

– Jesz moje śniadanie? – Podniosła się powoli. Wszystkie mięśnie jej ciała paliły bólem, a w ustach miała posmak kupy gnoju.

Wyszczerzył się, ale nie miał przyjaznej miny.

– Pierwszy przy ognisku ma prawo wyboru.

– Zapamiętam. – Chwyciła kubek wody stojący na tacy, wypiła i zabrała się do jedzenia. – Jak się nazywasz? – zapytała, połykając łyżkę mięsnej potrawki.

– Jestem trybunem Trzydziestego Siódmego.

Podrapała się po brodzie i popatrzyła na niego z namysłem, nie przerywając żucia.

– Trybun... Czy tak nazywają żołnierza, który dmie w rogi?

Mężczyzna prychnął z irytacją.

– To znaczy, że jestem zastępcą. Możesz mi mówić „panie".

Teriana uniosła brew.

– Jestem twoim jeńcem, nie podwładną. Podaj mi swoje imię albo wymyślę coś gorszego. – Przełknęła jedzenie. – Biorąc pod uwagę twoje uszy, nie będzie trudno.

Spochmurniał.

– Nie odważysz się.

Przejechała łyżką po dnie miski i wepchnęła do ust ostatnią porcję jedzenia.

– Założymy się, panie Słoniowe Uszy?

Zacisnął pięści.

– Dałam ci wybór. – Wstała. – A ponieważ znajduję się pod ochroną legata Marka, do którego jak sądzę, ty zwracasz się „panie", niewiele na to poradzisz. Chyba że podasz mi swoje prawdziwe imię.

Mężczyzna założył ręce na piersi, a jego skóra nabrała wręcz śliwkowego odcienia.

Drzwi otworzyły się i do środka wkroczył Marek.

– Feliksie, czy jest już gotowa do wyjścia?

– Pan Słoniowe Uszy i ja właśnie kończyliśmy śniadanie.

– Przepraszam? – Marek z westchnieniem potrząsnął głową. – Nieważne, nie chcę wiedzieć.

Wyszli za nim na korytarz, a wtedy otoczyli ich inni legioniści. Przed komnatą, w której trzymali jej matkę, nie było strażników. „Może czeka na dole?" Teriana czuła napięcie w ramionach – czy matka w ogóle zamierzała się z nią pożegnać?

Przed budynkiem stali jedynie kolejni żołnierze.

– Gdzie moja matka? – Dziewczyna rozglądała się po ulicy, szukając Tesyi. – Powiedziałeś, że będę mogła się z nią zobaczyć przed jej odejściem.

Marek odwrócił się od mężczyzny, z którym właśnie rozmawiał.

– Zobaczyłaś się z nią. – Palcami szarpał za sprzączkę pancerza.

Teriana poczuła ściskanie w żołądku.

– Nawet się z nią nie pożegnałam.

Wzruszył ramieniem i odwrócił wzrok.

– Waleriusz przyszedł o świcie ze swoimi ludźmi i ją zabrał. Nawet gdybym wiedział, gdzie zamierza ją trzymać, nie miałbym czasu zaprowadzić cię tam przed odpływem. Dziś rano załadowałem ponad dziewięć tysięcy mężczyzn na statki i nie podoba mi się perspektywa, że musiałbym ich rozładować z powodu przegapionego pożegnania.

Odrobina sympatii, jaką wzbudził w niej poprzedniego wieczora, zniknęła w jednej chwili. Teriana poczuła, że krew dopływa jej do policzków, i wypełniło ją niemal nieopanowane pragnienie, by się na niego rzucić. Powinna wiedzieć, że mężczyzna znajdzie sposób, by ukarać ją za próbę ucieczki. Marek odwrócił się do niej plecami i zaczął iść ulicą, a Słoniowe Uszy posłał jej złośliwy uśmieszek, zanim podążył za dowódcą.

Kiedy szli wzdłuż kei, Teriana mimo palącego słońca czuła chłód. Dłonie miała śliskie od potu, więc wytarła je o spodnie, ledwie zauważając pieczenie palców. Widziała teraz swoją załogę – w kolorowych ubraniach wyróżniali się wśród żołnierzy na pokładzie. A co, jeśli wszyscy odwrócą się do niej plecami jak jej matka? A jeśli każdy, kogo próbowała ocalić, wyrzeknie się jej za jej czyny? A jeśli wszyscy woleliby raczej być martwi, niż poprowadzić Celendorczyków oceanicznymi ścieżkami? Zostałaby całkowicie, absolutnie sama.

Kilkoro z nich dostrzegło ją jednocześnie. Patrzyła, jak wieści rozchodzą się po statku, a potem jak wszyscy kierują się na bakburtę, żeby obserwować jej przybycie. Na ich twarzach nie malowały się żadne uczucia, ale to nie musiało nic znaczyć. Niezależnie od tego, co o niej myśleli, nie chcieli mieszać w to Celendorczyków.

– Nie muszę się martwić, że o n i spróbują cię zabić, prawda? – Marek ze zmarszczonym czołem patrzył na jej załogę.

– Nie. My się tak nie zachowujemy. Jeśli będą mieli mnie dość, odwrócą się do mnie plecami. Będą udawać, że nie istnieję. Ale mnie nie zabiją.

– To najgłupsza rzecz, jaką słyszałem – stwierdził Słoniowe Uszy.

– W takim razie nigdy nie słuchałeś tego, co opuszcza twoje usta – odparowała Teriana. – Uwierz mi, są rzeczy gorsze od śmierci. Takie jak spędzenie reszty życia jako parias wśród swojego ludu i świadomość, że po jego zakończeniu twoja dusza będzie płonąć przez wieczność.

– Chyba nie pozwolicie, żeby ona wygadywała te pogańskie głupoty, panie?

Teriana poczuła irytację.

– To te pogańskie głupoty zaprowadzą was na drugą stronę Bezkresnych Mórz, Słoniowe Uszy, więc może zamknij jadaczkę, zanim opuszczą ją kolejne brednie.

– To się jeszcze zobaczy – warknął mężczyzna. – Skąd mamy wiedzieć, że nie poprowadzisz nas na bezsensowną wyprawę dookoła oceanu?

– Może i tak będzie. – Mrugnęła do niego i przez sekundę radowała się rumieńcem na jego twarzy, zanim zderzyła się z czymś twardym. Zatoczyła się do tyłu i odkryła, że tym czymś był wyjątkowo mało rozbawiony Marek.

– Feliksie – powiedział.

– Panie?

– To twój okręt.

Gniew na twarzy legionisty zastąpiło zaskoczenie.

– Co takiego?

– Popłyniesz na tym okręcie. – Marek wskazał na celendorskie monstrum unoszące się przy nabrzeżu, na które robotnicy portowi ładowali beczułki oznaczone słowami „Niebezpieczne" i „Wybuchowe". – Jest największy, płyną na nim cztery setki naszych ludzi. Chcę, żebyś był z nimi.

– Myślałem, że popłynę z wami.

Teriana zamrugała. Młody mężczyzna wydawał się wręcz zraniony.

– Nie ma sensu, żeby mój zastępca znajdował się na pokładzie tego samego statku co ja. Gdyby coś się stało, będę potrzebował jako dowódcy kogoś, komu mogę zaufać.

Słoniowe Uszy pobladł, a Terianie przyszło na myśl, że może tych dwóch łączyło coś więcej niż tylko braterstwo broni. Nawet więcej niż przyjaźń.

– Może ma już dosyć rozmów z tobą. – Wiedziała, że szydzenie z niego było głupotą, ale nie umiała się powstrzymać.

Feliks zacisnął pięści, a Teriana przygotowała się do uskoczenia w bok, gdyby zaatakował. On jednak tylko powiedział:

– Jeśli coś mu się stanie, wypatroszę cię jak prosiaka. Jasne?

Teriana uniosła ręce i się uśmiechnęła. Nie wątpiła jednak, że mówił prawdę. I że byłby zdolny to zrobić.

Mężczyzna posłał jej ostatnie wściekłe spojrzenie, zasalutował Markowi i ruszył w stronę trapu. Kiedy znalazł się w połowie drogi, krzyknęła:

– Do widzenia, Słoniowe Uszy! Jeśli załoga przywiąże cię do grota, może będziecie mieli szansę nadążyć. – Zachichotała pod nosem i ruszyła wzdłuż nabrzeża. Zrobiła jednak zaledwie kilka kroków, kiedy coś wyrzuciło ją w powietrze i wylądowała w ohydnej wodzie portu.

Przebiła się na powierzchnię, próbując ignorować unoszące się wokół odpadki.

– A to za co?

– Za obrażenie jednego z moich ludzi. – Legat patrzył na nią z góry. – Dopilnuję, żeby cię szanowali, a ty będziesz szanować ich. Jasne?

Teriana chciała się sprzeciwić, ale nic, co by powiedziała, nie miałoby wielkiego znaczenia, kiedy wokół unosiły się odchody.

– Jasne.

Marek dotarł na jej statek, zanim wspięła się po drabinie na nabrzeże i wylała brudną wodę z butów. Nie zakładając ich ponownie, powlokła się po trapie i rzuciła je na stertę lin, żeby wyschły. Później ruszyła z ponurą miną w stronę zebranej załogi. Ich twarze pozostawały bez wyrazu, a przemowa, którą Teriana powtarzała w głowie, wyparowała.

– Lidia... ona... – Teriana przełknęła ślinę. – Celendorczycy wiedzą o Zachodzie.

Ktoś ją objął.

– Dziewczyno, myśleliśmy, że nie żyjesz. – To Yedda szeptała jej do ucha. – Ty i twoja matka. Dopiero dziś rano dowiedzieliśmy się, że jest inaczej.

Barki Teriany drżały. Wtuliła twarz w ramiona starej kobiety i czuła, jak członkowie załogi poklepują ją po plecach, słyszała ich powitanie. Kucharz Polin natychmiast zaczął rozwijać przemoczone bandaże na jej dłoni, jego ogromne palce były łagodne i znajome – zajmował się opatrywaniem ran Teriany od czasu, kiedy była dzieckiem.

– Myślałam, że wyrzekniecie się mnie za to, na co się zgodziłam – powiedziała w koszulę Yeddy.

– Jakbym mogła zrobić coś takiego dziewczynie, którą trzymałam w ramionach, kiedy była maleńka.

– Mama tak zrobiła.

Yedda odchyliła się i wpatrzyła w jej twarz.

– Jeszcze może tego pożałować. Na swój sposób twoja matka jest równie porywcza jak ty.

Wskazała palcem na odległe nabrzeże. Zastawiono je szubienicami, a Terianie zrobiło się niedobrze na widok rozkładających się trupów, które na nich wisiały.

– Ten tam... – Yedda kiwnęła brodą w stronę Marka. – Dziś rano przyszedł z nami porozmawiać. Powiedział nam, że nie dołączyliśmy do tamtych biedaków jedynie dzięki umowie, którą zawarłaś. – Zmarszczyła czoło. – Zadał sobie wiele trudu, by się upewnić, że rozumiemy, iż umowę zawarłaś ty, a nie twoja matka.

– To prawda – przyznała Teriana. – Wiesz, kim on jest?

– Ano. Tym, który podobno podpalił Chersome. – Stara kobieta się uśmiechnęła. – Nie spodziewałam się, że będzie taki ładniutki.

– Yeddo! – Teriana poczuła, że palą ją policzki. – To diabeł o czarnym sercu. Jego wygląd się nie liczy. I co miało znaczyć to „podobno"?

Yedda wzruszyła ramionami.

– Sądzę, że w tej historii kryje się coś więcej, niż mówią. A jeśli mamy zabrać tych celendorskich sukinsynów na drugi koniec świata, równie dobrze mogę mieć coś ładnego, na co będę mogła sobie popatrzeć. Albo kilku cosiów.

Zagwizdała na dwóch legionistów, którzy podeszli za blisko. Obaj podskoczyli, jakby użądliły ich pszczoły.

Teriana jęknęła i potrząsnęła głową. Reszta załogi ukrywała uśmiechy za dłońmi.

– Czyli znasz plan?

– Ano. Mogli to zrobić tylko z jednego powodu. Choć może zechciałabyś uzupełnić szczegóły?

Kiedy Polin oczyszczał i bandażował rany w miejscach, w których kiedyś znajdowały się jej paznokcie, Teriana relacjonowała wszystko, co wydarzyło się od czasu jej pojmania. Załoga stała w kręgu wokół niej, a w miarę słuchania twarze zebranych tężały. Kiedy skończyła, Yedda podrapała się po brodzie.

– Czyli szpiegujesz ich i wykorzystujemy Magniusa, żeby przekazać ich plany większym potęgom na Zachodzie?

– To nie jest zbyt dobry plan – przyznała Teriana. – Ale nie było żadnej innej możliwości, która nie skończyłaby się śmiercią nas wszystkich.

Więcej niż kilkoro z załogi popatrzyło niepewnie na dyndające trupy.

– Nie wiedzą, że jestem spadkobierczynią Triumwiratu – powiedziała Teriana. – Myślą, że jestem córką kapitan statku handlowego. Nie mają pojęcia, że moich słów wysłuchają królowie.

– Ani że tam, dokąd się udajemy, są bogowie, którzy mogą mieć coś do powiedzenia na temat celendorskiej zarazy najeżdżającej ich brzegi.

Teriana tylko pokiwała głową, ponieważ ci sami bogowie mogli mieć w zanadrzu coś dla niej – za wybór, którego dokonała.

– Teriano! Odpływ!

To był Marek. Obejrzała się przez ramię. Obok niego stał Serwiusz, który pomachał jej wesoło.

– Przygotujcie się – powiedziała do załogi, po czym gestem wezwała Yeddę, by poszła za nią do legata stojącego przy sterze.

– Masz wieści od Magniusa albo Przynęty? – spytała Teriana cicho, kiedy szły.

– Pojawią się, gdy znajdziemy się na morzu. Martwisz się?

Teriana wiedziała, że ciotce nie chodziło o ich bezpieczeństwo.

– Bardzo.

Wspięły się na pokład rufowy i stanęły przed dwoma legionistami.

– Legat Marek i prefekt Serwiusz z Trzydziestego Siódmego – powiedziała Teriana. – Yedda, mój drugi oficer.

– Teraz pierwszy oficer, pani kapitan. – Yedda sprzedała jej kuksańca.

Teriana poczuła ściskanie w żołądku.

– Jedynie do powrotu mojej matki.

Kobieta wzruszyła ramionami.

– W każdym razie, jeśli wziąć pod uwagę prędkość, jaką mogą rozwinąć te wasze balie z żaglami, dotarcie do pasa ciszy Morza Martwych zajmie nam cały dzień, a miną kolejne dwa, zanim dopłyniemy do ujścia większej drogi oceanicznej. Kiedy tam dotrzemy, przekażę szczegółowe polecenia załogom waszych okrętów, które będą musiały wypełnić, żeby bezpiecznie przedostać się na drugą stronę. To... – Zawahała się. – To o wiele bardziej niebezpieczne niż ścieżka lądowa, rozumiecie?

Marek pokiwał głową.

– W porządku. Dobrze. – Rozejrzała się po pokładzie. – Macie wszystko, czego potrzebujemy?

– Nie do końca. – Legat skinął na grupę żołnierzy, którzy kręcili się obok długiej łodzi. – Odetnijcie ich.

Mężczyźni spuścili łódź na wodę, szybko powiosłowali przez port do nabrzeża, wyszli na brzeg i zaczęli pospiesznie odcinać ciała jej rodaków, wiszące na szubienicach. Złożyli je ostrożnie w łodzi i powiosłowali z powrotem do Quincense. Z ciotką u boku Teriana przyglądała się w milczeniu, ale kiedy tamci dotarli do statku, spytała:

– Co robisz?

– Oddajecie swoich zmarłych morzu, prawda? Ziemia jest niedopuszczalna, tak?

Potaknęła, niezdolna się odezwać.

– Słyszałem, jak mówiłaś to Serwiuszowi. A jeśli ja słyszałem, to Kasjusz też. A on potrafi być małostkowy.

Yedda spojrzała na Terianę, unosząc siwe brwi niemal do granicy włosów. Później powiedziała:

– Dobrze postąpiłeś, legacie.

Teriana prychnęła i potrząsnęła głową, patrząc, jak legioniści przenoszą ciała na pokład i składają je w cieniu.

– Uchronienie ich przed stryczkiem byłoby dobre.

Marek nic po sobie nie pokazał.

– Kiedy znajdziemy się na otwartym morzu, każę swoim ludziom zejść pod pokład, żebyście mieli czas zrobić to, co dla was ważne. A teraz ruszajmy.

Teriana położyła dłoń na gładkim drewnie steru. Powinno być znajome i ją uspokoić, ale tak się nie stało.

– Wynośmy się z tego zapomnianego przez bogów miasta.

Yedda natychmiast zaczęła wykrzykiwać rozkazy do załogi i po chwili Quincense wypłynął z portu.

Musieli minąć szubienice, na których wcześniej wisiały trupy rodaków Teriany, jednak to nie przecięte sznury przyciągnęły jej wzrok, lecz żywy człowiek stojący obok. Miał na sobie białą togę i szkarłatną szarfę senatora, ale rozpoznałaby go nawet w innym stroju. Kasjusz uniósł rękę, nie w geście pożegnania, tylko po to, by wskazać na niewykorzystany stryczek czekający na szyję, która go wypełni.

– Ostrzega cię – mruknął Marek pod nosem.

Jednak po chwili Kasjusz poruszył ręką i wskazał palcem nie na Terianę, lecz na legata. Teriana popatrzyła na Marka w chwili, gdy on skierował wzrok na nią i ich spojrzenia się zetknęły. Właśnie w tym momencie zrozumiała, że legat Trzydziestego Siódmego nie tylko nienawidzi Kasjusza tak samo jak ona, ale też – podobnie jak ona – ma coś do stracenia.

Rozdział 19

Teriana

Nie minęło nawet pół dnia, a Quincense zaczął śmierdzieć chorymi szczurami lądowymi.

– Musiałeś umieścić wszystkich cierpiących na chorobę morską na moim statku? – Teriana zmarszczyła nos, czując odór unoszący się z luku.

– Nie wszystkich. – Marek opierał się o reling tak swobodnie, jakby stał na suchym lądzie. – Jedynie czterdziestu trzech choruje, a z nich tylko trzydziestu sześciu jest w kiepskim stanie.

– *Tylko* trzydziestu sześciu – mruknęła. – A co dla nich robisz?

– Mają wodę. Przeżyją.

– *Ja* mogę tego nie przeżyć. – Teriana potrząsnęła głową. – Wyprowadźcie rzygających na pokład.

Na czole Marka pojawiły się zmarszczki.

– Mówiłaś, że chcesz mieć pusty pokład, żeby twoja załoga mogła pracować.

– To było, zanim uświadomiłam sobie, że twoi ludzie wypełnią ładownię wymiocinami – odparła. – Wyślij tych wszystkich – wskazała na mężczyzn kręcących się po pokładzie – na dół, a wyprowadź chorych.

– Potrzebuję na pokładzie sprawnych ludzi.

– Dlaczego? Jesteśmy na morzu, a jedyne okręty, które widzę, są pełne celendorskich legionistów. I jestem całkiem pewna, że twój zastępca wyczułby, gdybyś był w niebezpieczeństwie, i przyleciałby tutaj na skrzydłach, które nazywa uszami, żeby cię ochronić.

– Nie potrzebuję ochrony – warknął Marek. – I jeśli mam być szczery, zaczyna mnie męczyć twój paskudny humor.

Już schodził pod pokład, wykrzykując rozkazy.

Teriana była w paskudnym humorze, ale miała powód. Kiedy wyszli z portu, przeszła się po statku, żeby zobaczyć, czy dobrze naprawiono uszkodzenia. Ale to nie naprawy sprawiły, że jej oczy stały się szare jak burzowa chmura – lecz inne rzeczy, które Celendorczycy zrobili z jej statkiem.

Quincense był ich domem, trzymali na nim cały swój dobytek. Tymczasem wszystko, co do niej należało, zniknęło, żeby zrobić miejsce dla żołnierzy, w tym niewielki majątek w złocie, który przechowywali na pokładzie.

– Gdzie są moje pieniądze?! – krzyknęła do Marka, kiedy odkryła zniknięcie skrzyń.

Zachował dość przyzwoitości, by zrobić zawstydzoną minę.

– W zarządzie powierniczym w Celendorze. Zostaną ci zwrócone, kiedy wypełnisz umowę.

– Przeklęci przez bogów złodzieje – mruknęła do niego, choć tak naprawdę złoto najmniej ją obchodziło.

Wszystkie rzeczy, z wyjątkiem ubrań, zniknęły: książki, dzieła sztuki i pamiątki, i nikt nie umiał jej powiedzieć, gdzie się znajdują. I nie tylko *jej* rzeczy – cała załoga doświadczyła tego samego. Statek właściwie nie wydawał się już należeć do nich – jej dom został napadnięty i przejęty przez wroga. Nie zachowała nawet swojej malutkiej kajuty. Wszystkie jej ubrania leżały w stercie na niedużej koi w kajucie matki. Co nie byłoby problemem, gdyby była tam sama. Nie miałaby nic przeciwko temu, gdyby ściskała się tam z całą załogą. Ale nie – musiała dzielić kajutę *z legatem Markiem*, żeby mógł mieć na nią oko.

Sprzeciwiła się, ale prędzej poruszyłaby górę, niż skłoniła go do zmiany zdania. Zaproponowała, że będzie spać na jednym z piętrowych łóżek z resztą załogi albo nawet między legionistami ściśniętymi w ładowni. Posunęła się nawet tak daleko, że zaproponowała, by spać obok Serwiusza, by to on ją pilnował. Marek jednak zrozumiał to niewłaściwie i zagroził, że przywiąże ją do masztu, jeśli choćby pomyśli o przespaniu się z jednym z jego ludzi. Jakby w ogóle przyszło jej to na myśl.

Legioniści z pokładu zniknęli na dole, zastąpieni kilka minut później przez bladą gromadkę, która wydawała się czuć ulgę, choć również pewną dezorientację, gdy znalazła się na świeżym powietrzu.

– Stań za sterem i upewnij się, że celendorskie okręty pozostają w zasięgu wzroku – poleciła jednemu z marynarzy o imieniu Jax, po czym ruszyła w stronę chorych.

Na jej oczach jeden z nich podbiegł do relingu i wyrzucił zawartość żołądka za burtę.

– Ależ z was żałosna gromadka – powiedziała do nich.

Marek spochmurniał, ale uniosła dłoń w uspokajającym geście.

– Po pierwsze i najważniejsze wpatrujcie się w horyzont. – Wskazała na miejsce, w którym niebo stykało się z morzem. – On się nie porusza. Patrzenie uspokoi wasze żołądki. Po drugie stójcie. W ten sposób będziecie zmuszeni do utrzymywania równowagi i przyzwyczaicie się do ruchów statku. Po trzecie…

Yedda czytała jej w myślach i pojawiła się u jej boku z miską orzechów laskowych i paskami starego materiału.

– Wszyscy musicie zrobić to… – Wzięła za łokieć jednego z młodych mężczyzn, Siberneńczyka, jeśli oceniać po jego rudych włosach, zdjęła jego karwasz i zawiązała mu pasek materiału wokół bladego nadgarstka tak, że orzech naciskał na dwa ścięgna.

– A to po co? – spytał podejrzliwie.

Jego wściekłe spojrzenie byłoby bardziej efektowne, gdyby nie miał tak piegowatego nosa.

– Żeby z ręki wyrosło ci drzewo. – Przewróciła oczami. – A jak myślisz? Poczujesz się lepiej.

– Chyba nie podobają mi się twoje pogańskie czary. – Chłopak szarpnął opaskę, wyraźnie miał ochotę ją zdjąć.

– Zrobicie to, co ona mówi – rozkazał Marek.

– Tak jest, panie! – krzyknęli mężczyźni i zasalutowali, mimo że za każdym razem, kiedy statek wspinał się na falę, kołysali się na nogach.

Teriana przywiązała każdemu orzech do nadgarstka i nim skończyła, większość nie była już tak zielona na twarzy. Pozostawiła ich na pokładzie, a sama ruszyła z powrotem w stronę steru. To, że Marek poszedł za nią, dostrzegła, dopiero kiedy złapał ją za ramię.

– Dziękuję. Za to, że im pomogłaś. Nie musiałaś tego robić.

– Zrobiłam to dla dobra własnego nosa, nie dla nich – odparła, choć to było kłamstwo.

Nie chciała przyznawać, że było jej żal tych chłopców – że ona, córka triumwira i najbliższy odpowiednik księżniczki dla ich ludu, znała uczucie niekończących się mdłości.

– Jasne. – Bawił się sprzączką pancerza i wyglądał, jakby chciał powiedzieć coś jeszcze, ale zamiast tego odwrócił się i odszedł.

– Legacie! – zawołała za nim, nadal patrząc na horyzont. – O ile jego też się nie pozbyliście, w kambuzie powinien być korzeń imbiru. Niech Polin zaparzy na nim herbatę… będzie wiedział jak. Podajcie ją tym, którzy wciąż mają mdłości.

Nie podziękował jej po raz drugi.

Resztę dnia spędziła za sterem, zostawiła go jedynie na szybki posiłek, który zjadła z Yeddą. Słuchała jednym uchem, gdy kobieta wymieniała legionistów, których uważała za szczególnie atrakcyjnych. Teriana również ich obserwowała, ale interesowało ją raczej to, jak funkcjonowali jako całość. Każdy wiedział, że Celendorczycy byli skuteczni we wszystkim – zorganizowani, metodyczni i wytrwali. Było to widać w sposobie, w jaki tworzyli miasta – każdy budynek, most i droga miały przetrwać lata. W ich rządach – prawach, zasadach i przepisach, które nie pozostawiały niczego do interpretacji. W podboju wschodniej połowy Reath – powolnym, ale zdecydowanym. A legiony stanowiły ostateczne świadectwo tego, co naprawdę znaczyło bycie Celendorczykiem.

Mimo że stłoczono ich na jej statku tak, że ledwie mogli się poruszać, funkcjonowali w sposób całkowicie uporządkowany. Pomijając chorych, którzy pozostawali na pokładzie, reszta wymieniała się z precyzją mechanizmu zegarowego. Kiedy byli na pokładzie, maszerowali po dziesięciu i wykonywali różne ćwiczenia, by zachować sprawność. Na zmiany przychodzili na posiłki, stawali w kolejce i jedli z mechaniczną efektywnością. Nikt się nie kłócił ani nie przepychał, wydawało się, że każdy doskonale wie, gdzie powinien być i co powinien robić w każdej chwili.

Wiedziała, że na pokładzie znajdowało się stu siedemdziesięciu mężczyzn, wyłączając jej załogę, i że ośmiu z nich było służącymi, którzy w jakiś sposób usługiwali legionowi. Oceniając po pancerzach, stwierdziła, że Marek i Serwiusz to jedyni wyżsi stopniem oficerowie, ale większość rozkazów wydawali jeszcze dwaj inni. Około połowy mężczyzn pochodziło z Celendoru, o czym świadczyła ich złocista karnacja, a reszta z prowincji – ich skóra miała wszelkie odcienie, od niemal przezroczystej bieli Siberneńczyków po głęboki brąz z Atlii. Inni wyglądali na potomków mieszanych małżeństw, zdarzających się często, ponieważ Imperium kolonizowało prowincje legionistami, którzy zakończyli służbę. Jednak mimo że tak wielu z nich urodziło się w miejscach, gdzie posługiwano się językiem innym niż celendorski, żaden nie miał nawet śladu akcentu – ich szkolenie ujednoliciło ich także w tym względzie.

Ich skuteczność wzbudzała jej niepokój.

Podstawą jej taktyki było to, że Zachód ich pokona – że jeśli dostarczy jego władcom i armiom szczegóły planów i strategii Marka, to wystarczy, by zwyciężyli. Że wojownik wspierany mocą Sześciorga pokona każdego z tego bezbożnego celendorskiego robactwa. Tyle że zaczynała sobie uświadamiać, że to nie będzie jeden legionista. Oni nie działali jak jednostki i nie będą walczyć jak jednostki. Legion był ogromną spójną całością, a ona miała coraz większe wątpliwości na myśl o tym, jak poradzą sobie z nim tysiące jednostek. Niepewność wypełniała ją jak mdłości, płynęła w każdej żyle i stawała się coraz silniejsza.

Czy lepiej było odmówić otworzenia ścieżki i ponieść konsekwencje? Czy matka miała rację? Czy lepiej byłoby poświęcić siebie i pojmanych rodaków dla dobra niezliczonych tysięcy ludzi, którym zagroziłaby, przeprowadzając Celendorczyków na drugą stronę?

– Miałaś wieści od Magniusa? – spytała Yedda, gdy wracały do steru.

– Nie.

Gdyby Magnius nie wrócił do statku przed ich dotarciem do ujścia oceanicznej ścieżki, Teriana nie musiałaby podejmować decyzji – zostałaby podjęta za nią. Gdyby jej strażnik odmówił pomocy, poznałaby stan swojej duszy w oczach Madorii. Tchórzliwa część jej duszy chciała zmienić to w decyzję Magniusa. Gdyby zgodził się otworzyć ścieżkę, to nie ona zagroziłaby Zachodowi. A gdyby odmówił, to nie byłaby jej wina, że Celendorczycy wymordowaliby jej załogę. Z westchnieniem złapała za ster.

– Wciąż jest czas. – Yedda poklepała ją po ramieniu i ruszyła w stronę legionistów wykonujących ćwiczenia rozciągające.

Magnius nie pokazał się do zachodu słońca.

Teriana pozostawiła załodze na nocnej wachcie szczegółowe rozkazy, by zapalili sztormowe latarnie i nie tracili z oczu celendorskich okrętów, po czym udała się do kajuty matki. Marek siedział w środku z Serwiuszem i pobliźnionym śniadym mężczyzną imieniem Gibzen, który – jak się dowiedziała – był centurionem, czyli jakimś rodzajem oficera. Na stole leżała jedna z jej map, ale ich rozmowa o zapasach i innych tego typu sprawach jej nie interesowała, więc położyła się w ubraniu. Ktoś był na tyle miły, że rozwiesił prześcieradło, które oddzielało jej łóżko od reszty kajuty, ale nie zasłaniało ich cieni.

Po chwili usłyszała, jak Serwiusz i Gibzen wychodzą, a Marek rozmawia z mężczyzną, który mu służył.

Rozmawiali po sibalsku, co odrobinę ją zaskoczyło. Nie spodziewała się, że celendorski legat zniży się do mówienia w języku swojego służącego, szczególnie że mężczyzna płynnie mówił po celendorsku. Rozległo się skrzypienie skóry i brzęk metalu towarzyszące zdejmowaniu pancerza Marka, a później trzasnęły drzwi i zasuwka.

Zostali sami.

Teriana wstrzymywała oddech, zastanawiając się, czy coś do niej powie. Ale jedynym odgłosem był cichy szmer bosych stóp na podłodze. Lampa przygasła do ledwie widocznego blasku, a koce zaszurały, kiedy mężczyzna się położył. Nic nie mówił, lecz Teriana pozostała bez ruchu do chwili, gdy usłyszała spokojny oddech śpiącego. Dopiero wtedy przekręciła się na plecy i rozluźniła.

Obudził ją chłodny podmuch na twarzy, na ramionach dostała gęsiej skórki. Zmarszczyła czoło i próbowała sobie przypomnieć, czy kiedy weszła, okno było otwarte. Może Marek otworzył je w nocy? Wstała, żeby je zamknąć, nie zważając, czy mu się to podoba, czy nie, ale wtedy na jej ustach zacisnęła się duża dłoń.

Rozdział 20

Teriana

Teriana krzyknęła i uderzyła napastnika łokciem w żebra. Sapnął i wypuścił ją z uścisku, po czym zatoczył się na wiszące prześcieradło. Usłyszała szybkie kroki Marka, a później łoskot, gdy rzucił mężczyznę na podłogę.

– Teriano, to ja!

Głos brzmiał znajomo.

– To ja, Przynęta!

Minęła sekunda, nim zareagowała i rzuciła się na obu mężczyzn.

– Marku, przestań! – krzyknęła, próbując ocenić, kto jest kim wśród prześcieradła. – To człowiek z mojej załogi.

Twarde ramiona pod jej dłońmi znieruchomiały.

– Teriano, przynieś lampę.

Głos był pełen złości, więc gwałtownie cofnęła ręce i pobiegła po słabo świecącą lampę. Podkręciła płomień i obróciła się tak, żeby oświetlić obu mężczyzn.

Przynęta nie poradził sobie w walce. Marek wykręcił rękę jej przyjaciela za plecy i przycisnął jego twarz do desek. Z nosa chłopaka kapała krew, krople cicho uderzały o podłogę.

– On jest jednym z moich ludzi – powiedziała. – Popatrz tylko. Nie można być bardziej Maarinem.

Jedyną reakcją Marka było zirytowane chrząknięcie. Przynęty nie puścił – jeśli już, ścisnął go jeszcze mocniej.

– Puść go – zażądała.

Zignorował ją, a wtedy chłopak zaczął się szarpać.

– Przynęto, uspokój się. Marku, puść go. Jest jednym z mojej załogi. Ile razy mam ci powtarzać?

– Biorąc pod uwagę to, że poznałem całą twoją załogę, a chłopaka widzę po raz pierwszy, musisz mi wybaczyć, że ci nie wierzę. – Jednym szybkim ruchem Marek przekręcił Przynętę na plecy i znów go przyszpilił. – Jak dostałeś się na pokład?

– Złaź ze mnie, plugawy Celendorczyku! – warknął Przynęta. – Poderżnę ci gardło, a twojego trupa wystawię na przekąskę mewom!

– Naprawdę? – Marek podniósł go i uderzył jego głową o deski. – Jak dostałeś się na pokład?

Ktoś walił w drzwi, klamka zaczęła się poruszać.

– Legacie, panie? Wszystko w porządku?

Marek spojrzał na zamknięte na klucz drzwi, a później na okno i zaklął.

– Wpuść ich – rzucił do Teriany.

Podbiegła do drzwi i otworzyła zamek. Dwaj legioniści w jednej chwili znaleźli się w środku, odsuwając ją z drogi.

– Kto to? – spytał jeden z nich.

– Dobre pytanie.

Przynęta szarpał się gorączkowo w uścisku Marka, ale w porównaniu z muskularnym legatem był chudziną.

– Jak dostałeś się na pokład?

– Schowałem się. – Chłopak splunął. – To nie było trudne. Wy, Celendorczycy, jesteście ślepymi psami.

Następnie wypuścił z siebie wiązankę przekleństw w sześciu językach, z których trzech nie powinien używać w obecności Celendorczyków. Choć to już nie miało znaczenia.

Dwaj legioniści mamrotali coś ze złością, a Teriana się skrzywiła. Jedynie Marek wydawał się niewrażliwy na obelgi Przynęty. Spojrzał tylko w jej stronę i powiedział:

– Wydawało mi się, że to niemożliwe, ale on jest jeszcze gorszy niż ty.

Następnie zaskoczył i ją, i Przynętę – puścił jej przyjaciela i przykucnął. Gdy chłopak usiadł wyprostowany, Teriana przez chwilę martwiła się, że będzie chciał uderzyć Marka, ale wyraźnie uznał to za zły pomysł.

– Magnius jest z tobą? – spytała szybko po mudamorsku. Wiedziała, że przez jakiś czas musiał być, inaczej Przynęta nie dogoniłby statku.

– Ano. I ma do ciebie mnóstwo pytań. Ja też, a pierwsze z nich brzmi: dlaczego, na otchłanie podziemi, dzielisz z nim kajutę? – Spiorunował Marka wzrokiem.

Legat zmarszczył czoło.

– Dość. Nie musicie mówić po celendorsku, ale lepiej, żebyście używali języka, który dobrze znam.

Przynęta uśmiechnął się, a po chwili zaczął szczekać.

Obaj legioniści w jednej chwili wyciągnęli gladiusy. Teriana poczuła atak paniki i przygotowała się, żeby stanąć między nimi a przyjacielem. Była *prawie* pewna, że żaden z nich by jej nie dźgnął. Całe szczęście nie musiała sprawdzać tego przypuszczenia, bo Marek machnął uspokajająco w ich stronę.

– Albo jesteś głupcem, albo chcesz umrzeć, chłopcze. Rozumiesz, że nic mnie nie powstrzymuje przed wypatroszeniem cię i nakarmieniem ryb twoim ciałem?

– Obiecałeś bezpieczeństwo mojej załodze, jeśli ci pomogę. – Teriana czuła, że ma zimne palce.

– Załodze wymienionej na liście, którą sama podpisałaś. Imienia tego tutaj nie było w tym dokumencie, a ja nie mam zamiaru zapewniać bezpieczeństwa każdemu idiocie, który według ciebie należy do twojej załogi.

Przynęta ucichł, białka jego oczu wyraźnie rysowały się na tle ciemnej skóry, kiedy w końcu zorientował się, w jak wielkie tarapaty się wpakował. Teriana oblizała wargi, próbując wymyślić sposób, w jaki mogłaby sprawić, by Przynęta znów znalazł się w wodzie. Nawet bez Magniusa zdołałby swobodnie dopłynąć do brzegu. Ominięcie Marka i jego ludzi byłoby niemożliwe – byli uzbrojeni i o wiele lepiej walczyli. Jedyną szansą było przekonanie ich, by wyrzucili go za burtę bez robienia mu krzywdy.

Opuściła ramiona, jakby przyznawała się do porażki.

– W takim razie bądź miłosierny. Wyrzuć go za burtę, żeby mogło go zabrać morze.

Przynęta otworzył usta.

– Teriano?

– Bądź miłosierny – powtórzyła i opuściła głowę.

W kajucie było słychać jedynie trzeszczenie desek statku i niespokojny, ciężki oddech Przynęty. Teriana ostrożnie spojrzała przez warkoczyki, które opadły jej na twarz. Marek się podniósł i popatrzył na nią ze zmarszczonym czołem.

– Umieśćcie go z resztą jej załogi – rozkazał swoim ludziom. – I dopilnujcie, żeby dotarł tam w jednym kawałku – dodał, kiedy mężczyźni ostrym szarpnięciem zmusili chłopaka do wstania.

Zaczekał, aż cała trójka opuści kajutę, po czym podszedł do drzwi i zamknął je na zasuwkę. Później zbliżył się do okna i wpatrzył w rozświetlony blaskiem księżyca kilwater. Teriana pozostała na miejscu, jej stopy nie chciały się poruszyć.

– Dlaczego pozwoliłeś mu żyć? – wychrypiała z zaschniętym gardłem.

– Poprosiłaś o miłosierdzie.

Marek nie odwrócił się, żeby jej odpowiedzieć, tylko oparł łokcie o parapet, a ruch ten sprawił, że mięśnie jego ramion się napięły. Miał na sobie jedynie lniane spodenki, które legioniści nosili pod tunikami, a wzrok Teriany przyciągnęły liczby wytatuowane czarnym tuszem, rzucające się w oczy na tle złocistej skóry jego pleców. 1519. Poczuła nagłe pragnienie, by ich dotknąć – sprawdzić, czy znak legionów był inny niż reszta jego ciała. Ale zanim zdążyła się poruszyć, odwrócił się w jej stronę.

– Dlaczego was tak naznaczają? – wyrzuciła z siebie.

Spojrzał na „37" wytatuowane po prawej stronie umięśnionej piersi.

– To znak honoru.

Terianie wydawało się, że słyszy nutę złości w jego głosie.

– Wątpię, byś to zrozumiała.

– Ależ rozumiem! – wypaliła bez zastanowienia. – Te rozumiem. Ale tamte…?

Mięsień na jego szczęce zadrżał.

– Dla wygody. Przydają się do identyfikowania dezerterów. I zabitych.

Zamknął okno i ruszył w stronę posłania na podłodze.

– Idź spać, Teriano. A rankiem postaraj się przekonać nowego członka swojej załogi do większej ostrożności. Wymierzę karę, jeśli ktoś z moich ludzi go zabije, ale to nie przywróci życia twojemu przyjacielowi.

Pokiwała głową, ale Marek na nią nie patrzył. Przykrył się i przekręcił twarzą do ściany.

Przygasiła lampę, zawiesiła ją z powrotem na haku i wróciła pod koc, ale w głowie miała mętlik. Dlaczego oszczędził Przynętę? Nie był do tego zobowiązany, a jej bezmyślny przyjaciel bardzo się starał, żeby doprowadzić do swojej śmierci. Nie wątpiła, że Marek miał powód, by pozwolić mu żyć, ale jaki? Czy zamierzał w przyszłości użyć Przynęty przeciwko niej? Zazgrzytała zębami z frustracji. Dlaczego nigdy nie umiała przewidzieć, jak zachowa się celendorski legat?

Przekręciła się na brzuch, schowała twarz w poduszce i zmusiła się do wyrzucenia pytań z głowy. Przynęta powiedział, że ich strażnik tu był, a już dawno powinni porozmawiać. Ostrożnie sięgnęła umysłem. „Magnius?"

„Jestem tutaj".

Terianę przepełniła ulga. Zrozumiała, jak bardzo się bała, że Magnius odwrócił się do niej plecami. „Wydarzyło się wiele rzeczy".

„Założyłem, że istnieje jakiś powód, dla którego mój statek jest pełen Celendorczyków". Nie dało się przegapić złości w jego głosie. „Dusze wielu ludzi ruszyły w dalszą drogę". Wymienił imiona członków załogi Quincense, którzy zginęli, a później imiona Maarinów z innych statków, którzy zostali zabici. Nim skończył, poduszka pod jej twarzą była mokra.

„Nie wiedziałam, co robić". Zamiast wyjaśniać, co się wydarzyło, przypomniała to sobie, wiedząc, że Magnius zobaczy to i poczuje tak samo jak ona. Nie usprawiedliwiała ani nie wyjaśniała swoich działań – nie musiała. On miał dokonać własnej oceny.

Milczał przez długi czas po tym, jak zakończyła wspominanie, i gdyby nie ciężar jego umysłu, pomyślałaby, że odszedł.

„Nie jesteś opuszczona – powiedział w końcu. – Madoria przeznaczyła dla ciebie inną drogę".

Teriana odetchnęła z ulgą, jednak nie trwało to długo. „Co masz na myśli, mówiąc o innej drodze?"

„Władza Sześciorga jest poważnie zagrożona".

Jej umysł wypełniła wizja wielkiego pola bitwy, sterty zabitych i umierających wzbudziły w niej przerażenie. Rozpoznała sztandary Dwunastu Rodów Mudamory nasiąkające krwią i błockiem, miażdżone pod stopami armii. Armii z płonącym kręgiem Siódmego wyhaftowanym na flagach. Wizja się rozmyła i zamigotała, i nagle Teriana patrzyła na tył floty, na masztach łopotały bandery ze złotym celendorskim smokiem, przed sobą mieli otwarte morze, za sobą ciemność. „Wrogowie nadchodzą z obu stron".

A ona próbowała otworzyć drzwi, by jedno z tych zagrożeń mogło wkroczyć do środka. Szczęka bolała ją od zaciskania zębów, gdy zastanawiała się, czy Magnius zamierza jej powiedzieć, że oceaniczne ścieżki są zamknięte, że mimo wszystkiego, co zrobiła, jej załoga jest skazana na śmierć.

„Otworzysz dla mnie ścieżkę?", spytała ostrożnie.

„Jeśli tego chcesz..."

Teriana wbiła palce w koc. Nie wiedziała, czego chce. Czy znalazła się w tej sytuacji, bo jej bogini ją wybrała, czy przypadkiem, czy było w jej mocy powstrzymać Marka, czy była dość silna? Mogła odmówić otwarcia ścieżki i ponieść konsekwencje.

„Co by zrobił Marek?", zastanawiała się. Zabiłby ją szybko czy znów poddał torturom, próbując zmusić do zmiany zdania? Powoli przepełniał ją lodowaty strach. Nie była dość silna, by wytrzymać wyrywanie paznokci. Dlaczego sądziła, że gdyby znów do tego doszło, udałoby jej się nie wygadać wszystkiego i w ten sposób pokrzyżować plany Celendorczyków? Nawet gdyby tak się stało, a oni by ją zabili, to wciąż nic nie znaczyło. Marek miał wiele wad, ale z pewnością nie był głupi. Przeszedłby wśród jej załogi, torturując i okaleczając jedno po drugim, aż ktoś zgodziłby się otworzyć ścieżkę. Jej śmierć nie powstrzymałaby Celendorczyków, co najwyżej by ich opóźniła. Teriana jedynie zrzuciłaby ten ciężar na barki swojej załogi. W jej głowie pojawiły się wizje Yeddy i pozostałych umierających pod ciosami gladiusów i poczuła ściskanie w żołądku.

Nie mogła powstrzymać Celendorczyków, a jednocześnie ocalić uwięzionych rodaków. W głębi serca wiedziała, co by wybrała. A to znaczyło, że już zawiodła.

„Przecież ci mówiłem, Teriano: istnieje więcej niż jeden sposób przebycia świata".

Ból szczęki złagodniał, rozważyła jego słowa. „Myślisz, że nawet gdybyśmy odmówili im przejścia, znaleźliby inny sposób?"

„Madoria wierzy, że to nieuniknione. Inni nie".

„Czyli się poddajemy? – Na samą myśl poczuła kwaśny posmak w ustach. – Pozwalamy Celendorczykom podbić Zachód i wygnać bogów z Reath?"

W jej głowie rozległo się echo śmiechu, w którym nie było prawdziwego rozbawienia.

„Nie odmawiaj im przejścia, Teriano. Przepuść ich, a później ich pokonaj".

– Nie wiem jak. – Zagryzła wargi, kiedy uświadomiła sobie, że wyszeptała te słowa na głos, i przez długą chwilę leżała bez ruchu, czekając na odgłos poruszenia się Marka.

„Nie bądź taka pewna. – Głos Magniusa wypełnił jej głowę. – I pamiętaj, Teriano: o otwarcie przejścia musi poprosić ten, kto tego pragnie".

Teriana zamrugała, gdy strażnik wycofał się z jej umysłu. Czy to możliwe, że Madoria *chciała*, by przeprowadziła legiony ścieżką?

Słaby blask lampy wystarczył, by widziała nagie ramię Marka. Bez wątpienia on był *tym*, o którym mówił Magnius. Co znaczyło, że w przyszłości czekała ją bardzo interesująca rozmowa. Przekonanie Lidii o istnieniu półboga było jednym. A czymś zupełnie innym przekonanie celendorskiego legata, by błagał o łaskę węża morskiego. Czymś zupełnie innym.

Rozdział 21

Marek

Choć poranne słońce świeciło jasno, w ładowni panował półmrok, więc Marek musiał przejść kilka kroków na ślepo, zanim jego wzrok się przyzwyczaił. Przestrzeń normalnie przeznaczoną na ładunek wypełniali jego ludzie, a ci, którzy nie spali, cicho podnosili się i salutowali mu, starając się nie obudzić drzemiących towarzyszy. Powietrze śmierdziało zbyt wieloma mężczyznami ściśniętymi w zbyt małej przestrzeni, choć brak wymiocin bardzo poprawił jego stan.

To byli jego najlepsi ludzie. Najsilniejsi, najszybsi i najbystrzejsi z Trzydziestego Siódmego, ale również najgorsi, kiedy się nudzili. Często wywoływali bójki – nie między sobą, ale z każdym, kto się nawinął. A w tym przypadku oznaczało to załogę Teriany. Co było ostatnią rzeczą, jakiej potrzebował.

Choć Serwiusz już się tym zajął, Marek przeprowadził przegląd, sprawdził ich wyposażenie i upewnił się, że pancerze błyszczą, a miecze są ostre. Jego obecność sprawiała, że się starali, ale wiedział, że robi to, żeby zająć umysł.

– Dzień dobry, legacie. – Serwiusz uśmiechnął się na jego widok.

Gibzen zasalutował w milczeniu, ale Marek nie przegapił dzikiego blasku w oczach prymusa. Był pierwszym z centurionów Trzydziestego Siódmego, bo zawsze wykonywał zadanie, ale miał w sobie coś odpychającego. Gibzen urodził się w malutkiej prowincji Timii, a kiedy przybył do Campus Lescendor, nie znał ani słowa po celendorsku. Szybko zyskał reputację najgorszego dręczyciela z ich rocznika i niemal bez ustanku zamęczał Marka, aż ten wynegocjował rozejm w zamian za nauczenie Gibzena celendorskiego. Później mężczyzna stał się jednym z najbardziej oddanych obrońców legata.

– Ostatniej nocy spałem jak dziecko. – Serwiusz przeciągnął się powoli. – A ty? – Jego szeroki uśmiech można było określić jedynie jako wyraz zadowolenia z siebie.

Marek podrapał się po ramieniu i rozejrzał z roztargnieniem.

– Nie rozumiem tylko, jak mógł się ukryć.

Pozostali dwaj chrząknęli i pokiwali głowami.

– Chłopak ma tylko pół stopy – stwierdził Serwiusz. – Na to na pewno zwróciłbym uwagę. Poza tym jest jedynym chłopcem w tym wieku wśród załogi. – Wielki legionista zmarszczył czoło. – I po co w ogóle się tam wślizgnął? Myślisz, że oni... – Jego grymas jeszcze się pogłębił.

– Nie pytałem i wcale mnie to nie obchodzi – odparł Marek. – Obchodzi mnie jednak, jak udało mu się przez cały dzień uniknąć odkrycia.

Serwiusz i Gibzen wymienili niespokojne spojrzenia i pokręcili głowami.

– Powinieneś wywiesić go za flaki na grocie – powiedział Gibzen. – Słyszałem, co do ciebie powiedział. Trzydziesty Siódmy nie toleruje takiego braku szacunku. Nie możemy wydawać się słabi.

Marek całkowicie zgadzał się z podejściem prymusa.

– Potrzebujemy ich – odparł. – Żeby tam dotrzeć i jeśli okaże się to konieczne, wrócić.

– Potrzebujemy *jej* – sprzeciwił się Gibzen. – I dość z nich, żeby poradzili sobie z żeglowaniem. Nikogo więcej.

Wszyscy w ładowni umilkli, patrzyli i słuchali. Marek starał się zachować beznamiętny wyraz twarzy. Oczywiście Gibzenowi już wcześniej zdarzało się kwestionować jego decyzje, ale wiedział, że nie należy tego robić w obecności innych żołnierzy. Marka niepokoiło, że zrobił to teraz. Jedną z pożądanych stron tej misji było to, że Trzydziesty Siódmy wydostawał się spod nadzoru Senatu, co znaczyło, że Marek mógł działać po swojemu. Ale oznaczało również, że kiedy wydawał rozkazy i pilnował dyscypliny, nie miał za sobą potęgi Imperium – wszystko spoczęło na jego barkach.

– Sądzę, że przyniesie nam korzyść, jeśli nie utracimy tej odrobiny życzliwości, jaką darzy nas kapitan Teriana. – Marek wiedział, że musi znaleźć uzasadnienie dla swojej decyzji, by oszczędzić młodego Maarina. – Ona zajmie się dopilnowaniem dyscypliny wśród załogi.

– Ona to zrobi. – Gibzen splunął na pokład. – I to jest właśnie problem, co nie? Polegamy na dziewczynie.

– Problemem jest twoja krótkowzroczność, prymusie. – Marek mówił dość głośno, by każdy go słyszał. – Kapitan i jej załoga wiedzą wszystko o miejscu, do którego się udajemy, a my nie wiemy prawie nic. Jeśli postaramy się, by byli zadowoleni, możemy to wykorzystać. Ale jeśli nastawimy ich przeciwko sobie? Wejdziemy tam na ślepo albo i gorzej. – Lekko się uśmiechnął. – I tak byśmy zwyciężyli, ale każdy głupi wie, ile by to kosztowało. – Podszedł bliżej i stanął nos w nos z Gibzenem. – Nie wiem, jak ty, prymusie, ale moja duma jest dość wytrzymała, by znieść kilka obelg, jeśli pomoże to ocalić życie moich ludzi.

Gibzen przez uderzenie serca patrzył mu w oczy, po czym skinął głową i opuścił wzrok.

– Kolejne przypomnienie, dlaczego to wy dowodzicie, panie. – Przeniósł uwagę na patrzących ludzi. – Na co się gapicie? Następna zmiana na pokład albo przez resztę tej koszmarnej podróży będziecie szorować wiadra z gówna.

Marek posłał Serwiuszowi ostrzegawcze spojrzenie, każąc mu mieć oko na prymusa, a później wrócił na pokład.

Jego wyjaśnienie brzmiało dobrze. Logiczny powód, by nie karać młodego Maarina za bezczelność. Niestety przyszło mu na myśl dopiero w chwili, gdy Gibzen zakwestionował jego działania.

Marek wbił palce w drewniany reling, przypominając sobie rozmyślny sposób, w jaki Teriana próbowała ocalić przyjaciela przed – jak zakładała – krwiożerczym legatem. Oszczędził chłopaka nie dlatego, że to był dobry pomysł, ale dlatego, że chciał, by zobaczyła w nim kogoś więcej niż tylko zabójcę.

– Idiota – mruknął, po czym odwrócił się, żeby zobaczyć, co się dzieje na pokładzie.

Quincense nie przypominał żadnego statku, na jakim pływał, a było ich wiele. Piękny i zadbany, o smukłej sylwetce i błyszczących powierzchniach sprawiających, że wydawał się żywą istotą, nie zaś konstrukcją z drewna i gwoździ. Mimo że postawiono zaledwie połowę niebieskich żagli, frunął przez morze z prędkością ograniczoną jedynie przez konieczność zachowania innych okrętów w zasięgu wzroku.

Załoga też była inna. Żeglowali ze swobodą, z jaką większość ludzi oddycha, instynktownie reagowali na zmiany w wietrze i na morzu, a sternik jedynie od czasu do czasu wydawał rozkazy. Pracowali ciężko, ale nie zawsze. Nawet teraz jedna grupka siedziała na pokładzie i rozmawiała. Byli więcej niż załogą. Więcej niż przyjaciółmi. Byli rodziną. A statek nie był jedynie ich narzędziem pracy – był ich domem.

„Domem, który im ukradłeś".

Odepchnął od siebie tę myśl i skupił uwagę na swoich ludziach, którzy wpatrywali się w takielunek. Marek również spojrzał w górę i obserwował, jak po linach wspina się zwinny maariński marynarz imieniem Jax. Nogi miał nagie od kolan do kostek, a skórę mahoniową. Nie był jedynym członkiem załogi, który najwyraźniej posiadał wśród przodków kogoś spoza rasy żeglarzy, choć wszyscy mieli te zmienne oczy falujące jak woda. Przodkowie – jak przypuszczał, bo Maarinowie nie chcieli poruszać tego tematu – pochodzili z jednego z niezliczonych królestw Mrocznych Wybrzeży. Serwiusz podjął wiele prób wydobycia informacji z Jaxa i Yeddy, a nawet kucharza Polina, ale we wszystkich kwestiach dotyczących Zachodu Maarinowie tylko wzruszali ramionami i mówili Serwiuszowi, żeby zwrócił się z pytaniami do kapitan.

Marek przeniósł spojrzenie na Terianę, która siedziała ze skrzyżowanymi nogami na pokładzie rufowym. Wyglądała, jakby właśnie się umyła, jej hebanowa skóra błyszczała w słońcu. Starsza kobieta, Yedda, klęczała za nią i kończyła zaplatać skomplikowane warkoczyki, dzięki którym włosy Teriany nie opadały jej na twarz. Były w innym stylu niż wcześniej, odsłaniały kości policzkowe i wielkie oczy, obecnie niebieskie – pewnie dlatego, że nie patrzyła na niego. Yedda, która jak się dowiedział, była starszą siostrą zmarłego ojca Teriany, dostrzegła jego spojrzenie i zagwizdała w taki sposób, że się zarumienił. Teriana podniosła wzrok, ale Marek się odwrócił, zanim mogła go przyłapać. Spędził pół ranka, wypytując ją o szczegółowe informacje na temat kontynentu, w którego kierunku zmierzali, i nie był pewien, czy zniósłby kolejny sarkastyczny komentarz z jej strony.

Teriana zalazła mu za skórę tak bardzo, że nie miał pojęcia, czy ją lubi, czy może czuje nienawiść, i czy w ogóle ma to znaczenie. Była bezczelna, nieznośna i posługiwała się językiem bardziej plugawym niż większość z jego ludzi. Ale była również twarda i wyglądało na to, że nie przejmuje się niczym, co się jej przydarzyło. Według jego najlepszej wiedzy pękła tylko raz, kiedy matka odwróciła się do niej plecami. Marek znał to uczucie – nie być dość dobry. Rozmawiał z Tesyą nad ranem, zanim przyszedł po nią Waleriusz, a ona odmawiała przyznania, że w ogóle ma córkę. Wydawało mu się, że lepiej, by Teriana nienawidziła go za okrucieństwo, niż żeby miała znosić coś takiego.

Teraz uwagę Marka zwróciło gwizdnięcie marynarza na bocianim gnieździe. Legat osłonił oczy i w pewnej odległości zobaczył parę skalistych wysepek. Przeszedł przez pokład, wbiegł po schodach i podszedł do Teriany, która stała przy sterze, pogrążona w rozmowie z Yeddą.

Starsza kobieta mrugnęła do Marka.

– Ostatnia szansa, by zawrócić i popłynąć do domu, przystojniaku.

Teriana prychnęła z irytacją.

– Jesteśmy na skraju pasa ciszy. Te skały oznaczają prąd, który nas przez nie przeprowadzi. Ale kiedy tam wpłyniemy, nie będzie powrotu, jasne? Jedyną drogą wyjścia jest rdzeń xenthiera.

Marek spojrzał na wydęte żagle.

– Wiatr wygląda na silny.

– Ano. Będzie silny aż do chwili, gdy całkiem nas opuści. – Założyła ręce na piersiach. – I nie odpowiedziałeś na moje pytanie.

Już wcześniej wyjaśniła mu, na czym polega droga Maarinów przez Morze Martwych, opisała wąski prąd meandrujący między przestworami morderczej ciszy, która pochłonęła sporo okrętów Imperium, skazując ich załogi na śmierć głodową lub jeszcze gorszy los. Kapitanowie marynarki w jego flocie gwałtownie sprzeciwiali się wejściu w strefę ciszy w tym śmiertelnie niebezpiecznym rejonie Bezkresnych Mórz i nazywali to samobójstwem. Dopiero skarbiec Senatu, pełen złota, i skarbiec Kasjusza, pełen tajemnic, skłoniły ich, by przyjęli ten plan. A Marek zgodził się zaryzykować życie swoich ludzi jedynie dlatego, że wiedział, jak daleko posunęłaby się Teriana, by ochronić swoją załogę. Nie wpłynęłaby z nimi do środka, gdyby nie było drogi wyjścia.

– Wiesz, co myślę o odwrocie.

Przewróciła oczami.

– Dobrze. – Przekręciła ster, oparła na nim brodę i wpatrzyła się w coraz bliższe wysepki.

– Kapitanowie twojej floty muszą się trzymać środka prądu. Nie wolno im zmieniać kursu ani zawracać, bo wtedy pochłonie ich cisza. Jeśli jeden z nich zejdzie z kursu, nikomu nie wolno się zatrzymać, by pomóc załodze, bo również zginie. Możesz stracić całą flotę z powodu jednego błędu, rozumiesz?

– Tak.

Rozumiał, że życie jego legionu zależało od opanowania kapitanów tych statków, co znaczyło, że jego ludzie będą bardzo czujnie obserwować, czy rozkazy Teriany są przestrzegane.

Quincense płynął jak strzała w stronę pary wysepek, wokół rozlegało się jedynie skrzypienie takielunku i chlupot fal o kadłub.

– Ostatnia szansa – szepnęła.

Marek nie odpowiedział, skupiał wzrok na jej dłoniach. Teriana ściskała ster tak mocno, że jej palce pobielały.

– Zrzucić żagle! – Odwróciła się, by na niego spojrzeć, ale twarz miała nieprzeniknioną, gdy dodała: – Rzucić kotwicę!

Kotwica opadła z grzechotem, a statek zwolnił, wchodząc w przestrzeń między dwiema wysepkami, i zatrzymał się dokładnie na środku.

– Oznaczyć ścieżkę!

Nikt się nie odzywał, kiedy jeden z Maarinów wyrzucił do morza wiadro czegoś, co wyglądało jak szkarłatny pył i unosiło się na powierzchni. Z początku zdawało się, że nic się nie dzieje, ale później pył zaczął się poruszać, pochwycony przez niewidzialny prąd, i wskazywać wąską ścieżkę na zachód.

– Podnieść kotwicę! – poleciła Teriana, kiedy pył oddalił się na kilkaset stóp od statku. – I dajcie naszej flocie coś, za czym będzie mogła podążać.

Quincense drgnął i nabrał prędkości, już nie kołysał się na falach, ale ruszył naprzód, jakby płynęli w dół rzeki, nie przez morze. Marek dostał gęsiej skórki, tak było to nienaturalne. Niemożliwe.

– Jak?

Teriana przeniosła spojrzenie z morza na niego.

– Wy, Celendorczycy, wierzycie, że wszystko można wyjaśnić, ale tak nie jest. Niektóre rzeczy po prostu są. Xenthiery. Ten prąd. A to, co widziałeś, to zaledwie początek, Marku. Czas, żebyś porzucił kłamstwa, które Matka Imperium szeptała ci do ucha, i zaczął postrzegać świat takim, jaki jest naprawdę.

– To znaczy?

– Niewyjaśniony. Nieograniczony. – Znów przeniosła wzrok na ocean. – Boski.

Gdy wyszli spomiędzy dwóch wysepek, podążając za śladem czerwieni, Teriana wyszeptała:

– Witaj na Morzu Martwych.

Rozdział 22

Marek

Jakieś dwie mile po tym, jak minęli wysepki, wiatr ucichł.

Nie była to powolna śmierć, ale zgon tak nagły jak odrąbanie głowy. Powietrze stało się nieruchome, duszne – a choć Marek mógł sięgnąć wzrokiem na wiele mil dookoła, wrażenie było klaustrofobiczne, jakby został uwięziony w skrzyni.

Albo w grobie.

Przyczyna nazwania tak morza stała się jasna wkrótce po tym, jak wiatr ucichł. Na horyzoncie unosiło się pół tuzina statków z oklapłymi żaglami – widmowych statków, jak nazywała je Yedda – a dziesiątki innych spoczywały na dnie oceanu po obu stronach szkarłatnej ścieżki, woda była tak czysta i nieruchoma, że wraki zdawały się leżeć na wyciągnięcie ręki. Statki, które zostały zniesione z kursu przez wichurę albo w mroku nocy straciły orientację – i utknęły w strefie ciszy bez szans na ucieczkę. Takie bezwietrzne okresy zdarzały się również bliżej wybrzeża Imperium, ale trwały tylko kilka dni. Może tydzień. Uwięzienie w strefie ciszy Morza Martwych oznaczało wieczność.

– Paskudna śmierć.

Odwrócił się, żeby spojrzeć na Yeddę, która pojawiła się u jego boku przy relingu.

– Odwodnienie? Kiedy już minie początkowe pragnienie, to całkiem spokojny sposób na odejście.

Kobieta zachichotała.

– Och, oni nieczęsto umierają z odwodnienia, legacie. Kiedy odkrywają, że utknęli, pochłania ich bezwietrzne szaleństwo. Najczęściej wskakują do morza, żeby się utopić, ale są też gorsze historie. Mężczyźni zabijający śpiących towarzyszy. Kanibalizm. Wampiryzm. Ludzie, którzy zjadają swoich przyjaciół, aż zostają tylko kości, i przeżywają całe miesiące, nawet lata, po czym zaczynają pożerać siebie.

Marek uniósł brew.

– Jeśli nikt nie ucieka, jak te opowieści docierają do reszty świata?

– Och, ktoś zawsze ucieknie. Choć czy udaje mu się przy tym zachować zdrowe zmysły, to już zupełnie inna kwestia.

– Dlaczego nie opuszczą barkasów i nie sięgną do wioseł? – Serwiusz wyszedł na pokład rufowy. – Wydaje mi się, że wszyscy umierają z lenistwa.

– A jak zadecydują, kto zasługuje na miejsce w łodzi? – Teriana odezwała się po raz pierwszy od czasu, kiedy minęli wyspy. – W łodziach zmieściłaby się najwyżej połowa załogi przeciętnego statku kupieckiego, mniej, jeśli doliczyć konieczne zapasy. Ludzie walczący z przyjaciółmi, zabijający się nawzajem dla szansy przeżycia. To szaleństwo, chaos, który bardziej pasuje do podziemi.

– Można by to zrobić w uporządkowany sposób – sprzeciwił się Serwiusz. – Drogą losowania. Albo mogliby się zgłosić ochotnicy do pozostania.

– Nie.

– Skąd wiesz?

– Bo to widziałam. – Cały czas skupiała uwagę na szkarłatnej ścieżce przed nimi. – Kiedy zauważają statek Maarinów, porzucają własny i próbują nas dogonić, choć to niemożliwe. Prąd jest zbyt szybki, a my nie odważymy się zatrzymać.

Nawet jeśli było to niemożliwe, śmierć marynarzy ją dręczyła. Marek widział napięcie, które wypełniało jej ciało, mięśnie jej nagich przedramion naprężyły się tak bardzo, że rysowały się na tle idealnie gładkiej skóry.

– Czasami barkasy zostają porwane przez prąd, ale nim dotrą do rdzenia xenthiera, pozostają w nich jedynie plamy krwi. Tak samo dzieje się ze wszystkimi statkami. – Pokręciła głową. – W bezruchu tych wód kryje się szaleństwo. Sprawia, że mężczyźni i kobiety przestają być sobą.

Marek poczuł na plecach dreszcz niepokoju jak ugryzienia tysiąca mrówek.

– Sprawdzić stan floty! – polecił.

– Nie ma sensu – stwierdziła Teriana. – Jeśli nie płyną za nami, są zgubieni.

Marek i tak kazał to sprawdzić.

Czas wydawał się stać w miejscu, gdy flota płynęła przez Morze Martwych, a jedyną oznaką, że cokolwiek się zmieniało, była pozycja słońca nad ich głowami i mijane widmowe statki. Serwiusz i Gibzen zmuszali żołnierzy do ćwiczeń, żeby odwrócić ich uwagę, ale nawet tysiąc pompek nie wystarczyłoby, aby pozbyć się upiornego wrażenia niewłaściwości, które otaczało statek. Marek patrzył, jak spojrzenia jego ludzi padają na opuszczone jednostki, zauważył brak charakterystycznego przekomarzania między nimi i czuł ich niepokój, jakby był jego własnym.

Był jego własnym. Ponieważ to on postawił ich w tej sytuacji. Ufali mu, poszliby za nim wszędzie, a choć w Celendrialu łatwo było wyrazić zgodę na ten szaleńczy plan, teraz zastanawiał się, czy to nie inny rodzaj szaleństwa popchnął go w to miejsce.

W miarę jak zagłębiali się w Morze Martwych, horyzont znaczyło coraz więcej widmowych statków, po obu stronach ścieżki unosiły się całe skupiska. Prąd pociągnął ich blisko starożytnego okrętu o poszarpanych żaglach i niemal całkiem zbutwiałym kadłubie. Marek podszedł do relingu i wpatrzył się w pokład, ale ten był pusty. Żadnych pobielałych szkieletów. Żadnych porzuconych butelek czy kubków. Żadnych śladów, że statek kiedykolwiek miał załogę. Takielunek kołysał się w rytm ruchów okrętu, a za każdym powtórzeniem kawałek metalu uderzał w maszt.

Brzęk.

Brzęk.

Brzęk.

Dźwięk odbijał się echem w jego czaszce, z każdą chwilą wydawał się głośniejszy. Marek potrząsnął głową, by się go pozbyć, po czym ruszył na pokład rufowy. Pasażer na gapę, Przynęta, stał obok Teriany. Ta dwójka była pogrążona w rozmowie, a mimo to oczy dziewczyny nie opuszczały ścieżki.

Marek zatrzymał się na szczycie schodów i spojrzał z ukosa na chłopaka. Młody Maarin był wyższy od niego, ale niezgrabny jak źrebak, kręcone włosy otaczały jego głowę jak aureola, a zmieniające się fale oczu teraz miały barwę indygo – jednak kiedy jego wzrok padł na Marka, szybko nabrały mętnego zielonego odcienia.

– A czego ty chcesz?

– Odpowiedzi. Dlaczego im bardziej zagłębiamy się w strefę ciszy, tym więcej jest tu statków? Jak się tu dostają, jeśli ta ścieżka – wskazał na zewnątrz – jest jedynym prądem?

– To nie jest jedyny prąd, idioto. – Słowa Przynęty sprawiły, że Marek zazgrzytał zębami. – Istnieje głębszy prąd stworzony przez xenthier, który ściąga do siebie morze i wypycha je po drugiej stronie.

W rozmowach przed wypłynięciem Teriana powiedziała im, że Maarinowie wpływali statkami prosto do rdzenia genesis, terminus wyrzucał ich w pobliżu południowego kontynentu Mrocznych Wybrzeży, a podróż powrotną odbywali przez genesis na dalekiej północy, który przenosił ich do terminusa niedaleko wybrzeży Sibernu. Księgi zabrane przez Kasjusza z różnych statków potwierdzały tę drogę naokoło, ale słowo „głębszy" zaniepokoiło Marka.

– Dokładnie jak głęboko się znajduje?

– Około mili. – Chłopak się uśmiechnął, jego zęby błyszczały bielą na tle ciemnej skóry.

Teriana westchnęła z irytacją.

– Mówiłam ci, że to ja mu o tym powiem, Przynęto.

„Przeklęta mila?" Spodziewał się kilku stóp. Może czegoś, do czego można dotrzeć jedynie w czasie odpływu. Czegoś... czegoś...

– Jak...

Przerwał mu przenikliwy wrzask.

– Mamy żywych na sterburcie! – zawołał marynarz z bocianiego gniazda.

– Porozmawiamy o tym później. – Marek wskazał palcem na Terianę, po czym wrócił na pokład główny.

Dołączył do Serwiusza, który stał przy relingu z lunetką w ręku. Jego skóra, zwykle ciemnobrązowa, pobladła.

– A niech to! – mruknął. – A niech to!

– O co chodzi?

– Sam spojrzyj.

Marek wziął lunetkę, spojrzał przez nią i zaklął pod nosem na widok tego, co zobaczył. Statek nie był tak zniszczony jak większość pozostałych – pewnie jeszcze dałby radę pływać. To znaczy jeśli pominąć trupy załogi wiszące na takielunku. Rozległ się kolejny wrzask i Marek wbrew sobie podskoczył, kiedy trupy zaczęły tańczyć – ich kończyny były przywiązane do lin, upodabniając je do gnijących marionetek.

Rozejrzał się po pokładzie, szukając tego kogoś, kto wydawał ten przeklęty wrzask, i poczuł ściskanie w żołądku na widok nagiego mężczyzny gorączkowo szarpiącego linami. Skóra marynarza była spalona od słońca i pokryta sączącymi się ranami, a kiedy się odwrócił, żołądek podjechał Markowi do gardła.

Twarz mężczyzny pokrywały głębokie zadrapania, a z oczu pozostały jedynie zakrwawione oczodoły.

– Niech Sześcioro nas broni – mruknął jeden z Maarinów.

Załoga podeszła bliżej, ale wszyscy na pokładzie cofnęli się o krok, kiedy ocalały wskoczył na reling i przebiegł po nim jak obłąkana małpa, jednocześnie wrzeszcząc.

Marek słyszał w uszach szum pulsu, serce waliło mu w piersi, oddychał zbyt szybko.

– Niech ktoś przyniesie mi kuszę – rozkazał.

Marynarz musiał go usłyszeć, bo przerwał wędrówkę wokół widmowego statku, a ślepe oczy zwróciły się w ich stronę.

– Tańczcie! – krzyknął. – Tańczcie, laleczki! Tańczcie! Tańczcie!

Gdy Gibzen pojawił się u jego boku z kuszą w ręku, Marek prawie mu ją wyrwał. Naciągnął i wycelował w marynarza.

– Daleko. Zaczekaj, aż będziemy bliżej – mruknął Gibzen.

– Nie. – Marek wypuścił bełt i zaklął, kiedy pocisk przeleciał na lewo od wrzeszczącego mężczyzny.

– Tańczcie! Tańczcie! Tańczcie!

Pot spływał po plecach Marka, kiedy założył kolejny bełt, odetchnął głęboko dla uspokojenia i wypuścił pocisk.

Bełt trafił marynarza w pierś i popchnął do tyłu, na pokład. Śmiertelna rana, ale mężczyzna wciąż skandował, a do tego jakimś cudem złapał jedną z lin, zmuszając trupy do gwałtownego ruchu.

– Tańczcie, laleczki! Tańczcie!

– Podpalić go – rozkazał Marek.

Znajdowali się teraz na wysokości drugiego statku, dzieliło ich zaledwie dziesięć sążni. Wzrok Marka padł na masakrę na pokładzie. Dziwne wiadomości wypisane we krwi i przeklęty marynarz, który po prostu nie chciał się zamknąć i umrzeć.

– Spalić go!

Wstrząśnięci czy nie, jego ludzie byli dobrze wyszkoleni i już po chwili bełty zakończone płonącą nasmołowaną tkaniną poleciały na wysuszony pokład drugiego statku. Wbijały się w maszt. Trafiały w żagle, podpalając je jak papier.

Quincense minął drugą jednostkę, ale Marek wychylił się przez reling i patrzył, jak statek powoli staje w ogniu. Przynajmniej oszczędził reszcie swojej floty tego widoku. Dość już dręczyły ich sny.

Jego też.

Zapadła ciemność i choć ukryła przed wzrokiem widmowe statki i niekończące się połacie nieruchomego oceanu, jakimś sposobem było to jeszcze gorsze.

Czerwony pył używany przez Maarinów do oznakowania ścieżki emanował słabym blaskiem, efekt ten był nieziemski i dziwny, legioniści często przerywali ćwiczenia, by gapić się tępo na szkarłatny prąd, a Gibzen i Serwiusz ochrypli od wydawania rozkazów. Jaskrawo oświetlona flota ciągnęła za nimi, rogi sygnałowe odzywały się regularnie, by upewnić się, że wszyscy są na swoim miejscu.

Przez ten cały czas Maarinowie śpiewali. Marek rozumiał tylko kilka słów, ale melodia była niepokojąca, głosy mężczyzn i kobiet odbijały się echem na pokładzie i nad wodą.

Marek nie wiedział, czy to światło, czy dźwięk, lecz ich obecność wydawała się budzić widmowe statki unoszące się w ciemności. Nad wodą niosły się jęki cierpienia i rozpaczy, błagania o ratunek i litość, ale nie dało się dokładnie określić, skąd dobiegały, a nawet gdyby było to możliwe, Marek nie mógł im w żaden sposób pomóc. Najgorszy był płacz, który brzmiał jak kobiecy głos, głośne łkanie, które wydawało się dobiegać ze wszystkich stron i znikąd. Marek miał ochotę wepchnąć sobie do uszu materiał. Wepchnąć do uszu noże. Cokolwiek, by to zagłuszyć.

W najciemniejszych godzinach przed świtem Teriana oddała ster pod opiekę Yeddy i podeszła do niego.

– Dotrzemy tam późnym popołudniem. Pewnie więc powinniśmy omówić szczegóły.

Po plecach Marka spływał pot, jego skóra była lodowata, a kiedy nad morzem rozległ się wrzask, aż podskoczył.

– Nie da się tak *po prostu* – powiedział przez zaciśnięte zęby – wpłynąć w rdzeń znajdujący się milę pod powierzchnią morza.

– Nie. Nie da się.

– Okłamałaś mnie. – Nie miał prawa oskarżać jej o kłamstwo, ale ten przeklęty niekończący się płacz działał mu na nerwy. Odwróciwszy się do morza, mruknął: – Zamknij się i umrzyj!

Kiedy znów skupił uwagę na Terianie, patrzyła na niego z niepokojem.

– Opanuj się, Marku. Życie moich rodaków zależy od tego, czy ty pozostaniesz przy życiu, więc naprawdę wolałabym, żebyś nie wyskoczył za burtę, by uciszyć głosy duchów.

Płacz stawał się coraz głośniejszy, aż zabolały go uszy.

– Jak dotrzemy do xenthiera?

Teriana wytarła dłonie o spodnie, jakby chciała się pozbyć potu.

– Madoria musi otworzyć dla nas morze, żebyśmy mogli do niego dotrzeć.

Głowa go ćmiła, każdy jęk i wrzask przeszywał jego czaszkę bólem.

– Zamierzasz poprosić *boga* o otwarcie morza?

– Nie. – Teriana odetchnęła. – Ty to zrobisz.

Rozdział 23

Marek

Ucichły wszystkie dźwięki.

I wszelki ruch.

Flota unosiła się na nieruchomej wodzie, wokół nich był jedynie błękit oceanu i nieba, słońce opadało w stronę zachodniego horyzontu.

Byli uwięzieni.

Marek siedział na stopniach prowadzących na pokład rufowy z łokciami opartymi na kolanach, a jego umysł wypełniały fragmenty wyjaśnień Teriany, jak dotrzeć do rdzenia xenthiera. Nie umiał połączyć w jedną całość tego, co mu powiedziała – czuł się tak, jakby próbował sobie przypomnieć coś, co ktoś powiedział mu przed laty albo co usłyszał w języku, który ledwie rozumiał. Albo coś, co zupełnie nie miało sensu.

Powinien być skupiony, wydawać rozkazy, ale słowa „półbóg" i „rytuał krwi" odbijały się echem w jego głowie, gdy patrzył na przestwór oceanu.

Mylił się co do Teriany. Wierzył, że nie zrobiłaby niczego, co zagroziłoby życiu jej załogi. Tymczasem za jednym zamachem pokonała niemal dziesięć tysięcy żołnierzy Imperium, nie zadając im jednego ciosu. Ponieważ wszyscy byli martwi. Skazani na poddanie się szaleństwu, rozerwanie się nawzajem na strzępy w rozpaczliwej próbie przeżycia jeszcze kilku dni.

A kiedy jego ludzie uświadomią sobie, co się stało, najpierw zabiją właśnie ją. A później pewnie jego.

– Wszystko w porządku?

Marek spojrzał na stojącego obok Serwiusza, a ten nagły ruch wystarczył, by pozbawić go kruchego panowania nad sobą. Odsunął przyjaciela z drogi, zatoczył się do relingu i pozbył zawartości żołądka.

– Co z nim nie tak? – Głos Teriany wydawał się odległy.

– Choroba morska.

Słyszał ich rozmowę. Słyszał, jak Serwiusz wydaje rozkaz, by uszczelnić klapy luków. Kolejny, by posłać wszystkich niepotrzebnych pod pokład. Dalsze sztuczki. Coś planowała. Atak. Może Maarinowie znali drogę wyjścia, a ich plan polegał na zabiciu ludzi na pokładzie Quincense i pozostawieniu reszty floty uwięzionej w tym miejscu.

Obrócił się i z trudem złapał równowagę.

– Przestań!

Legionista trzymający flagi sygnałowe zagapił się na niego, a Marek wyrwał jedną z flag z jego ręki i rzucił ją na pokład.

– To pułapka.

– O co ci chodzi? – spytała Teriana. – Robię to, o co mnie prosiłeś, a teraz każesz mi przestać? Wyrzuciłeś rozum za burtę razem z zawartością żołądka?

Próbował ją złapać, ale Serwiusz chwycił go za ramię.

– Marku, co się dzieje? – spytał cicho.

– Ona nas oszukała. – Chciał się wyrwać, ale przyjaciel trzymał go nieubłaganie. – Nie ma ścieżki… a jeśli jest, ona nie zamierza jej ujawnić.

Serwiusz odwrócił się do Teriany.

– Czy to prawda? Okłamałaś nas?

Jej oczy były szare jak burza.

– Powiedziałam mu, jak otworzyć ścieżkę… Po prostu nie spodobała mu się moja odpowiedź.

– Kłamstwa! – Marek wyrwał się z uścisku Serwiusza i rzucił na Terianę, ale zrobiła unik. – Sprowadziła nas tutaj, żeby złapać w pułapkę. Zabić.

Ruszył przez pokład, ale czuł się oszołomiony i niepewny z wściekłości i żalu. Dlaczego do tego doszło? Dlaczego wszystko musiało skończyć się śmiercią?

Teriana próbowała pobiec do relingu, być może chciała wyskoczyć za burtę, ale jego ludzie ją otoczyli. Złapał ją, rzucił na pokład i przyszpilił.

– Nie kłamię! – krzyknęła, szarpiąc się z nim. – Udowodnię to… Daj mi szansę, żeby to udowodnić.

– Masz pojęcie, jak źle zareagują, kiedy dowiedzą się, że skazałaś ich na zagładę? – Opuścił głowę tak, że szeptał jej do ucha. – Zabiją nas oboje. I to nie będzie lekka śmierć. Nie z rąk tych ludzi.

– Marku, nie rób tego – błagała. – Wiem, że nie wierzysz… wiem, że uważasz moje słowa za pogańskie szaleństwo, ale musisz mi zaufać. Zobaczysz, że powiedziałam prawdę!

Jej słowa w uszach Marka były zgiełkiem. Wszystko na nic. Myślał, że uda mu się uciec Kasjuszowi, myślał, że ocali rodzinę, że ocali samego siebie. Postawił wszystkie monety na jeden rzut kością i przegrał. Nadszedł czas zapłaty.

– Zrobię to teraz – powiedział, na wpół do siebie. – Zrobię to szybko, a zanim zorientują się dlaczego, będzie zbyt późno, by mogli cię jeszcze bardziej skrzywdzić.

Słowa brzmiały znajomo, a jej twarz zmieniła się w tę należącą do bladej dziewczyny o atramentowych włosach.

Marek sięgnął po klingę, ale na myśl o zranieniu jej zrobiło mu się niedobrze, więc uniósł dłonie do jej szyi.

– Przepraszam – wymamrotał. – Tak bardzo przepraszam.

I nagle spadły na niego krople słonej wody. Zamrowiła go skóra. Nie puszczając Teriany, obrócił głowę.

I odkrył, że znajduje się tuż przed zębatą paszczą.

Olbrzymia wężowata istota wynurzyła się z wody i unosiła nad pokładem, a w jej oczach płonął gniew.

– Zabić to! – krzyknął Serwiusz.

Zanim jednak żołnierze zdążyli zareagować, Marek wydał inny rozkaz:

– Zatrzymać się!

– Magnius – szepnęła Teriana, a kiedy Marek na nią spojrzał, jej oczy były szkliste i obce. – On pragnie rozmawiać z tym, który prosi o przejście.

Marek gwałtownie oderwał ręce od jej ciała, a wtedy istota kłapnęła paszczą i zniknęła pod wodą. Podszedł niezgrabnie do relingu i patrzył, jak wąż morski okrąża statek. Jego wnętrzności wypełnił pierwotny strach.

– Już nigdy nie wejdę do wody. – Serwiusz, pobladły na twarzy, trzymał w dłoni miecz.

Teriana przecisnęła się do Serwiusza. Twarz miała zalaną łzami, choć jej oczy były suche.

– Wystarczy ci taki dowód, legacie? – warknęła. – To Magnius, strażnik Quincense i potomek bogini Madorii. – Wpatrywała się w wodę z przechyloną głową, jakby nasłuchiwała niesłyszalnego głosu. – Jeśli życzysz sobie przejść, to jego musisz poprosić. Porozmawiasz z nim?

– Tak. – Z jego ust wydobyło się jedynie chrypienie, a choć było to szaleństwo, powtórzył: – Tak. Porozmawiam z nim.

Pozwolił, by wyjęła jego nóż, choć wiedział, że miała wszelkie prawo wbić mu go w plecy. Wyciągnęła jego rękę nad wodę i bez ostrzeżenia przesunęła po niej ostrzem. Poczuł ból, a z rany popłynęła krew – spływała do otwartego pyska istoty poniżej.

Marek poczuł uderzenie pierwszej kropli. Poczuł, jak jego umysł się otwiera, jednocześnie zaatakowany i powiększony.

„Kto prosi o przejście przez głębiny?”

Marek przełknął ślinę. Głos w jego głowie był wyraźny, ale reakcja otoczenia świadczyła, że nikt inny go nie słyszał. Poza

Terianą. Spojrzenie miała chłodne i mocno zaciskała dłoń na nożu.

– I jak?

– Ja – powiedział szybko, a później dodał głośniej: – Ja proszę o przejście.

Jego ludzie patrzyli na niego zaskoczeni, po czym wymienili zaniepokojone spojrzenia.

Cisza.

– On chce usłyszeć twoje imię – odezwała się Teriana głosem bez wyrazu.

Skinął głową i patrzył na pływającego poniżej węża. Czuł istotę w swojej głowie i podejrzewał, że nie musi mówić na głos, by Magnius go usłyszał. Ale pomysł takiej rozmowy był sprzeczny ze wszystkim, co wiedział.

– Jestem Marek, legat celendorskiego Trzydziestego Siódmego Legionu, i proszę o przejście… – głos mu się załamał – boginię Madorię.

Czuł na sobie spojrzenia swoich ludzi – czuł ich oszołomienie jego słowami. Mógł mieć jedynie nadzieję, że ich osąd zostanie złagodzony dzięki istocie w wodzie pod nimi.

„Nie obchodzą mnie tytuły i fałszywe imiona".

Krew odpłynęła mu z twarzy, zacisnął palce na relingu. Skąd on mógł wiedzieć? To było pierwsze pytanie, które przyszło mu do głowy, ale natychmiast je odrzucił. Ta istota zwana Magniusem była w jego umyśle – wiedziała to, co wiedział Marek. Poza tym zastanawiał się, czy stwór zdradziłby jego tajemnicę. Spojrzał na Terianę – miała zmarszczone czoło i widział pytanie w jej oczach.

– To jedyne imię, które znam. Z drugiego zrezygnowałem, kiedy oddano mnie legionom.

„Kłamstwa. Trzymasz w sobie jego część. – Głos był wręcz boleśnie donośny. – Podaj mi swoje imię".

Gwałtownie potrząsnął głową.

– Nie.

„To cena przejścia".

Marek zazgrzytał zębami, w głowie miał mętlik. Jak to możliwe, że imię mogło mu sprawiać tyle kłopotów? Urodził się jako Gajusz Domicjusz – tak wołano na niego przez pierwsze osiem lat życia. Ale przez ostatnie dwanaście wszyscy nazywali go „Marek". Tak zwracali się do niego przyjaciele. To imię skandowali jego ludzie po każdym zwycięstwie. Tym był. Wszyscy, którzy wiedzieli, że jest inaczej, opuścili go. Ale on nie zapomniał.

Marek się wyprostował.

– Jestem Marek Domicjusz, legat celendorskiego Trzydziestego Siódmego Legionu, i proszę boginię Madorię o przejście.

Jakimś sposobem wiatr pochwycił jego głos, sprawił, że odbił się echem wokół statku i poniósł go na morze.

„Tak się stanie".

Wąż zanurkował i zniknął im z oczu. Marek odwrócił się do Teriany.

– Co teraz?

Jej twarz była blada i ponura.

– My robimy swoje. Wyślij wszystkich pod pokład.

– Słyszeliście ją! – krzyknął. – Wszyscy pod pokład!

Wypełnili rozkaz, ale widział, że patrzą na niego inaczej. Czy utrata anonimowości cokolwiek zmieni? Czy będą traktować go inaczej, wiedząc, że pochodził z jednej z najzamożniejszych i najbardziej wpływowych rodzin Imperium? Nie wiedział.

– Ty też – powiedział do Serwiusza, który nie ruszył się ze swojego miejsca przy relingu.

Przyjaciel potrząsnął głową.

– Jeśli tracisz zmysły, potrzebujesz mnie tutaj. A jeśli to, co wydaje mi się, że się dzieje, rzeczywiście się dzieje, to potrzebujesz mnie jeszcze bardziej.

– W porządku.

Teriana wykrzykiwała rozkazy do załogi, która uszczelniała luki. Polin wytoczył na pokład ogromny bęben i przymocował go, a później przywiązał się do masztu i zawołał Terianę.

Skinęła głową.

Kucharz zaczął walić w bębny, rytmicznie i z naciskiem. A Maarinowie zaczęli skandować. Marek nie wiedział, co krzyczeli, ale ich ciemne oczy i dłonie mocno zaciśnięte na linach świadczyły o jednym – czekała ich ostra jazda.

Wiatr szarpał pokład, jego podmuchy wydawały się jeszcze gwałtowniejsze przez długą nieobecność. Wszyscy Maarinowie wymienili zaniepokojone spojrzenia, kiedy słońce zniknęło za chmurami, które zbierały się i ciemniały z nienaturalną szybkością. Niebo przecięła błyskawica, po której zadudnił grom, zagłuszający skandujących marynarzy. Marek wpatrywał się w niebo, skupiony na kłębiących się chmurach. Co się działo? Czy to było możliwe?

– A niech mnie zerżną – szepnął Serwiusz. – Popatrz na to.

Marek spojrzał w stronę wskazaną przez potężnego legionistę.

Ocean już nie był nieruchomy.

Morze poruszało się jak szybki prąd na głębokiej rzece i wlokło za sobą statek. Nabierało prędkości, ciągnąc za sobą Quincense, aż podmuch wiatru wzbudzony przez ich ruch dorównywał burzy. Marek poczuł pieczenie oczu, kiedy próbował dostrzec inne okręty na tle nieba, które stało się czarne jak nocą. Na ile umiał ocenić, prąd pochwycił je tak samo jak statek Maarinów. Skupiwszy się znów na oceanie, zobaczył, że woda opada, i natychmiast zrozumiał, jak można dotrzeć do xenthiera.

Dzięki wirowi.

Dudnienie w bębny przyspieszyło.

Oderwawszy wzrok od coraz większego ujścia morza, Marek rozejrzał się po pokładzie w poszukiwaniu Teriany. Kucała obok steru, oczy miała szeroko otwarte i mocno ściskała reling.

Wykrzyknął jej imię, ale wiatr go zagłuszył. Przemykając między skandującymi marynarzami, przebiegł przez pokład i wbiegł po schodach. Złapał ją za ramię, żeby przyciągnąć jej uwagę.

– Coś jest nie w porządku! – krzyknął jej do ucha. – Widzę to po twojej twarzy!

Teriana pokiwała głową.

– Burza! Madoria nie ma wpływu na pogodę. To domena Gespurna. – Uniosła twarz. – On nie chce, żebyśmy przeszli.

„Gespurn". Nieznajome imię krążyło w umyśle Marka – wiedział, że dziewczyna mówi o kolejnym bogu. Jeszcze przed kwadransem jego umysł by się opierał, ale teraz wydawało się to ignorancją. Działały tu moce, których nie rozumiał – a jeśli Maarinowie chcieli nadawać im imiona, niech będzie.

– Możemy to powstrzymać?

Potrząsnęła głową.

– To sprawa między bogami. Jesteśmy zdani na ich łaskę.

Niebo przeszyła błyskawica, kolejne rozświetlały ciemność, uderzając w morze. Quincense znajdował się najbliżej wiru, niżej niż pozostałe okręty. Powietrze było wypełnione napięciem, Marek aż dostał gęsiej skórki. W stronę statku opadła błyskawica, ale zanim uderzyła, w jej kierunku wzniosła się kolumna wody. Zderzyły się z głośnym dudnieniem i we wszystkie strony poleciała para. Działo się tak raz za razem – niebo atakowało okręty, a morze wznosiło się w obronie.

Ale jedna błyskawica trafiła w cel. Takielunek stanął w płomieniach. Marek poczuł ściskanie żołądka, kiedy rozpoznał okręt Feliksa. Było na nim pełno ludzi Marka – ludzi, których sam sprowadził. Ludzi z jego powodu pochłoniętych przez wir sztormu i grozy.

– Proszę, nie.

Wyjący wiatr porwał jego słowa, zanim ktokolwiek zdążył je usłyszeć.

A może nie.

Ściana wody uniosła się obok płonącego okrętu i powoli na niego opadła, gasząc płomienie. Grzmoty wściekle dudniły na niebie, a chmury kłębiły się i łączyły, aż utworzyły ogromną twarz. Głowa odwróciła się, czarne oczy lustrowały morze i w końcu trafiły na Quincense. Wir powietrza stworzył ogromną dłoń, która sięgnęła po nich i potrząsnęła statkiem jak zabawką, kiedy otarła się o takielunek.

Ktoś krzyknął. Serwiusz ściskał reling, jego nogi wisiały nad zabójczą wodą. Marek ruszył na pomoc przyjacielowi, ale ręka boga znów potrząsnęła statkiem, a on poślizgnął się i upadł.

– Serwiuszu! – zawołał. – Trzymaj się!

Przy relingu znalazł się Jax, wciągnął Serwiusza z powrotem na pokład i podtrzymywał, aż znalazł mu linę, której legionista mógł się złapać, a później odwrócił się i obrzucił przekleństwami rękę znów sięgającą do żagli.

Quincense krążył coraz szybciej, wir wciągał ich w głąb morza. Nie mieli jak uciec przed wodą. Jeden bóg ich uwięził, a drugi zamierzał zmiażdżyć.

Uwagę Marka przyciągnął ruch. Teriana stała z twarzą uniesioną do nieba, wiatr gwałtownie szarpał jej warkoczykami. Krzyknęła do boga chmur, ale reakcją na jej słowa był grzmot, który wstrząsnął takielunkiem. Dłoń sięgnęła w dół i zacisnęła się na talii dziewczyny, unosząc ją z pokładu.

– Nie! – Marek skoczył i złapał Terianę za rękę, ale jego ciężar nie robił bogu większej różnicy. Poczuł, jak jego bark się napręża, kiedy został uniesiony nad pokład, i ledwie zdążył złapać drugą ręką za reling. Jego ciało przeszył ból, gdy rozciągał się między Terianą a statkiem. – Nie dostaniesz jej! – krzyknął, a wtedy wiatr uderzył go w twarz, zapierając mu dech.

Próbował wciągnąć kolejny oddech, ale równie dobrze mógłby próbować odetchnąć piaskiem. Serce waliło mu w piersiach, palce się zsuwały. Nagle uderzyła w nich woda i oboje z dużą siłą spadli na pokład.

Marek nie marnował czasu na odzyskanie tchu. Podniósł się na czworaka i podciągnął Terianę do góry.

– Wszystko w porządku?

Potrząsnęła głową i pokazała palcem.

Z morza wzniosła się postać stworzona z wody i walczyła z bogiem chmur. To coś… ona dzierżyła miecz z lodu i taką samą tarczę. Z pięści boga chmur wyleciała błyskawica i uderzyła o jej osłonę, aż poleciały lodowe odłamki.

Każdy cios wzbudzał chmurę pary, odłamek lodu poleciał w ich stronę. Marek rzucił się na Terianę, osłaniając ją swoim ciałem. Lód uderzył w metalowy pancerz na jego ramionach i Marek opadł na dziewczynę. Czuł na policzku jej gorący, urywany oddech. Podniósł się ostrożnie na przedramię.

– Ile jeszcze?! – krzyknął jej do ucha.

Zepchnęła go z siebie i pociągnęła w stronę burty. Trudno było się poruszać, siła odśrodkowa ciągnęła ich do tyłu. Czołgając się i wbijając palce w deski pokładu, w końcu dotarli do celu. Marek wyjrzał przez burtę w wirujący wodny tunel.

Widział go. Migotliwy kryształ xenthierowego rdzenia, tak wiele większy od tych, które widywał do tej pory, że określanie go tym samym mianem wydawało się niewłaściwe. Z determinacją ściągał wodę w dół i statek miał dotrzeć do niego w ciągu kilku minut.

Kiedy Marek podniósł wzrok, poczuł ściskanie w żołądku. Znajdowali się głębiej pod powierzchnią oceanu, niż uważał to za możliwe, inne statki unosiły się nad nimi jak dziecięce zabawki. Pośród tego wszystkiego walczyło dwoje bogów, powietrze i woda zwarły się ze sobą.

Wydawało się, że bogini wody dobrze sobie radzi, kiedy opadła na nią chmura w kształcie wiru, rozrywając jej przezroczysty kształt. Bóg chmur sięgnął obok niej, jego oczy były czarne jak najciemniejsza noc, a ręka rosła, w miarę jak zbliżała się do Quincense.

– Trzymaj się! – krzyknęła Teriana.

Xenthier wzniósł się przed nimi. Marek złapał ją i pociągnął w dół na pokład, a później wszystko zasłonił oślepiający biały blask.

Rozdział 24

Teriana

Choć niezliczone razy przechodziła oceanicznymi ścieżkami, wciąż przepełniało ją przerażenie. Nic nie czuła, ani desek pod kolanami, ani dłoni Marka, choć wiedziała, że zaciskał je na jej ramionach. Nie było obrazu, dźwięku ani zapachu. Zupełnie, jakby jej ciało przestało istnieć i pozostał tylko umysł.

Statek wystrzelił w powietrze i opadł na powierzchnię morza, wyrzucając pianę. Teriana poczuła mrowienie skóry. Zamrugała w blasku porannego słońca i odepchnęła od siebie Marka. Wydawał się oszołomiony, ale tylko przez chwilę. Później wstał.

– Podnieść żagle! – krzyknęła. – Przygotować liny i łodzie! Jeśli któryś ze statków przejdzie uszkodzony, będziemy musieli wyciągnąć rozbitków z wody!

Jej załoga rzuciła się do roboty, pozwalając Terianie wyprowadzić statek z prądu, gdy tylko żagle złapały wiatr. Quincense obrócił się w chwili, kiedy pojawił się kolejny statek. Wylądował ciężko, ale był nietknięty, załoga wyglądała na wstrząśniętą i nie puszczała uchwytów, podczas gdy woda wypływająca z xenthiera niosła ich szybko na południe. Następny okręt pojawił się w podobny sposób, później kolejny i jeszcze jeden.

– Wiesz, co się dzieje po drugiej stronie? – W głosie Marka brzmiało napięcie.

Potrząsnęła głową.

– Czy ten stwór… Czy Magnius wie?

Spojrzała na niego kątem oka, próbując skupić się na skierowaniu statku do miejsca, w którym mógł zrobić najwięcej dobrego. Marek był blady. Zastanawiała się, czy bał się o życie swoich ludzi, czy też martwił się, że jego podbój jest zagrożony.

– Nie przeszedł. Ścieżka się zamknie, kiedy to zrobi.

Marek skinął głową.

– Zostały cztery.

Jednym z tych okrętów był ten, który stanął w ogniu – okręt, na którym płynął Słoniowe Uszy.

– Wszystko przejdzie na drugą stronę, niezależnie od stanu. Każ swoim ludziom przygotować się do wyławiania rozbitków z wody. Znajdź tego z flagami, niech da sygnał pozostałym. Niech też się do tego przygotują. Prąd popchnie wszystko w ich stronę.

Nie powiedziała mu jednak, że jeśli któryś ze statków się rozpadł, z morza wyłowią co najwyżej trupy. Nacisk wody wychodzącej z xenthiera w połączeniu z ciężarem ich pancerzy z pewnością utopiłby wszystkich poza największymi szczęściarzami.

Przybyły dwa kolejne statki, oba uszkodzone przez ogień i mocno przechylone. Jeden nie miał szans na dotarcie do brzegu.

– Marku! – krzyknęła. – Ten trzeba rozładować!

Zaczął wykrzykiwać rozkazy do spoconego żołnierza gorączkowo wymachującego flagami w stronę odległych okrętów. Kolejny miał róg, był czerwony na twarzy i wygrywał dalsze rozkazy.

Głośny trzask ogłosił nadejście kolejnego statku. Teriana zaklęła, kiedy zobaczyła, w jakim jest stanie. To była ta potworność Słoniowych Uszu, z takielunkiem zniszczonym przez ogień i czterema dużymi otworami w kadłubie. Teriana podejrzewała, że po drugiej stronie jest piąty – ślad po kciuku ogromnej dłoni.

Okręt już tonął, kiedy pojawiła się ostatnia jednostka. Podskoczyła na wodzie i pochwycił ją prąd, popychając dwa razy szybciej niż tonący statek. Żaden z żołnierzy nie puścił uchwytów i nikt nie stał u steru.

– Zwróć ich uwagę! – krzyknęła. – Muszą ich ominąć!

Zagrzmiały rogi, ale było już za późno. Ostatni okręt z ogłuszającym trzaskiem uderzył w dziób tonącej jednostki. Na oczach przerażonej Teriany statek pochylił się, zrzucając dziesiątki ludzi do skłębionej wody.

„Magniusie, zamknij ścieżkę!" Wypuściła myśl jako krzyk, modląc się, by ją usłyszał. Później naparła na ster i posłała Quincense w środek zamieszania.

– Przygotować barkasy. Podpływamy do nich.

Nie odważyła się opuścić na wodę mniejszych łodzi do czasu zamknięcia ścieżki. Morze było zbyt wzburzone – zostałyby zalane. Podpłynięcie też nie było łatwe – z dużym prawdopodobieństwem mogli się zderzyć, ale nie miała innego wyboru. Okręt tonął, a gdyby do tego doszło, zginęłyby cztery setki ludzi. Na pokładzie panował ogromny tłok, a ci wciąż przebywający w ładowni byli już do pasa w wodzie. Nawet połowa z nich nie zmieściłaby się na Quincense. Potrzebowali co najmniej jeszcze jednego statku, a choć Teriana wątpiła w swoją umiejętność podpłynięcia na wzburzonym morzu, wiedziała, że żadnemu z celendorskich okrętów się to nie uda.

Teriana płynęła ostrożnie, zaciskała pobielałe palce na sterze, gdy się zbliżali. Słoniowe Uszy stał obok kapitana, machał rękami i wydawał rozkazy. Żołnierze rzucali beczki i deski – wszystko, co się unosiło – tym walczącym w morzu. Opuszczali barkasy na wodę, na której zostałyby zalane w ciągu kilku chwil.

– Serwiuszu!

Mężczyzna stał najbliżej legionisty z flagami.

– Powiedz im, że jeszcze nie teraz! Jest zbyt wzburzone.

Na jego twarzy malowała się frustracja, spoglądał na ludzi w wodzie. Ale wykrzyknął rozkaz do żołnierza, który natychmiast zaczął machać flagami. Po chwili łodzie przestały opadać.

„Zamknij ścieżkę". Na głos zawołała:

– Zrzucić żagle!

Teraz wszystko zależało od niej. Po plecach spływał jej pot, gdy wpatrywała się we wznoszące się i opadające fale. Skręciła, by zwolnić. Jej załoga opuściła odbojniki na sterburtę, żeby złagodzić uderzenie, i stała gotowa z hakami i linami. Drugi okręt był już tak bardzo zanurzony, że jego reling znajdował się zaledwie kilka stóp nad Quincense.

– Przygotujcie się!

Jej statek wzniósł się na fali, po czym osunął niepowstrzymanie i uderzył w okręt skazany na zagładę. Drewno popękało, a siła uderzenia przewróciła niemal wszystkich.

– Liny!

Statki rozdzieliły się, a później znów zderzyły. Jej załoga poderwała się błyskawicznie, rzuciła haki w stronę większej jednostki i próbowała jak najlepiej związać je razem.

Marek wykrzykiwał rozkazy i po chwili żołnierze zaczęli wkraczać na jej statek zadziwiająco uporządkowaną falą. Ich twarze były blade, a zęby zaciśnięte, ale uwarunkowanie do posłuszeństwa wciąż działało. Czy wystarczy jednak, by powstrzymać tych, którzy musieli zostać na pokładzie i czekać na inny okręt? Gdyby wszyscy rzucili się na Quincense, jej statek by zatonął. Już teraz czuła, jak zanurza się coraz bardziej pod ciężarem legionistów wypełniających i tak pełne ładownie i tłoczących się na pokładzie.

– Marku! – zawołała. – Potrzebujemy kolejnego statku! Jeśli wprowadzisz ich wszystkich na pokład, zatoniemy!

Legat ponuro pokiwał głową. Przecisnął się przez swoich ludzi, wspiął się na reling i skoczył na tonący okręt.

– Niech Sześcioro nam pomoże – modliła się Teriana, zamykając na chwilę oczy. – Madorio, ochroń nas.

Otworzywszy je ponownie, wykrzyknęła imię Przynęty i poszukała jego twarzy. Był na takielunku. Pokazał palcem i zobaczyła, że flota w końcu otrząsnęła się z szoku po wyjściu z wiru i zaczęła się ruszać. W ich stronę płynął jeden z mniejszych okrętów, wyraźnie zamierzał podejść od bakburty.

– Właź do wody i pomóż tylu, ilu ci się uda!

Potaknął i wskoczył we wzburzone fale.

Przypływ żołnierzy wchodzących na jej pokład nagle się zatrzymał, a liny łączące oba statki zawisły luźno. Odruchowo kazała swojej załodze podnieść żagle, a sama przekręciła ster, oddalając Quincense od tonącego okrętu, ale jej uwaga skupiała się na Marku, który wciąż stał pośród niezliczonych mężczyzn na pokładzie.

– Musisz wracać!

Słoniowe Uszy wspinał się po schodach w jej stronę.

– On nadal jest na pokładzie!

Teriana przeniosła wzrok z rozgorączkowanego trybuna na wyglądającego bardzo spokojnie legata stojącego u steru tonącego okrętu. Marek napotkał jej spojrzenie i potrząsnął głową.

– Opuścić barkasy! – rozkazała.

Próbowała stłumić drżenie głosu, przesadnie krzycząc. Odpłynęli dość daleko od tryskającego krańca xenthiera, by wody zaczynały się uspokajać. Przynęta musiał gdzieś umieścić tych, których uratował.

– Czy ty mnie słuchasz?! – wrzasnął Słoniowe Uszy, choć był tuż obok.

– On nie chce, żebyśmy wracali – warknęła.

Przekręciła Quincense tak, żeby zażegnać niebezpieczeństwo, ale znajdowali się dość blisko, by… Szczerze mówiąc, Teriana nie wiedziała, jak bycie blisko mogło pomóc.

– Patrz, ten drugi okręt będzie tu za chwilę.

Najwyraźniej to nie wystarczało. Popchnął ją mocno i złapał za ster.

Wypełniła ją wściekłość. Ten idiota zamierzał ich wszystkich zabić. Zacisnęła pięść i uderzyła go w bok twarzy. Tym razem to on poleciał do tyłu, ale po chwili wrócił z ręką uniesioną do ciosu. Uchyliła się, a koło sterowe kręciło się bezwładnie, bo zabrakło rąk, które je przytrzymywały.

– On wie, co robi – wysyczała. – Gdybyśmy wrócili, sprzeciwilibyśmy się jego rozkazom.

Feliks się zawahał.

– Jakim rozkazom?

– Chce, żebyśmy dostarczyli tych ludzi bezpiecznie na brzeg. Rozkazał mi, bym to zrobiła. – Kłamstwo bez trudu spłynęło z jej ust. Wskazała na zatłoczony pokład. – Sprowadź, ilu się da, pod pokład, żeby moja załoga miała swobodę ruchu.

– Nie ufam ci.

– Potrzebuję go żywego! – Frustracja rozproszyła jej strach. – To z nim zawarłam umowę. Nie chcę, żeby cokolwiek mu się stało.

Jej słowa odbijały się echem po statku, ludzie stłoczeni na pokładzie podnieśli wzrok. Ścieżka się zamknęła, a nagła cisza zwracała większą uwagę niż ryk wylewającej się wody. Fale natychmiast się uspokoiły, ale to nie wystarczyło, by złagodzić zderzenie nadpływającego okrętu z tonącym.

Dobiegł ich tępy jęk i głośny trzask pękającego drewna, gdy potężny statek przechylił się, a cztery otwory w sterburcie znalazły się pod wodą. Większość z ludzi zdążyła się przytrzymać, ale kilku wpadło do wody, zanim okręt się wyprostował. Zanurzył się o kilkanaście stóp i szybko tonął.

– Niech was Siódmy porwie, wy niekompetentni celendorscy głupcy! – krzyknęła Teriana.

Serce waliło jej w piersi. Od zatonięcia statku dzieliło ich parę minut, a miała wrażenie, że Marek zamierzał zostać ostatnim na pokładzie.

Poruszali się szybko, wspinali na relingi i skakali, łapiąc za ręce przyjaciół, ale było ich tak wielu. Nie wierzyła, by wszyscy zdążyli na czas.

Przynęta uratował tych, którzy wpadli do wody, jednak barkasy były wypełnione po brzegi i niektórzy mężczyźni musieli trzymać się burt od zewnątrz. Nie pomogłyby, gdyby statek zatonął z żołnierzami wciąż znajdującymi się na pokładzie.

Teraz podnosili jeden drugiego, stawali sobie na ramionach, by sięgnąć do wiszących lin i wyciągniętych rąk. Marek był w samym środku, pomagał swoim ludziom i potrząsał głową za każdym razem, kiedy jeden z nich próbował skłonić go do odejścia. „Czy on oszalał?" Teriana powierzyła ster Yeddzie i sprzedała kuksańca Słoniowym Uszom, by zrobił jej miejsce przy relingu. Usłyszała szept trybuna.

– A niech cię, Marku, ty przeklęty, uparty głupcze.

Stali razem w milczeniu, nie mogli nic zrobić, tylko patrzeć i czekać.

Wszystko wydarzyło się bardzo szybko. Pokład jeszcze pozostawał nad powierzchnią, ale nagle rufa się zanurzyła, unosząc dziób pod coraz ostrzejszym kątem. Teriana zacisnęła pięści, niezdolna oderwać wzroku od nielicznych pozostałych mężczyzn wspinających się po pokładzie, aż znaleźli się na tyle wysoko, by sięgnąć do relingu drugiego statku.

Został tylko Marek. Statek zakołysał się i zaczął tonąć. Marek podskoczył i złapał za rękę legionistę wychylonego przez reling.

I to nie zwyczajnego legionistę – był nim Tytus, syn Kasjusza.

Marek przez chwilę wisiał w powietrzu, po czym zaczął spadać. Jego stopy uderzyły w tonący dziób, a później mężczyzna i okręt zginęli pod falami.

Teriana zareagowała bez namysłu. Wskoczyła na reling, zaczerpnęła tchu i zanurkowała.

Tonący okręt pociągnął ją w głębiny. Przez bąbelki wznoszące się ze statku nic nie widziała, ale później się rozproszyły, ukazując Marka, który próbował uwolnić stopę uwięzioną w olinowaniu. Mocno machała nogami, ale statek szybko tonął, a ona straciła impet. Miała utracić go w morzu, a wraz z nim wszelkie szanse na uwolnienie swoich uwięzionych rodaków.

Otarł się o nią ciemny kształt. Magnius. Złapała go za płetwę grzbietową i zanurzyli się, aż poczuła ściskanie w uszach. „Szybciej – pomyślała. – Szybciej". W końcu dotarli do statku.

Marek walczył gorączkowo jak ktoś, komu prawie zabrakło powietrza, a kiedy Teriana złapała go za nadgarstek, próbował się cofnąć. Później ich spojrzenia się zetknęły, a Magnius jednym potężnym machnięciem ogona uwolnił legata i pociągnął ich w stronę powierzchni.

Teriana czuła palenie w piersi, a jeśli ona tak bardzo potrzebowała powietrza, to Marek potrzebował go jeszcze bardziej. Słońce stawało się coraz jaśniejsze, ale jego uścisk słabł.

„Trzymaj się!"

Wystrzelili w powietrze, Magnius wynurzył się z wody. I ona, i Marek stracili uchwyt, ale Teriana zaczerpnęła tchu przed ponownym zanurzeniem w wodzie.

Marek tonął. Złapała go, mocno uderzała nogami i ciągnęła ich oboje, aż ich głowy przebiły powierzchnię. Kaszlał i krztusił się, a ona mogła jedynie podtrzymywać go na powierzchni, aż Magnius podpłynął pod nich i uniósł ich na swoim szerokim grzbiecie. Utrzymywała Marka w miejscu, podczas gdy z trudem łapał oddech, a strażnik leniwie okrążał statek.

– Przeżyjesz? – spytała, kiedy przestał kaszleć.

– Tak. – Jego głos brzmiał chrapliwie. Przetoczył się na łokieć, a ona uśmiechnęła się do niego złośliwie, kiedy uświadomił sobie, na czym właściwie leży, i znieruchomiał.

– Nie spadnij.

Marek otworzył szerzej oczy.

– Czy on…?

– Zdarzało się, choć jesteś dla niego trochę zbyt kościsty.

Uniósł brew.

– Wolę określenie „bez niepotrzebnego tłuszczu".

– Nie powinieneś mi tego mówić.

Wbrew wszystkiemu zaczął się śmiać. Miał szczery śmiech, uznała, patrząc na jego trzęsące się ramiona. Mniej przypominał bezwzględnego zabójcę, którym był. Nie trwało to długo.

– Uratowałaś mi życie – powiedział, ignorując liny, które jego ludzie zrzucali z Quincense.

Teriana wpatrywała się w wodę, nie mogła spojrzeć mu w oczy.

– Potrzebuję cię żywego – mruknęła. – Powiedzmy, że nie jestem aż tak przekonana, iż Tytus wypełniłby twoją część umowy, gdyby spotkała cię przedwczesna śmierć.

– To mógł być wypadek.

Splunęła do wody.

– Jeśli jesteś tak wielkim idiotą, to zasługujesz, żeby znaleźć się na dnie morza.

– Nie powiedziałem, że moim zdaniem to nie było celowe. – Marek w zamyśleniu wyciągnął drzazgę z kostki. – Jedynie, że nie mogę tego udowodnić. Co oznacza, że nie mogę nic z tym zrobić.

– Pewnie oznacza to również, że będę musiała cię pilnować, jeśli mam jeszcze kiedyś zobaczyć mamę.

Uniósł kącik ust.

– Pewnie tak.

Gdy okrążyli rufę, Marek sięgnął do jednej z wiszących lin, ale złapała go za rękę i odciągnęła.

Klęcząc na grzbiecie Magniusa, wskazała na mgiełkę na horyzoncie. Marek osłonił dłonią oczy i otworzył usta w westchnieniu.

– Czy to jest to?

Pokiwała głową z nadzieją, że wie, w co się pakuje.

– Witaj na Mrocznych Wybrzeżach.

Rozdział 25

Teriana

Jeśli nawet otarcie się o śmierć albo objawienie bogów wzbudziło niepokój legata Marka z Trzydziestego Siódmego Legionu, nie pokazywał tego po sobie, kiedy spokojnie wydawał rozkazy z pokładu rufowego jej statku. Po jego kostce i z rany od noża na ramieniu sączyła się krew, ale odrzucił wszelkie propozycje ich zabandażowania, a zamiast tego przyjmował raporty i od czasu do czasu przyglądał się przez lunetkę coraz bliższemu wybrzeżu.

„On ma jakiś plan", pomyślała Teriana. Swoją drogą ona też miała.

To było jak chodzenie po linie. Balansowanie między zapewnieniem im wystarczającej pomocy, by wypełnić swoją część umowy, a sabotowaniem ich podboju. Między ocaleniem swoich rodaków a oddaniem Zachodu na pastwę celendorskiej plagi.

Rdzeń xenthiera znajdował się niedaleko wschodniego wybrzeża, w połowie Południowego Kontynentu, który był ogromny i gęsto zaludniony. Jej załoga uznała, że powinna skłonić Marka do wylądowania w Gamdeshu. Tam z całą pewnością zostaliby zmiażdżeni przez armię sułtana, która była duża i dobrze wyszkolona, a dowodziła nią naznaczona przez bogów córka sułtana, znana jako jeden z najlepszych generałów Zachodu. Choć ta propozycja kusiła, raczej nie skłoniłoby to Marka do napisania listu potwierdzającego, że Teriana dotrzymała umowy, którego potrzebowała.

Miałaby większe szanse na taki list, gdyby zabrała ich na dalekie południe kontynentu, na spokojne równiny Katamarki, pełne rolników, nie wojowników. Większość żyjących tam naznaczonych przez bogów została pobłogosławiona przez Yarę, co raczej nie pomogłoby im stanąć przeciwko dwóm celendorskim legionom. Wylądowanie tam oznaczałoby, że Zachód już nigdy się ich nie pozbędzie.

Istniały inne możliwości, do których mogła skierować Marka, każda miała swoje mocne i słabe strony, ale wciąż wymagała jej decyzji. Który naród powinna rzucić na pożarcie lwom? W końcu wybrała Arinoquię.

– Dżungla – mruknął Marek, opuszczając lunetkę.

Woda, która przemoczyła jego tunikę, dawno wyschła na słońcu, ale zesztywniałe paski pancerza skrzypiały, kiedy się poruszał.

– Jak ci mówiłam – modliła się, by jej głos nie zdradził niepokoju – jeśli udamy się na północ, trafimy na namorzyny, a równiny znajdują się cztery dni rejsu na południe.

– Zakładając, że powiedziałaś mi prawdę, właśnie tutaj chciałem trafić.

Marek prawie się do niej nie odzywał od czasu, kiedy powiedziała mu, jak dotrzeć do xenthiera, ale wcześniej wypytywał ją o tysiące mil wybrzeża i żaden szczegół nie wydawał się zbyt drobny, by go przegapił. Wielkość wiosek i miast, rodzaj umocnień i siła armii. Opis krajobrazu i roślinności. Zrozumienie handlu i polityki.

Przede wszystkim jednak interesowały go tarcia. Konflikty. Wojny.

Co pewnie miało sens. Czy istniało lepsze miejsce do wylądowania niż takie, które uważał za już osłabione przez lata konfliktów wewnętrznych? Takie, które dałoby się łatwo podbić, by zdobyć przyczółek?

– Próba okłamania cię byłaby głupotą.

Wykrzyknęła rozkazy, by opuścić żagle. Quincense był głęboko zanurzony, a nie miała najmniejszej ochoty osadzić statku na mieliźnie. Jej załoga wciąż była wstrząśnięta objawieniem Madorii i Gespurna – bogowie działali poprzez tych, których naznaczyli, i nikt z żyjących nie pamiętał, by wkroczyli do świata śmiertelnych z tak ogromnym pokazem mocy. Teriana dobrze rozumiała, że to *jej* wybór był powodem tego objawienia, ale zmuszała się, by o tym nie myśleć, bo inaczej zwinęłaby się w kłębek na pokładzie i rozpłakała.

– Gdybym cię okłamała, miałbyś powód, by odstąpić od naszej umowy. Aż tak tępa nie jestem.

I nie kłamała. Przynajmniej nie otwarcie. Pokolenie wcześniej wybrzeże Arinoqui zostało podbite przez najeźdźców z wyspy na południowym skraju kontynentu, a większość pierwotnych mieszkańców wycofała się w głąb Niezbadanych Ziem, gdzie najpewniej pozostali, choć nikt nigdy ich nie widział.

Utraciwszy spajającą ich siłę w postaci wojny, zdobywcy znów podzielili się na klany – i wrócili do dawnej rywalizacji. W końcu jeden z nich zapanował nad regionem, jego przywódca Urcon nazwał się władcą całej Arinoqui, a za centrum swojej władzy obrał starożytne miasto Aracam.

Kiedy Teriana opisywała Markowi Arinoquię, mówiła prawdę – w tym regionie trwała ciągła wojna podjazdowa między zbuntowanymi klanami a zajadłą armią Urcona. Nie powiedziała mu jednak, że członkowie klanów, mężczyźni i kobiety, radzili sobie z bronią równie dobrze jak z wędkami i że lata konfliktu, zamiast ich osłabić, uczyniły ich jeszcze bardziej wojowniczymi. Nie ostrzegła go, że to nie będzie łatwy podbój, ale też wcale nie pytał o jej zdanie.

– To miasteczko? – Wskazał lunetką w stronę zatoczki na północ od tej, do której zamierzała przybić.

– Wioska – mruknęła. – Jest mała, ma zaledwie kilka setek mieszkańców, tak jak chciałeś.

Wszystkie miasta na wybrzeżu Arinoqui były otoczonymi murami fortecami, ale Marek chciał przybić do brzegu na terenach wiejskich mimo utrudnień, z którymi wiązało się rozładowanie całej floty bez porządnego portu. Przeszukując swoje wspomnienia dotyczące wybrzeża, Teriana wskazała to miejsce, bo przypomniała sobie, że kiedy była młodsza, Quincense raz zatrzymał się w tej wiosce.

Drewniane budynki i jedno molo były ledwie widoczne, ale Teriana dostrzegała ruch na plaży.

„Uciekajcie!", chciała do nich wrzasnąć. Z pewnością już dostrzegli flotę, a spakowanie dobytku i zniknięcie w dżungli nie zajęłoby im dużo czasu. Ostrzeżenia rozeszłyby się wzdłuż całego wybrzeża i nim Celendorczycy rozładowaliby okręty i rozbili obóz, odkryliby, że muszą stawić czoło nie pojedynczej wiosce, tylko zjednoczonej sile wojowników całego klanu. A gdyby legiony odważyły się wkroczyć do dżungli, tym lepiej, bo musiałyby stawić czoło czemuś gorszemu od kijów i stali, Niezbadane Ziemie były bowiem krainą Lerna i nie bez powodu Urcon i reszta najeźdźców nie zapuszczali się daleko w głąb lądu.

Zatoczka się zbliżyła, turkusowa woda i biała plaża robiły idylliczne wrażenie. Doskonale pasowały do ogniska, rumu i opowieści wymienianych aż do wschodu słońca. Nie czegoś takiego. Teriana zagryzła wargę i rozkazała zrzucić ostatni żagiel, słuchając, jak załoga podaje informacje o głębokości. Gdy statek wpłynął powoli do środka, wioskę zasłoniły skały. Ale nieważne – z pewnością miejscowi dostrzegli pozostałe okręty i wiedzieli, co to znaczy.

– Rzucić kotwicę! – krzyknęła.

Po chwili Marek uniósł dłoń i jego ludzie wzięli się do dzieła. Centurion Gibzen wykrzykiwał rozkazy do grupy uzbrojonych po zęby żołnierzy. I nie zwracając uwagi na to, że to był *jej* statek, rozkazał spuścić łodzie na wodę. Chwilę po tym, jak dotknęły powierzchni, mężczyźni zeszli po drabinkach i zaczęli wiosłować w stronę brzegu.

„Wiosłujcie najszybciej, jak potraficie – pomyślała. – Znikną, zanim tam dotrzecie".

– Zabezpieczacie plażę? – spytała, opierając się o ster.

– Zdobywamy wioskę.

Jego głos był spokojny i pewny. Teriana z trudem powstrzymała uśmiech. I wtedy statek szarpnął się na kotwicy i obrócił. Kiedy dostrzegła puste morze za plecami, wstrząs uderzył ją jak wiadro wody wylane na twarz. Chwyciła własną lunetkę i rozejrzała się po horyzoncie, a wtedy dostrzegła flotę, zbyt odległą, by dało się ją zobaczyć gołym okiem z wybrzeża.

– Co oni…? – zaczęła mówić, ale przerwała, patrząc, jak jej załoga przywiązuje żagle.

Niebieskie żagle, świadczące o tym, że Quincense jest statkiem Maarinów.

Gdy barkasy dotarły na plażę, legioniści wskoczyli do wody i pobiegli w stronę dżungli oraz niczego niespodziewających się mieszkańców wioski. Maarinów znano z handlu, nie z przemocy, więc mężczyźni z Trzydziestego Siódmego zupełnie ich zaskoczą. A ona nie mogła nic zrobić, by ich powstrzymać. Wieśniacy mieli zostać całkowicie wyrżnięci.

– Czekają na mój znak. – Marek ruszył w stronę schodów. Kiedy do nich dotarł, zawahał się i obejrzał na nią przez ramię. – To właśnie robimy, Teriano.

Przez chwilę wydawało się, że powie coś więcej, ale zszedł po schodach i zniknął w uporządkowanym chaosie żołnierzy rozładowujących jej statek.

– Cóż, nie poszło aż tak źle, jak się spodziewałam. – Yedda wbiegała po dwa schodki ze zwinnością, która przeczyła jej wiekowi.

– Poszli zdobyć wioskę.

Stara żeglarka wzruszyła ramionami.

– A czego się po nich spodziewałaś? Że położą się w szeregu na plaży i zaczną opalać? – Uśmiechnęła się. – Choć to byłby niezły widok.

– Przestań żartować! – Teriana gwałtownie odwróciła się w jej stronę, zaciskając dłonie w pięści. – Nic z tego by się nie wydarzyło, gdybym nie zdradziła Lidii naszych tajemnic. Sprowadziłam wojnę na te wybrzeża. Ludzie zginą z powodu tego, co zrobiłam. – Machnęła ręką w kierunku pobliskiej zatoczki. – Niedługo usłyszymy ich krzyki, a właściwie równie dobrze to ja mogłabym podcinać im gardła.

Uśmiech Yeddy zniknął.

– Ja, ja, ja – warknęła, wyciągnęła rękę i pstryknęła palcami między brwiami Teriany. – Cóż za zarozumiałość sądzić, że udało ci się osiągnąć to samodzielnie. Załoga popłynęła tym statkiem, bo alternatywą było dołączenie do krewniaków na szubienicy. Ten tutaj – wskazała na Marka – poprosił o przejście przez głębiny, które otworzył dla niego Magnius. A Madoria chroniła flotę, kiedy Gespurn chciał posłać nas na dno morza, do czego miał wszelkie prawo. A ty tylko jęczysz, narzekasz i zrażasz do siebie chłopaka prowadzącego tę szaloną wyprawę.

– On nie jest chłopakiem – mruknęła Teriana, choć nie wiedziała, dlaczego czuła potrzebę, by wyrazić swoją opinię w tej kwestii. – I nie przypominam sobie, żebyś wskoczyła do wody, by uratować jego ciężki tyłek.

– A ty zamiast wykorzystać życzliwość, którą sobie zaskarbiłaś, płaczesz w kącie jak dziecko pozbawione zabawki, ponieważ wszystko dzieje się dokładnie tak, jak powinnaś przewidzieć, że będzie się działo.

Teriana spiorunowała Yeddę wzrokiem – wiedziała, że ciotka ma rację, ale nie chciała tego przyznać.

– Co sugerujesz?

– Miałaś się dowiedzieć, co planują.

– A myślisz, że nie próbowałam?

Yedda przewróciła oczami i pokręciła głową.

– Nie pomyślałaś może, że zabierasz się do tego w niewłaściwy sposób?

Teriana odetchnęła powoli i próbowała powstrzymać kłębiącą się w jej duszy złość od wybuchu. Wiedziała, co ciotka miała na myśli, ale pomysł… *przypochlebiania się* porywaczom wzbudzał w niej obrzydzenie. Jednak rezygnacja z próby zrobienia wszystkiego, co w jej mocy, by ich powstrzymać, byłaby jeszcze gorsza.

Obróciwszy się na pięcie, ruszyła w stronę schodów, ale głos Yeddy ją powstrzymał.

– Teriano, ładna z ciebie dziewczyna. I… – objęła szerokim gestem morze legionistów poniżej – nie masz zbyt wielkiej konkurencji. Uważaj, co robisz.

Teriana otworzyła usta, by prychnięciem skomentować tę radę, ale zaraz je zamknęła, bo zrozumiała, że to nie była sugestia. Tylko ostrzeżenie.

Na pokładzie omijała mężczyzn i zapasy, aż dotarła do Serwiusza kierującego całym przedsięwzięciem. Nie, żeby wymagało kierowania.

– To było coś. – Poklepał ją po ramionach tak mocno, że aż się zatoczyła. – Nie uwierzyłbym, gdybym nie zobaczył tego na własne oczy. Parę razy korzystałem ze ścieżek, ale to było coś zupełnie innego. Czułem, że obracam się jak bączek. Kim oni byli?

– Bogami.

Teriana rozejrzała się w poszukiwaniu Marka, który nadzorował przebieg działań, podczas gdy służący polerował jego pancerz i układał szkarłatno-złoty płaszcz na ramionach. Jakby wyczuwając jej wzrok, popatrzył w jej stronę i ich spojrzenia zetknęły się na chwilę, zanim weszła między nich grupa żołnierzy niosących beczułki.

– Bogowie. – Serwiusz podrapał się po brodzie. – Senat powiesi mnie za pogaństwo, ale to wydaje się równie dobrym określeniem jak każde inne. Bogowie…

– To jaki jest plan?

– Resztę dnia zajmie rozładowywanie okrętów i rozbijanie obozu. Będą ranni wymagający opatrzenia, musimy też zorganizować apel, żeby sprawdzić, kto zginął.

– Racja. – Podrapała gojące się palce. – A później?

Serwiusz przyglądał jej się w milczeniu.

– Z takimi pytaniami lepiej zwrócić się do legata.

– Wiem. Ale jest zbyt zajęty dbaniem o wygląd. – Zagryzła wargi, przypominając sobie słowa Yeddy i żałując, że nie może cofnąć sarkastycznej uwagi.

Serwiusz się roześmiał.

– Czasem odpowiedni wygląd jest ważny. A skoro mowa o Marku… – Przyciszył głos, więc Teriana pochyliła się w jego stronę, by usłyszeć go w hałasie. – Sukinsyn jest zbyt dumny, by podziękować ci za uratowanie mu tyłka, więc ja zrobię to za niego: jesteśmy twoimi dłużnikami. Ten legion podążyłby za nim na kraniec Reath i z powrotem. Przed zachodem słońca wszyscy będą wiedzieć, że uratowałaś mu życie. I życie wszystkich na tym statku.

„Nie sukinsyn", pomyślała, przypominając sobie wyznanie, którego zażądał Magnius w zamian za przejście. Marek Domicjusz, syn jednego z najpotężniejszych rodów w Imperium. Nie wątpiła, że ta informacja rozejdzie się równie szybko, i zastanawiała się, czy cokolwiek to zmieni w nastawieniu jego ludzi. Zastanawiała się, czy spytać Serwiusza, czy to wie, ale zmieniła zdanie.

– Gdyby zginął, to Tytus przejąłby dowodzenie?

Serwiusz spochmurniał, potwierdzając, że widział, co tamten zrobił.

– Spróbowałby!

– Tak myślałam. – Pokiwała głową, jakby miała czas na tak skomplikowane rozważania, zanim zanurkowała w morzu. – Wydaje mi się, że Marek jest mniejszym złem.

– Uznam to za komplement.

Obróciwszy się, Teriana ujrzała za sobą wspomnianego mężczyznę. Jego pancerz błyszczał w słońcu. Zanim zdążyła odpowiedzieć, zabrzmiał róg, wypełniając powietrze żałobnym zawodzeniem. Dźwięk dochodził od strony wioski rybackiej. Teriana posmutniała.

– Wezwijcie pozostałe statki – zarządził, po czym wskazał gestem na drabinkę sznurową przymocowaną do relingu. – Panie przodem.

– Dokąd idziemy? – spytała, dostrzegając, że w łodzi było już pełno żołnierzy o zaciętych twarzach.

– Do wioski.

Poczuła ohydny posmak w ustach.

– Do czego mnie potrzebujesz?

– Zgodnie z naszą umową masz mi doradzać. To znaczy, że udajesz się tam, gdzie ja. Skończ z tym zwlekaniem i wskakuj do łodzi.

To było sprawiedliwe. Poświęciła wioskę, więc musiała zobaczyć konsekwencje. Chwyciwszy za liny, przeskoczyła na drugą stronę, zsunęła się z wyrobioną zwinnością i wylądowała między mężczyznami z ledwie słyszalnym uderzeniem. Marek podążył za nią, wiatr łopotał jego płaszczem, przez co wyhaftowany na nim złotą nicią smok wydawał się niemal żywy. Kiedy wylądował, łódź się zakołysała. Przeszedł na dziób.

– Wiosłujcie – polecił.

Polegając bardziej na sile niż umiejętnościach, dwaj mężczyźni przy wiosłach popychali ich przez fale. Łódź wznosiła się i opadała, uderzała o wodę, ale Teriana nie podnosiła wzroku, cały czas wpatrywała się w kolana żołnierza siedzącego naprzeciwko. W delikatne włoski na jego opalonych nogach.

W kawałki nabijanej metalem skóry wiszące jak dziwna spódniczka wokół jego pasa i ciężkie sandały okrywające stopy pełne odcisków po latach wypełnionych maszerowaniem.

Wiedziała, że ominęli cypel, kiedy oddech wioślarzy się uspokoił, a łódź z każdą falą wyskakiwała do przodu, ale nadal nie podnosiła wzroku. Do jej nozdrzy dotarł podmuch drzewnego dymu. Aż się spociła. „Czy to będzie kolejne Chersome?"

Teriana widziała już wcześniej mężczyzn i kobiety, którzy zginęli w walce – sama paru zabiła. Ale wszyscy byli wojownikami, wiedzieli, w co się pakują, nie niewinnymi rybakami. Nie dziećmi.

Bezgłośnie modliła się, by wiosła się połamały. By fala zalała łódź. By jakimś cudem nadszedł odpływ i pociągnął ich na morze. Cokolwiek, co opóźniłoby nieuniknioną grozę, jaka czekała na plaży.

Żaden z bogów nie odpowiedział na jej modły. Dno łodzi zazgrzytało o piasek, a mężczyźni wyskoczyli i pociągnęli ją dalej na brzeg.

– Teriano. – Głos Marka brzmiał beznamiętnie, ale jego słowa bez wątpienia były rozkazem: – Wychodź z łodzi.

Zapach dymu zdawał się teraz silniejszy. Nie chciała patrzeć. Nie chciała wiedzieć. Ale nie miała wyboru.

Zaciskając zęby, podniosła wzrok.

Rozdział 26

Marek

„Mniejsze zło…" Słowa Teriany ciążyły Markowi, kiedy jego łódź opłynęła cypel i wpłynęła do niemożliwie błękitnej zatoczki, w której znajdował się ich pierwotny cel.

„Zło. Zło". W tym słowie i jego znaczeniu coś się kryło. Nie tylko robienie ohydnych rzeczy, ale i czerpanie z tego radości. I sposób, w jaki to powiedziała… Nie jako obelgę, ale stwierdzenie faktu.

A jednak ryzykowała życie, by go ocalić. Wpatrując się w przezroczystą wodę, przypominał sobie statek ciągnący go w coraz większe głębiny i próżną walkę. Ucisk w piersi, rozpaczliwą potrzebę, by zaczerpnąć tchu, która dręczyła go przez całe życie. A później jej dłoń zaciskającą się na jego nadgarstku, ciągnącą go w stronę wybawienia.

Jak to o niej świadczyło, że była gotowa ocalić życie zła?

Marek zmusił się, by odepchnąć od siebie te myśli. Odwróciwszy się, patrzył na nieruchomą wioskę. Drewniane domy nie przypominały niczego, co widział wcześniej. Skomplikowane piętrowe konstrukcje wybudowane nad ziemią na kamiennych filarach i połączone mostkami z rzeźbionego drewna wskazywały na to, że często doświadczali gwałtownego przyboru wód lub powodzi. Okna domów były z kolorowego szkła, z okiennicami chroniącymi przed żywiołami, a dachy pokrywał starannie ułożony prostokątny gont z czegoś, co przypominało korę drzewa. Szerokie okapy wyraźnie miały chronić wąskie balkony biegnące wokół domów na poziomie mostków.

Na plaży leżały małe, precyzyjnie wykonane łodzie rybackie, a kilka dużych przycumowano do pływającego doku, który w czasie sztormu można było wyciągnąć na brzeg. Za wioską rozciągała się dżungla, zielona i ciemna, pełna życia.

Kwas palił go w żołądku, gdy fala popchnęła ich na plażę. Ta strategia była wypróbowana, ale już kiedyś go zawiodła. Z katastrofalnymi konsekwencjami.

„Chersome jest na drugim końcu świata – przypomniał sobie. – Tu będzie inaczej".

Kiedy przybili do plaży, Marek szybko wyskoczył z łodzi – pragnął poczuć pod stopami stały ląd. Jego sandały zanurzyły się w wilgotnym, chłodnym piasku, przez sekundę stał nieruchomo. Cały kontynent do zbadania, a oni byli pierwszymi Celendorczykami, którzy stanęli na jego brzegu. Gdyby miał wybór, rzuciłby broń i zaczął iść. Wzdłuż jednego wybrzeża, a później drugiego, aż zobaczyłby wszystko, co było do zobaczenia, i w końcu znalazł miejsce, w którym chciałby usiąść bez ruchu. Ale nie po to wysłał go Senat, a jego ludzie wierzyli, że utrzyma ich przy życiu w tym nowym świecie.

– Panie? – odezwał się cicho jeden z legionistów stojący za nim, a kiedy Marek się odwrócił, zobaczył, że Teriana wciąż siedzi w łodzi z opuszczoną głową i dłońmi na kolanach.

Zaczekał, a kiedy się nie poruszyła, wypowiedział jej imię.

Podniosła wzrok, a on prawie się cofnął na widok ciemnych sadzawek jej oczu. Już wcześniej widział je w tym kolorze, ale zawsze były wzburzonym, gwałtownym morzem gniewu, nie nieruchomym odbiciem. Zrobiło mu się zimno mimo upału, kiedy patrzył, jak Teriana rozgląda się po piasku i zaciska zęby, choć nic na pustej plaży nie zasługiwało na taką reakcję.

– Miejmy to z głowy – powiedział i znów odwrócił się do wioski.

Kiedy się zbliżyli, dżungla dziwnie ucichła, gałęzie drzew znieruchomiały, jakby cokolwiek, co kryło się wewnątrz, ich obserwowało. Szli między filarami podtrzymującymi domy, sieć mostków i balkonów wznosiła się dobre dziesięć stóp nad ziemią, a do środka można było się dostać jedynie po drabinach, które w razie ataku dawały się łatwo wciągnąć do środka. Marek wyprostował rękę i przesunął palcami po jednej z takich drabin. Uniósł dłoń, by przyjrzeć się woskowej powłoce, która pachniała trochę jak roślinny sok.

– Pochodzi z drzewa – mruknęła Teriana. – Nie pali się. Wszystkie budynki są nim pokryte.

„Sprytne", pomyślał Marek, wycierając dłoń o tunikę, i pochłaniał wzrokiem wszystkie szczegóły. Pranie wiszące na sznurku. Piłkę tkwiącą w kałuży, jakby ten, kto się nią bawił, przerwał w połowie gry. Woń ryb z ostatniego połowu. Było coś niesamowitego w tym, jak bardzo znajomo to wyglądało, jakby mimo widocznych różnic krajobrazu i architektury szedł przez wioskę na wybrzeżach Celendoru.

Mijali ślady walki w błocie. Rozsypany kosz owoców. Poczuł dochodzącą z góry woń przypalonego chleba, więc gestem kazał jednemu ze swoich ludzi się tym zająć, zanim będą mieli na głowie pożar. Nigdzie nie było żadnych oznak, że coś poszło niezgodnie z ich planem.

W powietrzu rozległ się żałosny jęk niemowlęcia. Teriana głośno zaczerpnęła powietrza. „Ona się boi". Właśnie wyszli za róg i znaleźli się na otwartej przestrzeni otoczonej siedmioma kapliczkami.

Mężczyźni, których wysłał, stali dookoła z bronią wyciągniętą, ale opuszczoną. Między nimi siedziało pięćdziesięcioro wieśniaków, jasnowłosych i opalonych. Patrzyli na niego oczyma wszelkich kolorów. Większość mężczyzn i kobiet nosiła luźne spodnie sięgające tuż za kolano, z koszulami wciśniętymi za szerokie paski z czegoś, co wyglądało jak wężowa skóra. Luźno tkane materiały były przeważnie ciemnobrązowe i zielone, miejscowi nosili też sandały ze skóry i sznurka. Poza ich zasięgiem leżała sterta broni, ostrza, łuki i włócznie, ich groty były błyszczące i ostre. „To nie są tylko wieśniacy – poprawił się w myślach. – To wojownicy".

– Nie stawiali oporu, panie. – Gibzen uniósł rękę. – Wasz gambit jak zwykle się udał.

Jedna z wieśniaczek, wysoka blondynka z podbitym okiem, wstała. Skóra na kostkach jej dłoni popękała i krwawiła, a Marek zastanawiał się, który z jego ludzi oberwał od niej pięścią. Coś krzyknęła i nie potrzebował Teriany, by przetłumaczyła jej słowa.

Ale to nie powstrzymało Teriany przed odwróceniem się do niego.

– Gdzie są ich przeklęte dzieci, Marku?

Marek był świadkiem, jak mieszkańcy miasteczek i wiosek wzdłuż całego wybrzeża Imperium reagowali na przybycie Maarinów. Jak dzieci biegły na plażę, tańcząc w oczekiwaniu na przybycie załogi, bo Maarinowie nie tylko przywozili towary z odległych miejsc, ale też słynęli ze szczodrości wobec dzieci. A rodzice zawsze je puszczali, bo wiedzieli, że będą bezpieczne. Że Maarinom można zaufać. Znajdowali się na drugim końcu świata, ale wydawało się, że w tej kwestii nic się nie zmieniło.

– Na plaży sąsiedniej zatoczki. Pod opieką Maarinów i moich ludzi. Nie stanie im się krzywda.

Ich obecność w tamtym miejscu znaczyła, że nie kręciłyby się pod nogami, gdyby jego gambit się nie powiódł.

Serwiusz dostał rozkaz, by zabrać Yeddę i Polina na brzeg, aby zajęli się maluchami z wioski. Marek liczył na zdolność Maarinów do porozumienia się z dziećmi i uspokojenia ich. Tak samo jak liczył, że ta wioska wojowników podda się bez walki, kiedy jego ludzie przybędą, wykrzykując: „Poddajcie się! Waszym dzieciom nie stanie się krzywda!" w języku handlu, który Maarinowie rozpowszechnili właściwie na całej Reath.

Dzieci wszystko zmieniały.

Ludzie, którzy byli gotowi tysiąc razy zginąć bolesną śmiercią, by je ochronić, cofali się przed wszystkim, co mogło im zagrozić. Był to jeden z niezliczonych powodów, dla których legioniści Imperium nie mogli zawierać związków poza legionem. Dzieci i rodzina były słabością, do której on i jego ludzie nie mieli prawa.

– Jak mogłeś? – syknęła Teriana. – Czy jest coś, czego nie zrobisz?

Było wiele rzeczy, których nie chciał robić, w tym krzywdzenie dzieci, co znaczyło, że musiał znaleźć konstruktywne metody osiągnięcia swoich celów, podczas gdy jego towarzysze sięgali po przemoc. Sprytniejsze metody. Połowa jego strategii opierała się na zrozumieniu, jak działa ludzki umysł i jak nim manipulować. A przed laty pojął, że wyobraźnia rodzi bardziej przerażające obawy niż rzeczywistość.

– Powiedz im, że ich dzieciom nie stała się krzywda, Teriano, albo dojdzie do walki.

Coś powiedziała, a wtedy strach zniknął z ich oczu, zastąpiony złością, kiedy zrozumieli, że zostali oszukani. Zanim ich gniew zdążył wzrosnąć, Marek się odezwał:

– Teriano, dowiedz się, kim jest ich przywódca.

Mówiła z wahaniem, ale została zrozumiana, i wieśniacy rozsunęli się, ukazując siwowłosego mężczyznę z długą blizną przecinającą bezoki oczodół. Jego drugie oko miało bursztynowy odcień – Marek nie widział wcześniej oczu o takim kolorze. Mężczyzna powiedział coś do Teriany, a ona niezręcznie wzruszyła ramionami, po czym odwróciła się do Marka.

– Arinoquianie dzielą się na siedem klanów, którymi rządzą… – przerwała i zmarszczyła czoło, szukając celendorskiego odpowiednika – c e s a r z e.

Był to starożytny celendorski tytuł, już nieużywany, głównie dlatego, że jednostka, która by się nim posługiwała, konkurowałaby o władzę z Senatem, ale Marek zrozumiał, co miała na myśli. Przywódca, który był dowódcą, jakby każdy klan był armią. To, że Teriana postanowiła przełożyć arinoquiański tytuł w taki sposób, dużo mu powiedziało.

– Cesarz tych ludzi mieszka w mieście na północ stąd, ale ten mężczyzna, Flacre, będzie się wypowiadał w jego imieniu.

Marek powtórzył w głowie imię, zapamiętując je.

– O co cię spytał?

– Od kiedy statki Maarinów zabierają pasażerów.

Szkoda, że ten podstęp mógł zadziałać tylko raz.

– Chcę, żebyś dokładnie przetłumaczyła moje słowa, bez ozdobników.

– Mów powoli – mruknęła. – Straciłam wprawę.

– Jestem legat Marek, najwyższy dowódca Trzydziestego Siódmego i Czterdziestego Pierwszego Legionu Imperium Celendoru. Nasi dowódcy wysłali nas przez morze w celu zbadania nowego terytorium i nawiązania stosunków handlowych.

Broda Teriany zadrżała w wyraźnym wysiłku powstrzymania się przed wtrąceniem własnych poglądów do rozmowy. Dlatego właśnie nie znosił korzystać z tłumaczy – to, że była uprzedzonym marynarzem z własnymi celami, jeszcze pogarszało sprawę. Skrzywiła się, wyrzuciła z siebie ciąg słów i założyła ręce na piersi.

Mężczyzna uniósł brwi i z niedowierzaniem wskazał na morze, po czym odpowiedział.

Teriana westchnęła z irytacją.

– On w to nie wierzy. Myślą, że tam nie ma nic poza oceanem.

– „Oni" to znaczy ta wioska, czy „oni" to znaczy wszyscy żyjący na Zachodzie?

Zacisnęła zęby.

– Wszyscy.

„Interesujące". Miało to pewien sens, że Maarinowie utrzymywali istnienie Mrocznych Wybrzeży w tajemnicy przed Imperium, ale powody, dla których równie powściągliwie traktowali tych z Zachodu, były mniej oczywiste. Wskazywało to, że Maarinowie trzymali się na uboczu na całej Reath, i sugerowało mu, że ich stosunki z władzami różnych krain były równie ograniczone co z Senatem. A jeśli reszta mieszkańców Mrocznych Wybrzeży była takimi samymi niedowiarkami jak ten człowiek, Marek mógł to wykorzystać – to, co nie istnieje, nie stanowi zagrożenia.

– Powiedz mu, że aż do niedawna byliśmy równie nieświadomi istnienia tych wybrzeży, ale kiedy dowiedzieliśmy się o nich od Maarinów, zapragnęliśmy zawiązać kontakty handlowe między naszymi narodami.

Przetłumaczyła jego słowa, a że zajęło jej to sporo czasu, podejrzewał, że podkoloryzowała to nieco bardziej, niżby mu się podobało.

Flacre zmarszczył czoło i przez dłuższą chwilę wpatrywał się w Marka, zanim odpowiedział.

– Mówi, że nie wyglądacie na kupców... że wyglądacie jak armia gotowa wziąć sobie, co zechce.

– Czy myśli tak, bo mu to zasugerowałaś?

Przewróciła oczami i potrząsnęła głową.

– Myśli tak dlatego, że nie jest ani ślepy, ani głupi.

– Najeźdźca – powiedział Flacre w języku handlu, z silnym akcentem.

– Nazwał cię...

– Wiem, jak mnie nazwał – przerwał jej Marek. – Czy mówią płynnie w języku handlu?

– Ten język nazywa się mudamorski i większość z nich zna tylko kilka słów. Poszczęściło ci się z tą twoją sztuczką.

Marek zagryzł policzki i myślał.

– Powiedz mu, że nie zamierzamy zaatakować tej wioski, o ile sami nie będą się o to prosić. Że nasza armia została wysłana, bo posłanie nieuzbrojonych kupców w obce kraje byłoby dla nich niebezpieczne.

Czekając na tłumaczenie Teriany, dodał:

– Powiedziano nam, że ten region jest niebezpieczny z powodu cesarza Urcona, który używa siły, by odbierać bogactwa klanom tego regionu, i uważa się za króla. Powiedziano nam, że wiele klanów, w tym wasz, aktywnie sprzeciwia się jego rządom.

Nie musiał czekać na tłumaczenie odpowiedzi starca, by wiedzieć, że jej opis sytuacji w regionie był całkowicie zgodny z prawdą. Kiedy Teriana skończyła tłumaczyć, Flacre splunął na ziemię, a później wypluł z siebie coś, co – jak podejrzewał Marek – było stekiem obelg.

– Urcon jest gorszy niż zaraza. On… – Teriana urwała i jeszcze bardziej zmarszczyła czoło. Zadała wodzowi pytanie, a kiedy słuchała jego odpowiedzi, na chwilę przeniosła spojrzenie na jedną z kapliczek, tę z czarnego kamienia. – On zabiera dzieci tych, którzy nie mogą zapłacić.

Marek przypomniał sobie słowa Kordelii: „Kasjusz zamierza zabierać czwartych synów rodzin, których nie będzie stać na podatki".

– W jakim celu?

– Nikt nie wie. Nikt ich później nie widział.

Marek ponuro pokiwał głową, podejrzewając, że dzieci były sprzedawane. Albo i gorzej. W tych okolicznościach wykorzystanie ich dzieci przeciwko nim było mroczną skazą, która potrzebowała czasu, by zblaknąć. Ale co się stało, to się nie odstanie.

– Taki władca nie pomaga w pokojowych kontaktach handlowych między narodami. Chcielibyśmy zaproponować sojusz z waszym klanem, by skończyć z tymi praktykami. I z nim.

– Ostatnim, czego chcesz, jest sojusz – syknęła Teriana pod nosem.

– Nie zakładaj, że wiesz, czego chcę, a czego nie. A teraz tłumacz.

Wieśniacy gapili się na niego w milczeniu, kiedy Teriana powtórzyła jego słowa, a później rozległy się głośne szepty. Odezwał się Flacre.

– Jakie byłyby warunki takiego sojuszu?

– Jesteśmy nowi w tej krainie i potrzebujemy rady tych, którzy dobrze ją znają. Potrzebujemy zapasów, przewodników i łączników, i mamy środki, by wam zapłacić, jeśli dostarczycie nam te rzeczy. Częścią tej zapłaty będzie zapewnienie armii koniecznej, by usunąć Urcona.

Ktoś w grupie coś krzyknął, a reszta zgodnie kiwała głowami.

– Nie potrzebujemy sojuszu z obcą armią, by walczyć w swoich bitwach.

Stwierdzenie pewnie było słuszne, ale żeby strategia Marka zadziałała, musiał przekonać ich, że jest inaczej. Musiał przekonać Arinoquian, że potrzebują legionów, choć w rzeczywistości było wręcz przeciwnie.

Legat wzruszył ramionami i powiedział:

– Wierzę, że jesteście do tego zdolni, ale jak długo to potrwa? Jak wielu z waszych ludzi zginie w walce z najemnikami Urcona? Jak wiele z waszych dzieci będzie dorastać bez rodziców? Jak wiele z waszych dzieci dorośnie tylko po to, by sięgnąć po miecze zabitych krewnych i walczyć w tej samej walce?

W tej właśnie chwili pojawił się Serwiusz w towarzystwie Yeddy, Polina i mniej więcej dwóch tuzinów dzieci, które natychmiast podbiegły do rodziców, podczas gdy Teriana tłumaczyła.

– Możecie latami prowadzić tę wojnę – mówił dalej, kiedy się uspokoili. – Albo możecie się z nami sprzymierzyć i zakończyć sprawę w ciągu kilku tygodni.

Znów rozległy się szepty, gorączkowe dyskusje między ludźmi, którzy rozważali jego propozycję. Rozważali możliwości. Rozważali konsekwencje odmowy. Tymczasem Marek rozważał własną wiedzę na temat buntów.

Uczono go je tłumić, ale to szkolenie sprawiło, że próbował lepiej zrozumieć, co skłaniało ludzi do walki przeciwko siłom większym niż ich własne. Co było konieczne, by zmusić ludzi do zaryzykowania wszystkiego, co się dla nich liczyło, z nadzieją na coś lepszego. I często zastanawiał się, co musiałby zrobić Senat, by popchnąć tych żyjących pod władzą Imperium do rzucenia się w taki sposób na jego legiony. Jak by to było, gdyby celendorscy cywile sięgnęli po broń przeciwko żołnierzom, którzy przez całe życie uczyli się walczyć i którzy nie mieli żadnych bliskich wymagających od nich ochrony. Żołnierzom mającym do stracenia jedynie własne życie – które utraciliby, gdyby odmówili walki.

W końcu Flacre odpowiedział, ale mówił bez przekonania.

– Odparł, że nawet jeśli zgodzą się na taki sojusz, to, co proponujesz, jest niemożliwe z jednym tylko… yyy… – zakaszlała – zarekwirowanym maarińskim statkiem pełnym żołnierzy.

– Oczywiście, że nie. – Marek w milczeniu zastanawiał się, czy m ó g ł b y tego dokonać. – Ale całe szczęście nie musimy.

Skinął na oficera trzymającego róg sygnałowy i zaczekał na serię nut, które ten przekazywał żołnierzom z flagami na pokładzie Quincense, a później odwrócił się do oceanu.

W pewnej odległości, ale wyraźnie widoczna gołym okiem, pojawiła się jego flota płynąca w stronę wybrzeża. I z niesamowitym wyczuciem czasu, jakie mogło być dziełem jedynie doskonale przygotowanego planu, na każdym z okrętów niemal jednocześnie rozwinęła się szkarłatna bandera. Spojrzał na wodza i Arinoquian stojących za jego plecami.

– Możemy odebrać temu tyranowi władzę. I zrobimy to.

Rozdział 27

Teriana

Kiedy Teriana wlokła się do obozu, stopy ciążyły jej jak bloki ołowiu. Otaczający ją luźno żołnierze nie wydawali się nawet w połowie tak zmęczeni, choć pracowali dwa razy ciężej. Co dużo znaczyło, bo nie pamiętała, kiedy ostatni raz ją tak przegoniono.

Celendorczycy byli bezlitośni w swojej wydajności. Dwaj inżynierowie natychmiast zatrudnili ją do tłumaczenia rozmowy z Flacrem, mamrotali między sobą i bazgrolili szkice i obliczenia na kawałkach papieru, zanim ruszyli w stronę plaży, by wybudować przystań, do której mogłaby przybić flota. Następny był jakiś oficer, który poprosił, by tłumaczyła, kiedy ustalali z Flacrem zasady dotyczące zarówno legionistów, jak i wieśniaków, łącznie z karami za wykroczenia. Miała nadzieję, że żądania Celendorczyków okażą się oburzające, ale były rozczarowująco rozsądne i Flacre jedynie potakiwał. Później przez kilka godzin negocjowała zakup zapasów, głównie ryżu, za które inny celendorski oficer bez najmniejszych sprzeciwów zapłacił gładkim srebrem. Następnie wróciła do inżynierów i zabrała się do wyjaśniania wieśniakom, których zatrudnili, jak mają pomóc w budowie i jaką zapłatę dostaną za swoją pracę. Co oznaczało, że nie miała czasu na tworzenie planów i z pewnością żadnej okazji, by zaszczepić w umysłach wieśniaków myśl, że Celendorczycy nie są tacy, jak się wydaje.

Wszystko byłoby o wiele łatwiejsze, gdyby Yedda i Polin zostali z nią w wiosce, ale Marek zabrał ich z powrotem na Quincense, dając Polinowi dość czasu jedynie na to, by sprawdził, jak goją się palce Teriany.

– Pilnuj, żeby były czyste – mruknął kucharz. Łagodnie trzymał jej ręce w swoich wielkich dłoniach i przyglądał się gojącym macierzom paznokci, które swędziały jak ognie podziemi. – I uważaj, co mówisz Arinoquianom. Szczególnie kiedy o n jest w zasięgu słuchu. – Wmasowując balsam w jej palce, dodał: – Chłopak ma dryg do języków, więc niedługo nie uda ci się niczego przemycić. A jeśli złapie cię na mówieniu czegoś, czego nie powinnaś… – Pokręcił głową. – Nie daj się złapać.

– Nie dam.

– Ten ciężar powinno wziąć na siebie jedno z nas, starszych. To nie w porządku, że ty musiałaś.

– Jestem kapitanem. Moim obowiązkiem jest chronić załogę.

A nawet gdyby tak nie było, to ona podpisała umowę. Ona musiała doprowadzić ją do końca.

– Kapitan czy nie, ciężko nam było, kiedy myśleliśmy, że nie żyjesz. Nikt z nas nie chce znowu tego przechodzić.

– Przestań się ze mną cackać, Polinie. – Teriana czuła na sobie spojrzenie Marka i wiedziała, że musi zrobić przedstawienie. – Nie jestem dzieckiem.

– Zawsze będziesz moją małą kijanką, dziewczyno.

Poczuła niespodziewane pieczenie w oczach. Jej ojciec zmarł przed jej narodzinami. Kiedy handlowali na Wschodzie, odniósł niewielką ranę, która zaczęła się paskudzić, a Quincense nie wrócił na Zachód na tyle szybko, by naznaczony uzdrowiciel go ocalił. Polin nie do końca przyjął rolę ojca, ale był jej wujem niemal w takim samym stopniu, w jakim Yedda ciotką. Troszczył się o nią, opiekował. Ale teraz to ona miała obowiązek ochronić jego. Ochronić całą załogę.

I czuła ten ciężar na barkach wiele godzin po tym, jak Polin i Yedda opuścili wioskę pod czujnym spojrzeniem Marka.

Zaklęła pod nosem i kopnęła kamień, lecz w ciemnościach zaczepiła palcami stopy o korzeń i się potknęła. Jeden z inżynierów podtrzymał ją bez słowa, ale kiedy podniosła wzrok, stanęła w miejscu. Dotarli na plażę, jednak tam, gdzie jeszcze niedawno znajdowały się połacie nieujarzmionej dżungli, stało coś, co można było nazwać tylko fortecą.

Z ziemi wznosiły się rzędy okorowanych pni drzew, zbyt wysokie, by można się było wspiąć na nie bez liny, i regularnie patrolowane przez legionistów, których uwaga ani na chwilę nie opuszczała otaczającego ich półmroku. Budowla była potężna i złowroga, ale mężczyźni wokół Teriany przyspieszyli kroku z minami, jakby wracali do domu, a nie do czegoś wydartego dżungli w ciągu niecałego dnia.

W blasku pochodni błysły kusze wycelowane w nadchodzących, dopóki nie wymieniono haseł. Wówczas brama otworzyła się, ukazując morze białych namiotów ustawionych w idealnych szeregach.

– Legat chce cię widzieć – powiedział jeden z mężczyzn przy bramie i skinął na duży namiot pośrodku obozu. – Natychmiast.

Instynktownie chciała się sprzeciwić czemuś, co wyraźnie było rozkazem, ale w głowie zabrzmiała jej rada Yeddy, więc powstrzymała się od komentarza. Zachowując posłuszeństwo, mogła poznać działanie celendorskiego obozu, a stałe podporządkowanie pozwoliłoby jej zdobyć zaufanie legionistów.

„W końcu zdobyć zaufanie legionistów", poprawiła się w myślach, udając, że nie dostrzega dwóch mężczyzn, którzy oderwali się od grupki, by pójść za nią.

Jeśli doskonała organizacja miała jakiekolwiek znaczenie, celendorski obóz był właściwie niezdobyty. Przestrzenie między namiotami wyglądały, jakby wyznaczono je od linijki, ogniska rozmieszczono w regularnych odstępach, a wszystko było tak do siebie podobne, że kiedy szła między kolejnymi rzędami, miała *déjà vu*. Wokół ognisk siedzieli pojedynczy żołnierze, grający w kości albo karty, wielu innych spało na posłaniach, a niezliczeni inni pełnili straż na murach albo patrolowali dobrze oświetlony obóz. Nie tylko przebicie się do środka albo na zewnątrz wyglądało na niemożliwe – wyzwaniem byłoby również szpiegowanie w środku.

Kiedy zbliżyła się do wskazanego namiotu, dostrzegła celendorskiego smoka łopoczącego na wietrze od morza. W blasku ognia złoty wąż wydawał się atakować i kłapać paszczą. Jeden z mężczyzn przy wejściu zajrzał do namiotu, po czym odsunął klapę i skinął jej głową, kiedy weszła do środka.

Dookoła rozstawiono lampy, które ukazywały wnętrze dokładnie tak surowe i praktyczne, jak się spodziewała. Wypełniały je duszące gorąco i woń stali, skóry, potu oraz nuta zapachu ryby, którą Celendorczycy zjedli na kolację. Teriana czekała, aż któryś z dziesięciu młodych mężczyzn stojących wokół rozkładanego stołu zauważy jej obecność, ale wszyscy skupiali się na dużej mapie pokrytej znacznikami i figurkami.

– Zaatakujemy tutaj i tutaj – mówił Marek, jednak nie widziała, na co pokazywał, ponieważ Serwiusz zasłaniał jej widok.

Pozostali wyrazili zgodę pomrukami i się wyprostowali.

– Kiedy wrócicie, chcę znać liczby. – Z tymi słowami legat odszedł od stołu.

Pozostali zasalutowali i wyszli, większość uśmiechała się do niej, kiedy ją mijała, z wyjątkiem Feliksa, który całkowicie ją zignorował.

Jedynie Tytus się zatrzymał. Teriana najeżyła się, bo wiedziała, że to syn Kasjusza. Jednak on tylko uśmiechnął się szeroko.

– Dałaś niesamowity pokaz umiejętności żeglarskich. Wielu ludzi zawdzięcza ci dziś życie.

Otworzyła usta, żeby powiedzieć coś złośliwego, ale Marek lekko potrząsnął głową, więc tylko wzruszyła ramionami.

– Muszę dbać o swoją reputację.

– Mimo wszystko, gdyby nie ty... – Syn Kasjusza obejrzał się przez ramię na Marka, po czym znów spojrzał na nią. – Dziękuję. Wiele ci zawdzięczamy. Ja ci wiele zawdzięczam.

„Chętnie wyrażę ci swoją wdzięczność nożem wbitym w plecy", pomyślała, ale zachowała milczenie, gdy ruszył przez obóz, a czerwony płaszcz falował za jego plecami.

– Jesteś pewien, że to rozsądne wtajemniczać go w swoje plany?

– Myślę, że rozsądnie jest trzymać go pod ręką. – Marek patrzył, jak jego służący zbiera puste cynowe talerze i kubki. – Musisz być gotowa o świcie. Wyślemy kolejne grupy zwiadowców i chciałbym zatrudnić paru ludzi Flacre'a jako przewodników.

– Pewnie będą zainteresowani, jeśli nie przestaniesz im płacić.

Rzuciła okiem na mapę w nadziei, że domyśli się, na czym polega jego strategia.

Wskazał na zamknięte na kłódkę skrzynie pod stołem.

– Zapłacę. Nie zamierzam robić sobie wrogów wśród mieszkańców Arinoqui.

– W takim razie co zamierzasz? – Pytanie to opuściło jej usta, zanim zdążyła się zastanowić.

„Bardzo sprytnie, Teriano – złajała się w duchu. – Ale z ciebie utalentowany szpieg".

– Zamierzam zrobić dokładnie to, co powiedziałem Flacre'owi i pozostałym. Zamierzam sprzymierzyć się z klanami buntującymi się przeciwko fałszywemu władcy Urconowi. Razem pozbawimy jego i jego popleczników władzy, pewnie siłą, a wtedy każdy z klanów będzie mógł sam się rządzić, jak to było wcześniej.

– Dlaczego? Co ci to da?

– Silny sojusz oznacza trwałe wsparcie ze strony mieszkańców Arinoqui.

Teriana poczuła ściskanie w żołądku, nagłe zrozumienie jego strategii było jak cios w twarz.

– Bunty to krwawe, żmudne bitwy – powiedział. – Urcon ma większe siły i więcej zasobów niż buntujące się przeciwko niemu klany, a do tego dysponuje armią najemników. Flacre i jego ludzie wyglądają na sprawnych wojowników, ale nie są zawodowymi żołnierzami. Całe dnie poświęcają na zapewnienie utrzymania sobie i swoim rodzinom, a za każdym razem, kiedy muszą walczyć, odrywają się od tych obowiązków. Ryzykują życie. Ryzykują życie wszystkich, na których im zależy, bo Urcon z całą pewnością weźmie odwet. To, że mimo wszystko gotowi są walczyć, pokazuje, jak bardzo nie mogą znieść jego władzy.

Patrzyła na niego, niezdolna się odezwać.

– Moi ludzie z kolei są zawodowymi żołnierzami. To właśnie robimy. Nie robimy nic innego, bo Senat zapewnia nam wszystkie niezbędne zasoby. Natura legionów sprawia, że nie musimy chronić nikogo spoza naszego bractwa, a nawet jeśli część moich ludzi wciąż darzy pewnym sentymentem rodziny, które pozostawiła, Imperium znajduje się po drugiej stronie morza i nie dosięgnie ich Urcon ani nikt inny szukający odwetu.

Nie mogła oddychać.

– A wydaje mi się, że powody, dla których pragnę zawrzeć stabilny sojusz z Arinoquią, są oczywiste. Oni wciąż będą nam pomagać, a w zamian za monety dostarczą nam żywność i inne zapasy. Ustanowimy tu mocny przyczółek, co pozwoli nam prowadzić dalsze badania w poszukiwaniu rdzeni genesis, a jednocześnie będziemy czekać, aż odnajdzie nas jeden z opłaconych przez Senat poszukiwaczy ścieżek. Kiedy nam się to uda, sporządzę odpowiednie dokumenty, które będziesz mogła przedstawić Senatowi na dowód, że wypełniłaś swoją część umowy. Ty i twoi rodacy będziecie mogli się zająć waszymi sprawami, bez przeszkód ze strony Imperium.

Teriana doskonale widziała, jak dobrze to pójdzie. Kolejne wioski, miasteczka i miasta kapitulujące bez walki ze względu na pokusę takiego sojuszu. Nim obalą Urcona, co pewnie nieuniknione, wszyscy w Arinoqui będą postrzegać Celendorczyków jako przeklętych zbawców, nie podstępnych zdobywców, którymi byli.

Dzięki informacjom, które mu dostarczyła, Marek doskonale wiedział, co to za miejsce i jak wykorzystać konflikt w tym regionie do swoich celów. Zamiast zgotować porażkę, zapewniła im dokładnie takie okoliczności, jakich Celendorczycy potrzebowali, by okopać się na Zachodzie. Co gorsza, wiedząc, że nie może jej zaufać, dał jej do zrozumienia, że gdyby próbowała osłabić jego pozycję, odebrałaby tym ludziom szansę na pozbycie się obecnego ciemiężcy.

– Jesteś śliskim, wrednym sukinsynem – warknęła. – Będziesz się ukrywał za maską dobrego bohatera, aż ci ludzie utracą wszelką zdolność do stawiania oporu, a później wyślesz imperialnego poborcę podatków, by zapukał do ich drzwi. Zastąpisz jednego tyrana innym.

Marek nawet nie zamrugał.

– Dzięki twojemu przyjacielowi Magniusowi wszyscy wiemy, że moje pochodzenie jest niepodważalne. A Imperium nie zażąda od nich wyższych podatków, niż byliby zdolni zapłacić... Chce, żeby rozkwitali, ponieważ właśnie tak Senat zarabia.

– Naprawdę? – spytała cicho, by jego ludzie na zewnątrz jej nie słyszeli. – Czy Chersome rozkwita? A może wciąż jest stertą dymiących trupów? Choć pewnie Senat wybaczył ci zabicie tych wszystkich potencjalnych podatników, by dzięki temu mógł kupić służbę dziecka za mniej niż bochenek chleba. Imperium jak zawsze wygrało.

– Tak. – Rozmasował skroń jedną dłonią. – Owszem. Ciesz się, że obecnie wygrywa dzięki złotu i dyplomacji, bo inaczej stałabyś teraz na polu wśród trupów.

Teriana nic nie mogła na to powiedzieć. Musiała wrócić na Quincense. Porozmawiać z Yeddą i Polinem o tym, jak mogliby wykorzystać te informacje.

– Coś jeszcze?

Potrząsnął głową.

Dziewczyna obróciła się na pięcie.

– W takim razie…

– Zostaniesz tutaj.

Zanim zdążyła otworzyć usta, by się sprzeciwić, dodał:

– Ten namiot jest bezustannie pod strażą. – Trącił stopą jedną ze skrzyń. – Złoto. Mapy. Plany. Najbezpieczniejsze miejsce w obozie.

Przełknąwszy resztę tego, co miał w kubku, odstawił go na stół i przeszedł na tył namiotu, odsunął płócienną klapę i zniknął. Teriana niechętnie ruszyła za nim, po czym spojrzała na słabo oświetloną przestrzeń rozdzieloną pośrodku prześcieradłem. Na podłodze leżało posłanie, a na nim niewielka sterta jej ubrań i dobytku. Po drugiej stronie prześcieradła znajdowało się drugie posłanie, obok którego stał Marek.

– To twój namiot – powiedziała.

– Namiot dowodzenia. Skoro dowodzę, śpię tutaj. Amarin śpi z przodu – dodał, jakby po namyśle.

– Mogę spać w zwykłym namiocie – wydukała.

– Pozostawienie cię bez straży byłoby zbyt dużym zagrożeniem. Wiemy, że Kasjusz wolałby raczej cię zabić i zaryzykować, że tu utkniemy, niż pozwolić, byś wypełniła tę umowę, więc mogę się założyć, że Tytus spróbuje do tego doprowadzić. Nie zamierzam dać mu szansy. – Marek założył ręce na piersi. – A nie będę odciągał swoich ludzi od innych zadań, żeby pilnowali twojego snu, skoro ci strzegący tego namiotu poradzą sobie z tym równie dobrze.

Spanie z nim w tej samej kajucie na statku to jedno. Ale ten namiot… Dzieliła ich zaledwie stopa. Wolałaby raczej zostać nago w dżungli.

– Będę bezpieczna na swoim statku.

– To nie wchodzi w grę.

– Dlaczego? Przecież nie uciekniemy w nocy. Na pokładzie wciąż kłębią się twoi ludzie.

– Jeśli nadal mogę wierzyć w twoje słowo, nie powinienem się martwić, że uciekniecie. Ale nie o to mi chodziło... Twój pobyt na statku jest niemożliwy.

– Dlaczego? – Podniosła głowę, przerywając przyglądanie się namiotowi, ale lampa rzucała cienie na twarz Marka, co uniemożliwiało odczytanie jego miny.

– Ponieważ – bawił się klamrą karwasza – Quincense tu nie ma.

– Co to ma znaczyć?

– Wysłałem go pod dowództwem twojej ciotki Yeddy na wyspę, którą mijaliśmy po drodze, gdzie statek zostanie zacumowany. Mają na pokładzie trochę naszych rannych, jak również dość moich ludzi, by nie było kłopotów. Pozostaną tam do czasu, aż wypełnisz umowę i nadejdzie pora odesłać was z powrotem do Celendoru.

Teriana patrzyła na niego, ledwie zdolna pojąć to, co mówił. Potrzebowała ich, by mieć szansę przemycić zdobyte informacje poza obóz.

– Wiem, że możesz się porozumiewać z Magniusem. – Wydawało się, że Marek czyta jej w myślach. – Ale na ile umiem ocenić, wymaga to pewnej bliskości, na którą nie zamierzam pozwolić, bo ci nie ufam.

Załoga była jej rodziną, Quincense jej domem. Uwięzienie w Celendrialu było najdłuższym okresem, jaki spędziła z dala od nich. Znalezienie sposobu na podkopanie misji legionu mogło jej zająć całe tygodnie, najpewniej miesiące. Może nawet lata. I miała je spędzić otoczona przez wrogów, całkowicie odcięta od wszystkich, którzy byli dla niej ważni. Złapała się za włosy, próbując nie wybuchnąć płaczem, podczas gdy wplecione w nie malutkie ozdoby wbijały się w jej dłonie, a ona potrafiła myśleć tylko o tym, kto będzie zaplatał jej warkocze pod nieobecność Yeddy.

– Ty, ty…

– Nie ściągnę ich z powrotem, Teriano. Przynajmniej do czasu, aż znajdziemy lądowe xenthierowe ścieżki do Imperium i z powrotem i skończymy ze sobą.

„Albo sprawy potoczą się dla nich bardzo źle". Ta myśl musiała być wypisana na jej twarzy, bo Marek spochmurniał.

– Od kiedy byłem dzieckiem, każdy dzień spędzałem z tym legionem. Z tymi mężczyznami. Jak myślisz, co z tobą zrobię, jeśli uznam, że któremuś z nich stała się krzywda z twojego powodu?

Sapnęła ze złością, bo inaczej by się rozpłakała.

– A jednak spodziewasz się, że będę tu tak stała i bez słowa przyjmowała wszystko, co mówisz?

– Och, spodziewam się mnóstwa uwag z twojej strony, Teriano – warknął. – Ale w tej chwili chcę, żebyś wyszła na zewnątrz i znalazła sobie ognisko, przy którym usiądziesz, bo mam plany do omówienia. I wybacz mi, że nie chcę, byś była dość blisko, by podsłuchiwać.

Rozdział 28

Marek

Marek zmrużył oczy i wpatrzył się w mapę. Zwiększył płomień lampy z nadzieją, że rozmyte linie się wyostrzą. Ale światło nie było lekarstwem na wyczerpanie.

Pozostawiwszy Terianę pod opieką Gibzena, Feliks i Serwiusz wrócili i zabrali się do czytania raportów zwiadowców, inżynierów oraz kartografów, próbując zorientować się w układzie terenu. Marek tymczasem przeglądał mniej przyjemne materiały. Przygotowano listę strat, jakie poniósł legion podczas przejścia przez xenthier. Dwunastu utonęło. Czterdziestu sześciu rannych, ale tylko ośmiu na tyle poważnie, że nie byli zdolni do marszu – zostali odesłani na wyspę na pokładzie Quincense. Wszyscy ranni i zabici należeli do Trzydziestego Siódmego. Mogło być o wiele gorzej. Gdyby nie błyskawiczna reakcja Teriany, mogły zginąć całe cztery setki na pokładzie tego okrętu, w tym Feliks.

Oficjalna lista była oprawioną księgą zawierającą numery oznaczające legionistów z Trzydziestego Siódmego. Zgodnie z poleceniem Senatu musiał ją aktualizować. Zabici. Zwolnieni ze służby. Dezerterzy – w całej ich historii był tylko jeden. Serwiusz miał drugą listę, która uwzględniała również ich imiona. Właśnie na nią patrzył Marek, zapamiętując imiona zmarłych.

– Nie będziemy chcieli długo z tym czekać. – Feliks przerwał milczenie i postukał palcem w kropkę oznaczającą niewielkie ufortyfikowane miasto Galinha, które leżało o dzień marszu od ich obecnej pozycji. – Z tego, czego udało się nam dowiedzieć, wszyscy żołnierze dręczący okoliczne miasteczka i wioski stacjonują właśnie tam. Lepiej pozbyć się ich u źródła, zamiast wyłapywać wzdłuż całego wybrzeża.

Marek mruknął coś twierdząco, ale tak naprawdę nie słuchał Feliksa, bo jego umysł odtwarzał rozmowę z Terianą. Sposób, w jaki jej oczy nabrały odcienia wzburzonego morza, jad w jej głosie. To, jak rzuciła mu w twarz Chersome.

– Czy ty w ogóle mnie słuchasz? – spytał ostro przyjaciel.

– Tak. – „Nie". – Jeśli wyruszymy zbyt szybko, ryzykujemy, że miejscowi zwrócą się przeciwko nam. Chcemy, żeby byli z nami.

– I zaryzykujemy, że Urcon przeniesie swoich ludzi do fortecy w Aracam, wzmacniając obronę miasta? – Feliks wbił palec w kropkę dalej na północy. – Obecnie moglibyśmy bez trudu zdobyć Galinhę. Jeśli będziemy zwlekać, może się to zmienić.

– Może. – Marek rozmasował skroń. – Ale będziemy się tego trzymać, aż wrócą zwiadowcy z informacjami o ich liczbie. I zobaczymy, co Teriana wyciągnie z Arinoquian.

Dłoń Feliksa zamarła przyciśnięta do mapy.

– Ufasz informacjom, które ona ci dostarcza?

– Z pewnym sceptycyzmem. – Marek wyprostował się z trzaskiem kości. – Ona liczy na nasz sukces.

– Albo spiskuje, by doprowadzić do naszego upadku. Nie chce nas tutaj.

„Zastąpisz jednego tyrana innym". Głos Teriany odbijał się echem w jego głowie.

– Pamiętacie dom? – Marek zadał to pytanie, zanim zdążył się zastanowić, jakie będą jego konsekwencje.

Jego przyjaciele podnieśli głowy.

– Imperium? – spytał Serwiusz. – Czy Campus Lescendor?

– Nie. Wcześniej.

Feliks i Serwiusz wymienili spojrzenia, w końcu ten drugi wzruszył ramionami.

– Czasami zauważam coś, co sprawia, że o nim myślę. Kiedy widzę siostry, myślę o swoich.

– Pieczenie chleba – dodał Feliks. – Jego zapach przypomina mi siedzenie w piekarni moich rodziców, zanim legiony mnie zabrały.

– A pamiętacie poborcę podatków? – Marek obserwował ich reakcję.

Możliwe, że byli zbyt mali, by zwrócić na to uwagę, ale w chwili, kiedy przyszło mu to na myśl, obaj powoli pokiwali głowami.

– Raz w miesiącu przychodził mężczyzna. – Feliks miał zamyśloną minę. – Pamiętam, że w gorszych okresach zawsze proponował moim rodzicom umowę, która pozwoliłaby im nie płacić. Ale oni zawsze płacili, nawet jeśli oznaczało to kilka tygodni bez mięsa.

Marek sięgnął do brzegu stołu i odłamał drzazgę.

– Imperium dobrze zarabia na lichwie. Byli mądrzy, że się na to nie zgadzali.

– Moja rodzina płaciła zbożem. – Serwiusz zmarszczył czoło. – Albo bydłem. Przyjeżdżali wozami pod strażą legionistów. Siedzieliśmy na drzewach i patrzyliśmy, jak maszerują, a ja chwaliłem się, że pewnego dnia będę jednym z nich. – Roześmiał się, ale zabrzmiało to niepewnie. – Dzisiaj myślę, że to chore.

– A ty? – spytał Feliks.

Marek popatrzył na przyjaciela, wiedząc, że ten wykorzystuje pytanie, by wydobyć informacje na inny temat.

– Poborcy podatków nie pukają do drzwi senatorów.

– Pewnie nie. – Feliks starł brud z karwasza. – Ten patrycjusz, którego pobiłeś aż do krwi… to był twój brat, prawda? A twoim ojcem jest senator Domicjusz?

Marek nie mógł już temu zaprzeczyć, ale bardzo żałował, że niechcący rozpoczął rozmowę na ten temat.

– Tak.

– Po co te tajemnice? – Feliks zignorował ostrzegawcze spojrzenie Serwiusza. – Przecież wszyscy wiedzieli, że pochodzisz ze Wzgórza. Świadczyły o tym twój sposób mówienia, umiejętność czytania i dodawania, to, że wiedziałeś dwa razy więcej niż my wszyscy. A niech cię, Marku, pamiętam, że ręce miałeś delikatne jak dziewczyna.

„Nie pozwól, by ktokolwiek poznał twoją tożsamość. – Słowa ojca odbijały się echem w jego głowie. – Jeśli tak się stanie, twoja rodzina będzie zrujnowana. Chcesz, żeby twoje siostry musiały sprzedawać się na ulicach? Żebyśmy z twoim bratem zawiśli na stryczku?" Przełknął ślinę, przypominając sobie, jak bardzo się bał, że zostanie odkryty.

– Nie chciałem, żeby ktokolwiek wiedział.

– Dlaczego? W naszych szeregach były dziesiątki młodych patrycjuszy. Nikogo to wtedy nie obchodziło, a oni sami też już o tym nie myślą.

– W takim razie czemu pytasz?

– Bo tak! Chcę wiedzieć, dlaczego byłeś gotów powiedzieć jakiemuś pogańskiemu morskiemu stworowi to, czego przez dwanaście lat nie mówiłeś najlepszym przyjaciołom.

– Daj spokój. – Serwiusz próbował stanąć między nimi, ale Feliks go odepchnął.

– Od kiedy wróciliśmy do Celendrialu, zachowujesz się dziwnie. Podwójnie dziwnie, od kiedy pojawiła się Teriana, ale przyczyny tego przynajmniej są oczywiste. Mam już dość, że coś przed nami ukrywasz, szczególnie od kiedy utknęliśmy w tym miejscu.

„Czy powiedzenie im prawdy byłoby czymś bardzo złym?"

Oczywiście – i Marek o tym wiedział. Ukrywanie przed nimi prawdy było jednym, ale gdyby przyjaciele dowiedzieli się, że przez tyle lat ich okłamywał? Że nie był tym, za kogo się podawał, i uczestniczył w spisku, który godził w jedną z najbardziej uświęconych zasad Imperium? Od tego nie byłoby odwrotu.

– Chcecie wiedzieć, dlaczego wam nie powiedziałem? Świetnie. – Podniósł kubek z wodą i wypił jego zawartość. – Rodzina wstydziła się mojej choroby. Wysłali mnie do legionów, spodziewając się... mając nadzieję... że umrę. Chcieli zapomnieć o moim istnieniu, więc odpowiedziałem im tym samym. – Zagryzł policzki i dodał: – Kasjusz wie, kim jestem. Pamiętał, że w dzieciństwie byłem chory, i zagroził, że wyjawi te informacje, jeśli mu nie pomogę. I chyba możemy założyć, że Tytus też wie.

– Czyli powodem, dla którego zostaliśmy odwołani, dla którego wysłano nas na tę misję, było to, że Kasjusz mógł cię szantażować? – Uszy Feliksa poczerwieniały gwałtownie. – Ten szczurowaty sukinsyn. A Tytus? Czy potrzebujemy kolejnego powodu, by go zabić?

– Nie zamorduję człowieka dlatego, że m o ż e wiedzieć, Feliksie.

– A co z tym, że on próbował zamordować ciebie? Nóż wbity w jego plecy by to zakończył. Nie musiałbyś się martwić.

– Nie – warknął Marek, równie wściekły na siebie, że uznał ten pomysł za kuszący, co na Feliksa, że to zaproponował. – Daj sobie spokój.

– W porządku.

Zanim zdążyli powiedzieć coś więcej, do środka wtoczyli się Gibzen z Terianą. Obejmowali się ramionami, a wokół nich unosiła się korzenna woń rumu.

– Ona nas obrobiła, panie! – ryknął Gibzen, rzucił woreczek monet na stertę map, po czym umieścił Terianę na jednym z zydli.

Dziewczyna uśmiechała się jak wariatka, a jej oczy miały niepokojący niebieski odcień.

– Twoi ludzie nie umieją obstawiać, Marku.

– Upiłaś się – stwierdził, a Teriana powoli zaklaskała w dłonie.

– Masz nie tylko śliczną buźkę, co, l e g a c i e?

Mierzyli się wzrokiem, jej tęczówki zafalowały i pociemniały.

– Muszę się przespać – wymamrotała, wstała i ruszyła w stronę tyłu namiotu. – Dobranoc, Gibzenie. Powiedz swoim chłopakom, że jutro mogą spróbować odzyskać monety.

– Dobranoc, śliczna! – Gibzen przeciągnął się, założył ręce za głowę i najwyraźniej dopiero wtedy zauważył, że Marek piorunuje go wzrokiem. – Co? Kazałeś mi trzymać ją z dala, aż skończycie. Misja wypełniona.

– Wynoś się. – Marek odetchnął cicho i zaczekał, aż prymus wyjdzie, po czym zwrócił się do przyjaciół: – Dokończymy jutro.

Zebrał wygraną Teriany, poszedł na tyły i rzucił sakiewkę na jej posłanie.

– Nie myślałam, że pozwolisz mi je zachować.

– Jeśli są dość głupi, by grać z maarińskim marynarzem, zasługują na przegraną.

Uniosła głowę i powiedziała:

– Wiesz, *ja* nie jestem głupia. Po pierwsze pijacy nie wygrywają w karty. Po drugie nie jestem na tyle bezmyślna, by stracić panowanie nad sobą w obozie pełnym żołnierzy.

– Czyli tylko *udawałaś*, że podoba ci się ich towarzystwo? – Ustawił się bokiem, by Amarin mógł przejść.

Mężczyzna postawił na ziemi obok Teriany misę z wodą.

– Dziękuję. – Uśmiechnęła się do służącego, zanim przeniosła wzrok na Marka. – A kto mówi, że udawałam? Są miłym towarzystwem i z przyjemnością spędziłam z nimi wieczór.

Nienawidziła tylko jego.

Przeszedł na drugą stronę zasłony i wyciągnął rękę, a Amarin rozpiął sprzączki i starannie odłożył karwasz do czyszczenia. Teriana zwiększyła płomień lampy, a kiedy wstała, przez prześcieradło wyraźnie widział zarys jej sylwetki. Podniosła ręce nad głowę i zdjęła koszulę, a później podskakiwała to na jednej, to na drugiej nodze, ściągając spodnie. Kiedy Marka dobiegł chlupot wody, zorientował się, że się gapi, i oderwał wzrok od zasłony.

Amarin uśmiechał się rozbawiony.

– Nawet nie próbuj tego mówić – warknął Marek, ściągnął tunikę i rzucił ją na podłogę.

– Czego mówić? – spytała Teriana.

– Niech panienka lepiej zgasi lampę. – Amarin uśmiechnął się szerzej, kiedy Marek zamachał rękami, próbując skłonić go do umilknięcia. – Musimy oszczędzać oliwę.

Światło przygasło.

Amarin podał mu ręcznik, a Marek rzucił go w stronę mężczyzny.

– Nie sądzę.

Służący zmarszczył nos i położył kawałek tkaniny obok misy z wodą.

– Może się jednak nad tym zastanowicie, panie.

Później zebrał pancerz i wyszedł.

Marek marzył o tym, żeby paść na posłanie i zasnąć, ale zabrał się do zmywania zebranego przez cały dzień potu, po czym odłożył broń tak, żeby mieć ją pod ręką, i się położył. Po chwili lampa zgasła, pozostawiając go w ciemnościach z odgłosami obozu, bzyczeniem owadów i cichym płaczem Teriany.

Wyrzuty sumienia były starym znajomym, ale teraz zaatakowały go z wyjątkową zajadłością. „To twoja wina – szeptały. – Płacze z twojego powodu. Sprowadziłeś ją tutaj. Oderwałeś ją od rodziny".

„Ona żyje dzięki mnie – przypomniał sumieniu. – I wszyscy pozostali też".

Ale to nie uspokoiło jego uczuć. Ani nie uciszyło łez Teriany.

– Odesłanie ich na tę wyspę było najlepszym sposobem, by ich ochronić – stwierdził.

Dziewczyna nie odpowiedziała, ale jej łkanie ucichło.

– Gdyby zostali, byliby więźniami w tym obozie, a ja niewiele mógłbym zrobić, by zapewnić im jak najlepsze warunki. Byliby wykorzystywani jako zasoby, do tłumaczenia i innych rzeczy, co znaczyłoby, że byliby w ciągłym niebezpieczeństwie... grożącym im ze strony moich ludzi i Urcona. Na wyspie są z dala od tego wszystkiego. Twoja załoga jest tam najbezpieczniejsza.

Wiatr zaszeleścił płótnem namiotu, a z pewnej odległości dobiegł go głośny śmiech.

– Mogłeś mi pozwolić się pożegnać.

Mógł. Pewnie powinien.

– Podjąłem tę decyzję, zanim ktokolwiek mógł dojść do wniosku, że Quincense i jego załoga powinni się do czegoś przydać, zamiast siedzieć na białej plaży pośrodku niczego.

Cisza.

– To nie potrwa długo.

– Podczas gdy ty wykorzystasz mnie, żeby dostać wszystko, czego chcesz.

„Gdyby tylko wiedziała".

– Już dałaś mi wszystko, czego chciałem. – Zdawał sobie sprawę, że musi bardzo uważać.

– Ale...

– Reszta tego, co musisz zrobić, by uwolnić swoich rodaków? To dla Kasjusza. Nie dla mnie. Ale dla dobra twojego ludu pomogę ci to zrobić. – Przetoczył się na bok i wpatrzył w ciemność. Nienawidził świadomości, że nawet na drugim końcu świata Kasjusz trzyma go pod butem. – Odpocznij, Teriano. Wkrótce nadejdzie świt.

Jej oddech wreszcie ucichł i zwolnił do spokojnego rytmu snu, pewnie bardziej dzięki rumowi, który dał jej Gibzen, niż pocieszeniu, jakie czerpała ze słów Marka. A w miarę jak mijały minuty, a sen nie nadchodził, Marek sam zaczął się zastanawiać, czy nie posłać Amarina po butelkę. Tyle że to była równia pochyła, na której wolał się nie znaleźć. Nie lubił się upijać, nie podobało mu się, że trunek rozluźniał jego język i samokontrolę. Miał zbyt dużo do stracenia, a ulga, jaką mogło mu przynieść zapomnienie na jedną noc, nie była warta potencjalnej ceny.

Podniósł się z westchnieniem i wciągnął tunikę przez głowę. Wziął broń i sandały z namiotu dowodzenia, założył je cicho i wyszedł w mrok.

Strażnicy krążący wokół namiotu zasalutowali mu, kiedy ich minął i ruszył między równymi szeregami namiotów. Obóz został podzielony między dwa legiony, a choć połowy były identyczne, mógłby zamknąć oczy i kręcić się jak bączek, a i tak bez trudu wskazałby część należącą do Trzydziestego Siódmego. Pomijając wszystko inne, zdradziłaby ich woń trunku.

Dotarł do bramy i oznajmił:

– Idę do wioski.

– Zaczekajcie chwilę, panie, a zorganizujemy eskortę – zaproponował dowódca straży, ale Marek potrząsnął głową.

– To nie zajmie dużo czasu.

Młody mężczyzna – jeden z Czterdziestego Pierwszego – otworzył usta, by się sprzeciwić, ale długie spojrzenie legata go powstrzymało. Bramę uchylono, by mógł wyjść, a przechodząc, zabrał jedną z płonących pochodni. Jeden z legionistów z całą pewnością już biegł, by donieść o wszystkim Feliksowi, ale Marek i tak miał szansę na parę chwil samotności. Czas, by odetchnąć.

Do wioski wyrąbano drogę i Marek szedł szybko w ciemności, nasłuchując brzęczenia owadów, krzyków ptaków i małp na drzewach, i szumu oceanu uderzającego o odległą plażę. Powietrze pachniało wilgocią, ziemią i drzewami, czysto w porównaniu z obozem. Był już wcześniej w miejscach wypełnionych takimi dźwiękami. Takimi zapachami. Jednak tu było coś innego. Napięcie i wrażenie… czujności, od którego zamrowiła go skóra.

Dotarł na skraj wioski i skinął głową strażnikom, których tam ustawiono – czterej byli ludźmi Flacre'a, a czterej legionistami. Wszyscy żołnierze należeli do Trzydziestego Siódmego, więc nawet nie unieśli brwi na jego widok. Mimo że jego nocne spacery mogły się im nie podobać, zdążyli się przyzwyczaić.

W samej wiosce panowała cisza, ludzie siedzieli w domach, choć Marek wątpił, by w obecności wojska czuli się dość swobodnie, aby zasnąć. Krążył między filarami podtrzymującymi domy, aż dotarł do otwartej przestrzeni na środku, wokół której stało siedem kamiennych kapliczek. Każda z nich była wyjątkowa, ozdobiona szczegółowymi płaskorzeźbami przedstawiającymi męskie i kobiece postaci, których oczy wydawały się poruszać, kiedy okrążał polanę. Do kapliczki z czarnego kamienia zbliżył się na końcu i gdy wpatrywał się w płaskorzeźbę, która była jedynie sugestią twarzy z czarnymi jamami oczu, poczuł dziwne pragnienie, by dotknąć śliskiej ściany.

Z wahaniem wyciągnął rękę i nagle spostrzegł, że jego palce są zmrożone do szpiku kości. Wrażenie rozprzestrzeniało się, zimno zaczynało palić, jakby zbyt długo przyciskał dłoń do bloku lodu.

Bolało, ale nie mógł się cofnąć.

Oczy rzeźby wypełnił słaby blask, poruszyły się, dostrzegając go.

I wtedy ktoś zacisnął dłoń na jego nadgarstku i go odciągnął.

Marek sięgnął po broń u pasa, ale zamarł na widok Flacre'a trzymającego w ramionach zapłakane niemowlę. Starzec wskazał na czarną kapliczkę i ostrzegawczo pokręcił głową.

Markowi wciąż szumiało w uszach, kiedy spytał:

– Dlaczego ją macie? Dlaczego jej nie zniszczycie? – Pokazał gestami rozbijanie kamienia, ale mężczyzna jedynie pokręcił głową.

Kołysząc dziecko w ramionach, wskazał na każdą z kapliczek, po czym przycisnął dłoń do swojej piersi. Następnie położył ją na piersi dziecka. A później wyciągnął rękę i przycisnął ją do dudniącego serca Marka.

– Zostaw go!

W mroku nocy rozległ się głos Feliksa, a niemowlę, które zdążyło już zasnąć, znów zaniosło się płaczem.

– Nic się nie dzieje, Feliksie. – Marek skrzywił się, kiedy dziecko krzyknęło wyjątkowo głośno. Zwrócił się do Flacre'a: – Przepraszam. On jest… – Urwał i przeklął się w duchu, że nie miał okazji nauczyć się choć trochę arinoquiańskiego, zanim tu przybył, bo ograniczona znajomość języka handlu nie wystarczała.

Z miną przede wszystkim rozbawioną starzec przytulił dziecko i powiedział jedno słowo:

– Opiekuńczy.

Marek uśmiechnął się i skinął, powtarzając słowo. Zapamiętując je.

Flacre pochylił głowę i odszedł. Mrucząc uspokajająco do malca, zniknął w ciemnościach.

Feliks stał z rękami założonymi na piersi między dwiema kapliczkami.

– Już o tym rozmawialiśmy.

– Wiem, wiem. – Marek spojrzał w niebo i patrzył, jak migoczą gwiazdy. – Nie mogłem spać.

– Ona chrapie?

Roześmiał się.

– Nie gorzej niż ty.

– Ja chrapię, tylko kiedy śpię na plecach.

– Ty zawsze śpisz na plecach.

Feliks wzruszył ramionami.

– Chcesz się przejść?

Ruszyli przez wioskę i z powrotem na plażę, gdzie ludzie Marka zaczęli budować nabrzeże, do którego mogła przybić ich flota. Stukając sandałami o kamień, doszli do końca i usiedli z nogami zwieszonymi przez krawędź, stykając się łokciami.

– Jak sobie radzą?

Feliks zawsze lepiej wyczuwał morale żołnierzy, bo był jednym z nich w stopniu znacznie większym, niż Markowi kiedykolwiek się udało. Jeszcze zanim został dowódcą, zawsze stał na uboczu. Jakby nie do końca pasował do pozostałych chłopców. Z wielu różnych powodów poczuł ulgę, kiedy dowódcy w Campus Lescendor uznali go za kandydata na oficera i mógł spędzać więcej czasu w bibliotece, poznając historię wojen Imperium. Ucząc się strategii. Opanowując taktykę. Polując na zwycięstwo.

– Niektórzy lepiej niż inni. Brak zajęcia w Celendrialu miał swoją cenę, a podróż... – Feliks potrząsnął głową. – Nie jestem pewien, czy tym w ładowni, którzy nie widzieli, co się dzieje, było lepiej czy gorzej. Tak czy inaczej, marynarze zdążyli powiedzieć swoje, zanim wszyscy zeszli na brzeg. Serwiusz musi zdobyć więcej alkoholu albo będziemy mieli problemy wśród szeregowych.

– Będziemy mieli problemy, jeśli zostaniemy zaatakowani, a jedna trzecia z nas będzie pijana.

– Będziemy mieli równie wielkie problemy, jeśli ta jedna trzecia straci rozum z wyczerpania. – Feliks odetchnął głęboko. – Większość nie może spać, a kiedy zasypiają, dręczą ich koszmary. Jedynie trunek im pomaga.

Koszmary. O rzeczach, które widzieli. O rzeczach, które zrobili. O rzeczach, co do których obawiali się, że ktoś im zrobi.

– To nie twoja wina.

Marek nie odpowiedział. Nie musiał. Kiedy trafili do Campus Lescendor, dostali wspólne piętrowe łóżko, ale zostali przyjaciółmi w chwili, gdy Feliks ściągnął Marka z placu, na którym ten zemdlał pierwszego dnia ćwiczeń. Wciąż pamiętał głos siedmioletniego Feliksa: „Wstawaj. Musisz wstać. Tu nikt się nie poddaje, jedynie umiera". Albo kiedy dostał pierwszego ataku, a Feliks go ukrył, zamiast poprosić o pomoc medyków, bo instynkt podpowiadał mu, że była to jedyna szansa Marka na przeżycie. Że gdyby odkryto jego słabość, pozbyliby się go.

– Twoim zadaniem jest utrzymanie Trzydziestego Siódmego przy życiu – powiedział cicho Feliks. – I to ci się udało, wbrew wszystkiemu. Moim zadaniem zaś jest utrzymanie przy życiu *ciebie*. Ale żebym mógł to zrobić, musisz w końcu przestać ryzykować, rozumiesz? Potrzebujemy cię.

Marek poczuł, że przyjaciel trąca go łokciem, i wiedział, że powinien się odwrócić. Potwierdzić, że słyszał Feliksa. Uspokoić go. Ale słowa nie przychodziły.

– Powinniśmy wracać. O świcie musimy zacząć pokazywać Urconowi, że zamierzamy tu zostać.

Feliks uśmiechnął się szeroko.

– A Trzydziesty Siódmy nigdy się nie cofa.

„Nigdy nie wrócą”.

Rozdział 29

Teriana

Terianę obudziły rytmiczne wdechy i wydechy kogoś, kto ciężko dyszał. Zamrugała, patrząc na białe płótno nad głową, ledwie oświetlone słabym blaskiem nadchodzącego świtu, i jęknęła. Głowa bolała ją od kaca. Nawet w najlepszych momentach poranki nie były jej ulubioną porą i jeszcze parę – może sześć – godzin snu by nie zaszkodziło. Ale Marek najwyraźniej nie miał tego w planach.

„Marek".

Mimo rumu, który wypiła poprzedniego wieczora, długo obracała się z boku na bok po ich rozmowie przez prześcieradło, rozważając jego słowa. W Celendrialu, kiedy bandażował jej dłonie, pięknie opowiadał o wspólnocie interesów, jeśli chodziło o ochronienie jej rodaków przed Kasjuszem, ale zbyła to jako próbę wkradnięcia się w jej łaski. Podobnie, kiedy pozwolił jej oddać ciała zabitych morzu. Jak mogła myśleć inaczej, skoro podpisany z nim kontrakt wymagał tak wiele – podania połowy świata na srebrnej tacy? To, że miał oddać Maarinom wolność, było jak rzucanie jej ochłapów. Niewielki koszt w porównaniu z zyskiem.

Ale to, co powiedział... „Już dałaś mi wszystko, czego chciałem. Reszta z tego, co musisz zrobić, by uwolnić swoich rodaków? To dla Kasjusza. Nie dla mnie. Ale dla dobra twojego ludu pomogę ci to zrobić".

Jej uwagę przyciągnęło ciche łupnięcie, a oddech Marka znów zaczął się wydawać nieco wysilony.

– Na Sześcioro! – warknęła. – Co ty wyprawiasz?

Przetoczyła się na bok, poderwała prześcieradło wiszące między nimi i znalazła się twarzą w twarz z parą szarych oczu. A może były niebieskie? „Bez znaczenia. Są jego".

Marek znieruchomiał w dolnej połowie pompki i powiedział:

– Ćwiczenia.

Znów powrócił do pompek, mięśnie poruszały się pod jego głupią celendorską skórą. Następnie przetoczył się na plecy i zaczął robić brzuszki, a ona obserwowała, bo wiedziała, że go to irytuje.

– Wyglądasz idiotycznie – powiedziała w końcu i opuściła z powrotem prześcieradło.

– Sprawność fizyczna jest ważna.

Przewróciła oczami, zirytowana, że już jest jej gorąco, choć słońce jeszcze nie wzeszło.

– Dobrze. Gdy już skończysz wymachiwać, może pójdziesz na spacer. Przydałaby mi się odrobina prywatności.

– Latryny są na tyłach obozu.

Bo Sześcioro, brońcie, żeby miała choć jedną przeklętą chwilę samotności. Z piekącymi policzkami naciągnęła buty i ruszyła przez pusty namiot dowodzenia, mijając po drodze Amarina.

– Dzień dobry. Życzycie sobie zjeść śniadanie tutaj czy staniecie w kolejce z żołnierzami?

– Zastanowię się – mruknęła. Jej spojrzenie padło na stertę papieru, po czym przeniosło się na ołówki porzucone na stole. – Marek chyba cię do czegoś potrzebuje – powiedziała.

Kiedy mężczyzna ruszył w stronę tylnej części namiotu, złapała papier i ołówek, wepchnęła je do kieszeni, po czym wyszła na zewnątrz i głęboko odetchnęła świeżym powietrzem.

Ruszyła na tył obozu, a za nią podążyło dwóch mężczyzn. Przypominając sobie radę Yeddy, spytała:

– Co takiego nawyprawialiście, że kazali wam chodzić za mną do sracza?

Obaj się roześmiali.

– Prawie się pobiliśmy o tę robotę – odparł jeden. – Co do tej drugiej kwestii, Serwiusz chyba coś przygotował, żeby wszystkie chłoptasie z Czterdziestego Pierwszego nie chciały się odlewać w tym samym czasie co ty.

– Serwiusz jest w porządku. – Poczuła ulgę, że nie będzie musiała codziennie załatwiać się na oczach kilku tysięcy mężczyzn. Zapamiętała obelgę związaną z brakiem dojrzałości drugiego legionu. Jeśli konflikt między nimi wykraczał poza Marka i Tytusa, może mogłaby to wykorzystać. – A skoro mamy być tak blisko, jak się nazywacie?

– Kwintus – odparł. – A to Miki.

Drugi legionista uśmiechnął się szeroko, świeże szwy sprawiały, że kącik jego oka unosił się lekko. Nawet zanim poznała jego imię, wiedziała, że Miki nie pochodził z Celendrialu. Włosy zasłaniał mu hełm, ale jego brwi były niesamowicie rude, a bladą skórę pokrywały niezliczone piegi. Pewnie pochodził z Sibernu, tych wielkich jałowych pustkowi na północ od Celendoru.

Kwintus z kolei był Celendorczykiem tak samo jak Marek czy Feliks, z tą swoją złocistą skórą, jasnymi włosami i oczami. Jednak było w nim też coś znajomego.

– Ja cię znam – powiedziała. – Jesteś tym żołnierzem od matron zajmujących się szyciem.

Miki wybuchnął śmiechem, aż włócznia, którą trzymał w ręce, zadrżała.

– Dobre, dobre. Nigdy ci tego nie zapomną.

Kwintus westchnął.

– Wielkie dzięki, Teriano. Cały przeklęty legion będzie mi teraz zostawiał przed namiotem rzeczy do zacerowania.

– Wreszcie znajdzie się jakieś zastosowanie dla tej twojej igiełki.

Obaj mężczyźni zaczęli się przekomarzać, z każdą chwilą coraz bardziej nieprzyzwoicie.

Dotarli do latryn, gdzie zgodnie z ich słowami na końcu znajdowała się pozbawiona dachu konstrukcja z jej imieniem wyrytym na drzwiach i ostrzeżeniem, że intruzi przez następny rok będą kopać rowy.

„Lidia umrze ze śmiechu, kiedy o tym usłyszy..."

Na tę myśl krew odpłynęła Terianie z twarzy, a wkrótce wypełniła ją wściekłość. Wściekłość na to, że choć na chwilę pozwoliła sobie zapomnieć, iż to z powodu tej dziewczyny znalazła się w tym miejscu. Weszła do środka, zamknęła drzwi i opuściła prowizoryczną zasuwkę. To, po co przyszła, załatwiła w krótkim czasie, ale mimo smrodu wypełniającego okolicę latryny pozostała w niewielkiej zamkniętej przestrzeni. Wyjęła papier i ołówek, które ukradła z namiotu dowodzenia. Pisząc szybko, najpierw po gamdeshańsku, a później po katamarkańsku, opisała ze szczegółami sytuację, wszystko, co wiedziała o zamiarach Marka, jak również większą groźbę, jaką stanowiło Imperium. Błagała o pomoc – dla siebie, dla swojego ludu i dla mieszkańców Arinoqui – o wysłanie wsparcia, które pomogłoby powstrzymać celendorskie zagrożenie. Na koniec wymieniła wszystkie swoje tytuły i podpisała się tak elegancko, jak tylko mogła tępym ołówkiem.

Wyjrzała przez szparę w ścianie i patrzyła z ukosa na dwóch strażników, którzy rozmawiali przyjaźnie z innym legionistą, odwróconym do niej plecami. Nagle poczuła dreszcz na widok listów w dłoni, ponieważ były to prośby, by władcy Zachodu przybyli i zabili tych ludzi. Kwintus i Miki nie trafili do tego miejsca z własnej woli. Nawet żołnierzami nie zostali z własnego wyboru. Każdy szczegół ich życia dyktowali Senat i legat Marek. Skrzywiła się i odwróciła, oparła ramionami o drzwi i wcisnęła kartki głęboko do kieszeni.

„Oni nie są niewinni, głupia", powiedziała sobie. Byli wyszkolonymi zabójcami i żaden z nich nie zawahałby się przed poderżnięciem jej gardła, gdyby dostał taki rozkaz, więc dlaczego ona miałaby?

– Teriano?

Znieruchomiała na dźwięk głosu Marka, po czym spojrzała przez szparę. To on był tym trzecim żołnierzem, ale nie nosił żadnych insygniów oficera, więc go nie rozpoznała.

– Musisz porozmawiać z medykiem?

„Dlaczego miałabym...?" Nagle zrobiło jej się gorąco, gwałtownie otworzyła drzwi i wyszła, potykając się o własne buty.

– Nic mi nie jest. – Spiorunowała wzrokiem Kwintusa i Mikiego, zirytowana, że nie mieli dość przyzwoitości, by ją ostrzec.

„Przepraszam", powiedział Kwintus samym ruchem warg.

– Dieta może sprawiać kłopoty. – Marek założył ręce na piersi, a ona zauważyła, że jego mięśnie były wyraźnie zarysowane dzięki tym wszystkim głupim ćwiczeniom. – Jeśli czegoś potrzebujesz, zgłoś się do medyka. Nie pozwól, by stało się to problemem.

Zanurkowanie w latrynie za plecami byłoby przyjemniejsze od tej rozmowy.

– Nic mi nie jest. Po prostu... rozmyślałam.

Co prawda, twarz Marka zakrywał hełm, ale była pewna, że uniósł brwi.

– Myśl w wolnym czasie. Mamy co robić.

Teriana zacisnęła zęby i zaczęła iść obok niego, a pozostała dwójka trzymała się nieco z tyłu.

– My?

– Tak, my. Musimy się spotkać z mieszkańcami okolicznych miasteczek i wiosek, więc jesteś potrzebna do tłumaczenia.

– Oczywiście. Ale do czego jesteś potrzebny ty?

W jej słowach zabrzmiało więcej sarkazmu, niż się spodziewała. Z tyłu rozległo się stłumione prychnięcie.

– Przeziębiłeś się, Kwintusie? – Marek nawet się nie odwrócił. – Jeśli źle się czujesz, mogę ci znaleźć mniej wymagające zadanie. Możesz na przykład cerować.

– Nic mi nie jest, panie. I przepraszam, panie.

– Nie sądziłam, że masz poczucie humoru – mruknęła Teriana.

– Nie wiem, o czym mówisz.

Głos Marka brzmiał beznamiętnie, ale odwróciła się na tyle szybko, że zobaczyła na jego twarzy cień uśmiechu.

Opuścili obóz w grupie pięćdziesięciu mężczyzn i ruszyli szlakiem wzdłuż wybrzeża. Był zbyt szeroki, by nazwać go kozią ścieżką, zbyt wąski, by nazwać go drogą, ale po godzinie Teriana była przekonana, że to droga do podziemi.

Nie chodziło bynajmniej o to, że brakowało jej kondycji. Po prostu rzadko dokądkolwiek chodziła. Nogi ją bolały i czuła, że buty ścierają skórę z pięt. Słońce paliło, a do tego miała wrażenie, że nie oddycha, lecz pije, tak wilgotne było powietrze. Co gorsza, Marek upierał się, by zasypywać ją pytaniami – żaden szczegół nie był zbyt drobny, by umknąć jego uwadze.

– Te kapliczki w wiosce… są poświęcone waszym bogom?

Poczuła ściskanie w żołądku, gdy przypomniała sobie historię Imperium. Niszczenie podobnych monumentów.

– Uznam to za potwierdzenie. Słyszałem, jak wspominasz o Sześciorgu, ale tam było siedem kapliczek.

– Siódmy to Zepsucie – powiedziała cicho. – Domaga się miejsca w kręgu bogów, ale jedynie ci ze złem w sercu wzywają jego imienia.

– Wszyscy mają takie moce, jak widzieliśmy w czasie przejścia?

– Gespurn włada żywiołami. – Spojrzała na słońce, pragnąc zrzucić winę za upał na boga, ale wiedziała, że to typowe dla Arinoqui. – Domeną Madorii jest morze. Inni mają inne moce.

– Jakie?

– Dlaczego pytasz? Chciałbyś się pomodlić?

Marek westchnął z irytacją.

– Jeśli są zagrożeniem, muszę o nich wiedzieć.

To jednostki naznaczone przez bogów byłyby zagrożeniem, ale Teriana nie zamierzała mówić o tym Markowi.

– Lern włada zwierzętami. Yara panuje nad ziemią. Hegeria nad ciałem i duchem, a Tremon nad wojną.

Według opowieści kiedyś było więcej bogów, niezliczona liczba bóstw, ale teraz pozostało jedynie tych siedmioro.

– Sprawy ważne dla mężczyzn i kobiet – mruknął zamyślony. – I oddaje się im cześć na całych Mrocznych Wybrzeżach.

Tym razem to ona westchnęła.

– Tak, Marku. Na północy, na południu i wszędzie po drodze. W różnych językach noszą różne miana, ale są tymi samymi bogami i każdy oddaje im cześć w ten sam sposób.

– Kręgiem malutkich świątyń?

Teriana skrzywiła się na słowo „malutki". Jakże to typowe dla Celendoru: wierzyć, że rozmiar ma znaczenie.

– Świątynie kręgu bogów w Revat, stolicy Gamdeshu, wznoszą się tak wysoko, że dotykają chmur. Uważamy je za najwspanialsze dzieła architektury na Reath. – Spojrzała na niego z ukosa. – Choć ty bez wątpienia rozłożysz je na kawałki i zabierzesz do Celendrialu.

– Zobaczymy.

Teriana rozdeptała żuka przechodzącego przez ścieżkę, bo nie chciała wyrażać swojej opinii na ten temat.

– Urcon – spytał po kilku chwilach miłosiernego milczenia. – Widziałaś go kiedyś?

– Nie. – Ubranie miała mokre od potu, a już wypiła całą zawartość bukłaka, który dał jej Amarin. – Aracam to starożytne miasto, wybudowane, zanim klany podbiły Arinoquię i wypędziły tubylców w głąb lądu. Od prawie dekady jest na naszej czarnej liście. Jego myta są zbyt wysokie, zdarzało mu się też zabierać ładunek bez płacenia. I palić statki. Maarinowie handlują jedynie w mniejszych osadach, ale nie przynosi to zbyt wielkich zysków.

– Mają walutę?

– Na wyspach, z których pochodzą klany, funkcjonował głównie barter, ale tutaj używają gamdeshańskich monet. Złota. Srebra. Miedzi. – Spojrzała na niego z ukosa. – A skoro o tym mowa, dlaczego używacie monet bez oznaczeń? Spodziewałabym się, że chętnie wprowadzisz w całej okolicy celendorskiego smoka.

– Poprosiłem o gładkie monety. Złoto zwraca uwagę, a gdyby dość celendorskich monet trafiło do Gamdeshu, mogłoby się okazać, że sułtan i jego armie zainteresowaliby się mną wcześniej, niż miałbym na to ochotę.

Teriana ponuro spojrzała na ścieżkę, bo zamierzała sprawić, by trochę tych monet trafiło na północ do Gamdeshu, i w ten sposób przekonać sułtana, że zagrożenie ze strony Celendoru jest poważne.

Marek podniósł hełm i otarł pot.

– Jak daleko w głąb lądu sięga władza Urcona? Czy ludzie, którzy tam mieszkają, kiedykolwiek z nim walczyli?

Nogi tak ją bolały, że każdy krok wymagał wielkiego wysiłku woli.

– Marku – warknęła. – Nigdy wcześniej nie opuściłam oceanu na tak długo. Jak, na Sześcioro, mam wiedzieć, co się dzieje wiele mil w głąb lądu?

Obrzucił ją spojrzeniem.

– Pewnie to wyjaśnia twoje ślimacze tempo.

– Wolałbyś, żebyśmy biegli?

– Bolą cię stopy?

– Nic mi nie jest. – W butach pewnie miała krew, ale pozwoliłaby, żeby otarły ją aż do kości, zanim by mu się poskarżyła.

– Wcale nie. Zatrzymajcie się.

Wszyscy się zatrzymali, ale Teriana wojowniczo kroczyła szlakiem.

– Teriano.

Zignorowała go.

– Dlaczego musisz tak wszystko utrudniać?

Otworzyła usta, by odpowiedzieć, ale coś złapało ją za nogę i już leżała na plecach. Marek chwycił ją za kostkę i zanim zdążyła go kopnąć, ściągnął jej but.

– Ty przeklęta idiotko! – syknął i zawołał: – Medyk!

Zaczęło się poruszenie i po chwili ktoś przecisnął się między żołnierzami. Od pozostałych legionistów odróżniała go jedynie torba, którą nosił na ramieniu. Westchnął na widok jej stopy, którą Marek wciąż przytrzymywał.

– Co za bałagan – mruknął medyk. – Dziwi mnie, że jeszcze szłaś.

– A mnie nie. – Marek ściągnął jej drugi but, by medyk mógł ocenić stan jej otartej pięty. – Przeklęta uparta, zacięta oślica. Gdybyś obciął jej stopy, szłaby na kikutach.

– Może do tego dojść.

Teriana przestała wyrywać nogi z uścisku Marka.

– Aż tak źle?

– Dobrze nie jest. – Medyk polał jej pięty wodą, a później wtarł w zakrwawioną skórę maść, która paliła jak ogień, ale kiedy zakładał bandaż, zaczął się uśmiechać. – Ale aż tak źle też nie.

Podciągnął nogawkę jej spodni i ruchem świadczącym o dużej praktyce zamocował bandaż.

– Może iść? – Marek trzymał ręce założone na piersi, a jego głos brzmiał lodowato.

Medyk pokręcił głową.

– Nie, panie. Przez co najmniej kilka dni.

– Mogę – sprzeciwiła się, ale medyk potrząsnął głową.

– Trzeba ją będzie nieść.

Teriana pobladła.

– Nie. Absolutnie nie!

Nikt jej nie słuchał.

Marek pochylił się, jego pancerz wbił się w jej brzuch, kiedy przerzucił ją przez ramię, chrząkając przy tym bardziej z irytacji niż z wysiłku.

– Marku, postaw mnie. Albo znajdź kogoś...

– Nie martw się – rzucił. – Każdy będzie miał swoją kolej.

Mimo że Marek nazwał ją upartą oślicą, sam był podobny, albo i gorszy. Upierał się, by nieść ją całą drogę do otoczonego murami miasteczka, przez otwarte bramy i obok niezliczonych domów na palach, aż dotarli do centrum. Tam postawił ją bezceremonialnie pośrodku kręgu bogów, gdzie czekał cesarz, który okazał się cesarzową.

Była wysoka i żylasta, jej ciemnoblond włosy przetykała siwizna. Błyszczące zielone oczy otaczały kurze łapki, a na policzkach miała głębokie zmarszczki sugerujące, że często się uśmiecha, choć teraz tego nie robiła. W szeregach wojowników za jej plecami stali również mieszkańcy wioski Flacre'a.

– Wygląda na to, że już o tobie wiedzą – mruknęła Teriana.

– Tak, poprosiłem Flacre'a, żeby załatwił mi zaproszenie na rozmowy na temat zaproponowanego przeze mnie sojuszu. Odpowiedź pozytywna przyszła dziś rano, kiedy ty obijałaś się w latrynie.

Teriana poczuła, że palą ją policzki, jednocześnie zazgrzytała zębami z frustracją. Najwyraźniej Polin bardzo dobrze ocenił talent Marka do języków.

Cesarzowa skinęła Terianie głową na powitanie.

– Mam na imię Ereni.

– Teriana.

– To mężczyźni, którzy przybyli na statkach? – spytała Ereni.

– Tak. Przybywają z Imperium Celendoru leżącego po drugiej stronie Bezkresnych Mórz. Chcą nawiązać kontakty handlowe.

Kobieta spojrzała z ukosa na zbliżającego się Marka.

– To nie kupcy i – znów przeniosła spojrzenie na Terianę – słyszałam, że nie służysz im z własnej woli.

– Słyszeliście od kogo?

– Od młodego Maarina z połową stopy, który odwiedził mój klan. Maluje mroczny obraz tych złocistych młodzieńców.

„Przynęta". Teriana z trudem powstrzymała się od uśmiechu. Marek myślał, że postąpił sprytnie, więżąc jej statek na wyspie, ale Przynęta nie potrzebował łódki. Szczególnie nie z Magniusem, który poruszał się niezwykle szybko.

– W takim razie wiecie, że bogowie nie mają na Wschodzie władzy, a Celendorczycy chcą, by tak było wszędzie, dokąd się udają.

Zebrani Arinoquianie zaczęli szemrać ze złością, a Marek westchnął.

– Trzymaj się scenariusza, Teriano.

– Tak, tak – mruknęła i zaczęła wygłaszać przemowę przygotowaną dla niej przez Marka.

Wiedziała, że nie może dodawać niczego od siebie, kiedy skupiał na niej uwagę. Legiony przybyły, by zaprowadzić pokój, Senat nie chciał wysyłać celendorskich kupców w rejony pustoszone wojną. Rozumieli, że Urcon był przyczyną konfliktu w Arinoqui, i pragnęli zawrzeć sojusz z klanami, które chciały odebrać mu władzę. Zamierzali bronić tych, którzy im pomogą, i zapłacić za wszelką żywność i zapasy, którymi klan mógłby się podzielić.

Kiedy Teriana skończyła, cesarzowa Ereni podrapała się po brodzie.

– A jeśli się sprzeciwimy?

– Co się stanie, jeśli się sprzeciwią?

Marek zakołysał się na piętach, wydawał się nie przejmować pytaniem.

– Nic, jak długo nie będą atakować moich ludzi albo wspierać tych, którzy chcieliby to zrobić. Pójdziemy prowadzić interesy gdzie indziej, a konsekwencje tego będą takie jak zawsze.

Kobieta zmarszczyła czoło, słuchając tłumaczonej wiadomości.

– Kiepski wybór. Nakarmić najeźdźców w zamian za monety albo nie mieć monet, by nakarmić swoich ludzi.

Teriana wzruszyła ramionami, czując, jak Marek wbija wzrok w jej plecy.

– To, co mówią o Urconie – zaczęła Ereni – o zawarciu sojuszu, by go obalić... Wierzysz, że to zrobią? Nie postanowią się z nim sprzymierzyć, żeby wykorzystać jego armię, gdy wyruszą na północ i południe?

Teriana poczuła palenie w żołądku, gdy uświadomiła sobie, że chociaż Przynęta powiedział im prawdę o Celendorczykach, Ereni i tak rozważała sojusz.

– O co spytała?

Teriana nie mogła odpowiedzieć na pytanie Marka, nie zdradzając, że ktoś powiedział wieśniakom o prawdziwych zamiarach legionu. A ponieważ Quincense zacumowano wiele mil od brzegu, byłaby pierwszą podejrzaną.

– Nie zrozumiałam. Poproszę, żeby sformułowała to inaczej. – Zwróciła się do Ereni: – Nie słyną z dzielenia się władzą? – powiedziała z taką intonacją, jakby zadawała pytanie.

Spodziewała się negatywnej reakcji na te słowa, ale kobieta jedynie podrapała się po brodzie.

– Czy są z d o l n i pokonać Urcona? Ma więcej wojowników, a mury Aracam są grube.

– Chce wiedzieć, czy jesteście zdolni pokonać Urcona, który ma więcej żołnierzy od was.

Marek nawet nie zamrugał.

– Tak.

– Jest niepokonany – powiedziała Teriana do kobiety. – Według pogłosek nie da się go pokonać. Imperium ma armię ponad dwustu tysięcy ludzi takich jak ci, których widzicie, a on podobno jest najlepszy z nich. Dowodzi od dwunastego roku życia i nigdy się nawet nie wycofał.

– „Tak" to jedno słowo, Teriano.

– Odegrał główną rolę w pokonaniu czterech narodów, więc nie sądzę, by Urcon był dla niego problemem.

– Teriano!

Kobieta i pozostali Arinoquianie patrzyli teraz na Marka w inny sposób.

– Co? – Teriana oparła dłoń na biodrze. – Wychwalałam cię. Przedstawiałam twoje zwycięstwa na Wschodzie, by nie mieli wątpliwości, że potrafisz zrobić to, co obiecujesz.

– Nie. – Jego głos brzmiał beznamiętnie, ale spojrzenie było wściekłe.

– Dlaczego? Nie jesteś dumny ze swoich osiągnięć?

– Dobij. Targu.

Teriana wzruszyła ramionami i znów odwróciła się do cesarzowej.

– Co powiecie?

– On chce odejścia Urcona. – Kobieta powoli pokiwała głową. – Mówię, że wróg mojego wroga jest moim przyjacielem.

Słowa te przypomniały jej Kasjusza i wyraz czystej nienawiści na twarzy Marka, kiedy przepływali obok niego w Celendrialu.

– Jeśli pozwolicie mu się okopać, zapłaci cały Zachód.

– A jaka jest alternatywa?

„Walka". Ale wiedząc, że Marek traci cierpliwość, tylko wzruszyła ramionami.

– Cóż więc powiecie, przyjaciele? Zgadzamy się?

Po chwili ciężka kropla deszczu uderzyła ją w czoło.

Rozdział 30

Marek

Powietrze zmieniło się w wodę.

Nie istniał inny sposób na opisanie deszczu, który spadł na nich z taką intensywnością i siłą, że z trudem oddychali. Powrót do obozu w takich warunkach graniczył z niemożliwością, więc Marek rozkazał wysłać sygnały, że zostanie on opóźniony, a żołnierze rozmieszczeni po drodze dęli po kolei w rogi.

– Ereni zaprosiła nas do środka, żebyśmy przeczekali. – Teriana wskazała na dużą budowlę, która jak wszystkie pozostałe wznosiła się na kolumnach.

Dzieci biegły przez miasto, zamykając okiennice z kolorowego szkła, by ochronić je przed burzą.

– Mówią, że droga wzdłuż wybrzeża często tonie albo zalewa ją błoto, więc najlepiej unikać jej do jutra.

Marek, krzywiąc się na myśl o opóźnieniu, spytał:

– Czy to ten wasz bóg burz znów się wtrąca?

– Obawiam się, że nie, panie – odparła. – To jedynie Arinoquia w pełni chwały.

Marek patrzył, jak Teriana wspina się po drabinie prowadzącej do plątaniny budynków i mostków. Jej przemoczone spodnie opinały kształtne pośladki. Zorientował się, że się na nie gapi, dopiero kiedy mijający go Miki mruknął:

– Oczy do góry, panie.

Nie miał pojęcia, dlaczego gapił się na jej tyłek, skoro przez cały dzień była wrzodem na jego tyłku.

– Pilnować budynku – rzucił do tych czekających na rozkazy. – Dziesięciu na patrolu w mieście, a dziesięciu na drzewach za murem. Postarajcie się nie utonąć w tym deszczu.

Później wspiął się po drabinie i uciekł przed potopem.

Burza sprawiła, że popołudniowe światło przygasło, ale wnętrze budynku wypełniał ciepły blask padający z kilkunastu kinkietów z dmuchanego szkła umieszczonych na ścianach zdobionych skomplikowanymi malowidłami, które najpewniej przedstawiały bogów. Dzieło było wyjątkowe i Marek odkrył, że wpatruje się w każdą scenę, próbując dowiedzieć się więcej o naturze tych bóstw, o której wiedział żałośnie mało.

Spojrzawszy na resztę pomieszczenia, dostrzegł kilka długich stołów z wypolerowanych desek, o nogach zdobionych rzeźbionymi pnączami i kwiatami. Stojące obok ławy były równie zdobne. Wszędzie wokół stały wazony z wymyślnymi wiązankami, godnymi domu senatora.

Ale kiedy Marek przyjrzał się uważniej, zobaczył wgniecenia w farbie na ścianach. Rysy i zadrapania na meblach. Wyszczerbienia wazonów i plamy na dywanach, których nie mogło usunąć żadne pranie. Oznaki starości i zużycia świadczące, że tym ludziom brakowało czasu albo środków, a może obu tych rzeczy jednocześnie. Sugestie, że kiedyś żyli inaczej. Najpewniej lepiej.

Ale przede wszystkim zauważył, że budynek był całkowicie suchy, co biorąc pod uwagę nawałnicę, było niezwykłe. Spoglądając na belki, postanowił porozmawiać z Serwiuszem, by ten wyznaczył kilku żołnierzy do poznawania miejscowych technik i materiałów budowlanych, jak również sposobów wznoszenia domów nad ziemią, był bowiem pewien, że w tej chwili jego obóz przypomina błotnistą zupę.

Teriana siedziała na jednej z ław, pogrążona w rozmowie z Kwintusem i Mikim. Z głową odrzuconą do tyłu roześmiała się z czegoś, co powiedział ten drugi, zdjęła mu hełm i rozczochrała jego krótko przycięte włosy, aż żartobliwie odepchnął jej rękę. Czuła się zupełnie swobodnie w ich obecności, mimo że byli jednymi z najbardziej niebezpiecznych legionistów z Trzydziestego Siódmego, szczególnie Kwintus. Wyszkolono go na skrytobójcę i wykorzystywano do ataków na kluczowych ludzi wroga albo do zabójstw, którymi Senat chciał obciążyć kogoś innego niż legiony. Był bardzo dobry w swoim fachu.

Kiedyś był dobry.

Kwintus załamał się pod koniec kampanii w Chersome. Nie stanowił wyjątku, ale jako jedyny zrobił to na samym środku namiotu dowodzenia w obecności Marka i połowy jego oficerów. Wrzeszczał, że już nie może wykonywać takich zadań, że już nie może być mordercą.

Gibzen naciskał legata, by zwolnił Kwintusa ze służby, argumentując, że jest zbyt niebezpieczny i nieprzewidywalny, by mógł zostać. Marek był skłonny się zgodzić, już miał zamiar podpisać dokumenty, kiedy do namiotu dowodzenia wtargnął Miki. Rudy Siberneńczyk, zwykle bardzo spokojny, zaczął wrzeszczeć legatowi w twarz: „Przestań go używać jako osobistego rzeźnika! Przestań wykorzystywać go do swojej brudnej roboty, a nic mu nie będzie! Ale go nie odsyłaj! Ja go przypilnuję! Ja go przypilnuję! Tylko go nie odsyłaj!".

I się rozpłakał.

A Marek potargał dokumenty.

– Zakładam, że masz pieniądze, żebym mogła wynegocjować coś do jedzenia.

Głos Teriany wyrwał go z zamyślenia. Skupił się na Maarince, która trzymała ręce założone na piersi, a na jej twarzy nie pozostał ślad śmiechu.

Do środka weszła też Ereni i kilku jej ludzi. Marek stał między nimi a swoimi żołnierzami, napięcie w pomieszczeniu było wręcz namacalne – niepokój Arinoquian z powodu obecności nieznajomych uzbrojonych mężczyzn i niepokój jego ludzi, świadomych, że wzbudzają takie uczucia. Wyglądali, jakby woleli znaleźć się na deszczu. Spojrzał na Arinoquian i dostrzegł, że są bardzo chudzi, mimo że żyli nad pełnym ryb morzem, o czym świadczyły ciężkie sieci, które wyciągali z łodzi. Jeśli dodać do tego wszystko, co mogli upolować i zebrać w dżungli, powinni mieć dość, by wymieniać się na to, czego potrzebowali, ale Marek umiał rozpoznać głód.

– Negocjuj, proszę – powiedział do Teriany, po czym odwrócił się do jednego ze swoich ludzi i mruknął: – Zbierz od naszych rację zboża z jednego dnia. I cały trunek, który mają przy sobie.

Mężczyzna zamrugał.

– Nikt nie ma…

Marek spojrzał mu w oczy, a żołnierz zarumienił się, zasalutował i opuścił budynek.

Na twarzy Teriany już malowała się mina handlarza, a w jej głosie zabrzmiał melodyjny zaśpiew, jak zawsze kiedy prowadziła negocjacje. Zaczynał rozpoznawać słowa z arinoquińskiego takie jak „ryby" i „owoce". „Srebro". „Przyjaciel". Nauka języków zawsze przychodziła mu łatwo i płynnie mówił we wszystkich ważnych językach Imperium. Dlatego bez trudu zrozumiał, kiedy Teriana powiedziała:

– To co, umowa stoi?

Gdy Ereni pokiwała głową, dziewczyna odwróciła się do Marka.

– Zapewnią nam trzy posiłki z ryb, owoców i bulw.

– Cokolwiek wynegocjowałaś w srebrze. Chyba że wolą to…

Żołnierz zdążył już wrócić z dużym workiem i kilkoma buteleczkami trunku. Marek wziął worek, położył go na stole i gestem zaprosił Ereni, żeby zajrzała. Racje składały się z mieszanych zbóż z żyznych pól Celendoru, a Marek miał w obozie spory zapas. „Srebro albo zboże". Czekał, by zobaczyć, co wybiorą, bo dzięki temu mógł się dowiedzieć, jak bardzo głodni byli ci ludzie.

Cesarzowa wskazała na zboże, jej dłonie były poznaczone starymi, pobielałymi bliznami. „Głodni".

Marek pokiwał głową, po czym wyjął z sakiewki ciężką złotą monetę. Położył ją na stole i powiedział po arinoquińsku:

– Moi ludzie są złymi kucharzami.

Ereni po raz pierwszy uśmiechnęła się szczerze i pokiwała głową.

Dostali prawdziwą ucztę składającą się z ryb z rożna i pieczonych bulw, a na koniec Arinoquianie przynieśli tace z pokrojonymi owocami. Jego ludzie jedli tak łapczywie, że było to wręcz żenujące, choć miejscowi wydawali się zadowoleni. Marek oddał rum zabrany swoim ludziom, a w zamian dostali trunek destylowany przez Arinoquian, tak mocny, że legatowi stanęły łzy w oczach.

Z Terianą jako tłumaczką u boku zasypywał miejscowych pytaniami o ryby, które łowili, pogodę, zwierzęta żyjące w dżungli, czy jakieś były jadowite, a jednocześnie patrzył, jak poprawiają się nastroje i do sali przychodzi coraz więcej ludzi, by zaspokoić ciekawość. Wkrótce między nogami dorosłych kręciły się roześmiane dzieci, a dochodzący z zewnątrz perlisty śmiech świadczył o tym, że przynajmniej jednej z miejscowych kobiet wpadł w oko któryś z jego ludzi.

Jedyną osobą z kwaśną miną była Teriana.

– Zwodzisz ich. Myślisz, że tego nie widzę? – mruknęła. – Udajecie, że jesteście ich przyjaciółmi, by opuścili gardę, a wtedy uderzycie.

– Zachowujesz się tak, jakbym miał się jutro obudzić i dźgnąć ich w plecy – warknął i napił się trochę mocnego trunku, mimo że przez cały wieczór nie zważał na kubek.

– Nie powiedziałam, że to będzie jutro.

Opróżnił naczynie i je odstawił. Było późno, więc wszystkie dzieci odesłano już do łóżek, nawet tę dwójkę, która biegała dookoła w hełmach Kwintusa i Mikiego i waliła się patykami po głowach. Marek oparł łokcie na stole i zwrócił się do Ereni:

– Chyba najwyższa pora porozmawiać o Urconie.

Teriana przetłumaczyła to głosem bez wyrazu, a wszyscy ściśnięci w sali ucichli.

– Opowiedzcie mi jego historię.

Ereni z początku mówiła z wahaniem, ale stopniowo rozwiązywał jej się język, gdy opisywała drogę Urcona do władzy. Arinoquianie przybyli na te wybrzeża przed pokoleniem, porzucając swoją niegościnną ojczyznę, która według słów Teriany była wyspą na południe od kontynentu.

– Lód, skały i niewiele więcej – mruknęła. – Też bym nie chciała tam mieszkać.

Wypędziwszy miejscowych w głąb kontynentu, osiedlili się i znów podzielili na klany. Urcon był przywódcą jednego z nich – charyzmatycznym mężczyzną i zdolnym wojownikiem, który posmakowawszy siły zjednoczonych klanów, zapragnął więcej. Z armią swoich ludzi zaczął zmuszać inne klany, by uznały go za władcę, uklękły przed nim i płaciły mu dziesięcinę, jakby był królem.

Z początku się opierali, ale w końcu ulegli.

– Przybyliśmy na te wybrzeża, by móc przestać walczyć, by żyć w miejscu, w którym nasz lud mógłby rozkwitnąć – wyjaśniła Ereni. – Dlatego daliśmy mu to, co chciał, wierząc, że pozwoli nam żyć w pokoju.

Jednak sytuacja rozwinęła się zupełnie inaczej. Urcon żądał od nich coraz więcej, odbierał im majątek, palił i niszczył domostwa tych, którzy próbowali stawiać opór, zabijał tych, którzy walczyli, a za zagrabione pieniądze opłacił armię najemników, której nikt nie mógł się sprzeciwić. To wtedy zaczął zabierać dzieci z wiosek i miasteczek, których mieszkańcy nie byli w stanie zapłacić. Dzieci tych już nikt nigdy nie widział. Dlatego klany znów sięgnęły po broń, by stawić opór.

– I nikt nie wie, co się dzieje z zabranymi? – Marek ponownie zadał to pytanie, choć Flacre powiedział mu, że to tajemnica.

– Nie. – Teriana zawahała się i wsłuchała w słowa Ereni. – Nie wiedzą.

Nie tłumaczyła całej historii. Marek wiedział, że ciągle filtruje informacje, które otrzymywała, ale tym razem nie zamierzał odpuścić.

– Coś wiedzą. Powiedz mi.

Dziewczyna zagryzła policzki, a jej oczy pociemniały, kiedy zastanawiała się, czy ustąpić.

– Są… pogłoski. Pogłoski, że Urcon oddaje cześć Siódmemu bogu. Pogłoski, że dzieci są… ofiarami.

Marek zmarszczył czoło, zrobiło mu się zimno, kiedy przypomniał sobie kapliczkę w wiosce Flacre'a. To, jak pozbawiona rysów twarz wydawała się patrzeć na niego płonącymi oczyma.

– Co mógłby zyskać dzięki takiemu postępowaniu?

Teriana niezgrabnie wzruszyła ramionami.

– Nie wiem.

– A jakie masz przypuszczenia?

Jej twarz spochmurniała.

– Nie wiem, Marku, jasne? Nie mam w zwyczaju spędzać czasu z tymi, którzy klękają przed Siódmym.

Znów odwrócił się do Ereni i spytał:

– Dlaczego inni bogowie nie interweniują?

Jeden z młodych Arinoquian splunął i powiedział coś, co bez wątpienia było przekleństwem. Cesarzowa warknęła z naganą w głosie i młodzieniec wyszedł z ponurą miną.

– Bogowie nie mają w zwyczaju interweniować – powiedziała Teriana. – Jedynie rozliczają mężczyzn i kobiety z tego, jak przeżyli życie, kiedy już się zakończy.

Kłamała. Było w tym coś więcej, o czym Marek dobrze wiedział. Widział, jak Gespurn i Madoria wznoszą się z powietrza i wody i ruszają do walki nad jego flotą. Nie było możliwe, by oni i cała reszta przyglądali się od niechcenia takim wydarzeniom i nic nie robili. Ale nie zamierzał kłócić się z Terianą na oczach tych ludzi, bo utraciłby całą sympatię, jaką udało mu się zaskarbić.

Ereni powiedziała coś jeszcze. Teriana skrzywiła się i przetłumaczyła:

– Chce wiedzieć, dlaczego ktoś taki jak ty, kto nie zna bogów, jest nimi tak bardzo zainteresowany.

Odpowiedź na to pytanie w obecności jego ludzi była niebezpieczna, ale Marek i tak to zrobił.

– To prawda, że wychowano mnie w przekonaniu, iż istnienie bogów to kłamstwo i mit, ale od czasu przybycia na Zachód widziałem rzeczy, które sprawiają, że niewiara wydaje się... oznaką lekkomyślnej ignorancji. – Podniósł kubek, który ktoś ponownie napełnił, pokręcił nim i znów odstawił. – Tak naprawdę uznaję za całkiem pociągającą wizję, że na tym świecie, w którym jest tak wiele niesprawiedliwości, w ostatnich godzinach naszego życia jest ktoś albo coś, kto nas rozlicza.

Teriana nic nie powiedziała, a kiedy Marek odwrócił głowę, po raz pierwszy od ich spotkania oceaniczne fale jej oczu zwróconych w jego stronę miały spokojny niebieski odcień.

Ereni pozwoliła im zostać na noc w sali, Marek i Teriana zajęli niewielką komnatę obok, podczas gdy jego ludzie na przemian to pełnili wartę, to spali.

Dziewczyna nie odezwała się do niego od czasu zakończenia rozmowy z Ereni, a kiedy zostali sami, owinęła się cienkim kocem i odwróciła do niego plecami.

Wyczerpany dźwiganiem jej i mocnym alkoholem płynącym we krwi, Marek przygasił lampę. Szybko usnął.

I nadszedł sen.

Zawsze wyglądał tak samo. Szedł przez równiny Chersome, jego oddech parował w chłodnym powietrzu. Przed sobą miał wioskę obok świerkowego zagajnika, drzewa i budynki tliły się, a dym wznosił w szare niebo. Podmuch wiatru uderzył go w twarz, niosąc ze sobą smród, który miał pozostać w jego nozdrzach do końca życia. Mdlące połączenie przypalonej wieprzowiny i spalonych włosów, żelazista woń gotującej się krwi i coś… coś, co jego najbardziej podstawowe instynkty rozpoznawały jako ludzkie.

Nie chciał wchodzić do wioski, ale stopy pociągnęły go bliżej. Znów powiał wiatr, a on zadrżał i sięgnął po broń, której jednak nie było. Ale to nie miało większego znaczenia. Na co stal przeciwko martwym?

Znalazł się w wiosce, domki poczerniały tam, gdzie nie płonęły już czerwienią. Wszędzie wokół niego leżały ciała. Mężczyźni i kobiety. Dzieci. Niemowlęta. Wszyscy martwi. Wszyscy spaleni, choć ogień nie wymazał śladów przemocy, która ich dotknęła.

Wstali wszyscy, jak jeden mąż. Jak marionetki ze sznurkami przywiązanymi do kręgosłupów, które utrzymywały ich prosto. Odwrócili się do niego i pokazali na niego palcami.

– Przepraszam – błagał ich. – Nie chciałem, żeby do tego doszło. Nie taki był plan.

Nie słyszeli. To ich nie obchodziło.

Trupy otoczyły go, a ich liczba wzrosła do wielu tysięcy. Tłoczyły się wokół niego, spalone dłonie szarpały, w miejscu oczu znajdowały się puste oczodoły, a usta otwierały się w bezgłośnym krzyku.

– Przepraszam! – krzyknął, próbując ich odepchnąć. – Przepraszam, przepraszam…

– Marku, obudź się!

Znieruchomiał, czując, jak w ciemnościach przyciska napastnika do ziemi.

– To ja, Teriana. Miałeś zły sen, więc cię obudziłam.

Skórę miał lodowatą.

– Sen. – „Ten sen".

– Aha.

Odetchnął głęboko i bez trudu się uspokoił, ponieważ miał w tym dużą wprawę. Dopiero wtedy zauważył, że leżała pod nim prawie całkiem naga, bo w nocy zdążyła się rozebrać. Cienka lniana koszulka opinała jej pełne piersi, a nawet jeśli miała jakąś bieliznę, jej nogi pozostawały nagie i splecione z jego nogami. Przyciskał jej nadgarstki do koca, czuł pod dłońmi jej szybki puls. W jego głowie pojawiła się całkowicie niestosowna myśl, że powinien ją pocałować.

Zamiast tego spytał:

– Uderzyłem cię?

– Nie.

Poruszyła się, jej nogi się przesunęły, a biodra zetknęły w taki sposób, że aż zabolało. Nim ciało zdążyło całkiem go zdradzić, usiadł i pociągnął ją za sobą. Jej warkoczyki zakołysały się i musnęły jego pierś, malutkie ozdoby były chłodne na jego skórze. Podtrzymywał ją, czuł, że jej ramiona są ciepłe i gładkie, i czekał, aż go odepchnie. Aż powie mu, że ma z niej zejść.

– Przepraszam. – Jego głos brzmiał chrapliwie. Przełknął ślinę, marząc o szklance wody. – Czasami mam sny.

– O czym?

W ciemnościach ledwie widział jej zarys, ale na policzku czuł ciepły oddech, usta oddalone o zaledwie kilka cali.

– Chersome – odpowiedział bez namysłu.

Teriana milczała przez dłuższą chwilę, po czym położyła obie dłonie na jego piersi, odepchnęła go i się podniosła. Patrzył, jak idzie przez komnatę do swojego posłania. Zawahała się obok niego.

– Dobrze wiedzieć, że twoje ofiary dręczą cię w snach. – Znów słyszał nienawiść w jej głosie. – Następnym razem cię nie obudzę.

Rozdział 31

Teriana

Teriana obudziła się gwałtownie i przez kilka chwil patrzyła na nieznajomy sufit, zanim przypomniała sobie, gdzie się znajduje. Otworzyła usta, by dopiec Markowi paroma sarkastycznymi uwagami, i przewróciła się na drugi bok.

Nie było go.

Wypełniło ją rozczarowanie, ale odepchnęła je, zastępując irytacją. „Jest twoim wrogiem – przypomniała sobie. – Jest podstępnym sukinsynem, kłamcą i zabójcą". Przypomnienie to jednak nie stłumiło wspomnienia dotyku jego nagiej skóry i gorąca w dole brzucha, gdy napierał na nią biodrami, przyciskając ją do podłogi. W tej krótkiej chwili jej zdradzieckie ciało pragnęło objąć go nogami, zdjąć te kilka skrawków ubrania, które ich dzieliły, i pozwolić, by to się stało.

„To pożądanie, nic więcej – powiedziała sobie. – Miło na niego patrzeć, a ty nie jesteś ślepa i tyle". Martwiło ją jednak, że ze wszystkich mężczyzn, jakich znała, to on wzbudził takie uczucia. Jak to o niej świadczyło, że chciała poczuć na ciele dłonie mordercy, chciała poznać smak warg mężczyzny, który porwał z domów tysiące dzieci, rozdzielił tysiące rodzin. Poczuła ściskanie w żołądku, ale cieszyła się tym doznaniem, bo było stosowne.

Drzwi się otworzyły i do środka zajrzał Kwintus.

– Pobudka. – Uśmiechnął się szeroko. – Mamy dziś piękny ranek.

– Wcale nie. – Naciągnęła ubranie. – Jest koszmarny. A mnie bolą stopy.

Bolało ją całe przeklęte ciało.

– Przyniosłem ci coś do jedzenia. Może pomoże ci to zmienić nastawienie.

– Jeśli to gotowane zboże, rzucę w ciebie miską.

Legionista uśmiechnął się jeszcze szerzej.

– Kiepski byłby z ciebie żołnierz.

– Łamiesz mi serce.

– Na twoje szczęście Miki łatwo nawiązuje znajomości i załatwił nam to... – Cofnął rękę zza pleców i podał jej banana.

– Nie dziwię się, że go kochasz. – Zdjęła żółtą skórkę i odgryzła kęs.

– Tak naprawdę chodzi o włosy – odparł Kwintus z krzywym uśmieszkiem. – Zawsze miałem słabość do rudzielców. I piegów.

– Jasna sprawa. Choć Sześcioro tylko wie, co on widzi w takim paskudnym złocistym sukinsynu jak ty.

Kwintus wybuchnął śmiechem.

– Cofam swoje słowa. Masz takie gadane, że byłby z ciebie doskonały żołnierz.

Ukłoniła się głęboko, zjadła banana i spytała:

– A gdzie jest nasz najdroższy najwyższy dowódca?

– Na zewnątrz z pozostałymi. Czekamy na ciebie.

„Cudownie".

Z przenikliwym bólem wszystkich mięśni Teriana powoli ruszyła za żołnierzem. Czuła, jak strupy na stopach ciągną z każdym krokiem, mimo że wieczorem nasmarowała je maścią.

Marek stał odwrócony do niej plecami, co ją ucieszyło, bo na jego widok krew napłynęła jej do policzków.

– Świt, Teriano – powiedział, odwracając się. – Wstajemy o świcie. Przyzwyczajaj się do tego, bo zaczynam mieć dosyć czekania na ciebie.

– Pocałuj mnie w dupę – mruknęła po mudamorsku.

– Próbowałem, ale nic to nie dało. – Kiedy zagapiła się na niego, dodał: – Twój marynarz Jax nauczył mnie tego wyrażenia. A teraz ruszajmy.

Podszedł, żeby ją podnieść, ale Teriana dostrzegła symbol wyryty w drzwiach jednego z budynków – symbol, o którego zobaczeniu rozpaczliwie marzyła – i odepchnęła go.

– Zanim wyruszymy, muszę się zobaczyć z ich... – szukała w głowie właściwego celendorskiego określenia – herbariuszem.

– Porozmawiaj z jednym z medyków.

Teriana oparła dłonie na biodrach i popatrzyła mu w oczy.

– Twoi medycy mają doświadczenie w leczeniu dolegliwości kobiecych?

Zarumienił się i odwrócił wzrok.

– Pospiesz się.

Idąc ostrożnie na obolałych stopach, Teriana wspięła się na górny poziom miasta, przeszła po kilku mostkach i zapukała do drzwi.

– Wejdź.

Po wejściu zaczekała parę chwil, aż jej wzrok przyzwyczai się do półmroku, i w końcu zobaczyła starszego mężczyznę ucierającego zioła w kamiennej misie. Na czole miał wytatuowany znak Hegerii. Jego spojrzenie natychmiast padło na bandaże na jej stopach. Podniósł się i mruknął współczująco.

– Podejdź, dziecko, i pokaż mi te rany.

Teriana cofnęła się, zanim zdążył jej dotknąć, ponieważ wiedziała, że to by wystarczyło.

– Nie. Nie możesz. Jeśli ci ludzie dowiedzą się, co daje ci twój znak, będą wykorzystywać cię aż do śmierci.

Jeśli jej słowa nim wstrząsnęły, nie okazał tego.

– W takim razie przyszłaś mnie ostrzec?

Pokręciła głową.

– Potrzebuję przysługi.

– Słucham.

Wyjęła z głębi kieszeni dwa złożone listy i podała je mężczyźnie.

– Musisz je wysłać do świątyń w Katamarce i Gamdeshu, a wielcy mistrzowie przekazać je królowej i sułtanowi.

Jego dłonie znieruchomiały.

– Co zawierają?

– Ostrzeżenie. – Przełknęła ślinę. – I prośbę o pomoc w imieniu Maarinów. Nazywam się Teriana. Moją matką jest Tesya, kapitan Quincense i triumwir Konsorcjum Handlowego Maarinów. Celendorczycy nie przybyli w pokoju. Ich celem jest podbój. Wszystko to opisałam tutaj – wskazała na listy – ale nie mam ich jak dostarczyć. Ty tak.

Mężczyzna podniósł moździerz, podszedł do okna i odsłonił zasłonę, jednocześnie ucierając zioła.

– Czy w takim razie ich plan, by pozbyć się Urcona i pozwolić nam rządzić się samodzielnie, jest kłamstwem?

– Tak! Nie. – Teriana przycisnęła dłoń do czoła. – Tak zamierzają postąpić na krótką metę. Ale kiedy odnajdą ścieżki xenthierów między tym kontynentem a Imperium, cała ta życzliwość… zniknie. Kasjusz jest równie zły jak Urcon. Gorszy.

Jego dłonie znieruchomiały.

– Wierzę ci, Teriano. Ale obawiam się, że moi rodacy puszczą twoje ostrzeżenia mimo uszu, szczególnie jeśli legat Marek wciąż będzie się zachowywał w taki sposób. Mój klan nie zna strachu większego niż przed Urconem i wielu straciło wiarę w Sześcioro, obwiniając ich o porzucenie nas w czasie największej potrzeby. Mogą z radością przyjąć tę władzę zza morza, nie dostrzegając niebezpieczeństwa kryjącego się pod powierzchnią, aż będzie za późno.

– Musisz mi pomóc sprawić, żeby je zobaczyli. Muszą walczyć. Muszą!

– Chyba powinnaś się zastanowić, co się stanie, jeśli tego nie zrobią.

Teriana czuła pustkę w sercu, kiedy mężczyzna mówił, lecz teraz tę przestrzeń wypełnił strach. Oparła cały swój plan na przekonaniu, że narody Zachodu będą zdolne pokonać Celendorczyków, zmusić ich, by się wycofali. Ale jeśli słowa uzdrowiciela były prawdą, Arinoquianie mogli nie tylko skapitulować, ale wręcz przyjąć Celendorczyków z otwartymi ramionami. A swój błąd uświadomiliby sobie, kiedy byłoby już za późno.

– Teriano! – Głos Marka odbijał się echem w ścianach budynku. – Skończyłaś?

Uzdrowiciel wsypał zawartość moździerza do lnianego woreczka i jej podał.

– Żeby dodać wiarygodności wymówce, którą wykorzystałaś, by się ze mną zobaczyć.

Teriana uniosła woreczek do nosa, pociągnęła i od razu rozpoznała woń.

– Nie chcę tego. – Próbowała go oddać.

– Możesz go potrzebować. – Mężczyzna odepchnął woreczek. – Nazywam się Caradoc, gdybyś potrzebowała pomocy, której ci mężczyźni nie potrafiliby ci udzielić.

Rozległo się pukanie do drzwi, które po chwili się otworzyły, i stanął w nich medyk. Mężczyzna uśmiechnął się i z szacunkiem pochylił głowę.

– Teriano, legat powiedział, że ten mężczyzna specjalizuje się w roślinach i ziołach. Jest swego rodzaju medykiem?

Poczuła ściskanie w piersiach.

– Dlaczego pytasz?

– Oczywiście mamy dużo zapasów. – Spojrzenie medyka przesuwało się po półkach pełnych słoi. – Ale zakładając, że kiedyś zaczną się nam kończyć, chciałbym się dowiedzieć, z jakich miejscowych odpowiedników mógłbym skorzystać. Spytasz go, czy byłby skłonny ze mną porozmawiać?

Przepełniła ją ulga.

– Nie mów mi tylko, że Marek jest gotów poświęcić swój starannie dopracowany harmonogram, żeby rozmawiać o *roślinach*.

– Jest – odpowiedział legat we własnym imieniu, po czym wszedł do środka i oparł się o ścianę. – Jeśli ten człowiek jest gotów podzielić się swoją wiedzą.

Marszcząc czoło, spytała Caradoca, który wzruszył ramionami i pokiwał głową, a następnie zaczął odpowiadać na niekończące się pytania medyka. Teriana tłumaczyła, ale cały czas spoglądała na Marka, bo nie mogła się skupić, kiedy na nią patrzył.

– Nie masz czegoś lepszego do roboty? Może spróbuj kupić mi jakieś sandały albo coś w tym rodzaju. Moje żebra dłużej nie zniosą twoich kościstych ramion.

Marek się przeciągnął.

– Ta sprawa jest już załatwiona.

„Załatwienie" oznaczało kupienie prawie całkiem okrągłego osła. Nim skończyli sprawy w innych miasteczkach i wioskach i ruszyli w drogę powrotną do obozu, pośladki bolały Terianę niemal tak samo jak stopy.

– Każda przeklęta minuta z wami jest gorsza od poprzedniej – mruknęła, spoglądając na zachodzące słońce. – Nienawidzę tego. Nienawidzę przebywania na lądzie. Nienawidzę upału. Nienawidzę tych wszystkich komarów. Nienawidzę chodzenia. Nienawidzę wszystkiego.

– Mam nadzieję, że w swoich narzekaniach nie chciałaś uwzględnić wszystkich z nas, Teriano – odezwał się Miki. Szedł obok jej prawego kolana, a osioł był tak niski, że mężczyzna patrzył jej prosto w oczy. – Kwintusa łatwo zranić, a jeśli doprowadzisz go do łez, będziemy musieli poważnie porozmawiać.

Idący po jej lewej Kwintus udał, że płacze w spocony kark osła.

– Nie was, gołąbeczki. – Odepchnęła Kwintusa obandażowaną stopą. – Przede wszystkim – mówiła coraz głośniej z każdym słowem, choć Marek szedł przy łbie zwierzęcia – nienawidzę tych osłów, które najwyraźniej współpracują, żeby obrobić mi tyłek.

W powietrzu rozległy się ostre gwizdnięcia i legioniści zerwali się do działania.

Kwintus ściągnął Terianę z osła, powlókł ją na bok ścieżki i przycisnął do ziemi. Walcząc z przypływem strachu, słyszała, jak Marek wypowiada krótkie rozkazy, ale widziała jedynie obutą w sandał stopę Mikiego obok twarzy, a metalowy napierśnik Kwintusa wbijał jej się w plecy.

– Co się dzieje? – szepnęła.

– Możliwa zasadzka – wyjaśnił Kwintus. – Nie podnosimy się, aż będzie bezpiecznie.

Ziemia pod jej głową była wilgotna. W jej ucho wbijały się gałązka albo korzeń, nie była pewna. Podbiegł do niej pająk, ale Kwintus odrzucił go pstryknięciem, zanim zdążył wejść w jej włosy. Była pewna, że każdy napastnik mógłby usłyszeć jej przyspieszony oddech, bo Kwintus i Miki zachowywali się bardzo cicho. Po jej twarzy popłynęła łza.

– Będzie dobrze. – Kwintus zszedł z jej pleców. – Legat tu idzie.

– Pomóż jej wstać.

– Poradzę sobie – mruknęła Teriana, podnosząc się.

Dopiero wtedy zobaczyła, że towarzyszyli jej nie tylko Kwintus i Miki, ale także dziesięciu innych żołnierzy.

Twarz Marka pod hełmem była blada, minę miał ponurą.

– Co się stało? – spytała ostro.

Przeniosła wzrok na innych legionistów, którzy mu towarzyszyli. Opuścił ich cały dobry nastrój, który jeszcze przed chwilą malował się na ich twarzach.

– Czy możesz mi powiedzieć, co to znaczy?

Marek wyciągnął zza pasa nóż i wyrył w ziemi ciąg słów. Arinoquianie używali innego alfabetu niż Celendorczycy, dlatego niektóre litery zniekształcił, ale i tak bez trudu zrozumiała wiadomość.

– „Ci, którzy sprzymierzają się ze smokiem, zapłacą".

Podniosła głowę i spytała:

– Tę wiadomość pozostawiono na ścieżce? Jako ostrzeżenie dla Arinoquian?

Marek zdjął hełm i otarł pot z twarzy.

– Ostrzeżenie dla nas. – Odwrócił się do jednego ze swoich ludzi. – Czy można to jakoś ominąć?

– Nie, panie. Chyba że się cofniemy i wejdziemy w głąb lądu. Właśnie z tego powodu wybrali to miejsce i dlatego, kiedy zobaczyliśmy… – Przez chwilę patrzył na Terianę. – Kiedy zobaczyliśmy wiadomość, podejrzewaliśmy zasadzkę.

– W takim razie nie mamy wyjścia. – Marek wcisnął hełm na głowę. – Twój osioł pobiegł ścieżką, Teriano. Złapiemy go po drugiej stronie.

– Po drugiej stronie czego?

– Czy możesz iść przez dziesięć minut? – spytał, ignorując jej pytanie.

– Tak, ale…

– Chodźmy.

Grupa ruszyła, ścieżka coraz bardziej zbliżała się do morza, aż dotarli na skraj klifu, a po drugiej stronie wznosiły się strome wzgórza. Pamiętała to miejsce z poprzedniego ranka – znajdowali się całkiem blisko obozu.

Marek złapał ją za rękę.

– Zamknij oczy.

– Dlaczego? Co takiego tam jest, czego nie powinnam zobaczyć?

Zacisnął zęby.

– Zamknij oczy, Teriano, albo ci je zasłonię.

Cofnęła się o krok.

– Cokolwiek to jest, powinnam to zobaczyć.

– Nie.

– Będę tu stała przez cały dzień i stawiała ci opór. – Ale jej głos zadrżał, bo właśnie wtedy wiatr powiał w ich stronę, niosąc miedzianą woń krwi.

– Nie pozwolę, żebyś to zobaczyła. – Przycisnął jej ręce do boków, a drugą dłonią zasłonił jej oczy.

– Puść mnie! – krzyknęła i zaczęła się szarpać, ale był silniejszy.

– Ruszaj albo cię powlokę.

Jej nogi się poruszały, ale wciąż walczyła. Walczyła, nawet kiedy jej obandażowane stopy wdepnęły w coś ciepłego. Coś bardziej lepkiego niż błoto. Ochlapało jej nogi, chlupotało między palcami.

– Pozwól mi zobaczyć! – wrzasnęła. – Pozwól mi zobaczyć!

– Nie. – W jego głosie brzmiało napięcie. – Możesz mnie nienawidzić, Teriano, ale nie pozwolę, byś to zobaczyła. Jeśli tak się stanie, nie da się już tego odwrócić. Wypali się w twoim umyśle i będziesz to widzieć za każdym razem, kiedy zamkniesz oczy.

– Nie obchodzi mnie to.

– Ale mnie tak – szepnął jej do ucha. – Mnie obchodzi.

– To nie jest twoja decyzja.

Kiedy się szarpali, jego dłoń się zsunęła, a Teriana, nie myśląc o konsekwencjach, ugryzła ją. Mocno.

Marek zaklął i cofnął dłoń od jej twarzy.

Były na świecie rzeczy, które nie powinny się wydarzyć. Które nie powinny istnieć. To była jedna z nich.

Krew. Wszędzie krew. I kawałki... Logika podpowiadała jej, że tworzyły ciała, ale umysł nie umiał złożyć ich razem. Nie umiał z powrotem utworzyć z nich ludzi, do których należały. Na jej oczach jeden z mężczyzn legionistów drżącymi dłońmi zamknął powieki młodej kobiety.

Teriana odwróciła się, zatoczyła do tyłu, byle dalej od rzezi, ale poślizgnęła się w błocie i uderzyła pośladkami o ziemię. Ledwie poczuła ból, ponieważ jej wzrok skupił się na stopach. Bandaże, wcześniej białe, były szkarłatne, całe przesiąknięte krwią.

Arinoquianie. Zabici. Część mieszkańców miasteczka, z którymi spędzili noc. Jej stopy pokrywała krew Zachodu. I to była jej wina. Sprowadziła tu Celendorczyków. Negocjowała pokój między nimi a Arinoquianami. To była jej wina. Jej decyzja. Jej dzieło.

– Zdejmijcie je. – Głos jej drżał, z warg wyrwało się łkanie, szarpała bandaże, ale były lepkie, splątane, a ona miała krew na rękach. – Zdejmijcie je! Zdejmijcie je!

Marek padł przed nią na kolana, rozwinął bandaże i odrzucił je na bok. Ale krew wciąż pokrywała jej stopy. Pokrywała jej ręce.

Całe jej ciało drżało, dyszała chrapliwie. Uszy wypełnił głośny ryk, a świat wokół niej się zakołysał. Pociemniał.

I znalazła się w morzu.

Zalewały ją fale, a Marek obejmował ją w pasie, by nie utonęła.

Morze wpływało na białą plażę i cofało się, zabierając ze sobą krew plamiącą jej skórę. Uspokajało ją. Sprawiało, że wracała do siebie.

– Wszystko w porządku? – Marek mówił bardzo cicho, słyszała go jedynie dlatego, że twarz miał blisko jej ucha, obejmował ją jedną ręką, a drugą opierał o mokry piasek.

Pokiwała głową, a wtedy ją puścił i stanął obok niej w wodzie. Zdjął hełm, a choć był nieruchomy, czuła emanującą z niego energię, jak gejzer gotów do wybuchu.

Teriana skupiała się na pieczeniu otartych pięt, żeby nie czuć bólu w sercu.

– To moja wina.

– To nie twoja wina, Teriano. – Przełknął ślinę. – Tylko moja.

– Ja was tu sprowadziłam.

Nie odpowiedział, wpatrywał się w wodę, jakby jego wzrok mógł sięgnąć aż do Imperium.

– Kurwa! – krzyknął nagle.

Gwałtownym ruchem wrzucił hełm w fale, metal odbił się raz i zatonął. Marek znów zaklął, kopnął w wodę i zgiął się wpół, jakby ktoś uderzył go w brzuch.

Teriana patrzyła w milczeniu. Patrzyła, jak powoli się osuwa i siada obok niej z łokciami opartymi na kolanach i twarzą ukrytą w dłoniach. Przez bardzo długi czas się nie odzywał. Nie poruszał. A choć Terianie bardzo ciążyło to, co widziała, była jak porażona tym nietypowym pęknięciem w jego opanowaniu.

Marek w końcu się wyprostował, po jego twarzy spływały kropelki wody. „Ale nie cała pochodzi z morza", pomyślała Teriana.

– Tysiące godzin szkolenia – powiedział w końcu. – Wbiłem sobie do głowy każdą dostępną w Imperium książkę o strategii, taktyce, polityce i negocjacjach. Kampania za kampanią, i w tym punkcie z a w s z e zawodzę.

– Nigdy nie przegrałeś. – Słowa opuściły jej usta jako szept, ledwie słyszalny ponad szumem fal.

Ale on usłyszał.

– Przegrałem setki razy. – Odwrócił się do niej. Oczy miał czerwone. – Tysiące razy. Zawsze, kiedy ktoś umiera, bo nie przewidziałem, do czego mogą się zniżyć mężczyźni i kobiety, jeśli zostaną do tego popchnięci. Jak źli potrafią być, jeśli ktoś ich przyciśnie. – Odwrócił wzrok. – Druga strona świata i jest tak samo. – A później, tak cicho, że Teriana ledwie go słyszała, dodał: – To znów się dzieje.

– Co masz na myśli?

Była zaciekawiona, zafascynowana i przerażona, bo masakra na ścieżce okazała się nieodłączną częścią jego życia.

Ale Marek nie odpowiedział. Znów oparł twarz na dłoniach i wpatrzył się w wodę między kolanami. Miał za sobą dziesięć tysięcy żołnierzy i całe Imperium, a jednak w tej chwili wyglądał jak chłopiec.

„Wracaj do domu – szepnęła bezgłośnie. – Wracaj do miejsca, które cię zrodziło. Które cię stworzyło. Nie zmuszaj mnie, żebym cię zniszczyła".

Nagle przekręcił się, padł przed nią na kolana i złapał ją za przedramiona.

– Wiesz, czyja to wina, Teriano? To wina ludzi, którzy trzymali broń. I wina mężczyzny, który rozkazał im to zrobić.

– Urcon nie wydałby tego rozkazu, gdybym cię tu nie sprowadziła. Oni nadal by żyli.

– Naprawdę? – Wpatrywał się w jej oczy z intensywnością, która była jego wyjątkową cechą, a Teriana nagle bardzo mocno poczuła, jak styka się ich skóra. Jak jego kolano przyciska się do wnętrza jej uda. – Bo z tego, co nam powiedziano, Urcon zabił wielu Arinoquian bez żadnego powodu poza pragnieniem zdobycia władzy.

Puścił ją jedną ręką i wskazał palcem w górę, w stronę rzezi.

– Ci ludzie zginęli, bo sprzedali nam jedzenie. Bo gościli nas przez jedną noc. Ponieważ zgodzili się nas n a k a r m i ć i p o k a z y w a ć n a m d r o g ę, a może pewnego dnia walczyć u naszego boku. I za coś takiego Urcon porąbał ich na kawałki i zostawił jako przeklętą wiadomość na szlaku. Zrobił to, żeby nas zastraszyć – mówił dalej. – I żeby zastraszyć s w o i c h r o d a k ó w. Żeby bali się konsekwencji powstania przeciwko niemu. Ale Urcon zrobił to przede wszystkim dlatego, że się boi.

Marek zsunął ręce po jej ramionach, żeby ścisnąć jej dłonie. Teriana wpatrywała się w ich splecione palce, niepewna, dlaczego się nie cofnęła. Dlaczego w odpowiedzi ścisnęła je mocno, by powstrzymać jego drżenie.

– Myślisz, że powinniśmy pozwolić, by Urcon zachował władzę? – Pochylił się w jej stronę. – Myślisz, że powinniśmy pozwolić, by nadal robił to, co robi?

– Oczywiście, że nie. – Jej głos brzmiał chrapliwie.

– W takim razie pomóż mi go obalić. – Jego twarz znajdowała się tuż przy niej, na policzku czuła jego ciepły, szybki oddech. – Pomóż mi wymierzyć mu sprawiedliwość.

To było bardziej skomplikowane. W głębi duszy nie była pewna, czy Marek – albo nawet ona sama – miał prawo wymierzyć Urconowi sprawiedliwość, ale jej poobijany umysł nie umiał sformułować argumentu, który krył się w jego głębi. Nie teraz, gdy wpatrywał się w nią płonącymi oczyma, a jego zapał rozpalał jej krew.

– Arinoquianie nie wybrali Urcona. Nie chcą go, a on ich za to karze. – Marek podniósł się i pociągnął Terianę za sobą. – I nadszedł czas, by jego rządy się skończyły.

Rozdział 32

Teriana

Jeśli Urcon wierzył, że jego wiadomość wzbudzi strach w sercach klanu Ereni albo skłoni Marka i jego legiony do panicznego powrotu do Celendoru, bardzo się pomylił. Arinoquianie nie byli bowiem tchórzami, a Trzydziesty Siódmy nie bez powodu nigdy się nie wycofał.

Teriana nie wiedziała dokładnie, co się wydarzyło, bo Marek odesłał ją do obozu pod czujną opieką Kwintusa i Mikiego, a sam powrócił do Ereni z Gibzenem i kilkunastoma innymi ponurymi legionistami. Wrócili następnego dnia późnym popołudniem, a legat powiedział jedynie, że sprawiedliwość została wymierzona.

A jego sojusz z Ereni został przypieczętowany krwią.

Sprawiedliwość nie pomogła Terianie pozbyć się poczucia winy z powodu współodpowiedzialności za masakrę na ścieżce i przekonania, że ci Arinoquianie wciąż by żyli, gdyby podjęła inną decyzję. Jedynym, co powstrzymywało ją przed topieniem udręki w beczce z rumem, było to, że legion zmuszał ją, by pracowała ciężej niż kiedykolwiek w życiu.

Ciągle była w ruchu, negocjowała w miasteczkach i wioskach, gdzie sięgały wpływy Ereni, kupując ryby i zapasy, a targowała się tak dobrze, że nawet matka byłaby z niej dumna. Przez dwa dni musiała jeździć na przeklętym ośle prowadzonym przez Kwintusa albo Mikiego, ale kiedy jej stopy się zagoiły, maszerowała z mężczyznami, uczyła ich podstaw języka, a jednocześnie żartowała i śmiała się z nimi, chowając wszystkie inne uczucia do późniejszego wykorzystania.

To była jej strategia, by żołnierze ją polubili. By jej zaufali. Nie spodziewała się, że zaskarbią sobie jej sympatię. Ale tak się stało.

Wcześniej postrzegała ich jako tysiąc kopii tego samego dzieła, wyszkolonych i wychowanych przez Imperium, do którego należeli. Teraz widziała w nich jednostki o wyjątkowych osobowościach i cechach charakteru, z których część polubiła, a część nie. Ich imiona gromadziły się w jej umyśle, kiedy jadła, grała w kości i piła wieczorami w ich towarzystwie.

Nie pomagało, że nie byli potworami o czarnych sercach, za których kiedyś ich uważała. Zasadniczo byli uprzejmi wobec Arinoquian, porozumiewali się z nimi za pomocą słów, których ich nauczyła, gestów i uśmiechów. Poprosili też, żeby Teriana nauczyła kilkoro z miejscowych młodych podstaw celendorskiego, by zmniejszyć lukę w porozumieniu.

Klan Ereni wyszedł z propozycją pomocy wykraczającą poza towary, które sprzedawali. Wojownicy z błogosławieństwem swojej cesarzowej proponowali usługi przewodników i szpiegów, ale Marek poszedł krok dalej i włączył tych mężczyzn i kobiety w patrole legionów, a jego ludzie dostali surowe polecenie, by uczyć się od nich i słuchać ich rad.

Młodzi Arinoquianie i Arinoquianki flirtowali z legionistami, a uwadze Teriany nie umykało, kiedy któryś z mężczyzn znikał z pola widzenia, a później wracał zarumieniony. Na początku wstrzymywała oddech w obawie, że żołnierze przekroczą granicę i komuś stanie się krzywda, ale Marek surowo trzymał się zasad, które wynegocjował z Ereni, a jego ludzie mu się nie sprzeciwiali.

– Jeśli usłyszysz choćby pogłoskę na temat niesprowokowanego aktu przemocy wobec mężczyzny albo kobiety, masz natychmiast przyjść z tym do mnie – powiedział jej. – Ci ludzie są naszymi sojusznikami i tak należy ich traktować.

A choć drażniło ją, że mówi o tych ludziach z Zachodu jako o sojusznikach, co mogła powiedzieć, skoro dzięki temu byli chronieni?

Bandy Urcona jeszcze kilkakrotnie próbowały zaatakować wioski i miasteczka zamieszkane przez klan, ale żołnierze Marka i wojownicy Ereni odpierali ich za każdym razem i wyrzynali bez litości. Teriana sądziła, że widok krwiożerczych Celendorczyków może zniechęcić Arinoquian, ale wydawało się, że w ten sposób legioniści jeszcze bardziej zaskarbili sobie ich sympatię. Marek zaskarbiał sobie ich sympatię.

Raz usłyszała, jak Tytus spytał Marka, dlaczego jeszcze nie zdobyli Galinhy, miasta na północ od nich. Znajdowało się pod panowaniem Urcona, mieszkał w nim jego klan i stacjonowała większość jego najemników.

– Dlaczego nie dopadniemy ich w ich leżu? – spytał z naganą w głosie Tytus. – Dlaczego nasi ludzie maszerują w górę i w dół wybrzeża, w ten sposób się rozpraszając?

– Ponieważ gdybyśmy teraz zdobyli Galinhę – odparł Marek – byłoby to nasze zwycięstwo. Zwycięstwo Imperium. Ale jeśli uczynimy z Arinoquian naszych sojuszników, to będzie również ich zwycięstwo.

– Mamy już klan Ereni.

– Jeden nie wystarczy.

– Jak wielu potrzebujemy?

– Wszystkich. Wtedy to będzie zwycięstwo narodu.

Teriana zbyt późno zrozumiała, dlaczego nazywali go Cudownym Dzieckiem Campus Lescendor. Dlaczego zwyciężył w tych wszystkich bitwach i wojnach. Dlaczego był tak piekielnie dobry we wszystkim, co robił. Marek rozumiał ludzi. Rozumiał ich obawy, ich pragnienia, ich motywacje. Wiedział, jak skłonić ich do zrobienia tego, co chciał. Jak dać im to, czego chcieli.

A najgorsze ze wszystkiego było to, że rzeczywiście wydawał się przejmować, czy Arinoquianie są zadowoleni.

Wstawał sumiennie o świcie i pracował przez cały dzień, konsultując się z cesarzami klanów, które dołączyły do sojuszu, a Ereni i Flacre stanowili wręcz stałe wyposażenie namiotu dowodzenia. Kierował każdym aspektem kampanii od najdrobniejszego szczegółu, samotna lampka paliła się w namiocie długo po tym, jak Teriana padała na posłanie. Odbijało się to na nim, o czym wyraźnie świadczyły cienie pod oczami, jego do tej pory szczupła sylwetka zmieniła się w skórę opiętą na mięśniach utrzymywanych przez głupawe ćwiczenia. Kiedy w końcu się kładł, jego sen był niespokojny i dręczyły go koszmary, a gwałtowne przewracanie się z boku na bok i mamrotane błagania o wybaczenie budziły ją noc w noc i przepełniały poczuciem winy za każdym razem, gdy trzymała się danego słowa i go nie budziła.

„Zasłużył na to", mówiła sobie, zmuszając się do powtarzania w myślach historii, które o nim słyszała. Jego gwałtownej i krwawej historii.

„Ilu zginęło z jego powodu? Ilu zostało zmuszonych do służby? Jest wrogiem. Jest t w o i m wrogiem".

Jednak z każdym upływającym dniem coraz trudniej było jej pogodzić postać dowódcy, o którym słyszała tak wiele opowieści, z sylwetką młodego mężczyzny, którego znała. Młodego mężczyzny, którego znała, bo przebywała u jego boku każdego dnia, od kiedy przybili do brzegu, tłumaczyła, negocjowała i – ku swojej coraz większej konsternacji – któremu rzeczywiście doradzała. Było niemal niemożliwe, by tego nie robiła. Nie, kiedy Marek przeszywał ją tym swoim intensywnym spojrzeniem i wydobywał z niej wiedzę, której nawet nie była świadoma.

Przebywając w jego obecności, nie czuła się tak swobodnie jak z pozostałymi legionistami. Z innymi siedziała przy ognisku, rozluźniała się, grała i opowiadała historie, i było łatwo. Nie musiała się zastanawiać. Ale w obecności Marka była boleśnie świadoma wszystkiego, co mówiła. Wszystkiego, co robiła. Każdego oddechu. Czuła się jak na takielunku w czasie sztormu, świadoma każdego kroku. Każdego uchwytu dla rąk. Bo rozluźnienie nawet na chwilę mogło oznaczać katastrofę. Tyle że z Markiem nie była już nawet pewna, co znaczyła katastrofa. A w głębi duszy, tak głęboko, że sama nie chciała się do tego przyznać, istniała część, która pragnęła się dowiedzieć, co by się stało, gdyby przestała się kontrolować.

– Arinoquianie już mnie nie słuchają.

Oparła łokcie na kolanach i patrzyła na pływającego w dole Przynętę. Spotykali się w taki sposób już wcześniej – Teriana błagała o możliwość porządnej kąpieli, a dla zapewnienia jej prywatności Kwintus i Miki oddalali się wystarczająco, by nie słyszeć jej rozmowy z Przynętą. Nawet gdyby zaczęli coś podejrzewać, chłopak mógł w każdej chwili zniknąć wśród fal.

– Powtórzyłam im każdą opowieść, którą znałam o podboju Wschodu przez Imperium – mówiła dalej. – Najgorsze. Najbardziej brutalne. Najbardziej krwawe. O tym, jak surowe są celendorskie prawa i że wszyscy muszą ich przestrzegać. O podatkach i odsyłaniu dzieci do legionów. O tym, że nie oddają czci Sześciorgu. Że Sześcioro nie są nawet obecni po drugiej stronie morza. Nie wierzą mi albo ich to nie obchodzi. Równie dobrze mogłabym pluć pod wiatr.

– Nie potrafią spojrzeć dalej niż pełne brzuchy i jeszcze pełniejsze sakiewki – odparł Przynęta. – Dzięki niemu w Arinoqui żyje się lepiej.

– On jedynie buduje drogę dla czegoś gorszego.

Przynęta oparł dłoń o filar nabrzeża i westchnął.

– Może sami to sobie zrobiliśmy, ukrywając przed nimi wiedzę o Wschodzie. Dla nich to opowieści i mity, podczas gdy Urcon jest namacalnym zagrożeniem, z którym borykają się od ponad dwudziestu lat. I…

– I co?

– Nawiązałem kontakt z innym statkiem Maarinów. Mają wieści z północy. Derin przebił się przez mur i najechał Mudamorę pod sztandarami Siódmego boga.

– Co takiego? – Teriana przypomniała sobie wizję, którą pokazał jej Magnius: pole trupów i sztandary Dwunastu Rodów tonące w błocie, maszerujących obok żołnierzy z płonącym okręgiem Siódmego boga na flagach.

– Prowadzi ich kapłanka, która podobno jest jedną z zepsutych.

Zmroziło jej krew w żyłach. Ci naznaczeni przez Siódmego boga mogli zabijać dotykiem, wysysać życie ofiar, by dodać sił sobie, pozostawiając jedynie wysuszone truchła. Widziała jedno z nich tylko raz, w Mudamorze: kobieta zabiła dziesiątki wyszkolonych żołnierzy, zanim w końcu została uśmiercona. Choć Teriana oglądała to przez lunetkę z pokładu Quincense zacumowanego w porcie, i tak bała się, że kapłanka przeskoczy przez wodę i zabije ją jako następną. Ale ta informacja przypomniała jej coś innego.

– Arinoquianie myślą, że Sześcioro ich porzuciło. – Lekko pokręciła głową. – I jeśli mam być szczera, w ich obawach jest trochę prawdy. W klanie Ereni znajduje się tylko jeden uzdrowiciel. Jeden, choć powinny być ich dziesiątki. I nie słyszałam nawet pogłosek o kimkolwiek naznaczonym przez pozostałych bogów.

Żadne z nich się nie odezwało, ale Przynęta położył dłoń na jej kolanie.

– Przynęto, czasem mam wrażenie, że Arinoquia jest gotowa na inwazję – szepnęła. – Idzie zbyt łatwo.

– Albo on jest tak dobry, jak mówią.

– Może.

– Tak czy inaczej, wszystkie królestwa skupiają się na wyniku wojny Mudamory z Derinem. To, co się tutaj dzieje z Celendorczykami... Nikogo to nie obchodzi. Arinoquia została opuszczona.

– A Arinoquianie nie wydają się tym zaniepokojeni.

Przynęta napiął mięśnie szczęki.

– Urcon zbiera armię. Może ich pokona.

Żadne z nich się nie odzywało, ale pytanie, które kryło się w jej piersiach, w końcu znalazło drogę ujścia.

– Jak myślisz, co się stanie ze zjednoczonymi klanami, jeśli Urcon rzeczywiście pokona Celendorczyków?

Zanim Przynęta zdążył odpowiedzieć, rozległ się krzyk Kwintusa:

– Teriano, musimy iść!

Naciągając buty, powiedziała:

– Musisz wracać do domu, do Taltugi, Przynęto. Przekonaj pozostałych triumwirów, żeby zaczęli się spotykać z władcami Zachodu, by ci dostrzegli rozmiar zagrożenia ze strony Celendoru.

– Oni mocno trzymają się przykazania, Teriano. Wschód nie może się spotkać z Zachodem. Boją się, że poniosą konsekwencje, jeśli będą mówić tu o Imperium. Że zostaną ukarani.

– Jeśli wziąć pod uwagę, że na Zachodzie stacjonuje obecnie prawie dziesięć tysięcy legionistów, powiedziałabym, że mleko już się rozlało – warknęła. – Przekonaj ich. Ja nie mogę odejść, a Quincense nie może odpłynąć. Ty musisz wyruszyć, Przynęto.

– Rozmawiasz z kimś?! – zawołał Kwintus, a Teriana drgnęła, słysząc stukot jego sandałów o pomost.

– Mówię do siebie! – odkrzyknęła i zwróciła się do Przynęty: – A jeśli nie przekonasz triumwirów, musisz się udać do Revatu i porozmawiać z sułtanem Gamdeshu. Wykorzystaj moje imię, by uzyskać audiencję... on cię posłucha. Ukradnij strażnikom trochę celendorskich monet i zabierz je ze sobą jako dowód.

W chwili, gdy Przynęta zniknął wśród fal, ktoś położył jej dłoń na ramieniu.

– Chodź, Teriano. Ten wieczór nie jest dobrą porą, by sprawdzać, na co możesz sobie pozwolić.

– Dlaczego? Co się dzieje?

Kwintus otworzył usta, ale Miki go ubiegł.

– Gdyby legat chciał, żebyś wiedziała, powiedziałby ci. Tak czy inaczej, to on polecił, żebyś znalazła się za murami obozu dziesięć minut temu.

Teriana poczuła ściskanie w żołądku, a pod jej piersiami zebrał się pot, mimo że od morza wiała chłodna bryza. Po kilku minutach powrócili do obozu, a gdy przeszła przez bramy, już wiedziała.

Był pusty.

Nie do końca pusty, na murach wciąż stali żołnierze, ale w większości pusty, co właściwie nigdy się nie zdarzało. Ścisnęło ją w piersiach, a stopy pociągnęły ją w stronę namiotu dowodzenia z szybkością graniczącą z biegiem.

– Co się dzieje? – spytała ostro.

Marek nie podniósł wzroku znad kartki, którą czytał, ale Tytus odwrócił się do niej.

– Wkrótce zaatakujemy Galinhę.

Choć wiedziała, że atak jest nieunikniony, i tak poczuła igiełki niepokoju. Dwa dni wcześniej Marek polecił przenieść obóz bardziej na północ, o rzut kamieniem od miasta – legiony spakowały się szybko, przeprowadziły i odtworzyły obóz w ciągu jednego dnia. Od tego czasu sprzymierzeni cesarze i ich wojownicy zbierali się w obozach w pobliżu. Było oczywiste, że wkrótce mieli wyruszyć na Galinhę. Było równie oczywiste, że ona jako jedyna nie wiedziała, iż miało do tego dojść tego wieczora.

– Już prawie zmierzch. – Nie wiedziała nawet, po co to mówi. – Kto zaczyna bitwę w środku nocy?

– Ja. – Marek wyprostował się i skinął na mężczyzn wypełniających namiot. – Ruszajcie. Powiedzcie cesarzowej Ereni, że wkrótce przybędę.

„Niech bogowie to przeklną! Nawet Ereni wiedziała, a utrzymała to w tajemnicy przede mną".

Marek zaczekał, aż wyjdą, po czym usiadł na jednym ze stołków i przyjrzał się mapie miasta. Później powiedział:

– Większość cywilów zostanie w domach i nie będzie wchodzić nam w drogę, co pomoże zmniejszyć liczbę przypadkowych ofiar.

– Przypadkowych? – Ten lodowaty ton głosu rezerwowała dla niego. – Jak możesz twierdzić, że jakaś śmierć jest nieplanowana, skoro atakujesz ich miasto?

Rozmasował skroń.

– W porządku. Zmniejszy liczbę zabitych wśród ludzi, którzy na to nie zasługują. Czy tak lepiej?

– Lepiej by było, gdybyś w ogóle ich nie atakował.

– Naprawdę? Podobnie jak ja słyszałaś świadectwa na temat tego, jak traktowani są ludzie z Galinhy, a przecież oni należą do klanu Urcona. Obecnie muszą już wiedzieć, że istnieje alternatywa dla jego rządów… szansa na lepsze życie. Są gotowi zwrócić się przeciwko jego ludziom, co znaczy, że nie będą wchodzić nam w drogę, kiedy zaatakujemy, i nie będą sprawiać kłopotów, kiedy zdobędziemy miasto. Jeśli zaczekamy dłużej, ryzykujemy, że poczują rozgoryczenie z powodu braku dostaw żywności z południa i powstaną przeciwko nam albo sami spróbują obalić ludzi Urcona. Tak czy inaczej, skutkiem będzie więcej ofiar wśród cywilów, a tego, wbrew temu, co myślisz, wcale nie chcę.

Wiedziała, że tego nie chciał, słyszała niezliczone dyskusje z resztą oficerów i cesarzy. To przyczyna takiego postępowania nie pozwalała jej postrzegać jego działań jako dobroczynnych.

– Och, wiem, że śmierć cywilów nie jest częścią planu. Niech nas Sześcioro broni, byś musiał wysyłać do Imperium trupy zamiast żyjących, oddychających niewolników.

Cisza. Wreszcie Marek podniósł się powoli, ściskając kubek w pięści, a na jego twarzy malowało się tyle złości, że zaczęła się zastanawiać, czy w końcu nie popchnęła go za bardzo.

– Wszystko zawsze sprowadza się do Chersome, prawda? – Ku jej zaskoczeniu rzucił kubkiem przez namiot, aż woda zalała płótno. – Niezależnie od tego, co robię, wszystko zawsze sprowadza się do tej przeklętej wyspy.

Był poruszony i wściekły, Teriana wiedziała, że nie powinna naciskać. Ale nie umiała też odpuścić.

– Tak się dzieje, kiedy mordujesz tysiące niewinnych. Ludzie tego nie zapominają.

– Mordowanie. – Odwrócił się w jej stronę, jego złocista twarz pobladła. – Tak właśnie myślisz?

– Wiem o tym.

– Nie. – Ruszył do niej i dziewczyna z ogromnym trudem powstrzymała się, by się nie cofnąć. – Senat chce, byś właśnie tak myślała… by wszyscy tak myśleli. Lepiej, byście uznawali nas za morderców bez serca, byście obawiali się gniewu Imperium, zamiast poznać prawdę.

– Jaką prawdę? – Irytowała ją własna ciekawość. Wątpliwość, czy mógł powiedzieć coś, co uczyniłoby zdziesiątkowanie kraju i zniewolenie całego ludu znośnym. Nadzieja, że tak właśnie było.

Spojrzał jej w oczy i wydawało się, że w jednej chwili opuściła go cała wściekłość. Usiadł na składanym stołeczku, oparł łokcie na stole i wpatrzył się tępo w leżącą przed nim mapę.

– Prawda jest taka, że nic w tej misji nie poszło tak, jak chciałem.

Milczał, jedynym odgłosem był krzyk stada ptaków przelatującego nad nimi. Teriana nie odzywała się i czekała.

– Miało pójść pokojowo – powiedział cicho. – Mieliśmy wylądować i przeniknąć między nich. Płacić za to, co zabieraliśmy, pokazać im, co to znaczy być częścią Imperium. Przekonać ich, by z własnej woli oddali władzę Senatowi i przyjęli podatki, za wszelką cenę unikając konfliktów. Wcześniej to działało. I później też. Ale… – Oblizał wargi, oddychał chrapliwie, a Teriana wiedziała, że wspomina. – Ale tak nie poszło – mówił dalej. – Wylądowaliśmy. Podczas marszu trafialiśmy jedynie na spalone wioski i mieszkańców zabitych ogniem lub mieczem. Mężczyzn, kobiety i dzieci. Niemowlęta zamordowane w ramionach matek. – Z trudem przełknął ślinę. – Widziałem rzeczy, w porównaniu z którymi to, co Urcon zrobił tamtym wieśniakom, było dziecinną zabawą.

To było w jego snach, a przynajmniej w części z nich. Kiedy rzucał się na posłaniu, aż budził się zlany zimnym potem.

– Kto ich zabił? – spytała.

– Ich rodacy. Chersome miało kastę wojowników, która żyła w izolacji od pozostałych. Systematycznie kroczyli przez wyspę i mordowali wszystkich.

– Dlaczego?

Teriana nie umiała pojąć, jak ani czemu robili coś takiego. Wioski były pełne ich rodzin. Ich przyjaciół.

– Ponieważ wierzyli, że lepiej, by zginęli, niż mieli się znaleźć pod panowaniem Imperium. Lepiej, żeby cała wyspa stanęła w ogniu, niż gdyby Senat miał czerpać zyski z ich ziem.

Zagryzła wargi, zastanawiając się, czy coś się w tym nie kryło. Czy lepiej było umrzeć niż żyć życiem pozbawionym wszystkiego, co się ceniło?

– Pojmaliśmy część z nich i próbowaliśmy ich przekonać – powiedział. – Ale oni nie słuchali. Spalali się żywcem, rzucali na miecze albo wieszali na tym, co udało im się znaleźć. I dlatego… – Odetchnął z drżeniem. – Dlatego z nimi walczyliśmy. Podzieliłem legion i wysłałem go przez wyspę w skoordynowanym ataku z rozkazem zabicia każdego wojownika, na którego się natkną, bez wyjątków. Tyle że wtedy mężczyźni w wioskach zaczęli się zachowywać w podobny sposób, zabijali rodziny i samych siebie. Dlatego zebrałem kobiety i dzieci i wysłałem je do Celendoru.

Pamiętała, kiedy do tego doszło. Nagły wzrost podaży sprawił, że rynek się załamał, dzieci sprzedawano do służby za cenę niewiele większą niż bochenek chleba. To było obrzydliwe, więc matka na jakiś czas zabrała Quincense na Zachód, żeby nie musieli tego widzieć.

– Mówią, że w ciągu trzech miesięcy sprzedano sto sześćdziesiąt tysięcy Chersomczyków.

I wszyscy, wszyscy wiedzieli, że o n był za to odpowiedzialny.

Marek pokiwał głową.

– Ale żyli.

– I co z tego? – Nie mogła wyrzucić z głowy wspomnienia tych targów, brudnych, śmierdzących, wypełnionych dziećmi o oczach martwych mężczyzn. – Rozdzieliłeś rodziny. Zniszczyłeś ich życie. Może dla nich lepiej było umrzeć, niż tak cierpieć!

– Może i tak! – Jego gniew powrócił. Marek wstał z czołem zroszonym potem. – Ale oni mieli prawo samodzielnie podjąć decyzję, czy chcą żyć, czy umrzeć, a nie być zmuszonym do jej podjęcia.

– Ty ich do tego zmusiłeś – wyrzuciła z siebie i przeszła przez namiot, aż stanęła tuż przed nim. – Gdybyś się tam nie udał i nie wcisnął im Imperium do gardła, może ci wszyscy ludzie wciąż by żyli.

– Myślisz, że to mój wybór? – Jego ramiona drżały, twarz była blada jak prześcieradło. – Takie otrzymałem rozkazy. Senat nie pytał mnie o zdanie, czy Chersome powinno zostać podbite. Kazali mi jedynie zrobić to w najbardziej dogodny sposób. Żeby podatki popłynęły przed końcem roku.

– Nie musiałeś tego robić. – Już w chwili, kiedy wypowiedziała te słowa, wiedziała, że to nie było takie proste.

Przez kilkanaście uderzeń serca patrzył na nią, nie mrugając, po czym powiedział:

– Masz rację. Mogłem się sprzeciwić. A oni powiesiliby mnie na szubienicy i wybrali spośród żołnierzy kogoś, kto by rozumiał, że życie legionisty oznacza posłuszeństwo. A nawet gdyby dziwnym zrządzeniem losu mój legion postanowił podążyć za mną, Imperium wysłałoby sześć kolejnych, by nas zmiażdżyć. A później ruszyliby na Chersome. – Każde słowo wydawało się wydzierane z jego piersi. – Nie jesteśmy wolni, Teriano. Nikt nas nigdy nie spytał, czy chcemy prowadzić takie życie. Dostajemy jedynie wybór: bądź posłuszny albo giń, a najczęściej bycie posłusznym *oznacza* śmierć. Ten legion jest moim życiem, ci mężczyźni moimi braćmi. Senat wierzy, że dał mi ten legion jako narzędzie wypełniania woli Imperium, ale ja mówię, że to *ja* dostałem legion jako narzędzie ochrony życia mężczyzn, którzy go tworzą. I zawsze podejmę decyzję, która ich chroni.

Teriana rozumiała. Jak mogła nie rozumieć, skoro oddała całe pół świata Imperium, żeby chronić swoją załogę. Swoich rodaków. Nie była lepsza. Ani trochę lepsza.

– Zgodziłem się na tę misję, ponieważ to była droga ucieczki, dla mnie i dla moich ludzi. Na Wschodzie musimy maszerować tam, gdzie każe nam Senat. Robić to, co każe nam Senat. Ale tutaj to *ja* panuję. – Oddychał szybko, chrapliwie. – Znalezienie ścieżek xenthierowych może potrwać rok. Pięć lat. Dziesięć. A w tym czasie to ja decyduję, co tu robimy, i choć możesz sądzić, że jest inaczej, nie pragnę podboju.

– W takim razie nie szukaj ścieżek – szepnęła. – Nie oddawaj władzy Senatowi.

– Chętnie bym tak postąpił, gdyby nie to, że ty byś za to zapłaciła. – Jego twarz była śmiertelnie blada. – Moja wolność za cenę twojej. Wolność moich ludzi za cenę twoich pojmanych rodaków.

I wolność jej ludu za cenę Zachodu.

– Wracaj – błagała go. – Załaduj swoich ludzi na statki, a ja zabiorę was z powrotem.

– Żeby wrócić, musiałbym zostać pokonany. A to oznacza posłanie moich ludzi na rzeź. – Z trudem wciągnął powietrze. – Nie wrócę. Nie mogę.

Był chory, ale nie mogła o tym myśleć. Nie, kiedy postawił ją w tej niemożliwej sytuacji konieczności dokonania wyboru.

– Dlaczego mi to zrobiłeś? – Ciężko jej było powstrzymać się przed wykrzyczeniem mu tych słów w twarz. – Dlaczego nie pozwoliłeś, żeby Kasjusz mnie zabił?

W oddali zagrzmiały rogi, długo i żałobnie, a Marek odwrócił głowę w jej stronę, na chwilę przymknął oczy i dopiero wtedy na nią spojrzał.

– Wiesz, dlaczego powstrzymałem kata, który cię torturował? – Roześmiał się, ale śmiech zmienił się w kaszel. – Wiesz, dlaczego się wtrąciłem?

Zachwiał się, a Teriana patrzyła na niego przerażona. Dyszał i wyglądał tak, jakby miał zemdleć.

– Marku…

– Bo nie mogłem znieść twoich krzyków – wykrztusił. W oczach miał panikę. – Nawet cię nie znałem, a nie mogłem patrzeć, jak cię krzywdzą. Ale zamiast cię ocalić, skazałem cię na potępienie.

Stracił równowagę.

Teriana złapała go w pasie, ale ciężar jego ciała pociągnął ich na ziemię.

– Marku, co się dzieje?

Jedyną odpowiedzią był rozpaczliwy, świszczący oddech.

– Pójdę po pomoc. – Położyła jego głowę na ziemi, ale zanim wstała, zacisnął jej dłoń na nadgarstku.

– Nie. Mogą. Wiedzieć. – W oczach miał przerażenie. – Sprowadź. Amarina.

– W porządku.

Wyrwała się i podążyła do wyjścia. Namiot otaczali legioniści, stali na tyle blisko, by go strzec, jednak wystarczająco daleko, by nie podsłuchiwać rozmów dowódcy. Kwintusa i Mikiego całe szczęście nie było.

– Marek nie chce, by mu przeszkadzano – powiedziała im. – Ale z jakiegoś powodu potrzebuje Amarina.

– Poszedł tam – odpowiedział jeden z mężczyzn, opierając się o włócznię.

Teriana ruszyła w tamtą stronę, szła tak szybko, jak mogła, nie biegnąc. Cokolwiek działo się z Markiem, nie chciał, żeby ktoś się dowiedział, a bieg zwróciłby uwagę. Wypełniła ją ulga, kiedy zobaczyła wysokiego sługę. Zawołała go po imieniu i pospieszyła do niego.

– Coś jest nie tak z Markiem. Nie może oddychać. Kazał mi cię znaleźć.

Amarin pobladł i spojrzał na zachodzące słońce. Teriana też – zrozumiała, że bitwa ma się zaraz zacząć.

– Znajdź Serwiusza albo Feliksa. – Złapał ją za ramiona tak mocno, że musiał pozostawić sińce. – Nikogo innego.

– Rozumiem – powiedziała, ale on jej nie puścił.

– Nikt inny – powtórzył. – Albo osobiście wyrwę ci serce, słyszysz?

Ruszyła biegiem.

Rozdział 33

Teriana

Mimo gorąca i wilgoci Teriana czuła, że ręce ma jak z lodu, kiedy przeciskała się przez szeregi legionistów w stronę grupki młodych dowódców przyglądających się sytuacji. Towarzyszyła im Ereni z dwoma wojownikami. Przyszło jej na myśl, że część z tych, których mijała, miała tego dnia zginąć. Że mieli walczyć w bitwie i wszystko mogło się zdarzyć.

Jednak wydawało się to odległą troską w porównaniu z Markiem. Wyglądał, jakby dusiła go niewidzialna ręka, powoli odcinając dopływ powietrza do płuc. „Proszę, nie pozwól mu umrzeć", modliła się bezgłośnie. Choć wcześniej przejmowała się jedynie umową, którą zawarli, teraz coś jeszcze wbijało lodowate igiełki w jej serce – strach, że utraci jego.

– Wyrównać szeregi! – ryknął Serwiusz.

Teriana uśmiechnęła się do żołnierzy strzegących oficerów i przecisnęła się między nimi. Serwiusz wciąż wykrzykiwał rozkazy, więc niechętnie skierowała się do Feliksa, który spojrzał na nią z kwaśną miną.

Podeszła blisko i szepnęła:

– Amarin mnie przysłał. Z Markiem jest coś nie tak.

Gdy Feliks westchnął, wiedziała, że cokolwiek dręczyło legata, nie zdarzyło się po raz pierwszy. I że było tak paskudne, jak jej się wydawało.

– Serwiuszu. – Ton Feliksa niczego nie zdradzał. – Legat chce z nami porozmawiać.

Wielki legionista skinął głową, a Teriana odwróciła się i prawie zderzyła z Tytusem.

– O co chodzi? – spytał.

Wzruszyła ramionami i próbowała go ominąć.

– Nie mówił mi.

Tytus stanął jej na drodze.

– Jeśli doszło do zmiany strategii, powinienem uczestniczyć w dyskusji. I cesarzowa też.

Przebiegłe posunięcie z jego strony, bo choć on sam nie mógł się kłócić z oficerami Marka, Ereni z całą pewnością mogła.

Ereni posłała im spojrzenie, przyciągnięta przez słowo, które znała jako celendorskie tłumaczenie swojego tytułu.

– Wiesz, jaki on jest drobiazgowy – powiedziała do niej Teriana. – Pewnie chce się upewnić, że wszystkie sztandary będą stosownie powiewać na wietrze.

Cesarzowa zmarszczyła czoło i wzruszyła ramionami. Chciała być na polu bitwy ze swoimi ludźmi i Marek długo ją przekonywał, by pozostała na tyłach. Nic poza prawdą nie skłoniłoby jej do powrotu do namiotu dowodzenia.

– Żadnych zmian, panie – wtrącił Feliks i popchnął Terianę między łopatkami, żeby minęła drugiego dowódcę. – Pewnie legat ma jeszcze kilka ostatnich pytań.

– Powinienem tam być.

– Żołnierze ustawiają się na pozycjach – stwierdził Serwiusz. – Do naszego powrotu dowodzenie należy do was i cesarzowej, panie.

Tytus niewiele mógł na to odpowiedzieć – o czym wiedzieli. Ani Serwiusz, ani Feliks nic nie mówili do chwili, aż znaleźli się dość daleko, by nikt ich nie podsłuchał, a wtedy ten ostatni spytał ostro:

– Co ty narobiłaś?

– Nic.

Marzyła, żeby się zamknął. Żeby szli szybciej. Żeby jeden z nich wiedział, co robić, kiedy wrócą do namiotu. Modliła się, by Marek wciąż żył, kiedy tam dotrą. Jej serce zadrżało, gdy przypomniała sobie jego ostatnie słowa: „Nie mogłem patrzeć, jak cię krzywdzą".

– Jego ataki nie zdarzają się tak po prostu – warknął Feliks. – Co powiedziałaś? Co zrobiłaś?

Teriana spróbowała przełknąć ślinę, ale jej gardło się ścisnęło.

– Spytałam o Chersome.

Spojrzenie Feliksa ociekało nienawiścią.

– Jeśli on umrze, osobiście…

– Zamknij się, Feliksie – powiedział Serwiusz. – Grożenie jej nie pomoże Markowi.

Skinął głową, kiedy strażnicy otaczający namiot zasalutowali, po czym wszedł do środka.

Amarin zaciągnął legata na tył namiotu za stół, więc usłyszała Marka, zanim go zobaczyła. Chrapliwy, świszczący dźwięk sprawił, że jej również ścisnęła się pierś. Trzymała się z tyłu, gdy dwaj żołnierze stanęli po obu stronach stołu.

– Jak źle? – spytał Serwiusz.

– Gorzej niż w Celendrialu – odparł Amarin. – Będziemy musieli włożyć rurkę.

– Niech to szlag! Niech to szlag! – zaklął Feliks. – Tytus zaraz poprowadzi żołnierzy. Marek musi tam teraz być.

Amarin powiedział coś, czego Teriana nie zrozumiała, więc okrążyła stół, by wszystko widzieć. I od razu pożałowała, że to zrobiła.

Marek miał otwarte, niewidzące oczy, a jego skóra nabrała sinawego odcienia. Jego nogi się poruszały, pięty wbijały w ziemię, mięśnie napinały, gdy nieświadomie walczył z Serwiuszem, który przyciskał jego ramiona do ziemi. Feliks otwierał usta Marka, ale słysząc ją, podniósł wzrok, a jego spojrzenie było pełne oskarżenia. „To twoja wina".

Namiot się zakołysał i Teriana złapała za krawędź stołu, żeby nie upaść. To coś nie wyglądało jak on. Nie jak błyskotliwy, niewzruszony, stanowczy Marek, który nigdy nie okazywał słabości. „Z wyjątkiem chwili, kiedy go naciskałaś! – warknęła na samą siebie. – Zmuszałaś go do ponownego przeżywania koszmarów i krzyczałaś mu w twarz, oskarżając go o śmierć tysięcy. Zniewolenie tysięcy. A on nie miał wyboru".

Amarin z wąską rurką w dłoni cicho nakazał obu mężczyznom utrzymać dowódcę w bezruchu.

– Co mu robicie?

– Spieprzaj, Teriano! – warknął Feliks, ale Serwiusz pokręcił głową.

– Nie możemy z nim zostać. Potrzebujemy jej.

Przerwał im Amarin.

– Jeśli tego teraz nie włożymy, będzie po nim.

– Dobra, dobra – mruknął Serwiusz i napiął potężne ramiona.

Nadgarstki Feliksa drżały, ale mocno trzymał głowę Marka. Między zębami dowódcy tkwił kawałek drewna. Amarin wsunął rurkę do gardła legata, a Teriana odwróciła twarz. Nie mogła na to patrzeć, ale nie mogła się też odciąć od jego krztuszenia i mężczyzn przeklinających, gdy próbowali ocalić mu życie.

A ona stała i nic nie robiła.

– Weszła – powiedział Amarin.

Teriana wypuściła oddech – nawet nie była świadoma, że go wstrzymywała. Wbijając paznokcie w blat stołu, patrzyła, jak Amarin przytrzymuje wąską rurkę, a Serwiusz i Feliks zdejmują płaszcz Marka, wyciągając go spod niego.

Feliks ukląkł, trzymając tkaninę, twarz miał bladą.

– Nie mogę.

– Musisz – stwierdził Serwiusz. – Macie podobną budowę ciała, a kiedy założysz jego hełm, w ciemności nikt nie zauważy.

Zagrzmiały rogi i Terianę dobiegł odgłos marszu.

– Kończy się nam czas. – Serwiusz potrząsnął przyjacielem. – Tytus i Ereni już się zastanawiają, skąd to opóźnienie. Marek powinien się znaleźć na polu bitwy, a ponieważ nie może, musisz zrobić to za niego.

Feliks potrząsnął głową.

– Nie chcę go zostawiać. Nie w takim stanie. Nie z nią.

Złość w jego głosie uderzyła Terianę jak policzek, ale się nie odzywała. Ona i Feliks musieli pewnego dnia poważnie porozmawiać, ale to nie był ten dzień.

– Jeśli tego nie zrobisz, on będzie martwy! – warknął Serwiusz i popchnął niższego mężczyznę do tyłu, tak że ten poleciał na stół. – Jeśli tego nie zrobisz, legion się dowie. Tytus się dowie. Wiesz, co to znaczy.

W odpowiedzi Feliks zdjął własny płaszcz i włożył ten zdobny, należący do Marka. Złoty smok błyszczał w blasku lampy. Obserwował ich. Potem Feliks założył hełm Marka – nosal i osłona policzków zasłaniały tak dużą część jego twarzy, że swobodnie mógł uchodzić za legata.

Znów zagrzmiały rogi. Teriana wzdrygnęła się, kiedy Serwiusz złapał ją za ramiona i wpatrzył się w nią uważnie.

– Wiesz, co się stanie, jeśli to wyjdzie na jaw.

– Tak. – Uniosła brodę. – Nie pozwolę na to. – Zwróciła się do Feliksa: – Zatroszczę się o niego.

Mężczyzna zignorował ją i ruszył do wyjścia z namiotu, a Serwiusz poszedł za nim.

– Serwiuszu! – zawołała, a on się odwrócił. – Spróbujcie za bardzo nie przegrać.

Uśmiechnął się i obaj wyszli.

Jej uwagę przyciągnął świst oddechu Marka przez rurkę. Podeszła do niego i padła na kolana. Amarin przytrzymywał jego głowę, jedną ręką ściskał rurkę wystającą z ust legata. Marek nie był tak siny jak wcześniej, pozostał nieprzytomny, a kiedy wzięła go za rękę, była lodowata w dotyku.

– Ile to potrwa? – spytała. Drugą rękę zacisnęła na dłoni Marka, jakby ogrzanie jego palców mogło coś zmienić.

Służący pokręcił głową, twarz miał ponurą.

– Powinno już się kończyć. Od wielu lat nie miał tak silnego ataku.

Ścisnęło ją w piersi, w uszach dudnił puls.

– Ale skończy się?

– Dla dobra nas wszystkich, mam taką nadzieję. – Rozpiął resztę pancerza Marka, zdjął go ostrożnie, podobnie większość jego broni. – Nie dostaje dość powietrza, a jeśli to potrwa dłużej…

Wiedziała, co miał na myśli, bo widziała utopionych marynarzy przywołanych z powrotem przez naznaczonego uzdrowiciela – ich umysły nigdy nie były takie jak wcześniej. Łza spłynęła jej z nosa i wylądowała na policzku Marka. Wytarła ją, wściekła na siebie. Na swój udział w tym, że teraz leżał tu bezradny, i na to, że ją to obchodziło.

Amarin przyłożył ucho do piersi legata, posłuchał i się cofnął. Odetchnął cicho i pokręcił głową.

– Nie. – Teriana nie zamierzała poddać się bez walki. – Idę po pomoc.

Próbowała się podnieść, ale Amarin złapał ją za rękę.

– Nikt nic na to nie poradzi, a on ci nie podziękuje, jeśli zdradzisz jego tajemnicę.

– Puść mnie! – Szarpnęła się, ale szczupły mężczyzna był silniejszy, niżby się wydawało. – Niech cię Siódmy porwie!

Zacisnęła pięść i trafiła go w twarz. Jego uścisk się rozluźnił, a wtedy Teriana się wyrwała, złapała jeden z noży Marka i pobiegła do wyjścia. Tam zwolniła, żeby nie wywołać niepokoju strażników pilnujących namiotu i jego cennej zawartości.

Obóz był cichy i pusty, nikt nie zadawał pytań, kiedy ruszyła w stronę latryn. Gdy znalazła się poza zasięgiem wzroku mężczyzn pilnujących namiotu dowodzenia, bezgłośnie pobiegła między rzędami namiotów, aż dotarła do muru. Wspięła się, jej palce i stopy automatycznie znajdowały uchwyty, a ona rozglądała się w ciemności w poszukiwaniu strażników – pory zmian patroli znała już na pamięć.

Poruszył się jakiś cień. Opadła po drugiej stronie muru, czekała, czekała, a później pobiegła, nie przejmując się, czy ją słyszeli. Było zbyt ciemno, by trafili ją z kuszy, a goniliby ją jedynie do skraju dżungli.

Z tyłu rozległy się ostrzegawcze okrzyki, ale wtedy jeszcze przyspieszyła. Gałęzie uderzały ją w ramiona i twarz, kiedy kierowała się w stronę miasteczka. Potknęła się i upadła, ale znów się poderwała, ignorując ból. „Nie pozwolę mu umrzeć. Nie pozwolę mu umrzeć".

Schowała się za drzewem, kucnęła i nasłuchiwała odgłosów pogoni. Coś pełzło po jej ręce, ale zmusiła się do zachowania bezruchu, modląc się, by to coś jej nie ugryzło.

Jeden z legionistów minął jej kryjówkę z bronią w dłoni. Poruszał się cicho, wydawało się, że ciemność mu nie przeszkadza. Przystanął, a ona wstrzymała oddech, przekonana, że mężczyzna usłyszy bicie jej serca. „Wracaj, wracaj", skandowała bezgłośnie. Opuściła ramiona, kiedy żołnierz pokręcił głową i wrócił do obozu.

Zaczekała, aż oddali się wystarczająco, i ostrożnie ruszyła naprzód, modląc się do Lerna, by nie pozwolił jej wpaść na węża ani nic gorszego. Wokół rozlegało się bzyczenie owadów, a nad nią coś poruszało się w koronach drzew. Gęste listowie zasłaniało księżyc i gwiazdy, więc żeby nie zgubić drogi, polegała na swoim wyczuciu morza, odległego ryku fal. Mimo to odczuła wielką ulgę, kiedy natknęła się na wąską ścieżkę prowadzącą do miasteczka. Wojownicy strzegący bramy wpuścili ją bez pytania, bo dobrze znali jej twarz.

Krążyła w biegu między filarami podtrzymującymi budynki, kierując się w stronę domu uzdrowiciela. Otworzyła drzwi i zobaczyła Caradoca przygotowującego się na przyjęcie rannych wojowników, którzy mieli do niego trafić.

– Potrzebuję twojej pomocy – wyrzuciła z siebie, po czym zacisnęła zęby.

Bo jakiej pomocy mogła się od niego spodziewać? Ostrzegała go, żeby nie pozwolił Celendorczykom zobaczyć, co może czynić dzięki znakowi, a gdyby zabrała go do obozu, by pomógł Markowi, nie dałoby się tego ukryć. Marek by się dowiedział i z całą pewnością wykorzystywałby naznaczonych uzdrowicieli do pomocy swoim ludziom. Uzdrowiciele stanowili przewagę, jaką Zachód miał nad Celendorczykami. Czy była gotowa z niej zrezygnować, by ocalić jedno życie?

Było to życie, którego potrzebowała. Umowę zawarła z Markiem i jej matka, jej załoga, jej naród zależeli od tego, czy wypełni ją do końca. Teriana wiedziała jednak, że nie był to powód, dla którego znalazła się w tym miejscu.

„Po czyjej stronie jesteś?"

Celendorczycy byli wrogami. A choć jej zdanie na temat Marka mogło się zmienić, był ich przywódcą. Był wrogiem. Jej wrogiem.

– Teriano? – spytał Caradoc.

– Niech mi Sześcioro wybaczy – szepnęła, a głośniej powiedziała: – Musisz pójść ze mną.

– Nie mogę. Trwa bitwa, a ja muszę się przygotować na przyjęcie rannych.

– To pilne. Wrócisz po wszystkim.

– Chodzi o jednego z n i c h?

Przez chwilę rozważała kłamstwo.

– Tak. Jest chory. Bez twojej pomocy umrze.

– Sama powiedziałaś, że ci ludzie są bezbożni. Że jeśli dowiedzą się o znaku Hegerii, będą wykorzystywać mnie do śmierci.

– Wiem, co powiedziałam. – Zagryzła policzki. – Ale on musi przeżyć.

Spojrzenie uzdrowiciela było zbyt przebiegłe. Zbyt świadome.

– Chodzi o ich przywódcę, prawda?

Teriana nie odpowiedziała.

– Nie życzę śmierci temu młodzieńcowi – powiedział powoli. – Ale klan na mnie liczy, a ja nie zaryzykuje życia naszych ludzi dla dobra jednego.

– Proszę, zastanów się.

Uzdrowiciel spojrzał na nią z ukosa i pokręcił głową.

– Nie.

„Nie pozwolę Markowi umrzeć". Nóż wydał bezlitosny dźwięk, kiedy wyciągnęła go z buta, celendorska stal była bardzo ostra.

– Zacznij iść.

– Nie możesz mnie zmusić do uzdrowienia tego człowieka.

– Jeśli pozwolisz mu umrzeć, powiem pozostałym, że mogłeś pomóc, ale postanowiłeś tego nie robić – szepnęła do ucha Caradoca, prowadząc go przez miasto. – Jak myślisz, co cię wtedy czeka? Jak myślisz, co czeka twoich rodaków?

Była to okrutna groźba i Teriana nie miała pewności, czy mówi poważnie. Jednak potrzebowała jego pomocy, a nie sądziła, by udzielił jej z własnej woli.

– Oni są bezbożni – odparł, ale uspokajający uśmiech, który posłał strażnikom, świadczył o tym, że groźba zadziałała. – A jeśli Hegeria postanowi mu nie pomóc?

To było prawdziwe ryzyko. Widziała na własne oczy, że bogowie opowiadali się po różnych stronach, nie wiedziała jednak, kogo popierała bogini. Ale to była jedyna szansa Marka, więc musiała spróbować.

– Sugeruję, żebyś się pomodlił, by do tego nie doszło.

Droga do obozu nie trwała tak długo, jak jej bieg przez dżunglę. Szła zdecydowanym krokiem w stronę bramy, modląc się, by strażnicy jej nie zatrzymali. Nie zadawali pytań. Nie nalegali, by pójść za nią do namiotu dowodzenia.

– Milcz – mruknęła i nie po raz pierwszy była wdzięczna, że tylko ona mówi płynnie po celendorsku. – Jeśli zrobisz zamieszanie, dźgnę cię bez wahania.

– Stać! – krzyknął jeden ze strażników.

Rozpoznała po głosie Awicjusza, z którym regularnie grywała w karty.

– Kto idzie?

– Teriana.

Płonący bełt z kuszy przeleciał łukiem i wbił się u jej stóp, więc wyjęła go ostrożnie z ziemi i uniosła, by oświetlić twarz.

– A niech mnie – powiedział Awicjusz. – Kiedy wyszłaś? I gdzie są Kwintus i Miki? Bitwa się zaczęła… Legat nie będzie zachwycony, kiedy się o tym dowie.

– On wie! – odkrzyknęła. Miała nadzieję, że w ten sposób zagłuszyła drżenie głosu. – Ten mężczyzna jest herbariuszem z miasteczka Ereni. Marek chciał go wypytać o zapasy leków czy coś w tym rodzaju. Mam go tu zatrzymać do zakończenia bitwy.

To była próba. Zrobiła wszystko, by zdobyć zaufanie celendorskiego legionu, a teraz nadszedł czas, by odkryć, czy się jej udało.

Ziewnęła i zakołysała się na piętach, jakby to wszystko ją nudziło, starając się zignorować spoconą koszulkę lepiącą się do pleców. Mogli nie wpuścić uzdrowiciela. Albo co gorsza, mogli się uprzeć, że odprowadzą ją do namiotu, a wtedy z pewnością zobaczyliby Marka. Ale jaki miała wybór? Bez pomocy naznaczonego uzdrowiciela on miał umrzeć.

– Nic o tym nie słyszeliśmy! – krzyknął Awicjusz, a jej strach zmienił się w panikę.

– Dlatego, że miałam wrócić przed ich wymarszem. – Z trudem ukrywała poruszenie. Nie miała na to czasu. – Możecie spytać Marka, kiedy wróci, jeśli tak bardzo wątpicie w moje słowa.

Naradzili się między sobą, a później brama otworzyła się na tyle szeroko, by wpuścić ich dwoje.

– Bądź cicho – powtórzyła i wciągnęła Caradoca do środka.

– Łamiemy dla ciebie zasady – stwierdził Awicjusz. – Jeśli legat nie potwierdzi twoich słów, oboje przez kilka tygodni nie będziemy mogli usiąść.

– Całe szczęście w karty gram równie dobrze na stojąco. – Patrzyła, jak obszukują uzdrowiciela. – I obiecuję, nie spuszczę go z oczu.

– Wymaga eskorty – odparł legionista.

– Jestem pewna, że poradzę sobie z przypilnowaniem jednego człowieka do czasu powrotu Marka. – Teriana skrzywiła się, idąc tyłem w głąb obozu i ciągnąc za sobą Caradoca. – Podobno to miała być łatwa walka. Po tych wszystkich waszych przechwałkach dziwi mnie, że jeszcze nie wrócili.

Legioniści się roześmiali, a Teriana wstrzymała oddech.

– Miej na niego oko – powiedział Awicjusz. – Ty za niego odpowiadasz, Teriano.

Uśmiechnęła się szeroko i zasalutowała, po czym ruszyła prosto do namiotu dowodzenia. Uniosła rękę, by powitać tych, którzy stali na straży.

– Ten mężczyzna to herbariusz Ereni. Marek chce z nim porozmawiać. Mam go zabawiać. W środku jest też Amarin.

Jeden z legionistów wzruszył ramionami i gestem kazał jej wejść. Ereni spędziła tu tyle czasu, że obecność jednego z jej ludzi w środku nie wywoływała ich zdziwienia. Mapy i złoto i tak były zamknięte na kłódkę.

Pierwszym, co zauważyła Teriana, kiedy weszła do środka, była cisza. Nóż przecinający ją od mostka do brzucha nie wypatroszyłby jej tak kompletnie. „Nie".

Amarin wstał, kiedy weszła, a ona musiała wyrwać pytanie z gardła.

– Czy on…

Potrząsnął głową, a wtedy poczuła iskrę nadziei.

– Jeszcze nie.

– Ale prawie. – Caradoc przecisnął się obok niej.

Amarin spochmurniał na jego widok, ale brak reakcji z jego strony potwierdził, jak bardzo stan Marka się pogorszył.

– Nic się nie da zrobić, Teriano. Jeśli żaden z największych medyków Imperium nie był zdolny go uleczyć, nie ma szans, że herbariusz z zapomnianej rybackiej wioski sobie poradzi.

Najeżyła się, ale nie miała czasu się kłócić.

– I co? – spytała uzdrowiciela.

Mężczyzna opadł na kolana. Z doświadczenia wiedziała, że waży i ocenia życie pozostałe w legioniście – znak bogini pozwoli mu zobaczyć, gdzie znajdowały się uszkodzenia i jak były wielkie.

– Jest bliski śmierci.

– Widzę.

– To mnie będzie kosztować.

– Brak działania również. Znasz stawkę, więc dokonaj wyboru.

Jeśli jej dusza jeszcze nie została opuszczona, teraz już była. Terianę wychowano w przekonaniu, że dotyk uzdrowiciela jest darem, nie czymś, czego można żądać. A z pewnością nie wolno było do niego zmuszać, grożąc śmiercią.

Uzdrowiciel pochylił głowę.

– Jeśli Hegeria zechce, uszkodzenia da się naprawić. Jednak choroba jest częścią jego osoby i nie mogę nic zrobić, by powstrzymać nawrót.

– Rozumiem. – Palce miała zimne jak lód, a jej kolana drżały, kiedy kucnęła obok głowy Marka. – Jeśli mu pomożesz, będę... będę twoją dłużniczką.

– Nie będziesz – odparł Caradoc, wyciągnął rękę i wyjął wąską rurkę, która utrzymywała Marka przy życiu.

– Nie! – sapnął Amarin, ale Teriana go odepchnęła.

– To jego jedyna szansa.

Ale to nie zadziałało. Marek zadrżał, jego blada skóra posiniała. Nieważne, czy Caradoc zrobił to celowo, czy też Hegeria mu odmówiła, uzdrowiciel pozwalał Markowi umrzeć i to była jej wina. Jej wina, ale zamierzała go zmusić, żeby zapłacił.

Znów wyciągnęła nóż z buta i wycelowała w Caradoca, ale wtedy zorientowała się, że mężczyzna się postarzał. A choć wcześniej obserwowała to dziesiątki razy, nieprawdopodobny widok lat opuszczających uzdrowiciela, by ocalić drugą osobę, wciąż przeszywał ją do szpiku kości. Jego siwe włosy pobielały, skóra pomarszczyła się i pokryła plamami, ramiona opadły, jakby dźwigały wielki ciężar przez pół stulecia albo dłużej.

A twarz Marka odzyskiwała normalny kolor, jego oddech się uspokoił i przestał tak straszliwie świszczeć.

Uzdrowiciel upadł na ziemię.

Ani Teriana, ani Amarin się nie poruszyli, oboje wpatrywali się oszołomieni. Później służący wyciągnął rękę, zawahał się z palcami nad gardłem Caradoca, po czym przycisnął je w miejscu, gdzie powinien wyczuwać puls. Potrząsnął głową.

– On nie żyje.

Terianie zaszumiało w uszach, poczołgała się do kąta i zwymiotowała. Jej ciało drżało i walczyło, jakby próbowało się oczyścić ze straszliwego ciężaru winy, ale uczucie to wzrastało i rozwijało się i… niech Sześcioro się nad nią zlitują, zabiła człowieka, naznaczonego uzdrowiciela, niewinnego, by ocalić wroga. By ocalić człowieka, który zamierzał podbić cały świat. Co ona narobiła? Czym się stała?

– Teriano?

Głos Marka. Jego dłonie na jej ramionach.

– Co się stało? Kim jest ten martwy człowiek?

Zrzuciła jego ręce, nie zareagowała, bo jakiej mogła udzielić odpowiedzi, by jeszcze nie pogorszyć sytuacji?

„Zdrajczyni.

Zdrajczyni.

Zdrajczyni”.

Rozdział 34

Teriana

Popołudniowe słońce było oślepiająco jaskrawe, powietrze wypełniała woń potu tysięcy zebranych wokół podwyższenia. Spojrzenie Teriany przeniosło się ponad ich głowami i padło na celendorski sztandar falujący na maszcie, który Marek kazał wznieść w centrum miasta po tym, jak oficjalnie ogłosił wyzwolenie Galinhy spod bezprawnych rządów Urcona. „Jak dużo czasu minie – zastanawiała się – zanim wyzwoleni zmienią się w podbitych?"

Marek zakaszlał cicho, a ona oderwała spojrzenie od flagi i przeniosła na jego twarz, czując ukłucie paniki. Ale on tylko uniósł brew, wskazując na kartkę, którą ściskała spoconymi palcami. „Tłumacz".

Odchrząknęła i zaczęła wykrzykiwać na całe gardło zbrodnie szeregu mężczyzn i kobiet, którzy stali pod strażą na podwyższeniu, a później wyrok. Wszyscy byli złodziejami i za swoje przewiny każde z nich miało stracić palec wskazujący oraz spędzić miesiąc w więzieniu. Ereni i pozostali cesarze zgodzili się przyjąć prawa, których miały przestrzegać ich klany – oraz ich wrogowie – ale Teriana zastanawiała się, czy pojmowali, że prawa te były wersją praw Imperium, zmienioną przez Marka w taki sposób, by się na nie zgodzili. Podobnie jak kary.

Wiwaty tłumu były prawie na tyle głośne, by zagłuszyć krzyki, kiedy przestępcom odcinano palce, metodycznie i kompetentnie. Dwóch medyków spokojnie przyżegało i bandażowało rany, po czym inni żołnierze wlekli przestępców do zapchanego więzienia. Inżynierowie już pracowali nad jego rozbudową i umocnieniem.

Odwróciwszy wzrok od rozlanej krwi, Teriana otarła pot z czoła i pociągnęła długi łyk z bukłaka wiszącego u pasa. Robili to od wielu godzin, a ona chciała skończyć. Chciała mieć już z głowy ten niekończący się dzień słuchania zeznań mieszkańców miasta. Przez lata żyli w strachu pod rządami Urcona – jego żołnierze i zausznicy odbierali ludziom ostatnie miedziaki, kradli, gwałcili, mordowali i terroryzowali. Teraz było po wszystkim.

„Aż zastąpi to nowy reżim".

– Już prawie skończyliśmy – mruknął Marek i trącił ją łokciem, kiedy sięgnął po ostatnią kartkę papieru z nazwiskami i zbrodniami.

Jego dotyk sprawił, że zamrowiła ją skóra, a choć powinna się przesunąć, by zrobić mu więcej miejsca, nie ruszyła się, chciwie oczekując kolejnej chwili, kiedy muśnie ją dłonią. Dłużej niż chciałaby się przyznać, była boleśnie świadoma jego obecności, wszystko inne znikało w tle, gdy był w pobliżu. Miała tysiące różnych uzasadnień i może nie wszystkie były kłamstwami, ale nie były też prawdą.

Pociągnęła kolejny łyk wody i powróciła wspomnieniami do wczesnego ranka, kiedy odnieśli ciało uzdrowiciela do miasteczka. Wydobywszy wyjaśnienie z niej i Amarina, Marek potwierdził jej kłamstwa i robił wrażenie wyraźnie zirytowanego, że herbariusz miał czelność umrzeć przed rozmową na temat dostarczenia zapasów dla legionu. Udzielił też nagany za złamanie zasad tym, którzy pozwolili Terianie wprowadzić go po zmroku do obozu, bo gdyby postąpił inaczej, wywołałby jeszcze większe zainteresowanie. Nawet Feliksowi i Serwiuszowi nie powiedział prawdy – wyjaśnił, że kiedy poszli, Teriana zdobyła od Arinoquianina tonik, który złagodził atak, choć skład mikstury pozostawał tajemnicą.

Z Terianą i ciałem Caradoca niesionym na noszach przez dwóch legionistów Marek udał się do miasteczka, rzekomo z zadośćuczynieniem.

Wyraz twarzy Arinoquian, kiedy przybyli na miejsce, miał pozostać wypalony w duszy Teriany do końca jej życia. Kilkoro padło na kolana i rozpłakało się, kiedy zrozumiało, że ich uzdrowiciel umarł. Caradoc urodził się w miasteczku – pewnie był spokrewniony z większością z nich – ale ich strata była o wiele większa. Dziecko naznaczone przez Hegerię uznawano za jeden z największych darów bogów, ponieważ pozwalało klanowi przeżyć choroby, konflikty i katastrofy. Mieli odczuwać skutki śmierci uzdrowiciela znacznie dłużej niż smutek.

– Czy mogę coś zrobić? – spytał Marek, kiedy już odesłał swoich ludzi z powrotem do obozu. – Złoto albo jakaś inna rekompensata? Cokolwiek?

Teriana potrząsnęła głową.

– To by była obelga. Wierzą, że jego śmierć była wolą bogów, nie czymś, z czego można czerpać zyski.

Poza tym jeśli ktoś miał zapłacić, to ona. Nieważne, że nie spodziewała się, iż uleczenie Marka doprowadzi Caradoca do śmierci – tak się stało. Dlatego, że nie dała mu wyboru. Dotyk uzdrowiciela był darem, a ona ukradła go, żeby ocalić życie mężczyzny przewodzącego Celendorczykom.

Arinoquianie nic nie mówili, kiedy wyjaśniała, że ich uzdrowiciel umarł, ratując życie człowieka bliskiego śmierci. Wiedziała, że uznają jej łzy za oznakę żalu, nie poczucia winy. I czuła nienawiść do samej siebie, że była zbyt tchórzliwa, by wyprowadzić ich z błędu.

Kiedy zabrali się do budowania stosu pogrzebowego, Marek chciał odejść, ale złapała go za nadgarstek, a on nie stawiał oporu. Arinoquianie umieścili ciało uzdrowiciela na stercie drewna i podpałki, jego białe włosy zwisały z boku. Mimo wszystko widziała jedynie twarz mężczyzny, który miał przed sobą lata życia, tak wiele jeszcze do dania.

Na jego czole położono miedziaka.

– Żeby opłacić jego przejście – wyjaśniła. – Mają nadzieję, że Madoria go zabierze, żeby w życiu po życiu mógł przebywać ze swoją rodziną.

– Miedziak?

Przełknęła ślinę, choć miała wrażenie, że rozerwie jej gardło.

– Na więcej ich nie stać.

Marek sięgnął do paska, po czym potykając się, zrobił krok do przodu i wyciągnął do Ereni błyszczącą złotą monetę. Cesarzowa wpatrywała się w nią dłuższą chwilę, potem skinęła, a Marek ostrożnie zastąpił miedziaka złotem. Kiedy się odwrócił, Ereni wyciągnęła pochodnię, a legat przyjął ją bez wahania i okrążał stos, aż całość zapłonęła. Później powrócił do Teriany.

– Nie musiałeś tego robić. – „Dlaczego ja tego nie zrobiłam?"

– To tylko złoto.

A ona wiedziała, że nie chodziło o to, iż w obozie miał całe skrzynie, ale o to, że życie cenił bardziej od bogactwa. Od chwały. Od ambicji Imperium. Choć jego ostateczny cel czynił go jej wrogiem, wielowymiarowa prawda, którą poznała, sprawiła, że nie mogła go nienawidzić za to, co zrobił. Za to, co miał zrobić. Same odcienie szarości – moralne uzasadnienie niemoralnych celów. Dobry człowiek wepchnięty w rolę łotra – nie tylko dla własnego przetrwania, ale i przetrwania swoich ludzi. W końcu straciła panowanie nad sobą i łzy popłynęły po jej policzkach, bo wiedziała, że gdyby dostała wybór, znów by to zrobiła. Zrobiłaby wszystko, by ocalić jego życie.

„Zdrajczyni".

Bębnienie wyrwało ją z niepokojącego wspomnienia i skupiła wzrok na więźniach, których legioniści wlekli na podwyższenie. Tłum oszalał, w ich stronę poleciały zgniłe owoce i gorsze rzeczy. Celendorczycy zostali pochwyceni w krzyżowy ogień, ale byli zbyt dobrze wyszkoleni, by zareagować. A poza tym właśnie na taką reakcję liczyli.

Było ich dziesięciu. Mordercy i gwałciciele, a Teriana na własne uszy słyszała o rzeczach, które robili, by sterroryzować swoich rodaków. By ich poskromić. Tłumaczyła ich opowieści, a Marek i Tytus słuchali, i nawet synalek Kasjusza pobladł, kiedy mówiła.

– Zróbcie krótkie stryczki – polecił Tytus, zanim odszedł. – Niech sukinsyny się uduszą.

Marek nic nie powiedział, ale Terianie wydawało się, że sznury mają standardową długość, ustaloną przez Imperium, a impet miał złamać karki. Zaczekał, aż jego ludzie pokiwają głowami, a wtedy uniósł rękę i ku zdziwieniu Teriany tłum zamilkł. Wówczas zmiął arkusz pergaminu w kulkę i rzucił go na ziemię. Teriana nie musiała widzieć zaskoczonych min Serwiusza i Feliksa, by stwierdzić, że to nie było dla niego typowe.

Przez dłuższą chwilę patrzył na zbrodniarzy, po czym skinął do Teriany i odwrócił się twarzą do tłumu.

– Przez dwa dziesięciolecia – krzyknął – żyliście pod rządami tyrana Urcona! Przez dwa dziesięciolecia okradał was! Ciemiężył! Palił wasze domy i odbierał dzieci! Każdy, kto odważył się mu sprzeciwić, tracił życie! Przez dwa dziesięciolecia żyliście w strachu, a ci mordercy – dźgnął palcem w stronę więźniów – żyli jak królowie z owoców waszej pracy!

Przerwał, a Teriana tłumaczyła instynktownie, wykrzykując słowa na całe gardło, by wszyscy w tłumie mogli usłyszeć.

– Strach kończy się dziś!

Tłum głośno wyrażał swoją aprobatę.

Ale nie wszyscy. Ereni stała całkowicie nieruchomo wśród wiwatujących rodaków, z zaciśniętymi zębami i spojrzeniem skupionym na wiszących mężczyznach. Później przeniosła je na Terianę. A ona wiedziała. Wiedziała, że kobieta po raz pierwszy zrozumiała prawdziwe zagrożenie związane z celendorską inwazją. Wiedziała, że ona i inni cesarze już nie panują nad sytuacją.

– Urcon uważa się za nietykalnego! – krzyknął Marek. – Wierzy, że jest bezpieczny w swojej fortecy, otoczony armią najemników, ale dziś Galinha została wyzwolona! Jutro zaczynamy marsz na Aracam! A kiedy dotrzemy do bram, nadejdzie kolej Urcona, by poczuć strach!

Kiedy przetłumaczyła jego słowa, tłum zaryczał i naparł na szereg legionistów przed podwyższeniem, wyciągał ręce do Marka, jakby był bogiem, a Teriana z trudem powstrzymała chęć, by się cofnąć. Ale on jeszcze z nimi nie skończył.

– Przybywamy z krain za Bezkresnymi Morzami – mówił dalej. – Z miejsca znanego jako Imperium Celendoru, gdzie władców wybiera lud w głosowaniu. Gdzie wszyscy mężczyźni i kobiety, niezależnie od pozycji, podlegają tym samym prawom. I tym samym karom.

Rozległy się kolejne wiwaty, ale zaraz zastąpiła je swego rodzaju szaleńcza niecierpliwość, kiedy Marek ruszył w stronę szubienicy.

– Tych ludzi oskarżono o morderstwa, gwałty, wymuszenia i kradzieże. I na podstawie zeznań dziesiątek waszych przyjaciół i bliskich, którzy byli ich ofiarami, zostali uznani za winnych tych zbrodni. Ja, legat Marek, najwyższy dowódca legionów Trzydziestego Siódmego i Czterdziestego Pierwszego, zgodnie z prawem Imperium skazuję was – wymienił z pamięci ich imiona – na śmierć przez powieszenie.

Teriana patrzyła na zbrodniarzy, gdy tłumaczyła wyrok. Większość płakała, a kilku straciło panowanie nad pęcherzem. Jednak nie czuła litości. Żałowała jedynie, że nie będą cierpieli tak bardzo jak ich ofiary.

„Twoje miejsce jest tam, obok nich".

Zagrzmiał bęben, rytm przyspieszył, podobnie bicie serca Teriany. Coraz szybciej i szybciej, pot spływał jej po szyi, pergamin drżał w jej dłoni. Bębny ucichły. Jedno długie uderzenie i Marek skinął głową.

Jak jeden mąż żołnierze na podwyższeniu pociągnęli za dźwignie i klapy opadły z łoskotem. Mężczyźni spadli. W ciszy tłumu słychać było trzask dziesięciu szyj.

A ludzie, którzy uważali się za wyzwolonych, krzyczeli z aprobatą.

Teriana stała nieruchomo, kiedy Marek wrócił przez podwyższenie.

– Dobrze się czujesz?

Jej ciało wciąż drżało od adrenaliny płynącej w żyłach, ale udało jej się pokiwać głową.

– To była sprawiedliwość. – Popatrzył jej w oczy. – Ludzie tacy jak oni nie zasługują, by żyć.

– Wiem.

Ale cóż to za władza być tym, który podejmuje decyzję? Ustala, kto jest winien. Kto żyje, a kto umiera.

Marek wahał się przez chwilę, jakby nie był pewien, czy jej uwierzyć, po czym odetchnął głęboko.

– Weź paru strażników i załatw zakup mięsa i trunków dla moich ludzi. Dziś wieczorem świętujemy.

– Nie myślałam, że umiesz się bawić.

Zgiełk tłumu rozproszył się w tle.

Uśmiechnął się i pochylił nad nią, czuła ciepło jego oddechu na uchu.

– Kiedy przestaniesz myśleć, że wiesz o mnie wszystko?

– Jak stare jest to miasto? – spytał Kwintus.

Szli wąskimi ulicami Galinhy, przeciągając dłońmi po pobrużdżonych i podziurawionych kamiennych ścianach budynków, które w wilgoci Arinoqui nabrały zielonego odcienia.

– Starożytne – odparła Teriana. – Sześćset albo siedemset lat.

Czuła każdy rok, miasto było tak głęboko zanurzone w historii i krwi, życiu i śmierci, że wydawało się wręcz świadome. Jakby nawet pod nieobecność ludzi wciąż było żywe. Wciąż obserwowało.

– Nie wiem dlaczego, ale przypomina mi sekwojowe lasy w Bardeen. – Miki podniósł wzrok, kiedy przykucnął, by przejść przez tunel tak niski, że nawet Kwintus i Teriana musieli pochylić głowy. – Przysięgam, te drzewa miały oczy.

Kwintus chrząknął twierdząco, a kiedy wyszedł z tunelu, odruchowo przeniósł dłonie na rękojeść gladiusa. Teriana wskazała na lewo, gdzie zgodnie z otrzymanymi wcześniej wskazówkami miała się znajdować gorzelnia wytwarzająca znośny rum. Na ulicach panowała względna cisza. Większość mieszkańców wciąż przebywała na placu z szubienicami, świętując egzekucję ciemiężycieli. Ale niektórzy zajmowali się swoimi sprawami, to znikali w wejściach, które robiły wrażenie komicznie małych, to się z nich wyłaniali. Galinhę wybudowali ludzie niższego wzrostu niż ci, którzy obecnie ją zamieszkiwali.

„Nie pasują tutaj".

Ale nie tylko ich wzrost sprawił, że Teriana tak pomyślała. Arinoquianie nie wybudowaliby czegoś takiego – ich miasteczka powstawały z drewna i szkła, były otwarte, przestronne i w pewnym sensie nietrwałe. Galinha składała się z grubego kamienia, tuneli i wąskich budynków, które wzbudzały w Terianie klaustrofobię. Arinoquianie nie pasowali tutaj tak samo jak ona i celendorscy żołnierze – w pewnym sensie wszyscy byli najeźdźcami.

– Porozmawiajmy, Teriano.

Teriana podskoczyła, niemal równie zaskoczona szybkością, z jaką Kwintus i Miki wyjęli broń, co nagłym pojawieniem się Ereni.

– Oczywiście, cesarzowo. – Próbowała zignorować przyspieszone bicie serca. Nie rozmawiała z kobietą sam na sam od śmierci klanowego uzdrowiciela, a tchórzliwa część jej osoby wcale nie miała na to ochoty. Mimo to skinęła na legionistów, by nieco się odsunęli.

Ereni spojrzała na tę dwójkę, po czym odezwała się całkiem znośnie po mudamorsku.

– Oczekuję wyjaśnień.

Teriana zmarszczyła czoło, ponieważ wybór języka oznaczał, że cokolwiek Ereni zamierzała powiedzieć, nie chciała, by legioniści ją zrozumieli. Szczególnie Miki szybko uczył się miejscowej mowy.

– Jakich wyjaśnień?

– Wyjaśnień, dlaczego to t y zabrałaś naszego uzdrowiciela do ich obozu.

Teriana zagryzła policzki, ale nie odpowiedziała.

– To ty powiadomiłaś nas, że jego znak bogów trzeba za wszelką cenę utrzymać w tajemnicy przed tymi ludźmi – wysyczała Ereni. – Ty stwierdziłaś, że wykorzystają to do własnych celów. A jednak to zrobiłaś.

– Wszystko w porządku, Teriano? – spytał Kwintus.

Wcale nie. Ani trochę.

– W porządku.

– Chodziło o ich przywódcę, prawda? – Ereni celowo nie wypowiedziała imienia Marka. – Wiem, że to nie on dowodził bitwą, ale jego zastępca. Ci złociści mężczyźni są tak przyzwyczajeni do wypełniania rozkazów. Ale m n i e się nie rozkazuje.

– Teraz już tak. – Słowa opuściły wargi Teriany, zanim zdążyła je przemyśleć. – Ponieważ właśnie o to chodzi, prawda, Ereni? Nie o to, że uzdrowiciel waszego klanu umarł, żeby uratować życie j e m u, ale o to, że o n panuje nad sytuacją, nie wy. – Teriana podeszła do starej wojowniczki i spojrzała jej w oczy. – Ostrzegałam was. Członek mojej załogi, Przynęta, was ostrzegał. Ale uznaliście, że warto zaryzykować, żeby pozbyć się Urcona, bo jak wielkim zagrożeniem mogą być ci *złociści mężczyźni*, skoro nie ma łatwego sposobu przebycia Bezkresnych Mórz? Cóż, teraz widzicie. Teraz wiecie.

– Jednak mimo wszystkich swoich ostrzeżeń, Teriano, i tak ocaliłaś życie ich przywódcy.

– I zrobiłabym to po raz kolejny, bo żeby ocalić *swoich* rodaków, muszę utrzymać go przy życiu.

Ereni wpatrywała się w nią zielonymi oczyma, po czym potrząsnęła głową.

– Bogowie osądzą nas obie.

Jakby Teriana tego nie wiedziała. Jakby się nie spodziewała, że wszyscy bogowie odwrócą się teraz do niej plecami. Jakby nie wiedziała, że na to zasłużyła.

– Ereni! Teriano! Skąd te pełne napięcia słowa w ten radosny dzień? – Zza rogu wyszedł Serwiusz, objął Terianę ramieniem i odciągnął ją do tyłu. – Obie powinnyście świętować.

– Może później – odparła Ereni łamanym celendorskim. – Muszę odwiedzić rodziny wojowników, którzy zginęli w bitwie. Życzę dobrego wieczora.

Cesarzowa odeszła, a z cieni wyłoniło się dwoje jej wojowników, by jej towarzyszyć. Serwiusz odetchnął głęboko.

– Wyjaśnisz mi, dlaczego moi chłopcy byli gotowi podziurawić naszą sojuszniczkę?

Teriana odwróciła się i skrzywiła. Kwintus i Miki trzymali broń w rękach, spojrzenia mieli drapieżne.

– To nic takiego – mruknęła. – Choć może wspomniałbyś Markowi, że cesarze są przyzwyczajeni do samodzielnego wymierzania sprawiedliwości i nie są zachwyceni, że to on czynił honory.

– Dlaczego poskarżyła się tobie, a nie jemu?

Teriana wzruszyła ramionami.

– Pewnie myśli, że mnie wysłucha, a jej niekoniecznie.

– Bystra kobieta – stwierdził potężny legionista. – Chodźmy. Gdy podnoszę nos do wiatru, wyczuwam już woń rumu.

Serwiusz towarzyszył jej w czasie zakupów trunków na uroczystości i bez słowa sprzeciwu wydał złote monety po tym, jak powiedział jej, że wynegocjowana ilość rumu nie wystarczy.

– Walka wzbudza pragnienie – wyjaśnił. – A kiedy pijemy, to naprawdę p i j e m y.

– Rozumiem. – W głowie już jej szumiało od próbowania towarów na sprzedaż, czym chciała stłumić poczucie winy. – Choć wydaje mi się pewną lekkomyślnością, by pozwolić armii na upicie się, kiedy Urcon stacjonuje dwa dni drogi stąd i pewnie przygotowuje się do walki.

– Jednej trzeciej.

– Przepraszam? – Gestem wskazała kupcowi, żeby załadował beczułki, a sama spojrzała na przyjaciela.

– Tylko jedna trzecia w nocy świętuje, a rankiem odsypia. Reszta będzie w obozie albo tutaj, by utrzymać porządek i naprawić to, co uszkodzono w walce. Wymieniamy się.

„Oczywiście, że tak".

– Jesteś częścią świętującej jednej trzeciej?

– Zawsze. – Wypił resztkę rumu z kubka, który trzymał w ręku. – Poważnie mówiąc, miałem być na służbie, ale Feliks zgłosił się na ochotnika.

– Dlaczego?

Na twarzy Serwiusza pojawił się grymas, ale zaraz wzruszył ramionami.

– Pewnie chce doprowadzić to do końca.

Biorąc pod uwagę, że dowodził bitwą, choć przebrany za Marka, rozumiała tę motywację. Tyle że w głębi duszy wierzyła, iż chodzi o coś innego, a tym czymś innym była ona. Wiedziała, że trybunowi nie podobało się, ile czasu ona i Marek spędzają sam na sam, i nie miało to nic wspólnego z jej wątpliwą lojalnością. Chodziło o zazdrość. Już wcześniej miała podejrzenia, ale reakcja Feliksa podczas ataku Marka potwierdziła, że był zakochany w swoim dowódcy. A Marek nie był świadom tego uczucia.

Wyszła za Serwiuszem na ulicę, gdzie zbierały się już wózki załadowane beczułkami i połciami mięsa. Poczuła lekkie ściskanie w żołądku, kiedy spytała:

– A co z Markiem? Jest częścią tej jednej trzeciej?

Serwiusz krzyknął na mężczyzn, żeby ruszyli wózki, po czym znów odwrócił się do niej.

– On nie pije dużo.

To wcale jej nie zaskoczyło. Legat lubił panować nad sytuacją i nienawidził popełniać błędów. Teriana wzruszyła ramionami i chciała już pójść, ale potężny legionista chwycił ją za ramię i odciągnął.

– O co chodzi? – spytała, bo smutna mina Serwiusza była jednocześnie zaskakująca i niepokojąca. – Masz mi coś do powiedzenia?

Serwiusz bezgłośnie poruszał ustami, aż w końcu powiedział:

– Nie zrób niczego głupiego, Teriano.

– Przyjęłam do wiadomości. – Wyrwała się z jego uścisku, zirytowana i zawstydzona, choć nie była pewna dlaczego.

Szli w milczeniu w stronę zburzonych bram miasta, ale kiedy wyszli za róg, zobaczyli stojącą w drzwiach parę kolorowo ubranych, bardzo ładnych prostytutek, które uśmiechały się do przechodzących żołnierzy.

Ręka Serwiusza się poruszyła i Teriana dostrzegła błysk złotej monety lecącej w powietrzu. Jedna z dziewczyn złapała ją i schowała do kieszeni. Legionista uśmiechnął się do niej szeroko i skinął głową, a wtedy dziewczyny przytaknęły i wróciły do środka.

– Skoro mowa o głupocie – zaczęła Teriana – wiesz, że te dziewczyny pojawią się dziś wieczorem w obozie?

– Dobrze. Miejmy nadzieję, że przyprowadzą przyjaciółki.

Rozdział 35

Teriana

Było już dawno po zmroku, kiedy Teriana zajęła miejsce przy ogniu między Gibzenem a innym centurionem, którego imienia nie umiała sobie przypomnieć.

– Zagramy w karty? – spytał prymus.

Wzruszyła ramionami.

– Jeśli masz ochotę stracić więcej monet.

– Po prostu miałem pecha – tłumaczył się.

Sięgnął do sakiewki i wyciągnął talię. Większość mężczyzn pozostawiła pancerze w namiotach, ale przy ogniskach w zasięgu ręki wznosiły się sterty broni. Powietrze wypełniała woń rumu i piwa, jednak Teriana podejrzewała, że nawet solidnie zawiani, ci mężczyźni byliby śmiertelnie niebezpieczni.

– Wygrana w kartach zależy nie od szczęścia, tylko od umiejętności. – Teriana mrugnęła. – Grałam w każdym porcie na całej Reath, z bogaczami i biedakami, marynarzami, rybakami i arystokratami. Jeśli chcesz mieć szczęście po swojej stronie, może powinniśmy trzymać się kości.

Gibzen podał jej talię.

– Rozdaj.

Tasowała z roztargnieniem, jej wzrok przesuwał się po grupie i zastanawiała się, gdzie się podział Marek. W całym obozie znajdowały się dziesiątki podobnych kręgów – mężczyźni grali, opowiadali historie i śpiewali nieprzyzwoite piosenki – ale on podszedłby do tego ogniska, przy którym wznosił się znak ze złotym smokiem.

Przyjęła kubek rumu, rozdała kilku innym graczom, spojrzała na karty, posłuchała ich licytacji i spasowała.

Gibzen prychnął, ale zignorowała go i dyskretnie rozglądała się w ciemności, jednym okiem obserwując grę. Minęła kolejna godzina i zebrała niezłą stertę monet, ale Marek wciąż się nie pokazał. Gdzie był?

– To okrutne – powiedziała Gibzenowi. – Nie mogę z czystym sumieniem zabierać wam więcej pieniędzy. Kończę.

Mężczyźni jęczeli i błagali, by pozwoliła im się odegrać, ale schowała ich monety do kieszeni i przeniosła się do miejsca, gdzie Serwiusz siedział z paroma innymi i wymieniał się historiami. Bez słowa napełnił jej kubek z dzbana, z którego pił, i wciąż zabawiał grupkę opowieścią o pochodzeniu długiej na sześć cali blizny na udzie.

Popijała rum, a kiedy skończył, stwierdziła:

– Serwiuszu, gadasz bzdury. Wszyscy wiedzą, że dorobiłeś się tej blizny, kiedy próbowałeś ogolić nogi.

Wszyscy się roześmiali, najgłośniej Serwiusz, a później po kolei dzielili się opowieściami o różnorodnych bliznach, coraz głośniej, w miarę jak trunek znikał w ich gardłach.

– A co z tobą, Teriano? – spytał Serwiusz. – Choć jesteś piękna, piratka taka jak ty musi mieć kilka blizn, z którymi wiążą się ciekawe historie.

Dziewczyna przerzuciła warkoczyki przez ramię, zatrzepotała rzęsami, po czym zdjęła jeden z butów, ukazując nierówną bliznę na wierzchu stopy. Wszyscy mruknęli z uznaniem, a ona zrobiła teatralną przerwę i pociągnęła długi łyk, zanim zaczęła.

Jeśli istniało coś, w czym ona i Maarinowie byli dobrzy, to snucie opowieści, więc w ciągu paru chwil oszołomiła ich historią o załodze Quincense walczącej z ogromną ośmiornicą na Wypaczonych Morzach przy wybrzeżach Derinu.

Po drugiej stronie ogniska pojawił się cień, wypolerowany pancerz odbijał blask ognia. Rozpoznała Marka po sposobie chodzenia i przerwała w połowie zdania, gdy zatrzymał się tuż za ich kręgiem. Na jego twarzy malował się lekki uśmieszek.

– Nie przeszkadzaj sobie.

– Nie zostało wiele więcej do opowiedzenia. Złapała mnie za kostkę i ciągnęła przez pokład w stronę swojej ziejącej paszczy. Przebiłam stopą uszkodzoną deskę, która mnie zraniła. Ale właśnie takiego punktu podparcia potrzebowałam, żeby sięgnąć po nóż, który wcześniej wypadł mi z ręki. To był desperacki rzut, ale moją ręką musieli kierować bogowie, ponieważ trafiłam prosto w oko. Hałas, który wydał z siebie przeklęty stwór, na tydzień ogłuszył całą załogę, jednak istota puściła moją nogę i schowała się w morzu. Nie wiem, czy przeżyła, czy zginęła, ale już nigdy jej nie widzieliśmy.

Mężczyźni klaskali i gwizdali, a ona pochyliła głowę. Ledwie zauważała pozostałych, kiedy Marek skupiał na niej wzrok.

– Interesująca opowieść. – Usiadł na miejscu, które zrobili mu jego ludzie po drugiej stronie ognia. – Tyle że nie w takich okolicznościach dorobiłaś się tej blizny.

Zrobiło się jej cieplej, i to nie dlatego, że Gibzen dorzucił polano do ognia.

– Ach tak?

Marek przyjął kubek i pokręcił głową.

Powoli zaklaskała w dłonie.

– Gratuluję wam wyboru dowódcy. Najwyraźniej ma w sobie coś więcej niż tylko ś l i c z n ą buźkę.

Rozległy się ogłuszające okrzyki:

– Prawda! Prawda! Powiedz nam prawdę!

Uśmiechnęła się szeroko i wciągnęła but.

– Piliśmy i graliśmy w kości w porcie w Gamdeshu i moja załoga wdała się w bójkę. Musieliśmy się szybko zmywać, ale w drodze na statek wdepnęłam w pułapkę na homary, więc nieśli mnie z powrotem na pokład.

– To brzmi bardziej prawdopodobnie – stwierdził Marek. – Po pijaku?

– Rzecz jasna. – Uśmiechnęła się szeroko. – A co z tobą, legacie? Z pewnością masz kilka blizn wiążących się z ciekawymi historiami.

– Żadnej godnej opowiedzenia.

Paru mężczyzn prychnęło, ukrywając twarze w kubkach, a kaszel Serwiusza zabrzmiał prawie jak „bzdura", kiedy mężczyzna podrapał się znacząco po policzku.

Marek założył ręce na piersiach, a choć w blasku ognia trudno to było ocenić, Teriana miała wrażenie, że jego policzki poczerwieniały.

– Ponieważ nasz drogi legat najwyraźniej zapomniał języka w gębie, pozwólcie, że ja to zrobię. – Serwiusz wstał. – Znajdowaliśmy się w głębi bardeeńskich lasów, uczestniczyliśmy w skoordynowanym natarciu, którego celem było ostateczne poddanie tego kraju władzy Imperium. Byliśmy gotowi do bitwy, kiedy niesławnemu Trzydziestemu Siódmemu zadano cios, który prawie sprowadził na nas zagładę. – Przerwał, a mężczyźni jak na znak jęknęli. – Któż może odgadnąć, czy była to wina niedogotowanego kurczaka, warzyw wątpliwej jakości czy wody ze strumienia pełnej gówna bobrów, ale ponad tysiąc mężczyzn zostało uwięzionych w latrynach, gdzie lało się z nich z obu końców. A nikt nie cierpiał bardziej od naszego drogiego dowódcy.

Teriana zacisnęła dłoń na ustach, by się nie roześmiać, podczas gdy Marek ukrył twarz w dłoniach.

– Nienawidzę cię, Serwiuszu – powiedział, ale potężny legionista jedynie uśmiechnął się szeroko.

– Nasz obóz znajdował się daleko w głębi terytorium wroga, a nasze mury, choć wysokie, nie chroniły przed drzewami wznoszącymi się na setki stóp w niebo. – Sięgnął wysoko, a później skulił się tak, że ogień rzucał cienie na jego twarz. – Nasz przerażający dowódca dawał z siebie wszystko, by wypełnić doły, które wykopaliśmy tak głęboko, kiedy z ciemności nadleciała chmura strzał. Jedna. Druga. Trzecia. – Serwiusz tańczył wokół ognia, pochylając się i uskakując. – Niestety, jeden z wrogów dobrze wycelował i – przeciągnął palcem po policzku – nieomylny, nietykalny Marek został naznaczony na zawsze.

Z ust Teriany wyrwał się śmiech, a kiedy w końcu zapanowała nad nim na tyle, żeby się odezwać, spytała:

– Czy to prawda?

– Szczera prawda – potwierdził Gibzen. – Zatoczył się do obozu zalany krwią, gównem i gorszymi rzeczami, rycząc rozkazy pojmania mężczyzny, który go postrzelił.

– Udało się wam?

– Nie. – Marek potrząsnął głową i wyszczerzył zęby. – Szczurzy sukinsyn uciekł. – Pogroził Serwiuszowi palcem. – Będzie za to odwet.

Przyjaciel zatarł ręce, ale zanim zdążył coś powiedzieć, do ognia zbliżyły się trzy cienie, kołysząc biodrami w charakterystyczny kobiecy sposób. Dobry humor Teriany zniknął, kiedy w blasku ognia pojawiły się prostytutki, a wkrótce dołączyły do nich jeszcze cztery kolejne. Wszystkie były śliczne, schludne i czyste, a Teriana boleśnie uświadomiła sobie, że od dawna nie miała okazji porządnie się wykąpać, jej ubranie było znoszone, a warkoczyki zaniedbane.

Żołnierze przenieśli wzrok na inne dziewczyny, które rozdzieliły się i rozproszyły między nimi, uśmiechały się i śmiały, a to, że nie posługiwali się tym samym językiem, nie miało najmniejszego znaczenia. Jedna z nich, wysoka dziewczyna o długich miedzianych włosach, przecisnęła się między nią a Serwiuszem, przy okazji depcząc Terianę po stopie. Ledwie to zauważyła, bo dwie inne stanęły po obu stronach Marka. Ale on jedynie się uśmiechnął i wskazał na większą grupkę.

– Teriano, Teriano. – Serwiusz trącał ją w ramię. – Powiedz jej, że jest najpiękniejszą dziewczyną, jaką widziałem. Że przybyłem z drugiego końca Reath i żadna nie może się z nią równać.

Teriana przewróciła oczami i pociągnęła łyk z kubka. Ale rum już nie smakował słodko, więc odstawiła kubek na ziemię, a dziewczyna natychmiast trąciła go sandałem i przewróciła.

– On uważa, że jesteś ładna – powiedziała do prostytutki, lecz tamta tylko uniosła brew, więc dodała: – Zapłaci. Wszyscy zapłacą, a jeśli tego nie zrobią, będą mieli problemy.

Dziewczyna uśmiechnęła się, po czym zagruchała do Serwiusza i pocałowała go w usta. Żołnierz mrugnął do Teriany, przerzucił prostytutkę przez ramię i zniknął w obozie przy akompaniamencie jej gorączkowego chichotu.

Wszędzie wokół błyszczały monety przechodzące z rąk do rąk, żołnierze odchodzili z młodymi mężczyznami i kobietami w kolorowych strojach, które miały przyciągać wzrok. Sama wymiana jej nie kłopotała. Każdy musiał z czegoś żyć. A nie mogła się spodziewać niczego innego po legionie pełnym młodych mężczyzn, którzy nie mieli innego wyboru, jak tylko walczyć tam, gdzie im kazano.

Poczuła ściskanie w żołądku i wpatrywała się w rozlany trunek, żałując, że nie może go wypić z ziemi. „Pójdzie z jedną z nich? Kogo wybierze?

A co mnie to obchodzi?"

Ktoś sięgnął przed nią, podniósł jej kubek i napełniał go bursztynowym płynem o wiele lepszej jakości niż to, co dotychczas piła. Jej ramię musnął płaszcz, czerwono-złoty, a wtedy przeszył ją przyjemny dreszcz.

– Zaczęły przybywać dary.

Marek postukał w bok jej kubka butelką rumu, po czym pociągnął długi łyk i powrócił na swoje miejsce po drugiej stronie ogniska. Kwintus i Miki zniknęli i z wyjątkiem złotego smoka, który patrzył na nich z góry, ona i Marek zostali sami.

Teriana wypiła mały łyk, ten jeden raz brakowało jej słów.

– Gdzie byłeś? – spytała w końcu.

– Rozwiązywałem pewne problemy. – Wsparł głowę na dłoni. – Z przejęciem władzy nad miastem wiąże się przerażająca liczba zadań administracyjnych, szczególnie kiedy tłumaczka upija się w tym czasie z żołnierzami.

– Nie jestem pijana.

Choć gdyby zachowała tempo picia, wkrótce by była.

„Nie rób niczego głupiego".

Patrzył na nią, jakby oceniał prawdziwość jej słów, a ona odwróciła się i obserwowała pięknych młodych ludzi kroczących przez obóz.

– Możesz sobie znaleźć jakąś rozrywkę – powiedziała. – Wszyscy inni to robią.

Marek przeniósł wzrok na ognisko.

– Nie zostawię cię, żebyś włóczyła się sama po obozie pełnym pijanych mężczyzn.

– To znajdź mi strażników. I tak jestem zmęczona. Najpewniej pójdę spać. Możesz pójść z jedną z nich, jeśli chcesz…

– Wiem, że mogę – przerwał jej. Wpatrywał się w ogień, który przygasł do węgielków. – Ale nie chcę.

Żadne się nie odzywało, słyszeli jedynie trzask płonącego drewna i odległe śmiechy żołnierzy. Teriana bawiła się kubkiem, przesuwając wzrok po rysach Marka, które były tak doskonale celendorskie. Wysokie kości policzkowe, prosty nos i kwadratowa szczęka, złocistobrązowe krótko obcięte włosy. Blizna na policzku, która wzbudziła tak wielką wesołość, choć nie powinna, bo ta strzała prawie go zabiła. A gdyby tak się stało, nie spotkałaby go.

„Jak inny byłby świat, gdyby wtedy zginął?"

– Jeśli jesteś zmęczona, odprowadzę cię do namiotu – zaproponował.

Teriana pokiwała głową i zaczekała, aż Marek zasypie węgle, po czym podeszła do niego i razem przeszli niewielką odległość dzielącą ich od namiotu dowodzenia. Musnął ją dłonią, a wtedy poczuła ciepło rodzące się w dole brzucha, jej serce biło coraz szybciej.

„Nie rób niczego głupiego".

Rozdział 36

Teriana

Marek odsunął na bok klapy namiotu, po czym wszedł za nią do środka i z nietypową dla siebie nieostrożnością odstawił butelkę z rumem na stertę map. Teriana przesunęła ją w miejsce, gdzie rozlany trunek nie mógłby zaszkodzić.

– Wracasz świętować?

– Nie. – Posłał jej spojrzenie i ruszył w stronę części sypialnej. Po drodze rozpiął płaszcz i rzucił go na zydel. – Jutro będzie pracowity dzień.

– Gdzie Amarin?

Służący zwykle wyczuwał, kiedy Marek go potrzebował, ale tym razem nigdzie go nie było.

– Dałem mu wolną noc. Jest w mieście i zawiera znajomości z ludźmi w swoim wieku. Umie o siebie zadbać.

– Aha. – Patrzyła, jak Marek zwiększa płomień lampy i zaczyna rozpinać karwasz.

Odepchnąwszy na bok wszelkie myśli o tym, co właściwe, a co niewłaściwe, i o konsekwencjach, podeszła do niego. Odsunęła jego dłoń i rozpięła klamry, pozwalając, by osłona ze skóry i metalu spadła na ziemię, po czym sięgnęła do drugiego nadgarstka.

– Naprawdę umiem je zdjąć – powiedział Marek, ale jej nie odepchnął.

– Wiem.

Jego skóra była gorąca pod jej palcami. Teriana przez chwilę męczyła się z klamrą, zanim w końcu zrzuciła karwasz u ich stóp. Rozpięła jeden nagolennik, później drugi, zgodnie z kolejnością, jaką obserwowała każdego wieczora, od kiedy przybili do brzegu. Ale patrzenie i robienie to dwie zupełnie różne rzeczy.

Nie odzywali się, słychać było jedynie jej oddech. I jego.

Wyprostowała się i przeszła dalej, cięższe fragmenty pancerza uderzały z cichym odgłosem o ziemię. Marek patrzył prosto przed siebie, ale jego przyspieszony puls przeczył spokojnej minie.

Teriana pociągnęła mocno za jego pas, a on zachwiał się w jej stronę. Nic nie powiedział, kiedy niedbale rzuciła jego broń za siebie. Pozostały już tylko ubrania, tkanina jego tuniki przetarła się w miejscach, w których ocierał się o nią pancerz. Serce waliło jej w piersiach, gdy uniosła materiał, zastanawiając się, czy ją powstrzyma, czy pozwala sobie na zbyt wiele, czy pragnie tego tak samo jak ona. Marek jednak tylko uniósł ramiona i opuścił głowę, pozwalając, by ściągnęła tunikę i odrzuciła ją na bok z całą resztą.

Już wcześniej widziała go w samej bieliźnie, ale tym razem upajała się widokiem. Twarde muskuły przecinające i kształtujące jego tors, barki i ramiona, wyraźnie zarysowane mięśnie brzucha, po których tak bardzo pragnęła przeciągnąć palcami. Szkolenie, marsz i żołnierskie racje sprawiły, że nie miał ani odrobiny zbędnego tłuszczu, jego ciało było bronią na równi ze stalą leżącą za jej plecami.

I ta twarz.

Uniosła głowę, żeby na nią spojrzeć, i z zaskoczeniem stwierdziła, że miał zamknięte oczy, a jego rzęsy były dłuższe, niż wydawało jej się wcześniej. Oparła dłoń o jego ramię i przeciągnęła palcem po cyfrach wytatuowanych na piersi. Jego oddech był nagły i urywany, a w odpowiedzi jej wnętrze wypełnił niemal nieznośny ból.

– Myślałam, że skóra będzie inna – szepnęła.

– Dlaczego? – Mówił chrapliwie, ale teraz miał otwarte oczy i się w nią wpatrywał.

„Ponieważ cię definiuje", taka była pierwsza odpowiedź, jaka przyszła jej na myśl, ale odrzuciła ją, bo było wręcz przeciwnie. To on ją definiował. Liczba oznaczała legion, a choć stworzył go Senat, to Marek nadał mu obecny kształt. Był jego sercem.

– Ponieważ znaczy tak wiele.

Niemal niedostrzegalnie potrząsnął głową, co jednak nie było zaprzeczeniem. Teriana objęła go za szyję, zanim straciła odwagę, jego skóra była gładka pod jej dłonią. A później wspięła się na czubki palców i go pocałowała.

Ledwie musnęła go wargami, ale cała aż drżała. Właśnie *tak* powinna się czuć. Jakby stała na klifie wysoko nad turkusowym morzem i była przerażona skokiem, a jednocześnie nie mogła się doczekać dreszczu upadku.

Zetknęli się czołami, Marek położył dłonie na jej biodrach, jej skóra płonęła pod jego dotykiem.

– Dlaczego to robisz? – spytał, jego oddech pachniał korzeniami drogiego rumu.

W jej umyśle rozbrzmiewały ostrzeżenia, ale zignorowała je wszystkie.

– Bo chcę.

Zdjął jedną dłoń z jej bioder, otoczył nią jej policzek i przechylił jej głowę tak, że patrzyli sobie w oczy. Odciski na jego ręce były szorstkie, wtuliła się w nie, a kiedy Marek przesunął kciukiem po jej wargach, z jej ust wyrwał się dźwięk graniczący z jękiem.

– Zasługujesz na coś lepszego niż to. Na kogoś lepszego ode mnie.

W jego głosie było pożądanie, ale też smutek. Stary ból. Teriana zastanawiała się, czy kiedykolwiek dowie się o wszystkim, co widział, co zrobił. Co zrobiono *jemu*.

– To moja decyzja – powiedziała.

Przez jeden oddech stał nieruchomo, po czym przycisnął wargi do jej ust. Pocałunek był mocny, gorący i głęboki, Marek przyciągnął ją bliżej, przylgnęła do niego całym ciałem. Ściskała go za szyję, nie ufając, że własne nogi ją utrzymają, kiedy jego zęby drapały jej brodę, szyję, obojczyk. Później jego dłonie zaczęły szarpać sznurowanie jej kamizelki. Odrzucił ją na bok, a Teriana zdjęła koszulę.

Jęknął cicho, a ona odchyliła głowę do tyłu i wygięła ciało w łuk, ufając, że nie pozwoli jej upaść, radując się dotykiem jego dłoni na piersi. Pociągnął jej spodnie w dół, ale utknęły na butach, aż w końcu Teriana zrzuciła je kopnięciem. I między nimi nie było już przeszkód, a on podniósł ją, jakby nic nie ważyła, i opuścił na koc.

Wtedy się cofnął, nie pozwolił, by pociągnęła go w dół. Wsparł się na łokciu i odsunął na bok warkoczyki, które opadły jej na twarz. Pocałował ją delikatnie i spytał:

– Teriano, jesteś pewna?

Zanim zdążyła odpowiedzieć, przycisnął palec do jej warg i zamknął je, jakby mógł zmusić ją do chwili zastanowienia, kiedy wydawało się to niemożliwe.

Ale ona była pewna.

Tak bardzo, bardzo pewna.

Zdjęła jego dłoń ze swoich warg, splotła ich palce i uniosła głowę, by go pocałować, posmakować, zanurzyć się w nim.

– Tak.

Terianę obudził słaby blask świtu, oczy piekły ją po zaledwie kilku godzinach snu, a w ustach miała sucho od rumu, ale czuła dziwne zadowolenie. Przyciskała się do Marka, ich nogi były splecione, a jego ramię obejmowało jej brzuch. Oboje byli spoceni od upału, mimo to z przyjemnością leżałaby tak jeszcze przez wiele godzin, gdyby nie bolesny nacisk na pęcherz.

Wyplątała się ostrożnie i wyślizgnęła spod jego ramienia, zaskoczona, że ten ruch go nie obudził, bo przecież zwykle spał tak lekko. Ale Marek się nie poruszył, oddychał powoli i spokojnie. Obserwowała go, naciągając ubranie na skórę tak lepką, że musiała pójść popływać, i dziwiła się, że we śnie wyglądał na o wiele młodszego. Czasami trudno było uwierzyć, że miał zaledwie dziewiętnaście lat. Dwa lata starszy od niej, dowódca armii.

I był jej.

W chwili, kiedy ta myśl przebiegła jej przez głowę, skrzywiła się z powodu swojej głupoty. Nie był jej. A nawet gdyby chciał, czego przecież nie była pewna, nie mógł. Żołnierze należeli do Imperium i obowiązywały ich zasady. Nie wolno im było mieć niczego poza legionem do czasu zakończenia służby, a Marek zawsze trzymał się reguł.

Więc właściwie czego spodziewała się po ostatniej nocy? Ich czas razem od samego początku miał wyznaczoną datę zakończenia. Albo uda im się znaleźć lądowe rdzenie xenthierów, które pozwolą na podróżowanie w obie strony, albo zostaną pokonani i poprowadzi ich żałosną gromadkę ścieżkami oceanicznymi. I nieważne, że jej zadaniem miało być doprowadzenie do ich porażki.

Jak z czystym sumieniem mogła być kochanką mężczyzny, którego działania próbowała sabotować?

„Ale właściwie dlaczego miałabym tego chcieć?"

Teriana nagle poczuła się chora. Przekradła się przez namiot dowodzenia i wyszła na świeże powietrze. Mężczyźni strzegący namiotu uśmiechali się do niej i kiwali głowami, mogła mieć tylko nadzieję, że w ciemnościach zbytnio nie wytężali słuchu. Byli z nimi Kwintus i Miki.

– Dobrze się wczoraj bawiłaś? – spytał Miki.

Modliła się do Sześciorga, by jej ciemna skóra ukryła ognisty rumieniec rozpływający się po policzkach.

– Pewnie. Ciągle gram w karty z waszymi dowódcami i wkrótce będę bogata jak senator. Ale w tej chwili oddałabym wszystko za porządną kąpiel.

Roześmiali się i ruszyli za nią, gdy skierowała się w stronę głównej bramy. Musiała się wysikać, a kąpiel w oceanie pomogłaby jej oczyścić myśli. Nagle poczuła irracjonalne pragnienie, by była przy niej Lidia, które uderzyło ją jak cios w brzuch. To była dokładnie taka rzecz, o której mogła porozmawiać wyłącznie z nią. Tyle że to nie było możliwe. I już nigdy nie będzie.

– Teriano!

Skrzywiła się, ale choć bardzo tego pragnęła, nie mogła zignorować Tytusa.

– Dzień dobry.

– Dzień dobry. – Dołączył do niej. – Muszę z tobą porozmawiać. – Przeniósł wzrok na Kwintusa i Mikiego. – W cztery oczy.

Żaden się nie ruszył.

Teriana sapnęła z irytacją i skinęła na nich.

– Spotkajmy się przy bramie, dobrze?

Widziała wahanie w ich oczach, ale obaj niechętnie ruszyli do wrót obozu. Odwróciła się do Tytusa.

– Pospiesz się. Muszę się odlać.

– Marek obarczył mnie zadaniem prowadzenia spisu… yyy… budowli związanych z pogańskimi praktykami. Wiem o kręgu siedmiu budynków w centrum Galinhy, ale czy są inne?

Przeszedł ją zimny dreszcz, który dotarł do rąk i nóg, zmieniając je w lód.

– Dlaczego?

– Marek zamierza zostawić je w spokoju do czasu, aż nasza pozycja będzie pewna. Ale później… Wiesz, jak to jest.

Imperium je zburzy.

– Czemu mi to mówisz? – warknęła. – Myślisz, że zamierzam ci pomóc?

– Marek powiedział…

– Jasne. – Przewróciła oczami i ruszyła dalej.

– Przepraszam? – Tytus złapał ją za ramię i zmusił, żeby się zatrzymała. – Jeśli nie wierzysz, że wydał mi te rozkazy, możesz go spytać. Na wypadek gdybyś nie zauważyła: to j e g o kampania i nic nie dzieje się bez jego wcześniejszego potwierdzenia.

Wiedziała o tym. Tak samo jak wiedziała, że Tytus nie zaryzykuje przyłapania na kłamstwie.

Spuściła wzrok na paski jego sandałów.

– On wypełnia rozkazy Senatu.

– Tak myślisz?

Litość w jego głosie sprawiła, że Teriana aż się wzdrygnęła.

– Wiesz, czego trzeba, żeby taki słaby patrycjuszowski dzieciak dotarł na sam szczyt? – Tytus postukał się w bok głowy. – Geniuszu. I bezwzględności. Jest przeklętą legendą Campus Lescendor, a oto kolejny dowód dlaczego. Powinnaś go nienawidzić, ale on sprawił, że wzdychasz za nim, jakby był bohaterem poematu, a nie zabójcą w trakcie podboju.

Policzki ją paliły, tym razem brakowało jej stosownej odpowiedzi.

Tytus patrzył na obóz.

– Wiem, że mieliśmy kiepskie początki, ale lubię cię, Teriano. A on nie musi tego robić. Nie musi krzywdzić cię bardziej, niż już zostałaś skrzywdzona.

– Dlaczego syna Kasjusza miałoby obchodzić, co się ze mną stanie?

Cisza.

– Mój ojciec jest śliskim sukinsynem, którego gówno obchodzę poza korzyściami, jakie przynoszą mu moje zwycięstwa. – Tytus splunął na ziemię. – A poza tym to nie ja dałem mu funkcję konsula. Za to możesz podziękować Markowi.

Słońce paliło, widziała tylko białe światło.

– Kłamiesz.

– Spytaj kogokolwiek. – Pochylił się i odezwał niewiele głośniej od szeptu: – Trzydziesty Siódmy wmaszerował do Celendrialu i jak jeden mąż zagłosował na mojego ojca.

– Gadasz bzdury, Tytusie. – Zanim zdążył powiedzieć coś więcej, pospieszyła w stronę bram obozu.

„On ma swoje ukryte zamiary – powiedziała sobie. – Mówi ci te rzeczy nie dla twojego dobra, ale dlatego, że może coś na tym zyskać". To jednak nie znaczyło, że ją okłamał.

Dotarła do bramy i się zatrzymała. Kwintus i Miki rozmawiali z Awicjuszem, więc bezmyślnie wymieniła uprzejmości ze strażnikami, czekając, aż skończą. Wszyscy byli z Trzydziestego Siódmego. Bez zastanowienia wypowiedziała pytanie:

– Głosowaliście w wyborach?

Popatrzyli po sobie, po czym jeden z nich wzruszył ramionami.

– Jak wszyscy.

– Na kogo głosowaliście? – Język jej zdrętwiał.

– Na Kasjusza.

– Dlaczego?

W oczach żołnierza pojawiło się lekkie zakłopotanie.

– On nie dał nam większego wyboru.

„On. Marek".

– Aha.

Stopy same poniosły ją przez bramę, słońce nagle wydawało się stanowczo zbyt jasne. Tytus znów pojawił się u jej boku.

– Wystarczy?

Teriana poczuła smak krwi, piekło ją wnętrze policzków. Zabiła człowieka, by ocalić życie Marka. I to nie zwyczajnego człowieka – naznaczonego uzdrowiciela.

– On cię oszukał. – Tytus pochylił się w jej stronę, gdy Kwintus i Miki podchodzili bliżej. – Dla dobra swojego zdrowia psychicznego rób, co musisz, żeby przez to przejść, a później odpłyń jak najdalej od Marka.

Rozdział 37

Marek

– Zostawiam was samych na jeden wieczór, a wy tak traktujecie swój sprzęt?

Marek obudził się gwałtownie i przeniósł wzrok na Amarina, który spoglądał z ukosa na stertę broni i pancerz leżące w przypadkowych miejscach na podłodze namiotu.

– Gdzie Teriana?

Amarin uniósł brew.

– Nie tam, gdzie się jej spodziewaliście?

Marek zignorował uwagę. Wyplątał się z posłania, skorzystał z misy wody, którą przyniósł mężczyzna, i naciągnął przez głowę czystą tunikę. Pozostawiwszy Amarina z pancerzem, przeszedł przez namiot, zapiął pas i wyszedł na zewnątrz.

Słońce już wzeszło i było koszmarnie jasne, zmusiło go do zmrużenia oczu.

– Dokąd poszła?

Jeden z jego ludzi wskazał na bramę i Marek ruszył w tamtą stronę, nie zwracając większej uwagi na saluty mijanych legionistów.

Nie chciał, żeby ostatnia noc się wydarzyła.

Nie dlatego, że tego nie pragnął, ale dlatego, że mogły z niej wyniknąć tylko kłopoty.

Powiedział jej prawdę o Chersome, bo chciał, żeby lepiej go oceniała. Ale miał niezliczone inne tajemnice, których jej nie wyznał, a które pociągałyby odwrotny skutek. Jak bardzo by go znienawidziła, gdyby wiedziała?

O ile byłoby to gorsze teraz, po tym, jak spędzili razem noc?

Był dupkiem, bo na to pozwolił – pozwolił, by jego pożądanie wygrało z byciem przyzwoitym człowiekiem. Ale mimo wszystko nie mógł się nie zastanawiać, czy nie istniał sposób, by im się jakoś ułożyło, bo jego uczucia do niej nie ograniczały się do pożądania.

Bynajmniej.

Wymruczał pod nosem wiązankę przekleństw zwróconych przeciwko samemu sobie i rozejrzał się po namiotach, szukając śladu jej ciemnych włosów. Musiał się upewnić, że nic jej nie jest, spróbować – choć nie miał pojęcia jak – naprawić szkody, jakie wyrządził. Sprawić, by zrozumiała, że w innym świecie, w innym życiu, sprawy mogły wyglądać inaczej. Gdyby nie był tym, kim był…

Po raz pierwszy od lat pozwolił sobie poczuć gorycz z powodu kart, jakie rozdało mu życie. Nienawidzić ojca za poświęcenie go i przeznaczenie mu życia, w którym nie mógł mieć niczego własnego. W którym każdy związek poza braterstwem legionu był zakazany, a nim zostanie zwolniony ze służby, będzie zbyt stary, zgorzkniały i złamany, by cokolwiek go obchodziło. To było niesprawiedliwe.

Ponieważ pragnął tego i pragnął j e j, ale tak nie mogło być. A nawet gdyby mogło, zasługiwała na kogoś o wiele lepszego od niego. Kogoś, kto jej nie okłamywał. Kogoś, kto mógł dać jej coś więcej niż tylko płócienny namiot i żołnierskie racje. Kogoś, kogo przeznaczeniem nie było zrobienie jej krzywdy.

„Jesteś jej wrogiem. Jesteś jej ciemiężycielem".

– Marku!

Podskoczył na dźwięk swojego imienia i zobaczył idącego ku niemu Feliksa.

– Straciłeś słuch? – mruknął przyjaciel. – Trzy razy cię wołałem.

– Przepraszam. – Przeniósł wzrok nad ramieniem Feliksa, nieustannie się rozglądając.

– Muszę porozmawiać z tobą o czymś, co wczoraj wieczorem znaleźliśmy w mieście. Odkryliśmy dom, jeden z tych bardziej eleganckich, a w nim było pełno…

„Gdzie ona jest?”

– Czy ty w ogóle mnie słuchasz?

Marek znów skupił uwagę na Feliksie, który krzywił się z irytacji.

– Tak.

– Najwyraźniej nie, bo właśnie powiedziałem ci, że znaleźliśmy ciała niektórych z zaginionych dzieci, a ty nawet nie mrugnąłeś.

To zwróciło jego uwagę.

– Ile?

– Około setki.

„Tak wiele…”

– Wciąż je porządkujemy. Z niektórych pozostały tylko kości, ale inne… Jest w nich coś dziwnego.

– Jak to?

– Mają wielkość dzieci, ale wyglądają… – Feliks pokręcił głową. – Sam musisz to zobaczyć.

„To ostatnia rzecz, którą chcę zobaczyć”.

– Wyślij wiadomość do Ereni. I do Flacre’a. Niech przybędą i zobaczą, czy któreś uda się rozpoznać.

– A co z tobą?

– Przyjdę. Ja tylko… – „Gdzie ona jest?” – Najpierw muszę coś zrobić.

Ruszył w stronę bramy. Słyszał, jak Feliks woła go po imieniu, ale się nie odwrócił.

– Widzieliście ją? – spytał strażników.

„Bo jest tylko jedna »ona«”.

– Chciała pójść popływać – odparł jeden z nich. – Kwintus i Miki jej pilnują.

Marek przełknął ślinę, opuścił obóz i wszedł między drzewa, kierując się w stronę odgłosu fal rozbijających się o brzeg.

– Możecie odejść – powiedział do dwóch żołnierzy stojących na skraju plaży.

Wpatrywał się w dziewczynę zanurzoną po kolana w morzu. Jej ubranie ociekało wodą, a słońce błyszczało w złocie i klejnotach zdobiących czarne warkoczyki, które opadały do jej wąskiej talii. Była piękna.

Ale choć mógł pragnąć tego z całego serca, nie była jego. I nie mogła być.

Odetchnął głęboko i wyszedł na piasek.

Rozdział 38

Teriana

Odgłos jego sandałów wyrwał Terianę z posępnego zamyślenia, powtarzania słów Tytusa, których żadna ilość mydła i piasku nie mogła wyszorować z jej umysłu.

To był on. Wiedziała, że to on, i marzyła tylko o tym, by rzucić się na fale i płynąć, aż morze pociągnie ją w głębiny. Wszystko, byle uniknąć tej rozmowy.

– Nie było cię, kiedy się obudziłem.

Nie odwróciła głowy.

– Musiałam usunąć brud.

Co było prawdą. Jej ciało pokrywał lepki kurz i pot od upału i wysiłku. Życia w namiocie. Tyle że nie to miała na myśli, a jego milczenie świadczyło, że też jest tego świadomy.

– Teriano, ja… chciałem, żebyś wiedziała…

Wyszła z wody, odwróciła się do niego i mu przerwała:

– Nie ma nic do powiedzenia, Marku. To nic wielkiego. Przecież to wszystko nic nie znaczyło. – Na jej twarzy przez chwilę malowały się uczucia, ale błyskawicznie zniknęły, zastąpione niemrugającym spojrzeniem.

– Rozumiem – powiedział bez wyrazu, co znaczyło, że był zirytowany.

„Dobrze – pomyślała. – Niech wierzy, że jego plan, by mnie zmanipulować, się nie powiódł". Nieważne, że to było kłamstwo. Nieważne, że wstrząsnął nią bardziej, niż uważała to za możliwe.

Podniosła buty i włożyła jeden.

– To wszystko kwestia wygody. Powiedziałeś mi wyraźnie, że twoi ludzie są zakazani, i wydajesz się zdecydowany trzymać mnie przez cały czas blisko siebie, więc... – Wzruszyła ramionami i włożyła drugi but. – Pasowało nam obojgu. Przez jedną noc.

Nie odpowiedział, tylko się na nią gapił. W milczeniu. Pewnie rozmyślał nad tym, jak zmienić strategię, skoro już wiedział, że nie jest głupiutką dziewczyną, na którą może wpłynąć jedna noc w łóżku.

– Jeśli ci to pomoże – włożyła kamizelkę, która leżała obok butów – myśl o mnie jak o jednej z tych dziewcząt w obozie ostatniej nocy.

– Jak o prostytutce. – Zamrugał. – Cóż, w takim razie wiesz, gdzie trzymamy złoto. Weź tyle, ile uważasz za stosowne.

Obrócił się bez słowa i ruszył z powrotem w stronę obozu.

To było gorsze, niż gdyby splunął jej w twarz. Ale czego się spodziewała? Miał przewagę w tej grze, w którą grali, bo się nie przejmował. A ona tak.

„I wciąż się przejmuję".

Choć jeśli spodziewał się, że Teriana usiądzie na piasku i się rozpłacze, to się rozczarował. Zrobiła kilka szybkich kroków i go dogoniła.

– Nie ma takiej potrzeby. Twoi ludzie są tak kiepscy w karty, że całe złoto i tak trafi do mojej kieszeni.

Zacisnął zęby.

– W najbliższych dniach nie będzie czasu na karty. Nie dla ciebie. Będziesz patrolować obszar wzdłuż wybrzeża, by upewnić się, że nasze szlaki dostaw działają tak, jak zaplanowano. Wkrótce wymaszerujemy na fortecę Urcona w Aracam, więc ostatnim, o co chciałbym się martwić, jest wykarmienie moich ludzi.

Odsyłał ją.

Powinna pozwolić mu umrzeć.

Czy od początku to planował, czy zareagował tak, bo nie dała się nabrać na jego podstęp? Kiedy wierzył, że była zakochaną idiotką, mógł ją bezpiecznie trzymać przy sobie. Teraz jednak wiedział, że jest inaczej, więc czy istniał lepszy sposób, by powstrzymać ją od sabotowania planów, niż odesłać ją przed rozpoczęciem walki?

– Potrzebujesz mnie tutaj. Kto będzie tłumaczył?

– Nie potrzebuję cię – odparł po arinoquiańsku. – Do tłumaczenia ani niczego innego.

Wzdrygnęła się i sama była na siebie o to zła.

Dotarli do bram, ale Marek zatrzymał się, gdy wciąż byli na tyle daleko, by żołnierze ich nie usłyszeli.

– Spakuj wszystko, czego będziesz potrzebować, i bądź gotowa w ciągu godziny. I, Teriano…

– Co? – Chciała wypowiedzieć to słowo cierpko, ale wydawało się raczej zduszone.

– Twoja użyteczność zaczyna się kończyć. Lepiej wymyśl jakiś sposób, żeby znów się przydać, bo mogę znaleźć powód, by ponownie rozważyć naszą umowę.

Rozdział 39

Teriana

Teriana wpatrywała się w pobrużdżony i podziurawiony blat stołu, od niechcenia kreśląc palcem symbole w parze zbierającej się na szklance.

– Wchodzisz czy rezygnujesz? – spytał Miki, tasując talię.

Lekko pokręciła głową i pociągnęła łyk piwa, zastanawiając się, jak bardzo później pożałuje, jeśli wypije całą baryłkę. Pewnie nie bardziej niż pierwszej, drugiej albo trzeciej nocy, którą spędzili za murami Galinhy, w gospodzie wykupionej i opłaconej celendorskim złotem dla użytku legionistów pozostałych w mieście, by utrzymywali porządek.

– A ty wchodzisz, Kwintusie?

– Nie. – Jej strażnik poruszył się i trącił ją łokciem. – Teriana ma wszystkie pieniądze.

Grupka się roześmiała, ale ona ledwie to słyszała, rozglądając się po pomieszczeniu. Widok gospody w Arinoqui pełnej Celendorczyków był dziwny, ale pewnie już niedługo stanie się powszechny. „Ile czasu to zajmie? – zastanawiała się. – Ile jeszcze, zanim Arinoquia zostanie częścią trzódki Imperium, pewnie tak jak Atlia, Bardeen, Sibal i Chersome?"

Oddałaby wszystko, by porozmawiać z Przynętą, ale Magnius nie odpowiadał na jej wezwania, kiedy tłumacząc się chęcią popływania, próbowała go przywołać. Co, jak miała nadzieję, oznaczało, że Przynęta wypełnił jej rozkaz i udał się ze strażnikiem do Taltugi, maarińskiego archipelagu przy wybrzeżu

Mudamory. Modliła się, by mieli więcej szczęścia w zdobyciu poparcia pozostałej dwójki triumwirów niż ona w powstrzymywaniu Celendorczyków. Nie, żeby ostatnio miała szczęście w czymkolwiek poza kartami.

Obok przeszedł służący, a ona gestem poleciła mu przynieść następną kolejkę, którą opłaciła ze swoich wygranych.

Wyczuwając na sobie czyjś wzrok, odwróciła się i napotkała spojrzenie Kwintusa.

– Coś cię dręczy? – spytał.

Śmierć Arinoquian na drodze. Śmierć Caradoca. To, że rozłożyła nogi przed dowódcą Trzydziestego Siódmego. Wszystkie jej błędy.

Zacisnęła wargi i potrząsnęła głową.

– Myślę jedynie o tym, co pozostało mi na liście zadań do wykonania.

Tuż przed tym, jak Marek wykopał ją z obozu, wypisał tuzin poleceń na kartce papieru, tym swoim nieznośnie eleganckim charakterem pisma, i powiedział jej, że ma nie wracać, dopóki nie wypełni wszystkich.

– Wiesz, to robota głupiego. – Kwintus przyjął spieniony kufel. – Pokazać palcem i zapłacić. Każdy mógł to zrobić. Niekoniecznie ty.

– Targuję się lepiej niż ktokolwiek.

– Owszem. – Popchnął w jej stronę miskę z kawałkami mięsa w panierce. – Ale jedynym, co ten szczurzy sukinsyn Kasjusz zrobił dobrze, było zapewnienie nam dość złota, więc to nie powód, dla którego legat cię odesłał. Mam rację?

– Muszę odetchnąć.

Teriana odsunęła zydel i zaczęła się przeciskać między stołami, próbując zapanować nad irytacją, kiedy Kwintus ruszył za nią. „Niech Sześcioro broni, żebym miała chwilę prywatności".

– Nie będziesz się włóczyć bez pełnej eskorty. – Zatrzymał ją. – Odetchnij sobie tutaj.

– Odpieprz się – mruknęła Teriana, ale nie zaprotestowała, kiedy oparł się o ścianę obok niej.

– Co cię tak wkurzało przez te ostatnie dni?

– Głupie pytanie, Kwintusie. Jestem więźniem zmuszonym do pomagania tym, których celem jest podbicie świata i zniszczenie mojej religii. A jeśli nie pomogę, zabiją moją mamę i wyrżną moich rodaków.

Mężczyzna wypuścił oddech między zębami i pokiwał głową.

– Przyjąłem do wiadomości. – Odwrócił się i spojrzał na nią. – Tyle że ostatnio coś pogorszyło sytuację. Dobrze myślę?

– Ano. – Ale do dużej części z tego, co pogorszyło sytuację, nie miała najmniejszej ochoty się przyznawać. – Nie myślałam, że Marek był zamieszany w decyzję pojmania maarińskich statków. Myślałam, że to Kasjusz.

– Bo tak było.

Splunęła na ziemię.

– Bzdura. Bez Marka Kasjusz nie mógłby wydać tych rozkazów. Tytus powiedział mi o głosowaniu.

– Tytus gówno wie.

– Wie dosyć! Kasjusz zamordował dziesiątki moich rodaków, torturował moją mamę… torturował mnie. Zmusił mnie do dokonania wyboru między życiem moich rodaków a życiem tysięcy ludzi, których wasza banda pewnie podbije albo zabije. I to Marek umożliwił mu zdobycie władzy.

Kwintus powoli pokręcił głową.

– Jeśli zamierzasz obarczyć go za to winą, równie dobrze możesz mieć pretensje do nas wszystkich, bo wszyscy głosowaliśmy. A jego żeton miał taką samą wagę jak nasze.

– Ale nie mieliście wyboru. Marek rozkazał wam głosować na Kasjusza.

– Nie. Wcale nie.

Otworzyła usta, żeby odpowiedzieć, ale zaraz je zamknęła.

– Zostaliśmy odwołani z Chersome, bez żadnych powodów, i nudziliśmy się pod Celendrialem. Kasjusz wezwał Marka na prywatne spotkanie i próbował go szantażować, żeby wydał nam rozkaz głosowania na niego. Powiedział, że jeśli nie zostanie konsulem, Trzydziesty Siódmy trafi do jakiejś zakazanej dziury, gdzie pozostaniemy, aż wszystkich wybije zaraza. Ale jeśli zagłosujemy na niego, zostaniemy wynagrodzeni.

„Szantaż".

– Wszyscy na niego głosowaliście. Tytus mi tak powiedział.

Kwintus pokiwał głową.

– Tak. A w każdym razie prawie wszyscy. Tyle że Marek nie wydał nam rozkazu, powiedział nam prawdę i kazał głosować, jak uważamy. – Oparł się o ścianę, uniósł głowę i wpatrzył w księżyc. – Może źle postąpiliśmy, że głosowaliśmy na Kasjusza, bo mieszkańcom Imperium nie będzie się dobrze żyło pod jego rządami. Ale czy oni coś kiedyś dla nas zrobili? Czy dla ich dobra powinniśmy cierpieć więcej, niż już wycierpieliśmy?

Kusiła ją wyższość moralna, powiedzenie, że powinni głosować dla większego dobra. Ale nie była aż taka głupia. Kiedy ludzie dostawali szansę, głosowali w swoim interesie, a dla Trzydziestego Siódmego był nim Kasjusz.

– Mówiłaś, że Tytus ci to powiedział? Nie jest najlepszym źródłem informacji.

– Ano.

Nie sądziła, by Tytus był dość odważny, by okłamać ją w kwestii, którą mogła tak łatwo sprawdzić, ale też nie uważała go za dość bystrego, by potrafił ukryć oszustwo pod warstwą prawdy.

– Konsul nie jest królem – stwierdził Kwintus. – Kasjusz i tak potrzebuje głosów większości, by cokolwiek osiągnąć, a to dotyczy również decyzji, który legion wysłać na określoną misję. Nie było najmniejszych szans, by Senat zgodził się na powierzenie dowództwa w tak ważnej misji niedoświadczonemu legatowi w rodzaju Tytusa. Ale wysłać go jako zastępcę najlepszego dowódcy w służbie Imperium? Łatwa sprawa. A tym łatwiejsza, że ucieszyli się, mogąc wysłać Trzydziesty Siódmy wraz z jego ponurą reputacją na drugi koniec świata. Co z oczu, to z serca, nie?

Pokiwała głową.

– Tyle że ta sama odległość uniemożliwia Senatowi powstrzymanie Tytusa przed objęciem dowodzenia, gdyby Markowi coś się stało, więc nie zapominaj nawet na chwilę, że on zrobi wszystko, by do tego doprowadzić.

– Jak sprawienie, żebym znienawidziła Marka, mogłoby pomóc mu osiągnąć ten cel?

Kwintus wzruszył ramionami.

– Nie mam pojęcia. Ale wiem, że nie zrobiłby tego bez powodu.

W cieniu w głębi ulicy coś się poruszyło i Kwintus błyskawicznie sięgnął po broń, a drugą ręką popchnął Terianę w stronę drzwi. Jednak mężczyźni, którzy się wyłonili, byli Celendorczykami, więc natychmiast się rozluźnił.

– Mam wiadomość z obozu – powiedział jeden z nich. – Legat zamierza postawić Urconowi ultimatum. Może się poddać albo zaatakujemy Aracam. Chce, żeby Teriana wróciła jak najszybciej.

– Co pewnie znaczy, że wyruszamy o świcie – stwierdził Kwintus. – Naciesz się ostatnią nocą w porządnym łóżku, Teriano.

Słońce wznosiło się wysoko na niebie, bolały ją stopy, a i tak wciąż jeszcze nie dotarli do nowego obozu. „Czy coś się zmieniło? – zastanawiała się. – Czy moje rzeczy wciąż znajdują się w namiocie Marka, czy może przeniósł mnie gdzie indziej? Gdzieś, gdzie nie będę przeszkadzać?”

Zatopiona w myślach, weszła na Kwintusa, boleśnie obiła knykcie o jego pancerz.

– Niech cię Siódmy porwie, Kwintusie! Co...

– Cicho bądź – syknął.

Dopiero wtedy zauważyła, że dżungla ucichła. Nie ćwierkały ptaki. Nie krzyczały małpy. Wydawało się, że nawet owady przerwały niekończące się bzyczenie.

Legioniści spoglądali na drzewa. Uważni. Niespokojni. Sięgnęli po broń, a Kwintus mruknął:

– To zasadzka. Musimy się ruszać. Już!

Teriana usłyszała stłumiony brzęk cięciwy i po chwili tuż pod obojczykiem Kwintusa wystawała strzała. Kolejna trafiła go w ramię. Następna w nogę. Później upadł, a Miki wykrzyknął jego imię.

Teriana złapała Kwintusa, jego ciężar pociągnął ją na ziemię. Z dżungli wypadły dziesiątki wojowników, powietrze wypełniły ich bojowe okrzyki. Legioniści nie cofali się, walczyli z bezlitosną skutecznością, powalając kolejnych wrogów. Ale tamci wciąż nadchodzili.

– Musimy się wycofać! – zawołał Miki i wypatroszył jednego z napastników. Cofnął się i sięgnął do Teriany, żeby ją podnieść. – Teriano, zostaw go!

Widziała, ile kosztują go te słowa. Widziała łzy na jego policzkach.

– Musimy uciekać!

Zaczęła się podnosić, kiedy napastnicy rozdzielili się i między nimi przeszedł mężczyzna, wpatrując się w nich ciemnymi oczyma. Teriana spojrzała na niego i wrzasnęła:

– Jest zepsuty! Zabij go!

Miki rzucił nożem, który wbił się w pierś mężczyzny z głośnym łupnięciem, ale zepsuty jedynie się roześmiał, wyciągnął ostrze i cisnął na bok.

– Uciekaj! – zawyła Teriana. – U c i e k a j!

Miki jednak chwycił broń i pobiegł w stronę zepsutego. Tamten wyjął miecz i walczyli, powietrze wypełnił brzęk stali, ale później stwór złapał jej przyjaciela za szyję i twarz Mikiego postarzała się na jej oczach.

– Nie! – Jej głos brzmiał piskliwie i gorączkowo. Złapała za porzucony nóż i rzuciła go, a ostrze wbiło się w ramię zepsutego.

Stwór zasyczał i odrzucił Mikiego na bok, jego ciało z mdlącym trzaskiem uderzyło o drzewo.

Łkając z bólu, Teriana ruszyła na stwora, z gladiusem Kwintusa w dłoni przebijała się między mężczyznami, którzy ich od siebie dzielili.

– Nie róbcie jej krzywdy! Potrzebujemy jej żywej! – ryknął ktoś.

Słowa te jedynie dodały jej sił do walki, nie z zabójczą skutecznością legionisty, ale paskudnie jak pirat. Wiedząc, że nie dźgną jej w plecy, walczyła, by okaleczać, ostry jak brzytwa gladius odcinał kończyny i otwierał brzuchy.

Cofali się przed nią w coraz szerszym kręgu, a ona odważyła się obejrzeć za siebie, by znaleźć swoich strażników.

Zostały nieruchome ciała. Kawałki. Krew. Byli martwi. Wszyscy byli martwi.

– Sukinsyny! – krzyknęła Teriana.

Rzuciła się na zepsutego, ale w tej samej chwili poczuła strzałkę przebijającą skórę na jej szyi.

Rozdział 40

Marek

– Jak długo jeszcze?

Feliks odchrząknął.

– Trzy godziny.

Urconowi pozostały trzy godziny na poddanie Aracam albo legioniści i sprzymierzone klany mieli zaatakować miasto i wziąć je siłą. Marek dał Urconowi tę szansę ze świadomością, że mężczyzna z niej nie skorzysta. Ludzie tacy jak on nigdy tego nie robili.

Do środka wszedł jeden z Czterdziestego Pierwszego.

– Trwa wyładowywanie beczek z prochem ze statku, panie.

– Dobrze – odparł Feliks. – Rozstawimy ładunki, kiedy zajdzie słońce. Przypomnijcie ludziom, żeby trzymali beczki z dala od otwartego ognia. Nie chcemy sami się wysadzić.

Żołnierz zasalutował i wyszedł.

– Wysadzimy kilka dziur w tym murze – powiedział Feliks. – Urcon nie zdąży się zorientować, co go uderzyło.

– Jeśli to zadziała – mruknął Marek. Jednak to nie niepewność co do skuteczności nowej broni dręczyła jego myśli.

Teriana i jej strażnicy powinni dotrzeć z Galinhy tego ranka, tymczasem było późne popołudnie, a wciąż się nie pojawili. Niepokój sprawiał, że mrowiła go skóra, a za każdym razem, kiedy słyszał odchylające się klapy namiotu, przenosił wzrok na wejście, żeby sprawdzić, czy to ona.

Ale to zawsze był ktoś inny.

Odgłos kroków odwrócił jego uwagę od Feliksa. Do środka weszli Serwiusz i Gibzen, a za nimi Tytus i jego dwaj zastępcy. Wysłuchał ich informacji, nie po raz pierwszy zauważając, że drugi legat okazał się całkiem inny, niż Marek się spodziewał. Był bystry i uważny, nigdy się nie kłócił, choć nie wahał się wyrazić swoich wątpliwości. Panował nad uczuciami, co sprawiało, że ostatnio był bardziej użyteczny niż Feliks.

– Panie? – Strażnik, którego wysłał, żeby sprawdził, czy Teriana nie kryje się gdzieś w obozie, w końcu wrócił.

– I jak?

– Spytałem przy bramie, panie. Teriana i jej strażnicy nie przybyli.

Marek poczuł dreszcze, a mdłości z nerwów, które go dręczyły, nasiliły się tak bardzo, że miał ochotę zwymiotować.

– Powinni przybyć przed kilkoma godzinami – stwierdził Serwiusz.

– A kogo to obchodzi? – skwitował Feliks. – Teriana pewnie zaspała i ich spowolniła.

Tylko że ona wcale taka nie była. Narzekała i skarżyła się do utraty tchu, ale ciężko pracowała. Jeśli powiedziała, że coś zrobi, robiła to. Jeśli powiedziała, że gdzieś będzie, była tam.

– Może mieli jakiś wypadek. – Mina Gibzena pasowała do jego ponurego głosu. – Skręcona kostka albo coś w tym rodzaju. Chcecie, żebym wysłał paru ludzi, by ich odnaleźli?

– Tak – odpowiedział Marek.

W tej samej chwili Feliks rzucił:

– Daj spokój! Nasza armia jest już w połowie na stanowiskach, a reszta wkrótce wymaszeruje. Nie możemy ich poświęcić, a nawet gdybyśmy mogli, jaki to ma sens? Dotrą na miejsce w swoim czasie.

Marek wbił paznokcie w dłonie, by zapanować nad gniewem. Zamiast odpowiedzieć zastępcy, skinął Gibzenowi.

– Zrób to. Powiedz im, żeby się pospieszyli.

Marek nigdy tak bardzo nie pragnął, by czas się zatrzymał, ale on nigdy nie płynął szybciej. Słońce pędziło po niebie, jakby gonił je jeden z miejscowych bogów. Może zresztą tak było.

– Czas minął. – Feliks stał w kącie z rękami założonymi na piersi. – Zaczynamy?

Urcon nie skapitulował.

Teriana nie dotarła do obozu.

Ale Marek nie mógł stać tutaj i czekać na wieści o niej, kiedy armia była gotowa wymaszerować do walki. „Skup się". Odetchnął i skinął głową.

– Wpadli w zasadzkę!

Z przodu namiotu zrobiło się zamieszanie i do środka wtoczył się legionista, dysząc ciężko. Marek poczuł pustkę wewnątrz, a w półmroku namiotu nagle zrobiło się zbyt jasno.

– Co?

– Wszyscy są martwi poza Kwintusem i Mikim, choć obaj są w kiepskim stanie. Miki może nie przeżyć. Trafili do medyków.

„Wszyscy. Wszyscy". W jego uszach rozległo się niskie buczenie. Wpatrywał się w mężczyznę, widział jego poruszające się usta, ale nie słyszał słów.

– Co z Terianą? – spytał Tytus, a dźwięk jej imienia przywrócił Marka do rzeczywistości.

– Nie ma jej z nimi. Inni nadal szukają.

Feliks zaśmiał się z goryczą.

– Suka w końcu pokazała swoją prawdziwą lojalność.

W Marku coś pękło. Obróciwszy się gwałtownie, uderzył – trafił Feliksa w twarz i odrzucił go do tyłu. Ale to nie wystarczyło. Zupełnie nie wystarczyło.

Rzucił się na swojego tak zwanego przyjaciela i stół załamał się pod ich ciężarem, a mapy, znaczniki i cynowe kubki poleciały na boki.

– Myślisz, że ona to zrobiła?! – wrzasnął. – To ona była ofiarą! Mieliśmy zapewnić jej bezpieczeństwo, a teraz ona nie żyje!

Ktoś go złapał, odciągnął od Feliksa, rzucił na plecy. Serwiusz i Gibzen trzymali go za ręce, a Tytus położył się na jego nogach. Szarpał się z nimi, gdy Feliks podniósł się z trudem, a z nosa płynęła mu krew.

I wtedy gniew gwałtownie opuścił Marka, pozostawiając za sobą pustkę. Teriana nie żyła i to była jego wina. Odesłał ją z bezpiecznego obozu i to nie dlatego, że na to zasłużyła, ale z powodu własnego braku silnej woli. Bo uraziła jego przeklęte u c z u c i a. A teraz odeszła.

Serwiusz pochylił się nad nim.

– Znajdziemy ją, ale teraz musisz wziąć się w garść, bo masz bitwę do wygrania.

Tytus zsunął się z jego nóg.

– Ludzie, których wysłał Gibzen, to dobrzy tropiciele, Marku, poza tym towarzyszy im czworo wojowników Ereni. Razem ją odnajdą, a jeśli... – Urwał i zacisnął zęby. – Zapłacą za to.

– Towarzyszyli jej moi ludzie – dodał Gibzen. – Znajdziemy sukinsynów, którzy to zrobili, i pokażemy im sposoby umierania, o jakich nigdy nie śnili.

Marek słyszał ich słowa, ale nie miały większego znaczenia. Zemsta nie przywróci jej życia. A spalenie całego kontynentu do gołej ziemi nie sprawi, że jej śmierć przestanie być jego winą. Serwiusz podniósł Marka i cały czas trzymał się między nim a Feliksem.

– Marku, wiesz, że ja... – zaczął Feliks, ale Marek mu przerwał.

– Nie marnuj oddechu.

– Panie? – Jeden ze strażników stał z przodu namiotu, jego spojrzenie przenosiło się z bałaganu na wściekłego dowódcę.

– Co?

– Na zewnątrz jest jeden z miejscowych mężczyzn. Chce z wami rozmawiać.

– To nie jest dobra pora – warknął Serwiusz. – Właśnie mamy wymaszerować...

– Wykrzykiwał imię Teriany.

Marka przepełniła nadzieja. Może uciekła do jednej z wiosek. Może żyje.

– Wprowadź go.

Mężczyzna, którego wprowadzono do środka, właściwie nie zasługiwał na to miano. Był chłopcem, najwyżej dwunasto-, może trzynastoletnim, i Marek rozpoznawał w nim jedno z dzieci z klanu Ereni, które uczyły się od Teriany podstaw celendorskiego. Miał podbite oczy i krwawił z nosa.

– Ty mu to zrobiłeś? – spytał Marek ostro, ale żołnierz potrząsnął głową.

– Takiego go znaleźliśmy, panie.

– Teriana – wykrztusił chłopiec.

– Gdzie ona jest?

Wszyscy tłoczyli się dookoła, ale Marek odesłał ich gestem.

– Ludzie Urcona. Oni... ją zabrali. – Mówił z silnym akcentem i niepewnie, ale zrozumiale.

– Dokąd ją zabrali?

Chłopiec potrząsnął głową i uniósł ramiona w niemym błaganiu.

– Czego chcą? – Marek ledwie usłyszał pytanie, mimo że pochodziło z jego własnych ust. Bo wiedział.

– On kazał, ty... – Chłopiec przerwał, strach sprawił, że zapomniał, jak się mówi po celendorsku.

Marek rozumiał dziecko, bo jego umysł też opuściły arinoquiańskie słowa, których się nauczył. Odetchnął głęboko, skupił myśli i w końcu wydobył z siebie głos.

– O czym ten człowiek kazał ci mnie powiadomić?

– Powiedział, że musisz zabrać armię i odejść. Wsiąść na statki i wrócić do domu.

– Albo? – Marek słyszał w uszach dudnienie pulsu.

Gardło chłopca zadrżało, kiedy przełykał ślinę.

– Albo Teriana umrze.

Rozdział 41

Teriana

Terianę obudziło dudnienie bębnów, ale już po chwili zorientowała się, że to tylko pulsowanie wewnątrz jej czaszki. Jęknęła, uniosła dłoń do głowy i wtedy przypomniała sobie wydarzenia na drodze. Jej przyjaciele leżący bez ruchu wśród trupów wrogów. Rozkaz, by jej nie zabijać. Strzałka, która trafiła ją w szyję.

Strach odpędził ból, jej rzęsy przylepiły się i ciągnęły, kiedy próbowała otworzyć oczy.

I nie zobaczyła nic poza ciemnością.

Dysząc gorączkowo, wyciągnęła nogi, ale jej stopy uderzyły o coś twardego. Umieścili ją w skrzyni. Przepełniła ją panika. Wyciągnęła ręce i poczuła pewną ulgę, kiedy palce natknęły się na drewniane pręty. Nie skrzynia, ale klatka.

„Weź się w garść", poleciła sobie, poruszyła się, żeby ocenić wytrzymałość klatki, a jej oczy na tyle przyzwyczaiły się do ciemności, że mogła zobaczyć, co znajdowało się poza nią. Było to pomieszczenie pozbawione okien, ale z jaśniejszym zarysem drzwi.

Które nagle się otworzyły.

Zmrużyła oczy, patrząc na wchodzącego mężczyznę.

– Obudziłaś się. Wspaniale.

– Popełniłeś błąd. – Jej głos brzmiał chrapliwie. – Kiedy cię wyśledzą, co na pewno im się uda, będziecie trupami.

– Wątpię.

Mężczyzna ukląkł obok jej klatki. Miał miecz u pasa i noże zamocowane na przedramionach i łydkach, jak również kilka wybrzuszeń w kształcie noży pod koszulą. Ale cała ta stal nic nie znaczyła – nic, nic, nic – kiedy jej wzrok napotkał spojrzenie mężczyzny, który ukradł życie Mikiego.

Zepsuty.

Cofnęła się gwałtownie, a klatka zatrzęsła się pod uderzeniem jej ramion. Wystarczyłoby jedno dotknięcie. Jedno dotknięcie kogoś naznaczonego przez Siódmego boga i straciłaby wszystkie pozostałe lata życia.

– Starannie zostawiliśmy tuzin fałszywych śladów – mówił dalej. – Poza tym nie zostaniemy tu długo.

– Dokąd mnie zabieracie? – szepnęła.

– To zależy. – Uśmiechnął się, a jego zęby zabłysły bielą na tle brązowej skóry. Liczne kolczyki w jego lewym uchu jaśniały. Pochodził z Gamdeshu, przynajmniej pierwotnie.

– Zależy od czego? – Musiała skłonić go do mówienia, dowiedzieć się jak najwięcej o ich planach, zorientować się, ile ma czasu, i zastanowić nad ucieczką.

– Od tego, jak bardzo twoi przyjaciele cenią twoje życie.

– W takim razie powinieneś mnie zabić od razu, bo oni nie są moimi przyjaciółmi. Jestem ich więźniem.

Roześmiał się.

– Nie zachowujesz się jak więzień, Teriano. Widzisz, obserwowaliśmy cię. I jego.

Był tylko jeden „on". Marek.

– Czego chcecie?

– Właśnie w tej chwili do dowódcy twojej chłopięcej armii trafia wiadomość. – Przeciągnął palcem po jej policzku, naśladując bliznę Marka, a kiedy się cofnęła, zagarnął jej warkoczyki i szarpnął ją do przodu. – Albo wycofa armię, albo odeślemy cię w kawałkach. Zamierzałem odesłać cię jako staruszkę, ale woleliśmy nie ryzykować, że cię nie rozpoznają.

Po tym, jak się rozstali z Markiem, szanse wycofania przez niego legionów ze względu na nią były właściwie zerowe. Ale i tak musiała spytać:

– A gdyby się zgodził?

W spojrzeniu mężczyzny pojawił się dziki błysk.

– I tak odeślemy cię w kawałkach, we właściwym momencie. Bez wątpienia w zamian zaatakują Aracam, ale do tego czasu dotrze nasze wsparcie i zobaczymy, jak ta chłopięca armia będzie walczyć przeciwko dorosłym mężczyznom.

Teriany nie tylko nie cieszyła myśl o przedwczesnej śmierci – wolność jej rodaków zależała od tego, czy uda jej się ujść z życiem z tej sytuacji, bo Senat zawarł ten przeklęty traktat z nią. Gdyby umarła, co by się stało z jej załogą? Z jej matką? Z jej rodakami uwięzionymi w Celendorze? Musiała coś zrobić, zaryzykować wszystko, by uciec, zanim Marek zaśmieje się posłańcowi w twarz, a ona zostanie porąbana na kawałki.

Ile czasu miała? Godzinę? Dwie? I jak, na wszystkich bogów, miała uciec słudze Siódmego? Odpowiedź na to ostatnie pytanie była oczywista – nie mogła.

Co znaczyło, że nadeszła chwila, by rozpocząć negocjacje.

– Marnujesz czas – powiedziała. – Jego nie obchodzi, czy mnie zabijesz. Ale dla ciebie jestem cenniejsza żywa niż martwa. Znam ich plany i strategie. Wiem, jak walczą. Powiem ci wszystko, jeśli dasz mi słowo, że wypuścisz mnie po tym, jak ich pokonasz.

– I o to chodzi. – Postukał ją w nos, a ona się wzdrygnęła. – Myślę, że jesteś dla niego ważna i że zrobi wszystko, by cię odzyskać.

„Gdyby tylko to była prawda". Teriana zagryzła policzki, ból pomógł jej się uspokoić.

– Mylisz się. Zabicie mnie nic ci nie daje.

Zepsuty potrząsnął głową.

– Kłamiesz, Teriano. Wiemy, że ciągle trzyma cię przy sobie, dzieli z tobą namiot… i łoże. Nasz informator powiedział nam to, kiedy wskazał miejsce i czas zasadzki, a nawet gdyby tak nie było… Mamy swoich szpiegów.

Terana wypuściła oddech, próbując nie reagować. „Nasz informator…" Kto to mógł być?

– Ufasz człowiekowi zdolnemu zdradzić swoich?

Zepsuty wzruszył ramionami.

– Głupca tak pochłonęło pragnienie pozbycia się ciebie, że nie dostrzegł broni, którą nam wręczył. Za której zabranie zapłacił. – Roześmiał się i wyjął garść złotych monet.

Nosiły symbol celendorskiego smoka, co znaczyło, że nie pochodziły ze skrzyń w namiocie dowodzenia. Ale żaden z legionistów, z którymi grała w karty, nie nosił w kieszeni takiego bogactwa – tylko srebro i brąz.

– Nie mógł przestać mówić o tym, że ciągle tylko sprawiasz kłopoty. Że jego wódz robi z siebie głupca, ganiając za tobą. Że po twojej śmierci wszystko wróci do normy. – Uśmiechnął się krzywo. – Było całkiem oczywiste, że go wielbi. Miłość czyni z ludzi głupców.

„Feliks". O kim innym mógłby mówić? Feliks nie znosił jej bardziej niż ktokolwiek inny, a jeśli odkrył, że ona i Marek byli ze sobą… Przecież podejrzewała, że Feliks darzy swojego legata głębokim uczuciem. Wszystko, co powiedział zepsuty, wskazywało na zastępcę dowódcy, a jako oficer mógł mieć dostęp do takiej ilości złota…

– Próbujesz się domyślić, kto jest zdrajcą? – spytał mężczyzna. – Opisałbym ci go, ale oni wszyscy wyglądają dla mnie tak samo.

Musiała uciec. Musiała ich ostrzec. Musiała powstrzymać Marka przed popełnieniem błędu, za który oboje mogli zapłacić najwyższą cenę. Musiała mu powiedzieć, że żadnego przeklętego słowa na plaży nie powiedziała szczerze.

„Myśl". Jeśli zamierzali ją zabić niezależnie od tego, co zrobi Marek, dlaczego jeszcze nie wykonali egzekucji? Musiał istnieć powód, dla którego utrzymali ją przy życiu, a ona mogła to wykorzystać.

– Ale co z tobą, mała Maarinko? – spytał zepsuty. – Wiemy, że ten chłopiec zakochał się w więźniu, ale czy więzień jest na tyle głupi, by zakochać się w strażniku?

Przez chwilę wytrzymywała jego martwe spojrzenie, bezgłośnie pomodliła się do Sześciorga i splunęła mu w twarz.

Bardzo powoli uniósł rękaw, by otrzeć policzek, i Teriana przez uderzenie serca myślała, że źle go oceniła. Później szybko jak atakujący wąż sięgnął przez pręty i złapał ją za koszulę. Szarpnął ją do przodu, a ona próbowała się zaprzeć o kraty, ale był nieskończenie silniejszy. Raz za razem uderzał jej twarzą i ramionami w klatkę, a ona wrzeszczała i płakała z bólu. Kiedy jej dłonie prześlizgnęły się między prętami i macały go, jakby próbowała się o niego zaprzeć, nie zauważył, że zabrała jeden z jego noży i z wyćwiczoną zwinnością ukryła go w rękawie.

Rzucił ją na tył klatki, a ona wcale nie udawała, gdy zwinęła się w kłębek. Jej oczy już puchły, a z nosa płynęła krew.

Drzwi się otworzyły.

– Ashoku – powiedział jakiś mężczyzna – posłaniec udał się do celendorskiego obozu, by przekazać twoje żądania.

– Doskonale. – Ashok wstał. – A teraz zobaczmy, co ten chłopiec ceni bardziej: twoje życie czy swoją dumę. Choć w ostatecznym rozliczeniu dla ciebie niewiele to zmienia. – Roześmiał się i wyszedł z pomieszczenia.

Rozdział 42

Marek

Nikt w namiocie się nie odzywał.

„Wycofaj się albo Teriana zginie". Marek czuł się odrętwiały i ledwie słyszał, jak inni nadal przesłuchują chłopca, kiedy on się odwrócił. Podniósł stół, zebrał mapy, rozłożył te, których potrzebował, i umieścił rozrzucone znaczniki na właściwych miejscach. „Wycofaj się albo Teriana zginie".

– Marku?

Czy tak już zawsze miało być? Ci, na których mu zależało, narażeni na niebezpieczeństwo, żeby nim manipulować? Najpierw jego rodzina, a teraz Teriana. Jego uczucie okazało się przekleństwem i może byłoby lepiej dla wszystkich, gdyby wymazał je z serca. Gdyby naprawdę stał się zimną, logiczną istotą, jaką miał się stać po imperialnym szkoleniu.

Ale to nie ocaliłoby Teriany.

– Marku. – Tytus stał naprzeciwko niego, twarz miał zarumienioną. – Co chcesz zrobić?

„Co tylko trzeba, by ją uratować".

– Mówimy o Terianie – powiedział Tytus. – Musisz coś zrobić. Nie możesz pozwolić, by ją porąbali.

Marek się wzdrygnął. „To zamierzali zrobić?"

– Opóźnimy atak. – Tytus pochylił się nad stołem, mówił z takim przejęciem, że aż pluł naokoło. – To jedyny sposób, by ją ocalić. Później ją znajdziemy, a oni zapłacą.

– Zamknij się. – Feliks odepchnął młodszego żołnierza. – Marku, posłuchaj. Wiem, że jesteś na mnie wściekły, ale musisz posłuchać głosu rozsądku. Myślisz, że jeśli się wycofamy, oddadzą nam Terianę nietkniętą? Nic nie powstrzymałoby nas wtedy przed atakiem na nich, a oni utraciliby jedyną przewagę, jaką nad nami mieli. Cokolwiek zrobimy, nie odzyskamy jej żywej.

Marek poczuł ból w piersi.

– Co sugerujesz?

Feliks oblizał pękniętą wargę i odwrócił wzrok.

– Wiem, że ją lubisz, ale… ale to Trzydziesty Siódmy. Nie negocjujemy. I nie wycofujemy się.

– Jakież to wstrząsające, że to on radzi, by pozwolić jej umrzeć! – warknął Tytus. – Nie słuchaj go, Marku. Znajdziemy ją, musimy tylko kupić trochę czasu. Żołnierze zrozumieją.

– Zrozumieją, że ich dowódca podejmuje decyzje, opierając się na uczuciach do dziewczyny – odparował Feliks. – Nieważne, co pomyślą o tym cesarze klanów. Oni też są już na stanowiskach.

– Nie zamierzam tego słuchać. – Tytus kopnął zydel. – Dowiem się, czy tropiciele mieli szczęście.

Gestem wezwał swoich ludzi i wypadł z namiotu, pozostawiając Marka sam na sam z Serwiuszem i Feliksem.

– Ile mamy czasu?

Serwiusz odchrząknął.

– Chłopiec nie wiedział zbyt wiele, ale z tego, co udało mi się z niego wyciągnąć, zanim odesłałem go z medykiem, mamy niecałą godzinę, żeby spełnić ich żądania, albo…

– Ją porąbią – dokończył Marek.

Jego umysł wypełniła groza. Jej doskonałe ciało zredukowane do kawałków, jej piękne oczy nieruchome i niewidzące. Głos uciszony. I to byłaby jego wina.

– Tak. – Głos Serwiusza prawie się załamał. – Taka jest groźba.

– Panie…

Marek mu przerwał:

– Wiem, Feliksie. Wiem wszystko, co zamierzasz powiedzieć, i masz rację. Powinniśmy zaatakować, bo jesteśmy Trzydziestym Siódmym i się nie wycofujemy.

Feliks wyprostował się zaskoczony.

– Wiem, jakie powinienem wydać rozkazy. – Marek przełknął ślinę, zdając sobie sprawę, że tego nie da się już cofnąć. – Ale nie wiem, czy mógłbym ze sobą żyć, gdybym je wydał.

Cisza.

– Jak ważna jest dla ciebie ta dziewczyna?

Marek nie odpowiedział, tylko spojrzał przyjacielowi w oczy. „Zbyt ważna".

Feliks jako pierwszy odwrócił wzrok.

– W porządku. Cóż, decyzja należy do was, panie. – Zasalutował. – Jeśli mi wybaczycie… muszę odetchnąć świeżym powietrzem.

Tik-tak. Druga wskazówka zegara powoli poruszała się po tarczy.

– Musisz podjąć decyzję – powiedział w końcu Serwiusz. – Jakiekolwiek są twoje rozkazy, musisz je wydać.

Marek potrząsnął głową, nie odrywając spojrzenia od zegara. Czuł się sparaliżowany, niezdolny do działania.

– Nie wiem, co robić, Serwiuszu.

– Odwołaj ich albo wyślij resztę na stanowiska, ale coś musisz zrobić. Mamy ludzi na polu walki i nie możemy ich tak zostawić.

Tik-tak.

Wiedział, co musi zrobić.

– Marku, kończy się nam czas.

Potrzebował jedynie znaleźć w sobie odwagę, by to powiedzieć.

– Wydaj przeklęty rozkaz!

Druga wskazówka wybiła pełną godzinę, a Marek przełknął lepką ślinę.

– Ja...

– Zaczekajcie!

Do namiotu wpadł Gibzen i niemal zderzył się ze stołem, kiedy gwałtownie opuścił dłoń na blat. Uniósł ją, ukazując malutką złotą ozdobę, którą Marek rozpoznałby wszędzie.

Gibzen uśmiechał się paskudnie.

– Znaleźliśmy ich ślad.

Rozdział 43

Teriana

„Musisz uciec. Musisz uciec. Musisz uciec". Teriana skandowała w głowie, kiedy słoneczny blask wpadający przez otwarte drzwi zaczął przygasać i zmienił się w półmrok zmierzchu. Trzej strażnicy w budynku nie zostawiali jej samej, a choć bardzo się starała, nie umiała wymyślić sposobu, by pokonać ich wszystkich, nie robiąc przy tym hałasu. Nieźle walczyła i sporo nauczyła się w okresie spędzonym z legionistami, ale aż tak dobra nie była.

A czas się kończył.

Roześmiany Ashok powiedział jej, że legioniści i sprzymierzone klany wycofywali się z pozycji, w co nie chciało się jej wierzyć. Jednak dowodem było to, że pozostała żywa, nie porąbana na kawałki w worku w drodze do mężczyzny, o którym wcześniej sądziła, że nie obchodziło go jej życie.

Czuła wściekłość, że Tytus dostrzegał prawdę, a ona nie, i tak to rozegrał. I oto do jakiego bałaganu doprowadziła. Gdyby tylko nie dała się podpuścić Tytusowi. Gdyby tylko nie wyciągnęła pochopnych wniosków. Gdyby tylko nie powiedziała tych rzeczy, legiony i sprzymierzone klany byłyby już blisko pokonania Urcona i pozbawienia go władzy.

Ponieważ nadszedł czas, żeby przestała zaprzeczać, że tego właśnie pragnie. Takie zwycięstwo miałoby dalekosiężne konsekwencje, ale jeśli oznaczałoby, że Arinoquianie uwolniliby się od Urcona, byłoby warto. A przynajmniej miała nadzieję, że byłoby warto. Modliła się o to…

Ale jeśli nie uda jej się uwolnić i ostrzec Marka, jej modlitwy nie miały znaczenia. On i jego ludzie zginęliby, a Urcon zemściłby się na wszystkich Arinoquianach, którzy mu się sprzeciwili. A gdyby Kasjusz i jego zausznicy dowiedzieli się, że umarła, jej rodacy jako kolejni cierpieliby i zginęli. Nie mogła na to pozwolić.

Bawiąc się rękojeścią noża, na którym siedziała, Teriana spojrzała z ukosa na strażników. Nie byli zepsuci, więc gdyby jeden podszedł wystarczająco blisko, by mogła unieść nóż do jego gardła, może udałoby się jej wynegocjować ucieczkę z nim jako zakładnikiem. A może zadziałałoby przekupstwo.

– Wiecie – powiedziała – Celendorczycy mają w obozie skrzynie złota. Więcej niż widzieliście przez całe życie. Zapłacą, żeby odzyskać mnie żywą.

Wszyscy trzej podnieśli głowy.

– Jeśli cię sprzedamy, co ich powstrzyma przed ponowieniem ataku na Aracam? – spytał ten wielki.

– Nic. – Uniosła ramię. – Ale wy będziecie bogaci jak książęta, więc co was to obchodzi? Będziecie mogli pójść, gdzie zechcecie.

Mężczyźni popatrzyli po sobie, trybiki obracały się w ich głowach, kiedy rozważali jej propozycję.

– Dostaniemy całe to złoto, kiedy ich pokonamy – powiedział w końcu ten wielki. – Nie musimy zdradzać, żeby je dostać.

– Urcon je dostanie – poprawiła go. – Będziecie mieli szczęście, jeśli zobaczycie garść miedziaków.

Wszyscy trzej piorunowali ją wzrokiem.

– Musicie o tym wiedzieć. On tak robi, prawda? Bierze, bierze, bierze… – Urwała i spojrzała na nich stanowczo. – Wcale nie musi tak być. To wy możecie je zabrać. Jeśli chcecie dowodu, zajrzyjcie do moich kieszeni. Chyba że już zabraliście ich zawartość.

Ten wielki wzruszył ramionami.

– Równie dobrze możemy to zrobić. Ona i tak nie będzie ich potrzebowała.

Teriana zapanowała nad oddechem, jej palce to zaciskały się na rękojeści, to rozluźniały. Dlaczego to musiał być on? Dlaczego to nie mógł być jeden z pozostałych? Ale nie miała czasu na inny podstęp. To musiał być on, a jej musiało się udać.

„Kiedy sięgnie ręką, unieś nóż do jego gardła – powiedziała sobie. – Jeśli będzie walczył, poderżnij je. Połam pręty. Są słabe. Nie będzie trudno. Weź jego miecz i się przedrzyj. Uciekaj".

To był bardzo kiepski plan, ale lepszego nie miała. Już zapadł zmrok i któż wiedział, ile czasu zajęłoby jej znalezienie drogi? Musiała ostrzec Marka. Musiała mu powiedzieć, że próbując ją ocalić, ryzykował wszystko inne.

– Która kieszeń?

– Lewa, w spodniach.

Wysunęła ostrze spod pośladków. Mężczyzna kucnął i sięgał przez pręty, kiedy ziemia zadrżała. Chwilę później usłyszała odległe dudnienie. I kolejne.

Potężny mężczyzna odwrócił się od jej klatki, a ona zaklęła, wyciągnęła ostrze i zamachnęła się, by ugodzić go w plecy.

Nie trafiła.

Co nie miało znaczenia, bo chwilę później w mroku rozległy się krzyki.

Mężczyźni chwycili po broń, ale niewiele im to dało, do środka bowiem wpadł ze świstem nóż i trafił tego niskiego w pierś. Mężczyzna zatoczył się do tyłu i upadł, a wtedy do pomieszczenia wkroczył legionista z gladiusem w dłoni.

Zaatakował tego młodego, ich ostrza zwarły się raz, drugi, zanim chłopak upadł z krzykiem, zaciskając rękę na wnętrznościach wylewających się z brzucha.

Na zewnątrz coś się poruszyło i gdy legionista odwrócił się w tamtą stronę, na jego twarz padł blask księżyca.

Marek.

Powalił dwóch kolejnych mężczyzn, ale wtedy ten wielki postanowił ruszyć do walki.

– Marku! – krzyknęła Teriana i uderzyła piętami o pręty klatki, aż drewno popękało. – Za tobą!

Odwrócił się i uniósł miecz.

Było za późno.

Rozdział 44

Marek

Marek obrócił się gwałtownie na dźwięk swojego imienia i uniósł miecz, by zatrzymać ostrze potężnego mężczyzny, który krył się w cieniu w pobliżu klatki Teriany. Kąt był niewygodny i siła uderzenia wytrąciła mu broń z ręki.

Zaklął, sięgnął po nóż i rzucił się do przodu, zanim olbrzym zdążył odzyskać równowagę. Ostrze wślizgnęło się między żebra i trafiło w płuco. Marek wyszarpnął broń, a ponieważ krawędź ostrza miała ząbkowanie, zadana rana była śmiertelna.

Okazało się jednak, że równie dobrze mógłby wbić tamtemu szpilkę.

Mężczyzna zaryczał z wściekłością i rzucił się do przodu, a Markowi zaparło dech w piersiach, kiedy uderzył plecami o ziemię. Z trudem łapiąc oddech, dźgnął mężczyznę w nerkę, ale wypuścił broń z ręki, kiedy przeciwnik cofnął się, trzymając go za napierśnik i ciągnąc.

I rzucił nim o ziemię.

Uderzenie wstrząsnęło Markiem, ale udało mu się złapać za nóż w pochwie na łydce. Kiedy mężczyzna znów rzucił nim o ziemię, legat wbił ostrze między kolejne dwa żebra.

Bez żadnego skutku.

Mężczyzna krztusił się, a na jego wargach pojawiła się krwawa piana, ale wcale nie osłabł. Rzucił Markiem o ziemię niczym szmacianą lalką, jakby nawet nie czuł obrażeń.

– Giń, tępy sukinsynu – wychrypiał Marek.

Uderzył brzegiem hełmu o nos mężczyzny, miażdżąc go. Krew spływała strumieniem na jego twarz, ale w rezultacie potężny jak byk przeciwnik jedynie puścił pancerz Marka i chwycił go za gardło, pozbawiając tchu.

Marek szarpał się i wykorzystywał każdą paskudną sztuczkę, jaką znał. Jedynie jego pięść zaciśnięta na palcach mężczyzny ratował jego gardło przed zmiażdżeniem. Obaj umierali. Pozostawało tylko pytanie, który będzie pierwszy.

Zrobiło mu się ciemno przed oczami. Poczuł, że słabnie. I nagle jego twarz zalał gorący płyn, a mężczyzna rozluźnił uścisk, osunął się na bok i z łoskotem uderzył o ziemię.

Marek z trudem złapał oddech i przetarł twarz ręką, usiłując pozbyć się krwi z oczu. Oparł się na łokciu i macał na ślepo w poszukiwaniu broni.

– Nigdy nie sądziłam, że będę musiała ci pokazać, jak zabić człowieka. – Głos Teriany drżał, ale jej uchwyt na rękojeści noża, którym poderżnęła mężczyźnie gardło, był pewny.

– Nie przyzwyczajaj się do tego. – Jego głos brzmiał chrapliwie. – Wszystko w porządku?

Widział, że tak nie jest. Jej twarz była opuchnięta i posiniaczona, warga pęknięta, a rana na linii włosów wymagała zszycia. Ale stała, mówiła i nie była martwa.

– Lepiej niż u ciebie. – Uklękła i rękawem otarła krew z jego twarzy.

Jej dłoń była zimna jak lód – złapał za nią, musiał się upewnić, że dziewczyna żyje. Że się nie spóźnił.

Przeszedł ją dreszcz, dwie łzy popłynęły wśród brudu i zaschniętej krwi na jej policzkach.

– Przyszedłeś po mnie. Nie myślałam... Nie byłam pewna...

Niedowierzanie w jej głosie bolało bardziej niż obrażenia, które odniósł przed chwilą. Świadomość, że dał jej powód, by myślała, że porzuci ją bez walki. Chciał powiedzieć tak wiele rzeczy, sprawić, by zrozumiała, co czuł. Ale przez większość życia ukrywał uczucia za murem i teraz nie miał pojęcia, jak ubrać je w słowa.

– Przepraszam. Za to, że dałem ci powód, byś w to zwątpiła.

Z jej gardła wydobyło się ciche łkanie, a później objęła go za szyję. Przytulił ją, wplątał palce w jej warkoczyki, choć wiedział, że powinien obserwować drzwi, stać z bronią w ręku. To go nie obchodziło. Ponieważ pragnął tego. Pragnął jej. A ona musiała o tym wiedzieć.

– Teriano…

Przerwało im kaszlnięcie. Marek przekręcił się na kolanach i niezgrabnie sięgnął po ostrze, które wciąż leżało na ziemi. To tylko Gibzen.

– Jak miło widzieć, że wciąż żyjecie, panie. – Prymus uniósł brew, patrząc na jego zalaną krwią twarz. – To spore zaskoczenie, biorąc pod uwagę, że wasz szaleńczy bieg do środka nie był częścią planu, który tak starannie nam wyłożyliście.

Nie był, ale kiedy zobaczył wrogów kierujących się w stronę szopy, w której trzymali Terianę, myślał jedynie o niej. Nie mógłby znieść myśli, że znalazł się tak blisko ocalenia jej życia i utracił tę szansę z obawy o własne.

– Mamy jeńców – stwierdził Gibzen. – Kiedy skończycie z tą chwilą we dwoje, możecie zadecydować, co z nimi zrobić.

Ci jeńcy byli ludźmi, którzy wcześniej porwali Terianę. Którzy ją pobili i zamknęli w klatce.

– Zabić ich.

Gibzen wzruszył ramionami, ale Teriana krzyknęła:

– Nie!

Wyrwała się z uścisku Marka, odepchnęła Gibzena i wypadła z szopy.

– Teriano! – zawołał za nią Marek, ale równie dobrze mógłby krzyczeć na wiatr.

– Ja to wszystko rozumiem. – Gibzen wyciągnął rękę i pomógł Markowi wstać. – Lubię Terianę i gdybym był w waszej sytuacji, postąpiłbym podobnie. Ale jeśli stracicie głowę, nie będzie dobrze.

– Wiem.

I to zawsze miało stać między nimi. Ponieważ miał poprowadzić armię, którą wyznaczono do podbicia tej połowy Reath w imieniu Imperium, i niezależnie od tego, co było między nimi, niezależnie od jej uczuć, wiedział, że ona zamierzała go powstrzymać.

Co sprawiło, że widok Teriany potrząsającej jednym z jeńców i wrzeszczącej na niego jeszcze bardziej go zaskoczył.

– Gdzie oni są?! – krzyknęła. – Skąd nadchodzą?! Jak wielu ludzi?!

Jeniec splunął na nią, a ona mocno go spoliczkowała i sięgnęła po nóż z wyraźną intencją.

– Teriano, nie! – Marek chwycił ją za ramiona i odciągnął.

– Muszę go zachęcić do mówienia.

– Niczego nie musisz. Zajmiemy się nimi.

– Jest jeszcze jedna armia – wyrzuciła z siebie. – Taki był sens porwania mnie. Opóźnić wasz atak na miasto, żebyście znaleźli się w kleszczach między nimi.

Marek spodziewał się tego. Nie znał szczegółów, ale domyślał się, że istniała inna przyczyna porwania Teriany niż tylko błędne przekonanie, że Celendorczycy przerwą kampanię z powodu jednej dziewczyny. Miał nadzieję, że kilka godzin fałszywego odwrotu niczego nie zmieni, że mu się uda.

Mylił się.

Jak wielu z jego ludzi, jak wielu z jego sojuszników zginie z powodu decyzji, którą podjął? Błędu, który popełnił?

„Teriana żyje i to nie jest błąd", powiedział sobie. Nie było to zbytnie pocieszenie. Nie wątpił, że gdyby doszło do katastrofy i utraciłby panowanie nad sytuacją, jego ludzie zabiliby ją tuż po tym, jak skończyliby z nim.

– Ile czasu mamy? – spytał.

Skrzywiła się.

– A jak myślisz, czego próbowałam się dowiedzieć?

Popatrzył nad jej ramieniem na Gibzena i skinął głową. A później zwrócił się do trzech jeńców, którzy pozostali jako jedyni żywi w morzu zabitych.

– Pierwszy, który odpowie na jej pytanie, będzie żył.

Jeden się zsikał, ale żaden nie odpowiedział.

– Tak się boicie Urcona, że wolicie raczej zginąć z mojej ręki, niż przeżyć, by stanąć z nim twarzą w twarz?

– Nie jego – szepnęła Teriana. – Ashoka.

Jeńcy zadrżeli.

– Kto to?

Teriana oblizała usta, skrzywiła się, kiedy jej język dotknął pęknięcia w dolnej wardze.

– To… To człowiek Urcona, ale jest potężniejszy. Bardziej niebezpieczny.

Marek spojrzał na nią z ukosa, ocenił jej reakcję i poczuł nagłą wściekłość, kiedy wyciągnął wnioski.

– To on cię pobił.

Skinęła głową, a ludzie Gibzena zaczęli mamrotać ze złością.

– Ano. Ale to nie była najgorsza rzecz, jaką mógł zrobić. Nawet gdyby pobił mnie na śmierć, nie byłaby to najgorsza rzecz, jaką mógł zrobić.

Czegoś nie mówiła, jednak Marek na razie dał jej spokój.

– Zabierze nam wszystkie lata naszego życia i naszym rodzinom też, jeśli go zdradzimy.

Marek zrozumiał tylko część, ale to wystarczyło, żeby pojął groźbę.

– Kiedy zdobędziemy Aracam, znajdziemy tego Ashoka i powiesimy go za to, co zrobił.

Teriana przetłumaczyła, ale zanim skończyła, jeniec się roześmiał.

– Nie złapiecie Ashoka. Nie jego. A ten, kto liczy swoje życie w stuleciach, nie musi się spieszyć z zemstą.

– Nie złapiecie go – powiedziała Teriana. – Jest śliski, ale też gotów nie spieszyć się z zemstą.

Marek po raz pierwszy przyłapał ją na niedokładnym tłumaczeniu, ale przypuszczał, że zrobiła to nie bez powodu.

Przez chwilę obserwował trójkę mężczyzn, zastanawiając się, czy warto wyciągać z nich informacje. Jeśli nadchodziła armia, jego ludzie będą gotowi niezależnie od tego, ilu ich było i z której strony się zbliżali. A poza tym teraz, kiedy wiedział, że ma ich oczekiwać, jego zwiadowcy wkrótce zdobędą te informacje. W tej sytuacji musiał przede wszystkim wrócić do legionu.

– Zabijcie ich. – Wziął Terianę za ramiona i odwrócił, tak żeby nie musiała patrzeć, jak żołnierze podrzynają im gardła.

– Przed chwilą na twoich oczach zabiłam człowieka. Myślisz, że tego nie wytrzymam?

– To coś innego. Tego nie musisz widzieć. – Przycisnął dłonie do jej uszu, kiedy jeńcy szarpali się i błagali, a w powietrzu rozległ się charakterystyczny zduszony bulgot wydobywający się z podciętych gardeł.

I wtedy zabrzmiał okrzyk:

– Z północy!

Marek odwrócił głowę i skinieniem kazał żołnierzowi odsunąć nóż od gardła ostatniego ocalałego.

– Ilu?

– Ashok nie mówił – wykrztusił jeniec. – Tyle że będzie ich dosyć i będą tu przed świtem. Przysięgam na Sześcioro, więcej nie wiem.

Marek pokiwał głową.

– Związać mu nadgarstki i kostki – rozkazał. Zdjął dłonie z uszu Teriany, wyjął garstkę monet, którą miał przy sobie, i wcisnął ją do kieszeni mężczyzny. – Kiedy się uwolnisz, sugeruję, żebyś uciekał szybko i daleko. Chciałbym, żebyś dokądkolwiek się udasz, powiedział, że okazano ci miłosierdzie. Że twoi towarzysze, którzy dziś zginęli, odpowiedzieli za swoje zbrodnie, a koniec ich życia oznaczał koniec kary. Ich rodziny nie ucierpią z mojej ręki za to, co zrobili oni. Powiedz im, żeby poważnie się zastanowili, po czyjej stronie postanowią walczyć i przeciwko komu.

Zostawił Gibzena, żeby zajął się resztą, a sam odciągnął Terianę na bok.

– Musimy ruszać. Odwrót był podstępem, oblężenie już trwa. Jeśli wrócimy przed świtem, mogę rozstawić swoich ludzi na stanowiskach i…

– Dotrzymam wam kroku. Ale Marku, jest coś jeszcze. Ashok dostał informacje o… nas, jak również gdzie i kiedy zorganizować zasadzkę od jednego z twoich ludzi.

„Zdrajca".

– Mógł kłamać.

Pomysł, że jeden z jego ludzi mógł się zwrócić przeciwko niemu… przeciwko legionowi, wydawał się absurdalny. Byli razem od dzieciństwa, razem walczyli i krwawili. Oczywiście czasem mieli żal do siebie nawzajem – niektórzy do niego – ale ten zdrajca doprowadził do śmierci żołnierzy, którzy chronili Terianę, i zagroził wszystkim pozostałym. A to coś zupełnie innego.

– Nie kłamał. – Zmarszczyła czoło i spuściła wzrok na stopy Marka. – Rzeczy, które powiedział… wskazują na pewną określoną osobę.

– Kogo?

Potrząsnęła głową.

– To będzie trudne.

– Kogo? – warknął, bo nie mieli na to czasu i dlatego że znał imię, które ukrywała, i nie mogło być większej zdrady. – Wyduś to z siebie, Teriano.

– Feliks.

Markowi zaparło dech w piersiach, tak jakby ktoś uderzył go w brzuch, a jej głos wydawał się odległy, gdy powtarzała wszystko, co powiedział jej Ashok.

– To żaden dowód – powiedziała, kiedy skończyła wymieniać jego zdaniem całkiem obciążające okoliczności. – Mogę się mylić. Może to Tytus.

– Tytus?

Gibzen i jego ludzie, którzy skończyli wiązać jeńca i czekali na skraju obozu, kręcili się niespokojnie. Chcieli już wyruszyć.

– Tytus upierał się, żebyśmy zrobili wszystko, co konieczne, by cię ocalić. To Feliks chciał pozwolić ci umrzeć.

– I oto jesteś tutaj, ratujesz mnie, podczas gdy Tytus prowadzi legiony i sprzymierzone klany do najbardziej znaczącego zwycięstwa na Mrocznych Wybrzeżach. Zastanów się nad tym.

Zastanawiał się – nad tym, jak bardzo Feliks od samego początku nie znosił Teriany i przede wszystkim jak szybko był gotów rzucić ją na pożarcie wilkom. Tak, Tytus miał motyw. Ale Feliks najwyraźniej też.

– Nie rób niczego, czego będziesz później żałował.

Dotyk jej rąk na ramionach bardziej niż jej słowa wyrwał go z zamyślenia.

– Zaczekaj, aż będziemy mieli dowody.

Nie odpowiedział.

– Jeśli coś zrobisz i się pomylisz, będziesz tego żałował przez resztę życia.

„Mogę to dodać do listy rzeczy, których żałuję".

– Musimy ruszać.

Rozdział 45

Teriana

Nie mieli wyboru, jak tylko zapalić pochodnie, choć w ten sposób bardzo ryzykowali. Korony drzew całkowicie zasłaniały księżyc, a jeszcze tego brakowało, żeby w ciemności ktoś skręcił kostkę albo i gorzej. Nie mogli też iść powoli i ostrożnie.

Biegli już od kilku godzin, kiedy Teriana dostała kolki i mdłości. Próbowała je zignorować, ale wtedy blask pochodni zaczął pulsować i zanim się zorientowała, klęczała na ziemi, wstrząsana wymiotami.

Marek znalazł się obok, przytrzymał jej włosy i wcisnął jej do ręki bukłak z wodą.

– Kiedy ostatnio coś jadłaś?

Nie pamiętała. Wszystko ją bolało.

– Karmili cię?

Potrząsnęła głową. Wiedziała, że nie mają na to czasu.

– Idźcie. Wrócę sama.

Jedyną jego odpowiedzią było prychnięcie. Później ją podniósł i przerzucił jej rękę przez ramię.

– Wstawaj. Już niedaleko.

Świat wydawał się pojawiać i znikać, marzyła tylko o tym, żeby się położyć. Jednak jej stopy się poruszały, a ciało na wpół wisiało między Markiem a Gibzenem, aż dotarli do drogi, a ona osiągnęła granicę wytrzymałości.

– Mam ją.

Głos Marka, jego ciepły oddech na jej uchu, kiedy ją podniósł.

– Chcecie, żebym posłał ludzi przodem? Ostrzegł ich?

Nie usłyszała odpowiedzi Marka, noc się rozpłynęła. Kiedy odzyskała przytomność, towarzyszyły temu głosy i światło. Zamrugała i skupiła się na napierśniku przyciśniętym do policzka. Kiedy uniosła głowę, zobaczyła brodę Marka, prostą linię jego szczęki. Niósł ją, dysząc ciężko. Z oddali dobiegało dudnienie bębnów i echo rogów. Bitwa.

– Połóżcie ją tutaj, panie.

Opuścił ją. Miękkie posłanie pod jej plecami było marnym pocieszeniem w porównaniu z jego ramionami. Wszędzie wokół płonęły lampy, nad jej głową rozpościerało się białe płótno namiotu. Pochyliła się nad nią znajoma twarz – medyk z Trzydziestego Siódmego. Wrócili.

– Jest wyczerpana, odwodniona i została pobita. – Marek stał nad nią i mówił do medyka. – Pozszywaj ją i zatrzymaj tutaj.

– Tak, panie.

Teriana usiadła z trudem.

– Nic mi nie jest.

– Daj nam chwilę.

Marek zaczekał, aż medyk odejdzie, po czym jedną dłonią przycisnął ją znów do posłania, a drugą zdjął hełm. Jego twarz pokrywała krew mężczyzny, którego zabiła, a na szyi pojawiły się fioletowe sińce w charakterystycznym kształcie palców.

– Oni się tobą zajmą – powiedział. – A później zostaniesz tutaj, gdzie jesteś bezpieczna.

– Nic mi nie jest – sprzeciwiła się.

Nie chciała spuścić go z oczu. Był wściekły, a ona bała się, że ten gniew sprawi, iż popełni błąd.

– W takim razie będziesz mogła pomagać. – Przechylił głowę i nasłuchiwał, zanim dodał: – Zaraz zaczną przynosić tu rannych. Ja muszę iść.

Nawet gdyby miała na to siły, z nim nie dało się kłócić. Złapała go za rękę i mocno ścisnęła.

– Obiecaj mi, że nie zrobisz niczego, dopóki nie będziemy mieli dowodów.

Zacisnął zęby, mięśnie jego szczęki rysowały się wyraźnie w blasku lamp.

– Dobrze.

Poczuła pewną ulgę, bo wiedziała, że nie złamałby słowa bez powodu. Choć zdawała sobie sprawę, że musiał odejść, musiał znaleźć się na polu bitwy i wydawać rozkazy, trzymała go mocno.

– Dziękuję. – I nie chodziło jej o obietnicę.

Stał nieruchomo i patrzył jej w oczy. Nie była pewna, jakich słów lub czynów od niego oczekiwała, ale czuła się jak na rozstajnych drogach. Miała nadzieję, że przyzna, iż między nimi coś było. Coś więcej od pożądania. Coś na tyle znaczącego, że skłoniło zdrajców i wrogów do działania, a ich oboje do zaryzykowania wszystkiego. Albo nie i to będzie koniec.

Marek ścisnął jej dłoń i ostrożnie opuścił ją na posłanie.

– Uważaj na siebie, Teriano.

Odwrócił się i wyszedł.

Rozdział 46

Marek

Zostawienie jej tam, pobitej, posiniaczonej i chorej, wydawało się niewłaściwe i gdyby Marek mógł z nią zostać, z całą pewnością by to zrobił. Ale kiedy wysłał przodem Gibzena, zamiast pójść samemu, stracił szansę, by zobaczyć reakcje Tytusa i Feliksa na wiadomość o armii nadchodzącej z północy. Co znaczyło, że miał ponownie objąć dowodzenie bez potwierdzenia, kim był zdrajca.

A zresztą nie o tym powinien myśleć. Jego armia była w niebezpieczeństwie, podobnie jak setki arinoquiańskich wojowników prowadzonych przez sprzymierzonych cesarzy, a on musiał ustawić ich w najlepszej pozycji do zwycięstwa niezależnie od tego, kto miał ich zaatakować. Jednak kiedy opuścił namiot medyków i ruszył w stronę ścieżki prowadzącej na wzgórze, które wcześniej wybrał, ponieważ był z niego dobry widok na miasto, nie potrafił przestać się zastanawiać, kto z jego ludzi zdradził.

Legioniści wiedzieli, że dowodził Tytus, że Marek ruszył na poszukiwanie Teriany, zamiast kierować największą bitwą od czasu ich przybycia na Mroczne Wybrzeża. A to pociągało konsekwencje. Gdyby poszło źle, mieliby do niego żal, że oddał ich w ręce niedoświadczonego dowódcy, a gdyby poszło dobrze, Tytus przypisałby sobie całą zasługę za zwycięstwo.

Rozmowa, którą powtórzyła mu Teriana, ciągle wypełniała jego umysł. „Tytus czy Feliks? Tytus czy Feliks?" Choć gdyby zdrajcą okazał się Tytus, miałoby to poważniejsze następstwa, prawie sobie życzył, by był nim syn Kasjusza, bo zdrada nie bolałaby tak bardzo. Od chwili, kiedy Tytus upuścił go na pokład tonącego statku, Marek wiedział, że młodszy mężczyzna chciał go zastąpić w roli dowódcy, a biorąc pod uwagę krew płynącą w jego żyłach, wcale by go nie zaskoczyło, gdyby wymyślił skomplikowaną intrygę, by dźgnąć go w plecy, zamiast samemu sięgnąć po nóż.

Ale...

Od tygodni nie mógł polegać na Feliksie, który zdawał się rozgoryczony, wściekły i nie był sobą. Choć może Marek się mylił. Może był bardziej sobą, a obecność Teriany uwypukliła pewne prawdy, które legat wolał ignorować.

W powietrzu zagrzmiały rogi i Marek wsłuchał się w sygnał. Już wcześniej zrobili wyłom w murach, ale teraz wróg zaczął się poddawać. Choć nie znaczyło to wiele. Dotarcie do wszystkich żołnierzy i ognisk oporu miało zająć sporo czasu, zwłaszcza że wydał rozkaz, by unikać ofiar wśród ludności cywilnej. Łatwiej i szybciej byłoby splądrować całe miasto, ale jego rozkazy były jednoznaczne. Miał nadzieję, że nie zapłaci za to najwyższej ceny.

– Stój! Podaj swój stopień, imię, numer i cel!

Dotarł do skraju lasu, pagórek wznoszący się nad miastem był nagi i skalisty. Pilnowała go setka żołnierzy z Czterdziestego Pierwszego, ich włócznie niemal drżały z ekscytacji, a Marka irytowało, że to nie byli jego ludzie.

– Legat Marek, najwyższy dowódca Trzydziestego Siódmego i Czterdziestego Pierwszego, numer jeden pięć jeden dziewięć. I dobrze znacie mój cel.

Żołnierz otworzył usta i zasalutował.

– Panie, nie rozpoznaliśmy was bez... Nie myśleliśmy...

– Rusz się – warknął Marek, odepchnął żołnierza z drogi i podążył na szczyt wzgórza.

Panował tam zorganizowany chaos, posłańcy przybywali i odchodzili z informacjami i rozkazami, oficerowie starali się je uporządkować, trzej mężczyźni z rogami sygnałowymi przekazywali wiadomości na całą dolinę, a wszystkim dowodził Tytus.

Marek stłumił przypływ złości i pragnienie, by bezceremonialnie wyrwać dowodzenie z rąk młodszego mężczyzny. Dopóki się nie upewni, kto go zdradził, musiał zachować ostrożność.

– Raportujcie.

Wszyscy się odwrócili, a Tytus nawet potknął.

– Spóźniłeś się na imprezę. – Serwiusz poklepał Marka po plecach, na co ten się skrzywił, bo wciąż był obolały. – Choć Gibzen powiedział nam, że miałeś własną.

– Terianie nic nie jest? – To pytanie zadał Tytus i wydawało się, że w jego głosie brzmi szczera troska. – Gibzen powiedział nam, że zabierasz ją do medyków.

– Jest posiniaczona. Przeżyje.

– Dobrze. – Tytus chciał powiedzieć coś więcej, ale przerwał mu Feliks.

– Wszystko poszło tak, jak przewidziałeś. Nasze okręty zablokowały port, pozwalając sprzymierzonym klanom zaatakować go od strony wody i plaży, podczas gdy my zdobyliśmy właściwe miasto. Proch okazał się tak skuteczny przeciwko murom, jak nam obiecywano… zdecydowanie warto dodać go do arsenału. Walki w wyłomach były ciężkie, ale ostatni bastion upadł przed kilkoma minutami. Poddają się. Do świtu powinniśmy zdobyć miasto, co stawia nas w dobrej pozycji, by zająć się siłami, które według Gibzena kierują się w naszą stronę.

– Myślę… – zaczął mówić Tytus, ale Feliks nie skończył.

– Ani nasi zwiadowcy, ani Ereni nie widzieli żadnych śladów armii, ale wysłałem kolejnych, na północ i na zachód, każąc im ruszyć dalej. Na wypadek gdyby to był podstęp, przerzuciłem tylko nasze centurie: czwartą, szóstą i jedenastą na grań, a dziewiąta, dwudziesta trzecia i trzydziesta szósta zajęły pozycję w połowie…

– To nie jest podstęp – wtrącił Marek.

Feliks podniósł głowę znad mapy, którą trzymał, i po raz pierwszy skupił się na twarzy legata. Wypuścił mapę z ręki i podszedł bliżej.

– Jesteś ranny?

Marek wycofał się poza zasięg rąk zastępcy.

– Nic mi nie jest. To nie moja krew. – Odwrócił się do Tytusa. – Dobra robota. Dowodzenie nocnym atakiem nie jest proste.

Tytus pokiwał głową, spojrzenie miał nieodgadnione.

– Panie, popatrzcie!

Wszyscy zwrócili wzrok na północ – w samą porę, by zobaczyć płonącą na niebie flarę sygnałową zwiadowcy.

– To nie jest podstęp – powtórzył Marek. Oceniając po położeniu flary, stwierdził, że mają godzinę, najwyżej dwie. – Ściągnijcie tam resztę ludzi. Chcę mieć przewagę wysokości. Tytusie, pozostań na pozycji, razem z Feliksem. Serwiuszu, za mną.

– Dokąd się wybierasz? – spytał Tytus.

– Na pole bitwy. Niech ktoś znajdzie mi konia.

Znikąd wyłonił się Amarin, w rękach trzymał resztę ekwipunku Marka. Bez słowa zapiął mu płaszcz na ramionach i zamienił prosty hełm, który legat nosił wcześniej, na hełm dowódcy.

– Wasz wierzchowiec to ten siwy, panie. – Wskazał na błyszczącego konia uwiązanego poniżej. – Sam go wybrałem.

– Doceniam przezorność.

Marek zszedł na dół, z przyzwyczajenia sprawdził popręgi i gestem wezwał Serwiusza.

– W mieście może być mężczyzna imieniem Ashok. – Przekazał opis, który podała mu Teriana. – Jest niebezpieczny, ale chcę go żywego.

– Rozpuszczę wieści, choć odnalezienie jednego człowieka może trochę potrwać. – Serwiusz trzymał uzdę, kiedy Marek wsiadał na konia. – Co jest w nim tak wyjątkowego, że zaciągnąłeś mnie tutaj, żeby o tym porozmawiać?

Nie miał powodów nie ufać Serwiuszowi, ale ostrożność kazała mu nie udzielać zbyt wielu informacji.

– To on pobił Terianę.

– Jasne. – Serwiusz spojrzał w górę zbocza w stronę Feliksa i Tytusa, którzy stali zwróceni do nich plecami.

– Chcesz coś jeszcze powiedzieć? – spytał Marek. Koń zatańczył pod nim.

– Nie.

– Niech Tytus i Feliks dopilnują, żeby cesarze i ich wojownicy pozostali w porcie. Ta walka jest nasza.

– Tak, panie.

Marek spiął konia i zjechał szlakiem w stronę pól na dole, po czym ruszył kłusem w kierunku żołnierzy, których kazał przerzucić. Rzadko osobiście brał udział w bitwie, ale teraz nadeszła właściwa pora. Wiatr szarpnął jego płaszcz, który załopotał nad zadem konia. Żołnierze odwracali głowy, kiedy ich mijał, i wykrzykiwali jego imię. Zrównał się z Gibzenem.

– Mam dla ciebie jeszcze jedno zadanie.

– Powiedzcie jakie.

Wychylił się z siodła i wydał rozkazy.

– Nie okazujcie litości.

– Zrozumiano.

Jego rozkazy przekazywano wzdłuż szeregów żołnierzy, ale Marek już ruszył, jechał wśród swojej armii i przerzucał legionistów całymi setkami, a kiedy rogi ogłosiły zdobycie miasta – tysiącami. Gdy zwiadowcy i posłańcy przynieśli mu wiadomość o zbliżających się siłach, w jego umyśle pojawiła się strategia. Odniesie zwycięstwo, które będzie decydujące, a oni zapamiętają, dlaczego to o n był dowódcą.

Na wschodzie pojawił się pierwszy blask świtu.

Marek siedział na koniu i patrzył na oczyszczone pola i odległą dżunglę, a jego jedynym towarzyszem był sygnalista, trzymający w jednej ręce swoje narzędzie pracy, a w drugiej znak

Trzydziestego Siódmego. Złoty smok błyszczał jasno w blasku wschodzącego słońca. Na grani stały trzy setki jego ludzi. Żałosna garstka w porównaniu z siłami, które jego zwiadowcy oceniali na dziesięć tysięcy.

Przez pole w jego stronę biegł zwiadowca.

– Nadchodzą! – wydyszał i zatrzymał się przy koniu Marka.

– Jakieś wahania?

– Żadnych.

Nie spodziewał się ich. Nie, kiedy pozwolił ich zwiadowcom podejść bliżej. Zobaczyć jego ludzi odwróconych plecami, a sprzymierzone klany zajęte w porcie, wszystkich żałośnie nieprzygotowanych na atak od tyłu.

Skinął głową i sygnalista zagrał długą nutę na rogu. Marek nie musiał się odwracać, wiedział, że jego ludzie, wyszkoleni tak jak żadna armia najemników, ustawiali się w szyku. Nie byli tym łatwym, nieprzygotowanym celem, jak sądzili zwiadowcy wroga.

Z pewnej odległości dobiegł go ledwie słyszalny ryk. Odgłos tysięcy ludzi biegnących i krzyczących. Znów skinął na sygnalistę, który zagrał dwie nuty.

Ryk stał się głośniejszy.

– Przygotować się! – krzyknął Marek.

Po drugiej stronie pól zaczęło się poruszenie.

Chwilę później wróg wypadł spomiędzy drzew.

Przednia straż była konno, ich wierzchowce zerwały się do galopu w chwili, gdy wyszły na otwartą przestrzeń, w sumie może pięć setek. Za nimi pojawiła się cała horda, broń błyszczała w słońcu.

Marek znał ten rodzaj przeciwników – znał go dobrze. Najemnicy. Mężczyźni, a czasem kobiety, którzy często byli dobrymi wojownikami. Tyle że walczyli jako jednostki, niezborna masa, która ledwie zasługiwała na miano armii.

Najemnicy Urcona rozbiegli się po polu, skupiając wzrok na trzech setkach żołnierzy, a Marek poczuł ściskanie w żołądku, bo to był moment, kiedy mieli ponieść straty.

– Czekać! – krzyknął.

„Czekaj.

Czekaj".

Konni byli teraz na tyle blisko, że widział ich twarze, oszalałe z powodu żądzy krwi i pewności zwycięstwa. Piechurzy za nimi znaleźli się w głębi pola i nie mogli się już wycofać do dżungli.

„Bliżej.

Bliżej".

– Teraz – powiedział, a sygnalista zagrał wezwanie do walki.

Trzy setki cofnęły się, ukazując szereg zaostrzonych pali, a kolejny tysiąc jego żołnierzy wszedł na grań, tworząc ścianę tarcz i włóczni głęboką na ośmiu mężczyzn.

Przednia straż wroga próbowała się zatrzymać, ale było za późno, mieli zbyt wielki impet. Wpadli na pale, konie i ludzie ryczeli i umierali, wrogowie uderzyli w ścianę tarcz i włóczni, którą tworzyli jego legioniści. Reszta konnicy cofnęła się, wierzchowce odmówiły szarży między walczącymi i patrzyły oszalałym wzrokiem, kiedy jeźdźcy próbowali zmusić je do wjazdu w środek zamieszania.

Wroga piechota się zawahała. Marek ocenił odległość i skinął głową.

– Salwa!

Róg zagrał trzy nuty i po chwili niebo pociemniało, a w powietrzu rozległ się świst strzał. Padały zabójczym deszczem, na ziemię waliły się całe szeregi rannych i zabitych, a on wydawał rozkaz kolejnych salw, kątem oka zerkając na swoich żołnierzy, którzy dziesiątkowali wrogą kawalerię niecałe dwadzieścia kroków od niego.

Wróg miał się złamać. Marek dostrzegł wahanie wśród jego szeregów, pragnienie, by nie być pierwszym, ale z całą pewnością też nie ostatnim, który podkuli ogon i ucieknie.

– Oskrzydlić ich.

Na dźwięk rogu jego sygnalisty odpowiedziały dwa inne, ale przez jakiś czas nic nie było widać.

I nagle wróg się złamał.

Najemnicy Urcona uciekali przez pole, ale kiedy pierwsi zbliżyli się do linii drzew, na spotkanie wyszło im dwa tysiące legionistów. Niektórzy z najemników próbowali się przebić, rzucali się na ścianę żołnierzy i stali, inni wycofali się na środek pola, gdzie kłębili się zdezorientowani.

Spoglądając na rzeź przed sobą, Marek uniósł rękę, a wtedy reszta Trzydziestego Siódmego przeszła przez grań, przestępując nad trupami wrogiej kawalerii. Bezlitosny szereg śmierci kroczył naprzód, miażdżąc wroga w kleszczach, jak to Urcon zamierzał zrobić z ludźmi Marka.

Patrzył, aż wszystko się skończyło, wrogowie byli martwi lub umierali. Wreszcie wziął wbity w ziemię znak, zaparł go o strzemię i podjechał do jednego z centurionów.

– Nie bierzemy jeńców – rozkazał, a kiedy mężczyzna skinął głową i zasalutował, dodał: – Spalcie trupy.

Marek ruszył konno między szeregami swoich żołnierzy, a oni zaczęli skandować. Nie na cześć Imperium. Nie na cześć legionu. Nawet nie na chwałę zwycięstwa. Skandowali na jego cześć.

Ledwie ich słyszał, kiedy wracał do obozu. I do niej.

Rozdział 47

Teriana

I już. Cokolwiek było między nią a Markiem, skończyło się, uciszone, zanim mogło spowodować jeszcze więcej problemów. Choć ledwie czuła działania medyka, pozwoliła mu wierzyć, że łzy powoli spływające po jej policzkach wynikały z bólu wywołanego igłą albo dotykaniem jej żeber – jak usłyszała, były posiniaczone, ale nie połamane. Dostała wodę, bulion i kazano jej odpocząć. Przekręciwszy się na nieposiniaczony bok, wpatrywała się w szeregi posłań i młodych mężczyzn przygotowujących wszystko, czego mieli potrzebować. Ci z Trzydziestego Siódmego pracowali spokojnie i sprawnie, ci z Czterdziestego Pierwszego z wyraźnym napięciem.

Marek miał rację. Cokolwiek między nimi zaszło, nie miało przyszłości. Ale ta wiedza nie łagodziła bólu w jej piersiach.

To było niesprawiedliwe.

Wiedziała, że Yedda i wszyscy inni członkowie załogi daliby jej po głowie za samo wypowiedzenie tych słów, ale do tego się to sprowadzało. Do pragnienia czegoś tak mocno mimo świadomości, że to był błąd.

Bo niezależnie od tego, co do siebie czuli, w ostatecznym rozrachunku byli wrogami.

Imperium Celendoru w dążeniu do podbojów już skrzywdziło ją i jej bliskich, a jego celem było zapanowanie nad całą Reath. Celendorczycy nazywali Zachód Mrocznymi Wybrzeżami, ale to oni byli czarną falą zdecydowaną zmyć bogów z tego świata.

A Marek i jego ludzie byli bronią, którą Celendor zamierzał wykorzystać do tego celu.

Pragnęła, by Imperium poniosło klęskę, by upadło. Jednak nie chciała, by ci mężczyźni przegrali, bo przegrana oznaczała śmierć.

Rozległy się krzyki. Teriana poderwała się z posłania i zobaczyła, jak do namiotu wchodzi para zalanych krwią legionistów, dźwigających nosze, na których kręcił się i wrzeszczał inny mężczyzna. Spojrzała na jego obrażenia, a jej umysł odmówił przyjęcia do wiadomości, że człowiekowi można zrobić tak wielką krzywdę, nie pozbawiając go życia.

Medycy natychmiast ich otoczyli, przenieśli rannego na posłanie i odprawili noszowych. Białe bandaże stały się czerwone, wyszkolone ręce sięgnęły po zaciski, igły i fiolki. Nic to jednak nie dało, bo ranny żołnierz po chwili znieruchomiał.

Teriana przycisnęła dłoń do słupka namiotu, nie była nawet świadoma tego, kiedy wstała. Serce waliło jej w piersi jak bęben, ale nie mogła odwrócić wzroku, kiedy jeden z mężczyzn przekręcił ciało i spisał numer z jego pleców.

Przybyli kolejni. I kolejni, i kolejni. Fala rannych, niektórych lekko, innych tak poważnie, że w życiu niczego takiego nie widziała. Niektórzy z mężczyzn krzyczeli, bez słów albo wzywając przyjaciół czy miłosierdzia, inni patrzyli tępo przed siebie, wstrząs łagodził ich ból. Zwykle to właśnie nad tymi ostatnimi medycy potrząsali głowami i kazali noszowym zanieść ich na drugi koniec namiotu. Przegrane sprawy.

Krew, krew, jeszcze więcej krwi. Była wszędzie, ale Teriana miała wrażenie, że patrzy na to wszystko z dużej odległości. Albo w ogóle to nie ona patrzyła.

– Teriana?

Coś złapało ją za nadgarstek, a ona wróciła do rzeczywistości, hałasu i smrodu potu, krwi i otwartych wnętrzności. Ręka zaciśnięta na jej nadgarstku należała do mężczyzny niesionego obok niej na noszach. Rozpoznała jego twarz.

– Awicjusz? – I wtedy zobaczyła kikuty jego nóg, uświadomiła sobie, w którą stronę nieśli go noszowi, i wiedziała.

– Znaleźli cię. – Na twarzy jej towarzysza od kart pojawił się słaby uśmiech. – Czy to prawda, że legat sam po ciebie poszedł?

– Ano. – Potykała się obok jego noszy, bo nie chciała wyrywać ręki z jego uścisku. – Ale już wrócił. Przejął dowodzenie.

– To dobrze. – Westchnął i wywrócił oczami, jednak po chwili odzyskał skupienie. – Tytus nie powinien dowodzić Trzydziestym Siódmym.

Jego palce zawisły i było po wszystkim. Umarł, ot tak.

– Zabierzcie go na zewnątrz – powiedział ponury medyk, który wcześniej ją zszywał.

Zanim jednak zdążył odejść, Teriana stanęła mu na drodze.

– Chcę pomóc – wyrzuciła z siebie. – Powiedz mi, co mam robić.

– Nie jesteś… – zaczął, ale przerwał. Sięgnąwszy do sakiewki u pasa, wyjął nieprzezroczysty flakonik i kroplomierz. – Jedna kropla na godzinę, by złagodzić ból. Dwie, by uśpić. Pięć, jeśli zechcą odejść. Rozumiesz?

Przełknęła gulę w gardle.

– Nie da się nic więcej dla nich zrobić?

Mężczyzna potrząsnął głową.

– Nie. A nawet gdyby się dało, nie chcieliby przeżyć z takimi obrażeniami.

Ponieważ jeśli nie mogliby walczyć, jeśli nie byliby przydatni dla legionu, nie chcieli żyć. Nagle zapragnęła splunąć na Imperium. Odbierało im wszystko poza legionem, braćmi i walką.

– Rozumiem.

– Żaden człowiek nie chce umierać sam. – Odchodząc, ścisnął jej ramię. – Cieszę się, że cię odnalazł.

Spędziła więc resztę nocy, przechodząc od łóżka do łóżka, zapewniając tyle pociechy, ile umiała, ale przez cały czas myślała, że Lidia, choć zdrajczyni, lepiej by sobie poradziła z tym zadaniem, ze swoim spokojnym i pragmatycznym nastawieniem. Niektórych mężczyzn Teriana znała, innych nie. Ale wszyscy znali ją, a ona słuchała, mówiła albo milczała, zależnie od potrzeby. Niektórzy żartowali, inni płakali, ale wszyscy czuli strach. Nikt nie poprosił o więcej niż dwie krople, co uznała za miłosierdzie, bo nie była pewna, czy potrafiłaby to zrobić.

Byli odważniejsi od niej.

W nocy przyszły wieści, że miasto zostało zdobyte, ale dźwięk rogów kierujących mężczyzn na nowe pozycje sprawił, że jej dłonie zmieniły się w sople lodu. Marek przerzucał swoich ludzi, żeby zwarli się z armią maszerującą z północy – kolejna bitwa zaraz po pierwszej.

„Proszę, niech zwyciężą", modliła się, wiedząc, że proszenie Sześciorga o coś takiego graniczyło z bluźnierstwem.

Później rozległy się dźwięki rogów i wszyscy obecni w namiocie przerwali to, co robili, żeby nasłuchiwać.

– Co to znaczy? – spytała mężczyznę, przy którego posłaniu siedziała.

– Odwrót.

Serce zadrżało jej w piersi.

– Nasz?

Na jego zakrwawionych wargach pojawił się słaby uśmiech.

– My się nie cofamy.

Były to jego ostatnie słowa.

Niedługo potem, kiedy zamykała powieki kolejnego żołnierza, tym razem chłopca z Czterdziestego Pierwszego, który wyglądał, jakby dopiero niedawno zaczął się golić, poczuła wypełniające namiot napięcie. Mężczyźni, nawet ranni, prostowali się, a z tyłu dobiegał odgłos pięści uderzających w piersi.

Jej kolana zatrzeszczały, kiedy się podniosła, ale nie opuściła martwego legionisty i tylko patrzyła, jak Marek idzie wśród rannych. Nie wyglądał już jak zwyczajny żołnierz – nosił wszystkie insygnia swojego stopnia. Smok na jego płaszczu błyszczał, wydawał się zwijać i tańczyć. Symbol Imperium, który z niej szydził, bo zwyciężył.

Marek przechodził od łóżka do łóżka, z hełmem pod pachą, na policzkach wciąż miał krew, a na szyi fioletowe sińce. Rozmawiał z każdym z mężczyzn i z medykami, którzy się nimi zajmowali, a na jego twarzy malowała się uwaga i troska. Każdy żołnierz wydawał się prostować w jego obecności, a Teriana zaczęła się zastanawiać, co było konieczne, by zyskać taki szacunek.

I że dla niej naraził to na niebezpieczeństwo.

Podobnie jak ona naraziła dla niego los Zachodu.

Nagle zrobiło się zbyt duszno, smród stał się zbyt intensywny. Musiała wyjść na zewnątrz, oddalić się od tego wszystkiego. Od niego. Podawszy flakonik przechodzącemu medykowi, wyszła z namiotu po drugiej stronie. Słońce było jasne i gorące, a Teriana bardzo starała się nie patrzeć na ciała wyłożone równymi rzędami w cieniu drzew.

Ruszyła w górę łagodnego zbocza, podążając szlakiem wydeptanym przez niezliczonych mężczyzn. Wspinała się coraz wyżej, aż dotarła do skalistego szczytu górującego nad Aracam. Mury zawaliły się w kilkunastu miejscach i unosił się z nich dym, a w innych częściach miasta palił się ogień, choć wkrótce miał zostać ugaszony. W pewnej odległości widziała obóz sprzymierzonego klanu, do którego zabierano rannych wojowników, bez wątpienia po to, by utrzymać Celendorczyków z dala od naznaczonych uzdrowicieli, jeśli takich mieli. Wątpiła, by udało im się zachować to w tajemnicy.

Wiatr wiał od morza, woń soli oczyściła jej nozdrza ze smrodu śmierci. Zamknęła oczy i odetchnęła głęboko.

– Teriano?

Na dźwięk jego głosu zadrżało jej serce. Odwróciła się powoli. Marek stał u podnóża skały, w jednej dłoni wciąż trzymał hełm, wiatr szarpał jego płaszcz. Był poobijany i brudny, co jednak wcale mu nie ujmowało, a wręcz sprawiało, że jeszcze bardziej wyglądał na przywódcę.

– Zwyciężyliście. – Choć wypełniały ją sprzeczne uczucia, jej głos zabrzmiał beznamiętnie.

– Tak. – Przeczesał dłonią włosy, a ona zauważyła, że były dłuższe niż kiedykolwiek wcześniej. – Wszystko poszło, jak zaplanowaliśmy. Niewielkie straty, choć tobie mogło się wydawać, że jest inaczej, jeśli wziąć pod uwagę, gdzie spędziłaś noc. – Zawahał się. – Moi ludzie powiedzieli mi, co zrobiłaś. Dziękuję.

– To nic takiego, ja tylko siedziałam…

– To nie było nic. Nie dla nich. Nie dla mnie.

W jego głosie było coś, od czego ścisnęło się jej serce. Zamknęła oczy, bojąc się, że ich kolor ją zdradzi.

– Pojmaliśmy Urcona, który jest tak stary, że ledwie chodzi, i dziesiątki jego ludzi, ale A s h o k o w i – wypowiedział to imię kwaśnym tonem – udało się uciec. Wygląda na to, że rzeczywiście jest tak niebezpieczny, jak twierdziłaś. Druga armia przybyła tuż po wschodzie słońca, ale przerzuciłem tuzin centurii i siły wroga poszły w rozsypkę podczas pierwszej szarży. Kilku uciekło, ale to problem na kiedy indziej…

– Marku – przerwała mu. – Dlaczego tu przyszedłeś? Bo raczej nie po to, żeby poinformować mnie o sytuacji.

– Pewnie nie. – Wpatrywał się w miasto, które właśnie podbił, ale Terianie wydawało się, że wcale go nie widział. Później uniósł dłoń, zaciśniętą w pięść, i otworzył ją, ukazując coś błyszczącego złotem. – Chciałem ci to oddać. Tak znaleźliśmy właściwy ślad. Bez tego… – Zacisnął zęby. – Jest twoje.

Teriana, zaciekawiona, zeszła ze skały i podeszła bliżej. Złoto okazało się malutką rybką. Odruchowo sięgnęła do włosów i dotknęła kosmyków, które wysunęły się z warkocza, czego wcześniej nie zauważyła.

– Mama dała mi ją, kiedy miałam dziesięć lat. – Wzięła rybkę, a krótkie zetknięcie palców z jego skórą sprawiło, że poczuła ukłucie gorąca i bólu. – Byłoby mi przykro, gdybym ją zgubiła. Dziękuję.

Pokiwał głową i przez jakiś czas milczeli. Ale wokół nich panowało napięcie, zbyt wiele niewypowiedzianych rzeczy, i oboje jednocześnie wyrzucili z siebie:

– Chcę z tobą porozmawiać… – I jednocześnie urwali.

– Zacznij – powiedział Marek, a ona tchórzliwie żałowała, że nie odezwał się jako pierwszy.

– Po tamtej nocy, kiedy my… – Przełknęła ślinę i poczuła ciepło na policzkach. – W każdym razie kiedy wyszłam z namiotu, zatrzymał mnie Tytus i oznajmił, że potrzebuje mojej pomocy w identyfikowaniu świątyń w mieście. – Starannie powtórzyła całą rozmowę, tak jak ją zapamiętała. – Kiedy zszedłeś na plażę, byłam wściekła, bo do tamtej pory myślałam, że nienawidzisz Kasjusza. Pomysł, że z własnej woli pomogłeś zdobyć władzę człowiekowi, który zabijał i krzywdził moich rodaków, a później się ze mną przespałeś, był po prostu tak… tak… – Urwała.

– Teriano.

Pokręciła głową, przerywając mu.

– Ale później Kwintus powiedział mi prawdę. Że Kasjusz szantażem zmusił ciebie i cały przeklęty legion, żebyście na niego zagłosowali, a ja zrozumiałam, dlaczego to zrobiłeś, choć wolałabym, żebyś sam mi powiedział. – Odetchnęła głęboko. – I wiem, że Tytus mną manipulował, żebym uwierzyła, że jesteś gorszy niż w rzeczywistości…

– Zapomnij o Tytusie – przerwał jej Marek. – Jest nieodrodnym synem swojego ojca. Kiedy znajdę dowody, że jest zdrajcą, nie zawaham się powiesić go na krótkim stryczku, i nieważne, co pomyśli o tym Czterdziesty Pierwszy. Ale... – Skrzywił się i potrząsnął głową, po czym znów spojrzał jej w oczy. – Tak naprawdę wcale nie skłamał. Owszem, Kasjusz groził, że wyśle nas w sam środek niczego, jeśli nie wygra, ale mogłem się sprzeciwić, gdybym był gotów stawić czoła konsekwencjom. Ja jednak postarałem się przedstawić swoim ludziom fakty w taki sposób, by upewnić się, że zagłosują tak, jak chciałem. Wiedziałem, kim jest Kasjusz, że nie nadaje się na konsula i że Imperium nie rozkwitnie pod jego rządami, ale i tak pomogłem mu zdobyć władzę. Bo przyniosło to korzyść mnie i moim ludziom.

Teriana wpatrywała się w jego pierś, słyszała jego słowa, tę ciągle zmieniającą się prawdę, ale do niej nie docierały.

Chwycił ją za ramiona, jej koszula zwilgotniała od jego dłoni.

– Nienawidzę go, Teriano. Bardziej niż możesz sobie wyobrazić. Zagroził i zrobił krzywdę każdemu, kto kiedykolwiek był dla mnie ważny, a wydaje się, że może sięgnąć nawet na drugą stronę Bezkresnych Mórz. Sprawił, że robiłem rzeczy, których będę żałował aż do śmierci, ale pozostaje faktem, że pomogłem mu zwyciężyć. – Przełknął ślinę i skrzywił się, jakby go to zabolało. – I rozumiem, jeśli mnie za to nienawidzisz.

– Jak mogę cię nienawidzić za dokonanie takich samych wyborów, jakich dokonałam ja?

– To nie to samo. – Ostrożnie ujął jej twarz w dłonie, jego palce ledwie muskały jej sińce. – Proszę, nie próbuj mnie rozgrzeszać, Teriano, bo tego nie chcę. I na to nie zasługuję. W swoim życiu robiłem straszliwe rzeczy. Własnymi rękami zabijałem ludzi, powiesiłem dziesiątki za złamanie praw, które narzuciło im Imperium, i zarżnąłem dziesiątki tysięcy tych, którzy walczyli przeciwko mnie. Setki tysięcy zostały zmuszone do służby z powodu decyzji, jakie podjąłem. Paliłem i rabowałem, naginałem całe kraje do woli grupy rozpieszczonych mężczyzn, których obchodzą nie ci ludzie, jedynie płacone przez nich podatki.

I tak, możesz powiedzieć, że nie miałem wyboru. Że powoduje mną pragnienie zapewnienia bezpieczeństwa swoim ludziom, którzy są dla mnie jak rodzina. Ale to nie unieważnia zniszczeń, do jakich doprowadziłem.

– Wiem.

– A jeśli mamy sprawić, by *to* się nam udało, w jakikolwiek sposób, musisz widzieć mnie takiego, jakim jestem, nie jakiego byś mnie chciała.

„Sprawić, by to się nam udało".

– Czym jest „*to*", Marku?

– Nie wiem. – Jego głos brzmiał chrapliwie, a dłonie na jej twarzy drżały. – Mam zbyt wielką władzę, a ty zbyt małą, ale czasem mam wrażenie, że gdybyś mnie poprosiła… – Przerwał. – Nie mogę cię uwolnić, a przynajmniej nie w sposób, który pozwoliłby ci odzyskać matkę i ochronić rodaków. Senat trzyma nas oboje za słowo, a to znaczy, że musisz pozostać tutaj, dopóki nie znajdziemy drogi lądowej łączącej Imperium z Mrocznymi Wybrzeżami, a obawiam się, że do tego jeszcze długa droga.

– Wiem. – Przytuliła się do jego dłoni, jej wnętrze wypełniała bolesna potrzeba. – Podpisałam ten sam dokument co ty. Ale nie odpowiedziałeś na moje pytanie.

– Przybyłem tu, by zwyciężyć. I nie zawsze będę walczyć przeciwko tyranom, bez których świat będzie lepszym miejscem. – Zsunął dłoń na tył jej głowy i zaplątał palce w warkoczykach. – W pewnym momencie przekroczę granicę, której nie będziesz potrafiła zaakceptować.

– Wiem.

„I wtedy będę musiała cię powstrzymać".

– Źle się to skończy.

Pokiwała głową. „Jedno z nas przegra".

– Zasługujesz na kogoś lepszego. – Przyciągnął ją do siebie. – Lepszego ode mnie. Jestem własnością Senatu i będę nią do czasu, aż stanę się zbyt stary i zgorzkniały, by cokolwiek mnie obchodziło. Nie mogę ci dać nic poza żołnierskimi racjami, namiotem i kocem na gołej ziemi.

– I sobą?

Zawahał się.

– Część mnie, duża część, należy do tego legionu. Nie wiem, czy to, co ze mnie pozostało, jest cokolwiek warte, czy wystarczy, ale należy do ciebie.

To było głupie. To był błąd. To było szaleństwo.

Ale i tak zamierzała to zrobić. Zarzuciła ręce na szyję Marka, przytuliła policzek do jego policzka i powiedziała:

– Wystarczy.

Glosariusz

Pewne aspekty Imperium Celendoru wzorowałam na Imperium Rzymskim i użyłam kilku łacińskich terminów z tamtej epoki. Pozwoliłam sobie jednak swobodnie potraktować definicje niektórych z tych terminów, zmieniając je w taki sposób, by pasowały do stworzonego przeze mnie świata. Dlatego też ci, którzy posiadają rozległą wiedzę na temat starożytnego Rzymu, nie powinni oczekiwać ode mnie dokładności, ponieważ *Mroczne Wybrzeża* to powieść fantasy.

Amarin – służący Marka
Aracam – starożytna forteca w Arinoqui; twierdza Urcona
Arinoquia – królestwo na południowym kontynencie Mrocznych Wybrzeży
Ashok – jeden z zepsutych
Atlia – prowincja Imperium
Awicjusz – legionista z Trzydziestego Siódmego Legionu, często gra w karty z Terianą
Bardeen – prowincja Imperium
Bazyliusz – senator ubiegający się o urząd konsula
Bezkresne Morza – morze oddzielające Imperium (półkulę wschodnią) od Mrocznych Wybrzeży (półkuli zachodniej)
Campus Lescendor – szkoła legionów Imperium
Caradoc – uzdrowiciel naznaczony przez bogów

Castrick – kapitan statku Maarinów zatopionego przez Celendorczyków
Celendor – kraj rządzący Imperium
celendorski – język Celendoru
celendorski smok – symbol Imperium, również określenie dla celendorskich złotych monet
Celendrial – stolica Celendoru
centurion – oficer średniego stopnia w legionie, który dowodzi mniej więcej setką legionistów
cesarz – celendorskie określenie dowódcy, który jest również przywódcą narodu; Teriana używa go, kiedy tłumaczy słowo z języka Arinoqui oznaczające przywódców klanów
Chersome – niedawno podbita prowincja Imperium
Derin – królestwo na północnym kontynencie Mrocznych Wybrzeży, nad którym panuje Siódmy bóg
Domicjusz, Gajusz – młodszy brat Marka
Domicjusz, senator – ojciec Marka
Dwanaście Rodów Mudamory – rządzące rody Królestwa Mudamory
dziesięcina dzieci – prawo Imperium, zgodnie z którym każdy drugi syn w wieku siedmiu lat trafia do szkoły legionów
Ereni – cesarzowa jednego z klanów z Arinoqui
Falorn, arcydama Dareena – naznaczona przez bogów wojowniczka; arcydama jednego z Dwunastu Rodów Mudamory
Feliks – trybun Trzydziestego Siódmego Legionu, najlepszy przyjaciel Marka
Flacre – wpływowy mieszkaniec Arinoqui
Forum – plac w Celendorze otoczony przez ważne budynki państwowe
Galinha – nieduża forteca w Arinoqui
Gamdesh – najpotężniejsze królestwo południowego kontynentu Mrocznych Wybrzeży

Gespurn – bóg żywiołów

Gibzen – prymus, centurion urodzony w Timii, nauczony przez Marka języka celendorskiego w Campus Lescendor, jeden z najbardziej oddanych obrońców Marka

gladius – miecz używany przez legionistów

Hegeria – bogini ciała i ducha

herbariusz – celendorskie określenie osoby znającej się na mocy ziół; Teriana nazywa tak naznaczonych przez bogów uzdrowicieli na Mrocznych Wybrzeżach, by ukryć ich prawdziwą naturę

Illria – zamordowana maaryńska marynarz

Imperium – Celendor i jego prowincje

insula – trzy- lub czteropiętrowy dom czynszowy w Celendorze, zamieszkiwany przez uboższe klasy społeczne

Jax – marynarz z Quincense

Kasjusz, Lucjusz – senator ubiegający się o urząd konsula

Katamarca – królestwo na południowym kontynencie Mrocznych Wybrzeży

konsul – najwyższy wybieralny urząd w Imperium Celendoru

Kordelia – starsza siostra Marka

Kuria – miejsce spotkań Senatu

Kwintus – legionista z Trzydziestego Siódmego Legionu, strażnik Teriany

legat – najwyższy stopniem oficer w celendorskim legionie

legionista – żołnierz legionu

Lern – bóg zwierząt

Lidia Waleriusz – przybrana córka senatora Waleriusza, najlepsza przyjaciółka Teriany

Maarinowie – rasa ludzi pływających po morzach

Madoria – bogini mórz

Magnius – wąż morski, strażnik Quincense, półbóg i potomek Madorii

Marek Domicjusz – legat Trzydziestego Siódmego Legionu

Miki – legionista z Trzydziestego Siódmego Legionu, strażnik Teriany

Morze Martwych – obszar Bezkresnych Mórz niemożliwy do przebycia ze względu na strefy ciszy

Mudamora – królestwo na północnym kontynencie Mrocznych Wybrzeży

mudamorski – język Mudamory, również ojczysty język Maarinów; w Imperium znany jako język handlu

Niezbadane Ziemie – tajemniczy rejon w centrum południowego kontynentu Mrocznych Wybrzeży

patrycjusze – najwyższa klasa Celendoru; każdy z rodów patrycjuszy ma miejsce w Senacie

peregrini – osoby pochodzące z prowincji Imperium

Phera – prowincja Imperium

plebejusze – zwykli obywatele Imperium

Polin – kucharz na Quincense, dla Teriany jak wuj

prefekt – trzeci stopniem oficer w legionie, zajmujący się wyposażeniem i zaopatrzeniem

prowincja – kraj podbity przez Celendor, uważany za część Imperium

prymus – najwyższy stopniem centurion w legionie

Przynęta – naznaczony przez bogów marynarz z Quincense, przyjaciel Teriany

Quincense – statek Teriany

Reath – nazwa planety

Revat – stolica Gamdeshu

rostrum – podwyższenie

Sawio – duża rzeka przepływająca przez Celendrial

senator – członek Senatu Imperium (wszyscy senatorowie pochodzą z rodów patrycjuszowskich)

Serwiusz – prefekt Trzydziestego Siódmego Legionu, przyjaciel Marka

Sibal – prowincja Imperium

Sibaliny – łańcuch górski w prowincji Sibal
Sibern – prowincja na dalekiej północy Imperium
Siódmy – mroczny bóg znany jako Zepsucie
Sześcioro – bogowie, którym oddaje się cześć na Mrocznych Wybrzeżach – Madoria, Yara, Tremon, Gespurn, Lern i Hegeria
Taltuga – wyspy Maarinów przy południowo-zachodnim wybrzeżu Mudamory
Teriana – drugi oficer Quincense, spadkobierczyni funkcji triumwira Konsorcjum Handlowego Maarinów
Tesya – kapitan Quincense i triumwir Konsorcjum Handlowego Maarinów, matka Teriany
Traktat Siedmiorga – księga opisująca bogów Zachodu, jak również czyny jednostek obdarzonych przez nich mocami
Tremon – bóg wojny
triumwir – jedno z trójki, która rządzi Konsorcjum Handlowym Maarinów
trybun – drugi stopniem oficer legionu
Tytus – legat Czterdziestego Pierwszego Legionu, syn Lucjusza Kasjusza
Urcon – cesarz klanu z Arinoqui, który obwołał się fałszywym królem
Waleriusz, senator – były konsul, przybrany ojciec Lidii
Wibiusz – bratanek senatora Waleriusza
większa droga oceaniczna – rdzenie xenthierów wznoszące się z dna oceanów, które Maarinowie wykorzystują, żeby przebyć Bezkresne Morza
Wzgórze – duże wzgórze w Celendrialu, na którym znajdują się domy patrycjuszy; najbardziej wpływowe rody mają domy na szczycie wzgórza, z widokiem na morze
xenthiery – żyły (ścieżki) kryształów biegnące przez Reath, które natychmiast przenoszą wszystko, co dotknie rdzenia genesis do rdzenia terminusa (w jednym kierunku);

w Imperium oznaczone ścieżki to takie, w których znana jest lokalizacja zarówno rdzenia genesis, jak i rdzenia terminusa; w całym Imperium istnieje wiele nieoznaczonych rdzeni, w których przypadku nie jest znana lokalizacja genesis lub terminusa; łowcy ścieżek to ludzie, którzy próbują określić koniec znanego genesis; poszukiwanie ścieżek jest niebezpieczne, ale Senat zapewnia wysokie nagrody tym, którym uda się oznaczyć ścieżkę; jak na razie nie oznaczono lądowych ścieżek między wschodnią a zachodnią półkulą Reath; jeśli chodzi o morskie xenthiery, patrz: większa droga oceaniczna

Yara – bogini ziemi

Yedda – marynarz z Quincense, ciotka Teriany

Zepsucie – patrz: Siódmy

znak bogów – moce, którymi bogowie obdarzają jednostkę; każdy bóg obdarza innym znakiem

Podziękowania

Wszystkie moje powieści wymagały wsparcia niewiarygodnej liczby ludzi, by zmienić się z malutkiego pomysłu krążącego w moim umyśle w książkę na półce. W przypadku *Mrocznych Wybrzeży* potrzebny był cały legion pomocników. Zaczęłam pisać o świecie *Mrocznych Wybrzeży* jeszcze w 2007 roku, a pierwsza powieść, która z tego wynikła, była jednocześnie pierwszą powieścią, jaką ukończyłam. Była koszmarna, ale wzbudziła we mnie taką dumę, że postanowiłam ją wydać, nie uświadamiając sobie w swojej naiwności, jakie to będzie trudne. W tamtym czasie wciąż pracowałam w korporacji, a wsparcie zapewniali mi nie inni pisarze, ale rodzina, współpracownicy i przyjaciele, którzy czytali wczesne wersje lub fragmenty i kibicowali moim ambicjom. Mam wielki dług wobec Christiny Carnovale, Donny Healey, Cartera Evansa, Kevina Hendersona i Stephanie Wong. *Mroczne Wybrzeża*, które trzymacie teraz w rękach, niezbyt przypominają tę pierwszą próbę napisania powieści, ale bez Waszego wsparcia nigdy nie doszłabym do tego punktu.

Ostatecznie schowałam tę pierwszą powieść do szuflady, skupiłam się na innych projektach i szlifowałam umiejętności, choć potrzebowałam wielu lat i kilku prób pisarskich, zanim w końcu udało mi się podpisać pierwszą umowę. Ale nie umiałam dać sobie spokoju z *Mrocznymi Wybrzeżami*. Postacie i świat poruszały mnie tak jak żadna z innych moich książek i od czasu do czasu otwierałam plik z manuskryptem, pisałam kolejne wersje, ale nigdy nie osiągnęłam poziomu, jakiego oczekiwałam od tej powieści. Tylko ja czytałam te wersje, ale muszę wspomnieć o osobach, które przez te długie lata wspierały rozwój mojej kariery pisarskiej. Na największe podziękowania zasługują: Bob i Brenda Barrettowie, Brandi Boothman, Lindsay Bosnak, Steff i Kris Carlsonowie, Mike Davis, Caroline Diep, Krista Dumonceau, Sandy Duncan, Carter Evans, Courtney Fellows, Shannon Gallagher, Jessica Gallagher, Jason Hale, Kris i Kali Hauserowie, Donna i Brad Healeyowie, Cheryl Heskett, Kelvin Huppie, Katie Hussynec, Joe i Nancy Jensenowie, Myron i Joy Kirikowie, Christine Kups, Kelsey Moskal, Meaghan Müller, Don i Sheila Penry, Doug i Edith Phillipsowie, Isabel Robles, Sunme Scott, Brenda Sears, Stephanie Wong, Carleen i Joel Woodfinowie oraz Gena Wozimirsky.

Siostrze w słowach Elise Kovie dziękuję, że zawsze była inspiracją, szczególnie jeśli chodzi o produktywność. Adam Dreece, Suzy Vadori i Avery Olive: żadne słowa nie wyrażą tego, jak ważne jest mieć blisko innych pisarzy.

Ogromne podziękowania dla przyjaciółki, beta czytelniczki i wielkiej fanki Melissy Robles za czytanie niezliczonych wersji, pomoc w rozwiązywaniu problemów z fabułą i zajmowanie się mediami społecznościowymi. Bez Ciebie bym się zgubiła.

Kate Couresy, redagującą pierwszą (i bardzo długą) wersję, dziękuję za znalezienie miejsc, w których mogłam przyspieszyć bieg fabuły – jesteś wspaniała! Mam też dług wdzięczności wobec Renee Harleston za uwagi, mądrość i redaktorskie oko. Dzięki Twojemu wkładowi *Mroczne Wybrzeża* są znacznie lepsze, niż byłyby bez niego – dziękuję!

Dziękuję zespołowi redakcyjnemu wydawnictwa Tor za zapewnienie wsparcia *Mrocznym Wybrzeżom*. Jestem ogromnie wdzięczna wspaniałej redaktorce Melissie Frain za to, że kochała moich bohaterów i pomogła mi ich ulepszyć. Dziękuję Whitney Ross za oddanie powieści w ręce Melissy, Barbarze

Wild za odnalezienie wszystkich drobnych błędów i Zohrze Ashpari za pracę za kulisami.

Dziękuję Tamar Rydzinski, mojej wspaniałej agentce. Mogłabym napisać sto stron, a i tak nie wyraziłabym, jak bardzo cenię Twoje wsparcie i przyjaźń. Nawet nie mrugnęłaś (a w każdym razie ja tego nie widziałam!), kiedy przysłałam ci pierwszy ogromny manuskrypt. Wierzyłaś, że znajdziemy mu dobry dom, kiedy byłam przekonana, że nigdy do tego nie dojdzie, i nigdy nie przestanę Ci dziękować za to, jak walczyłaś o tę powieść. Jak zawsze, jestem wdzięczna Laurze Dail za wsparcie i Samancie Fabien za pomoc z manuskryptem.

Jestem nieskończenie wdzięczna swojej drugiej połowie, Spencerowi, za ciągłe wsparcie. Niewielu ludzi wspierałoby swojego partnera przez tak wiele lat w pracy nad czymś, co może nigdy nie przynieść owoców, ale Ty nigdy nie kazałeś mi przestać. To znaczy dla mnie więcej, niż kiedykolwiek się dowiesz. Moje Córeczki, wiem, że życie z mamą pisarką czasem nie jest łatwe, ale moje serce należy do Was obu i wszystko, co robię, robię dla Was. Pat, dziękuję, że jesteś najlepszą teściową, o jakiej mogłaby marzyć dziewczyna. Nigdy nie dotrzymałabym żadnego terminu, gdyby nie całe wsparcie i miłość, jaką dajesz mojej rodzinie.

Mój brat Nick i moi rodzice Carol i Steve – Wy troje lepiej niż ktokolwiek znacie *Mroczne Wybrzeża* i związane z nimi problemy. Nick, dzięki za dostarczanie mi niezliczonych ciekawostek na temat wojskowości – nawet jeśli w rezultacie moje legiony prawie zaczęły walczyć łyżkowidelcami! Mamo, dziękuję, że dowiedziałaś się wszystkiego o świecie wydawniczym – miałam kogoś, kto rozumiał to szaleństwo, i za to, że wyciągałaś mnie z kolejnych załamań nerwowych, do których doprowadzała mnie wybrana kariera. Mam nadzieję, że będę choć w połowie tak dobrą matką dla swoich dzieci, jak Ty jesteś dla mnie. Tato, czasami czuję, że ta powieść jest na równi Twoja, co moja.

Daleko zaszliśmy od dni, kiedy poprawiałeś mi interpunkcję, ale nigdy nie przestałeś być wspaniałym wsparciem i źródłem, moją własną chodzącą encyklopedią. Wiem, że często bardziej przejmuję się tym, czy dana scena jest ekscytująca, niż tym, czy opisywane przeze mnie rzeczy są… no… *możliwe*. Dziękuję za to, że najgorsze z moich błędów nigdy nie ujrzały światła dziennego i że wybaczasz, iż czasami fabuła jest dla mnie ważniejsza od fizyki. Ta książka jest dla Ciebie.

Dziękuję za wsparcie Czytelnikom, którzy byli ze mną od początku, i tym, którzy dołączyli po drodze. Mam nadzieję, że kochacie Marka i Terianę tak mocno jak ja.

Wyłączny dystrybutor:
Platon Sp. z o.o.
ul. Sławęcińska 16, Macierzysz, 05-850 Ożarów Mazowiecki
tel./faks 22 631 08 15

Druk i oprawa:
opolgraf DRUKARNIA
www.opolgraf.com.pl